殷派三雄

民国武侠小说典藏文库·赵焕亭卷

赵焕亭 ◎ 著

中国文史出版社

图书在版编目 (CIP) 数据

殷派三雄 / 赵焕亭著. — 北京：中国文史出版社，
2019.3

（民国武侠小说典藏文库·赵焕亭卷）

ISBN 978 - 7 - 5205 - 0834 - 6

Ⅰ. ①殷… Ⅱ. ①赵… Ⅲ. ①侠义小说 - 中国 - 现代
Ⅳ. ①I246.5

中国版本图书馆 CIP 数据核字 (2018) 第 264670 号

点　　校：顾　臻　杨　锐
责任编辑：卢祥秋

出版发行：**中国文史出版社**
社　　址：北京市海淀区西八里庄 69 号院　　邮编：100142
电　　话：010 - 81136606　81136602　81136603（发行部）
传　　真：010 - 81136655
印　　装：廊坊市海涛印刷有限公司
经　　销：全国新华书店
开　　本：720 × 1020　1/16
印　　张：18.5　　　　字数：275 千字
版　　次：2019 年 3 月第 1 版
印　　次：2019 年 4 月第 1 次印刷
定　　价：66.00 元

赵焕亭及其武侠小说（代序）

赵焕亭，民国时期著名武侠小说家，被评论界和学术界称为"北赵"。他本名赵齤章，但发表作品上均写作赵绂章，生于清光绪三年正月初六，卒于1951年农历四月，籍贯直隶省玉田（今河北省玉田县）。

据新的有关资料记载，赵焕亭祖上是旗人，隶汉军正白旗，始祖名赵良富，随清军入关，携家落户在距离丰润与玉田交界线不远的铁匠庄。第五代赵之成于乾隆三十六年考中辛卯科武举，于是赵家迁居至玉田县城内西街，由此在玉田生活了一百多年，至赵焕亭已是第十代。

赵家以行伍起家，入清后应有相当经济地位，但无籍籍名。自赵之成考中武举，赵家在地方上开始有了一定名声。之成子文明曾任候选布政司理问，孙长治更颇受地方好评。据光绪《玉田县志》载："赵长治，字德远，汉军旗籍，监生，重义气，乐施济，尤能亲睦九族，世居丰之铁匠庄。悯族中多贫，无室者让宅以居之，捐附村田为义田以赡族。卜居邑城西街，遂家焉。嘉庆癸酉、道光庚子，两值饥，豁全租以恤佃者，计金三千有奇，乡里称善人。"

赵长治的儿子赵大鹏克承家风，再中己酉科武举人，至其孙赵英祚（字荫轩），则一变家风，于清同治九年中举人，同治十年连捷中第二百七十二名进士，位列三甲，曾三任山东鱼台知县，一任泗水知县，还曾署理夏津、金乡等县，任内主修过鱼台和泗水县志。

赵英祚生四子，长子齤彤，附贡（即秀才）。次子齤清（字翊唐）光绪二十年中举，二人似未出仕。三子齤鸿，字青侣，号狷庵，光绪十九年举人，二十一年二甲第七十六名进士，入翰林院，三年后散馆以工部主事用，1903年复入翰林院，1907年选任为江苏奉贤知县，但被留省，直至次年年底方才正式到任。辛亥革命爆发，他弃官而走，民国时又担任过常熟县知事。据说他和著名藏书家铁琴铜剑楼主人有交往。赵籹鸿大约于1918年去世。四子黼章就是赵焕亭。

抗日沦陷期间，《新北京报》上曾刊登了一篇署名雨辰的《当代武侠小说家赵焕亭先生小传》（以下简称《小传》）。作者自承"与先生为莫逆，知之甚详，因略传梗概"。据该文介绍，因赵英祚长期在山东为官，赵焕亭的出生地实际是济南，玉田系籍贯所在。

赵焕亭在济南念私塾，还和其二哥、三哥一起，拜通家至好蒋庆第和赵菁衫二人为师，学诗和古文。

蒋庆第，字箸生，玉田人，咸丰壬子进士，文名响亮，著有《友竹堂集》。他历任山东武城、潍县、峄县、章丘等地知县，官声很好，甚得百姓拥戴。赵菁衫，名国华，丰润人，进士出身，曾为乐安知县，"以古文辞雄北方，长居济南"，著有《青草堂集》。《清稗类钞》中说他"清才硕学，为道、咸间一代文宗"。赵自署的集句门联很有趣："进士为官，折腰不媚；贵人有疾，在目无瞳。"（赵的左眼看不见。）

赵焕亭的开蒙师父叫赵麟洲，栖霞人，学问好，对教学有独到见解。

兄弟三人在名师的指导下，学业大进，在济南当地读书人中号称"玉田三珠树"。据《小传》所述，赵菁衫看了兄弟三人的习作，曾感叹道："仲、叔皆贵征，纪河间皆谓兴象，且早达。季子虽清才绝人，然文气福泽薄，是当作山泽之癯，鸣其文于野耳。"

果然，黼清、黼鸿二人很快先后中举、中进士，黼章则"独值科举废，不得与焉"。根据赵焕亭在小说中留下的只言片语，他参加过乡试，而且应该不止一次。在短篇小说《浮生四幻》开头，他写道："光绪中，予应秋试于洛（时功令北闱暂移河南）……"

北闱秋试移到河南举行，在清代科举考试历史上是独一无二的，发生于光绪二十八年和二十九年，考试地点在今河南开封。原因是受到义和团运动和八国联军攻占北京等事件的影响，本该于光绪二

2

十六年举行的乡试被迫停办。赵焕亭究竟参加了其中哪次乡试不详，但显然没有中举，之后科举就被清政府宣布废除。

在其武侠小说《大侠殷一官逸事》第十七回中，也有一小段作者的插入语："……原来那四十里的石头道，自国初以来，一总儿没翻修过。您想终年轮蹄踏轧，有个不凹凸的吗？人在车子里，那颠簸磕撞，别提多难受咧！少年时，入都应试，曾亲尝这种滋味……"

据最后的寥寥十几字推测，赵焕亭在河南参加乡试之前，还曾经参加过在北京的顺天府乡试，估计以光绪二十三年丁酉科可能性最大，他当时已经二十一岁，正当年。其兄赵黼鸿、赵黼清分别于光绪十九年、二十年中举，那时他不过十六七岁，一同参加的可能不是完全没有，但应该不大。

无论如何，赵黼章一袭青衿的秀才身份应该是有的，只是两次乡试都不成功，待科举废除，就再没机会了。传统上升之路中断之时，他还不到三十岁，但没有因此而茫然，继续认真读书。《小传》中说他"矻矻治诗文辞如故"，同时大约为践行"读万卷书，行万里路"的古训，"北之辽沈，南浮江汉，登泰山，谒孔林，登蓬莱、崂山，揽沧溟，观日出而归"。游历之余，他还注意记录、搜集山东、河北等地的风土人情、逸事趣闻，老家玉田本地的名人掌故逸事更是他一直关注和搜辑的对象。这一切都为他后来的小说写作积累了大量素材。这些素材和人生经历是上海十里洋场中的才子们所不具备的，也是赵焕亭终成为"北赵"，并与"南向"分庭抗礼，远胜同期南派武侠作者们的一个重要原因。

赵焕亭正式开始投稿卖文的写作生涯，据其在1942年《雨窗旅话》一文所述，始于民国初年。文中写道："民国初，颇尚短篇之文言小说。一时海上各杂志之出版者风起云涌，而文字最佳者，首推《小说月报》并《小说丛报》，以作者诸公，如恽铁樵、王西神、钱基博、许指严等，皆宿学名流，于国学极有根底也。余见猎心喜，乃为《辽东戍》一篇，试投诸《小说月报》，此实为余作小说之动机，并发轫之始。"

《辽东戍》刊登于《小说月报》第五卷第二期，时间是1914年4月。但据目前发现，早在1911年6月的《小说月报》第二年第六期上就刊有署名玉田赵绂章的短篇小说《胭脂雪》。关于这篇小说，赵焕亭在《辽东戍》篇末自述中是承认的，他写道：

> ……有清同光间，吾邑以诗古文辞鸣者，为蒋太守箸生、赵观察菁衫，世所传《友竹堂集》《青草堂集》是也。予以通家子，数拜榻下，伟其人，尤好拟其文，随学薄不得工，顾知有文学矣。时则随宦济南，书贾某专赁说部，不下数百种，于旧说部搜罗殆尽。余则尽发其藏，觉有奇趣盎然在抱。后得畏庐林先生小说家言，尤所笃嗜，复触夙好，则试为两篇，各三万余字，旋即售稿去，复成短章《胭脂雪》一首，邮呈吾兄于京邸。兄颇激赏，以为殊近林氏。兄同年生某君，则驰书相劝，后时时为之……

赵齫鸿 1907 年离京赴江苏任职，辛亥革命爆发方逃回北方，是否在京无法确定，由此推测，赵焕亭的两篇试笔小说以及《胭脂雪》或许写于 1906 至 1907 年间。只是《胭脂雪》何以迟至 1911 年才发表，且赵焕亭似乎并不晓得此事，令人有些费解。倒是他自承笃嗜林氏小说，连所写短篇小说路数都被赞极有林氏风格，倒是研究赵焕亭包括晚清民国作家作品的一个新方向。

林译小说曾带动鲁迅、郭沫若、周作人等主动了解、学习西方文学，并促进了西方文学名著在中国的进一步译介，在文学史上已有定评。俞平伯先生晚年更认为"林译小说是个奇迹，而时人不知，即知之估计亦不高"。林译小说对于当时青年人的影响，用民国武侠、言情名家顾明道的话说："青年学子尤嗜读之，无异于后来之鲁迅氏为人所爱重也……以为读林译，不但可供消遣，于文学上亦不无裨益。"范烟桥在《林译小说论》中说，民初众人都在模仿林，赵焕亭之言正可为一有力旁证。

关于赵焕亭中青年时期的其他职业信息，目前仅知进入民国后，他曾经有若干机会可以入幕当道要人帐下，但他放弃了。雅号"民国老报人"的倪斯霆先生曾提及，据说赵焕亭民国后曾做过《汉口新报》的主笔，可惜未能找到这份报纸和相关资料，也尚未发现相关的新资料。

自 1911 到 1919 年之间，赵焕亭在《小说月报》和《小说丛报》上共发表小说十七篇，有十余万字。是否同期在其他报刊上有小说刊登，目前尚无线索，但凭这些精彩的"林味"文言短篇小说，"当时名士如武进恽铁樵、常熟徐枕亚、无锡王蕴章、桐城张伯未、费县王小隐、洹上袁寒云、粤东冯武越，皆与先生驰书订交或论文"。

赵焕亭后来稿约不断，小说连载与副刊专栏在京、津、沪等地报纸杂志全面开花，持续二十余年之久，应与结交了这么一大批南北方的著名报人、编辑和文化人有很大关系。

当 1923 年来临之际，赵焕亭进入了小说创作的"爆发期"。

1 月，《明末痛史演义》六册出版。

2 月上旬，武侠小说名作《奇侠精忠传》开笔，此时他已四十五岁。该书直接就以单行本面貌出现，初集十六回初版于 1923 年 5 月，此时"南向"的《江湖奇侠传》第十回刚刚连载完毕，结集的第一集似尚未出版。赵焕亭的写作速度相当惊人。

10 月，长篇武侠小说《英雄走国记》开笔，取材于明末清初的各家笔记，描写南明志士的抗清故事，全书正续编共八集。

自 1923 年到 1931 年这八年间，赵焕亭除了完成上述两部百万字的长篇武侠小说之外，还陆续写下了《大侠殷一官逸事》《马鹞子全传》《殷派三雄》（含《殷派三雄续编》未完）、《双剑奇侠传》《北方奇侠传》（未完）、《山东七怪》（未完）、《南阳山剑侠》《昆仑侠隐记》（未完）、《惊人奇侠传》《奇侠平妖录》（《惊人奇侠传》续集）、《情侠恩仇记》（连载未完）、《蓝田女侠》和《不堪回首》（历史小说）、《景山遗恨》《循环镜》《巾帼英雄秦良玉》等十六部各类体裁的小说，至少五百万字，创作力之旺盛十分惊人。

进入 20 世纪 30 年代后，赵焕亭的新作以报刊连载小说为主，多数是武侠小说，少数是警世小说，如《流亡图》。1937 年"七七事变"爆发，华北彻底沦陷，遍地战火，赵焕亭的连载就全部停了下来。截至 1937 年 7 月 15 日《酷吏别传》从报上消失，目前已知和新发现的京、津、沪三地报纸上的小说连载共十三部，分别是：

北京：《范太守》《十八村探险记》《金刚道》《剑胆琴心》《鸳鸯剑》；

天津：《流亡图》《姑妄言之》《龙虎斗》；

上海：《康八太爷》《剑底莺声》《侠骨丹心》《鸿雁恩仇录》《酷吏别传》。

以上这些小说多数都未写完即从报刊上消失，连载完毕的几种，如《流亡图》《剑胆琴心》等也没有结集出版单行本。需要单独提一下的是，《剑底莺声》就是《马鹞子全传》，只是在结尾部分做了一点儿删改。

此时的赵焕亭已经年近花甲，岁月不饶人，伴随而来的是精力和体力的持续下降，对于写作质量的影响不言而喻，这一点其实在20世纪20年代的写作大爆发后期就已经有所显现。当然，稿约缠身、疲于写作也同样影响到写作质量。而20世纪30年代全国时局的不停动荡——"九一八事变""淞沪抗战""华北事变"……对于社会的安定造成相当的影响，自然也波及报纸的生存乃至写稿人赵焕亭的生活和写作。

再有一个影响赵焕亭写作状态的重要原因，即赵妻张引凤于1932年夏天去世，对赵焕亭的打击异常大。他曾写了一副悼联，刊登在《北洋画报》上，文曰：

夫妇偕老愿终违何期卿竟先去；

儿女未了事正重此后我将如何？

张赣生先生评此联语"痛极反似平淡，一如夫妇日常对语"，可谓一语中的。赵焕亭本来于1933年开始在上海《社会日报》上一直连载武侠小说新作《康八太爷》，到3月份突然暂停，刊登了一批于1932年10月间写下的文言掌故小品，在开篇序言中更道出了对亡妻的深切怀念之情："则以忆凤庐主人抱奉倩神伤之痛，以说梦抵不眠，复冀所思入梦耳……以忆凤为庐"，专栏名"忆凤庐说梦"。原来，妻子周年忌辰临近，勾动了他的伤痛，于是停下武侠小说连载，转发"忆凤庐说梦"，足见伉俪情深。但从另一方面看，丧妻之痛对武侠小说创作有着直接的影响，也毋庸讳言。

当北方京、津及至上海一带战事暂告一段落，沦陷区的生活和社会局面也相对稳定下来，赵焕亭与报纸的合作又有所恢复。自1938年至1943年的六年间，他陆续写下《侠隐纪闻》《黑蛮客传》《白莲剑影记》《天门遁》《侠义英雄谱》《风尘侠隐记》《双鞭将》《红粉金戈》《荒山侠女》等九部小说，不过遗憾仍然继续，这些小说中只有《双鞭将》的故事勉强告一段落，聊算是不完之完。其他的均是半途而废，有的甚至只连载数月就消失不见，最长的《白莲剑影记》连载三年多，但从情节看，似还远未结束。

从有关信息推测，"七七事变"前后，赵焕亭已在玉田老家居住，抗战期间似也未曾离开。作为当时知名的小说家，自然经常有人向他约稿。从作品遍地开花的情况看，赵焕亭对于约稿有求必应，或许因此备多力分，造成不少作品烂尾，当然不排除有报方的原因。另外一直流传一个说法，谓那时不少作品实为其子代笔，或许这是造成作品连载未完就遭下架的另一个原因，不过目前没有发现确凿证据，仅聊备一说而已。

1943年以后，报刊上就看不到赵焕亭的作品了。目前仅发现一篇《忆凤庐谈荟·名士丑态》于1946年发表在上海的一家杂志上。同年12月，北京《一四七画报》记者曾发文，征询老牌作家赵焕亭近况。两周后，《一四七画报》报道："本报顷接赵焕亭先生堂孙赵心民来函，谓赵焕亭先生及其哲嗣彦寿君，刻均在玉田，此老仍康健如昔，知友闻知，均不胜欣慰。"

之后的报刊和市场上，再也没有出现赵焕亭的作品，但他在武侠小说史上，已经占据了应有的位置——"北赵"。

1938年金受申《谈话〈红莲寺〉》一文中即出现"南有不肖生，北有赵焕亭"一语，估计这一评语的真正出现时间应当更早，因为针对二人的武侠小说成就，在1928年5月的《益世报》上，就刊有署名木斋的读者发表了《评〈北方奇侠传〉》一文，该作者指出："近时为武侠小说者极多，而以（赵焕亭）氏与向恺然氏为甲。"并认为："（赵焕亭）氏之长处为能以北方方言、风俗、人情、景物，一一撷取，以为背景。盖氏本北人，于此如数家珍，而向来技勇之士，亦以北人为多，故能融合于背景之中，使卖浆屠狗之徒跃然纸上，读者亦恍若真有其人，为其他小说所不易见。其描写略似《七侠五义》及《儿女英雄传》，而卓然自成一家，盖颇具创造之才，非寄人篱下者也。"

对于与赵焕亭齐名的、同为武侠小说"甲级高手"的"向恺然氏"及其小说，木斋却并没有做进一步评价和比较，反而以当时著名的南派通俗小说家李涵秋与赵焕亭做比较，认为"苟取二氏全部著作之质量较之，则赵之凌越李氏，可无疑也"。

从这个角度看，木斋虽然把赵焕亭与向恺然相提并论，但他对赵氏武侠小说特色的评论，可以用之于任何小说。或许木斋心中对于小说类别并无定见，一定要遵循小说上的标签，但从另一方面来说，赵焕亭小说的"武侠特征"与向恺然相比，颇不相同。

简而言之，"南向"偏"虚"，而"北赵"重"实"。"南向"《江湖奇侠传》等小说是玄奇怪诞的江湖草莽传奇故事；"北赵"《奇侠精忠传》等小说则是在一幅幅市井、乡村生活画中，讲述的历史人物传奇故事。

虽然是传奇故事，总的来说，赵焕亭小说中的大部分故事都有所依据而非向壁虚构。《奇侠精忠传》据一部《杨侯逸事纪略》敷衍而成，《英雄走国记》则采明末笔记中人物和故事而成书，《大侠殷一官逸事》来自河北蓟县大侠殷一官生平逸事，《山东七怪》《双剑奇侠传》则依据山东济南、肥城一带真实人物的乡野传闻等。对于情节中涉及的历史事件，他的基本态度也是尊重历史记载，如《双剑奇侠传》中，浙江诸暨包村人包立身率众抗拒太平军，最后兵败身死。赵焕亭基本是完全采用相关笔记记载，连所谓的法术传说也照搬。为了故事情节的充实与好看，他当然会做一些发挥和演绎，比如把包立身这个普通农人改为武艺高强、韬略精通的英雄，同时还有好色的毛病，但这类演绎都不会改动历史事件本身的结果。

而对于不涉及历史事件本身的内容，赵焕亭就表现出化用材料的本领。在《续编英雄走国记》中，有一段谈到广西的"过癞"（俗称大麻疯，一种皮肤病）之俗，当地女子若不"过癞"给男子，自己就会发病，容毁肤烂，于是，很多过路人因此中招，而一个广东公子因女方多情善良，得以免祸。该故事原型出自清代著名笔记《客窗闲话》，发生地本在广东潮州府，"发癫"人也是男方，不惧牡丹花下死而中招。幸得女方情深义重，主动上门照顾，后来无意中让男的喝了半缸泡了乌梢蛇的存酒，癫病豁然痊愈。赵焕亭改变了故事发生地，发病人则改为女方，于是，一方面表现了女子的多情重义，另一方面又展现了男子一家的明理与知恩图报。治癫之方则仍然是那半缸乌梢蛇酒。

"北赵"的重"实"，还体现在小说内容的细节上。举凡山东、河北等地的风景名胜、美食佳肴，或出自前人笔记如《都门纪略》之类书籍，或出自作者往来京、津、冀、鲁各地的亲身经历。就连书中不经意间写到的地方风物，也同样是实景实事。《北方奇侠传》中有一段情节写向坚等几兄弟于苏州城外要离墓前给黄萧饯行。此地风景如画，"左揖支硎山，右临枫泾"，不远处是"隐迹吴门，为人赁春"的梁鸿墓。笔者曾根据上面这段描述向苏州一位熟悉地方文史的朋友询问，他证实苏州阊门外确有支硎山这个古地名，今天见不到小山了，清代曾在那里挖出过古要离墓的石碑。

赵焕亭的长篇武侠处女作《奇侠精忠传》，洋洋洒洒上百万字，以清朝乾嘉年间杨遇春兄弟平苗、平白莲教事为主干，杂以江湖朝野间奇侠剑客故事以及白莲教的种种异术奇闻，历史味道看似浓厚，然而里面有关奇侠剑客的内容所占比例并不算大，平苗和平白莲教的战争与武打场面也有限，倒是杨遇春师兄弟及各色人等的日常生活与交际、各类生活琐事的碰撞与解决则占了相当大的篇幅，农村空气中漂浮的乡土气味仿佛都能闻得到。其他长篇小说如《英雄走国记》《北方奇侠传》《惊人奇侠传》等也莫不如此。

一触及生活内容，赵焕亭手中的笔就显得格外活泼，村夫野叟村秀才，恶棍强盗恶婆娘，还有诸如闲唠家常和赶庙会的农村妇女、混事的镖师之类过场人物，其言语举止、行为谈吐，或粗鄙，或斯文，或虚伪，或实在，展示着世间的人情百态、冷暖人生。比如《大侠殷一官逸事》中，名镖师李红旗的镖车被劫，变卖家产后尚缺几百两银子赔款，以为和北京镖局同行交往多年，这最后一点儿银两多少能得到点儿帮助，结果各位大小镖头该吃吃，该喝喝，拍胸脯的、讲义气话的、仗义执言的……表演了一个够，最后镝子儿不掏，躲的躲，藏的藏，还有捎回点儿风凉话的，把李红旗气得半死。已故著名民国通俗小说研究学者张赣生先生称赞这段文字不让吴敬梓《儒林外史》专美于前，而类似的文字在赵氏小说中也不止一处。

虽名"武侠小说"，而满纸人世间的生活百态与人情勾当，使得赵焕亭小说表现出与大部分武侠小说颇为不同的特色。书中的侠客奇人们更多地表现出"世俗气息"或曰"世情味"，而缺乏"江湖气"。他们活动的地方多在乡村、市镇乃至庙会中、集市上，除了头上被作者贴上个"大侠""武功家"之类的武侠标签外，其日常言语、行为与普通市民、村民并无二致。若说"南向"小说中人物是"江湖奇侠"，那么"北赵"书中人物最多称得上是"乡村之侠"。即使是已成剑仙的玉林和尚、大侠诸一峰、南宫生等，也没有在名山大川中修炼，反而在红尘中如普通人般生活，有当塾师的，有干算命的。《奇侠精忠传》和《英雄走国记》属于赵焕亭小说中历史类武侠，书中正反面人物各个盛名远播，也仍然近似普通人，而无我们常见的武林人面目。

应该说，这样的侠客源自他心中对"侠"的认识。在《大侠殷一官逸事》（1925 年）序言所述："予独慕其生平隐晦，为善于乡，被服儒素，毕世农业。侠其名，儒其实，以是为侠，乌有画鹄类鹜之虑乎？……俾知真大英雄，必当道德，岂仅侠之一途为然哉。"

再如次年所写的《双剑奇侠传》，男主角山东大侠梁森武功大成之后，"恂恂粥粥，竟似一无所能，武功家的矜张浮躁之习，一些也没得咧。……绝口不谈剑术。春秋佳日，他和范阿立有时巡行阡陌之间，俨然是一个朴质村农"。活脱脱是大侠殷一官的又一翻版。

可见，"儒其实"才是赵焕亭认可的"侠"之本质，侠行、侠举只是外在表现。真正的英雄豪杰，必是重操守、讲道德的人物，苟能如此，又不一定只有行侠一途了。他有这样的认识，无疑与前文述及的自幼年即长期接受儒家思想的教育密不可分。其实，在更早的《奇侠精忠传》中，他就是完全按照儒家的做人标准来写主人公杨遇春，一个类似《野叟曝言》主人公文素臣般的完人。其人武功高强，处处以儒家的忠孝礼义廉耻观念要求自己，也教导、劝诫贪淫好色的师弟冷田禄，更像个老夫子，不像个名侠，刻画得不算成功，但"侠其名，儒其实"的观念已经形成，并一直贯彻到后面的作品中。如1928年写的《北方奇侠传》，主人公黄向坚事亲至孝，终于学成绝艺，最后万里寻父，同样也是"儒其实"的表现。

就这一点而言，"北赵"之侠或又可称为"儒侠"。"南向""北赵"之别不仅在于两人的地理位置之不同，也在其侠客属性有所不同。

作为"儒侠"的对立面，自然是"恶徒"，武侠小说中不能没有这样的反面角色。赵焕亭自然不能例外。值得一提的是，赵焕亭小说中的不少主要的反面人物并不是一出场就开始作恶，甚至很难说是一个恶人，如《奇侠精忠传》中的冷田禄，虽是名师之徒，但屡犯淫行，品行不佳，但在杨遇春的不断劝诫与行为感召下，心中的善念在与恶念的斗争中，曾一度占了上风，于是冷田禄力求上进，千里赴京，追随杨遇春投军，在平苗战役中立了不少功劳，但最后还是恶念占了上风，彻底滑入邪魔外道中。又如《大侠殷一官逸事》和《殷派三雄》中的赵柱儿，本是聪明孩子，性格上有缺点，虽有师父、师兄的提点、劝告，但终不自省，终于蜕变为真正的淫贼。《马鹞子全传》中的主人公马鹞子，由乞丐小童成长为武林高手，然而不注重品德修养，逐渐热衷功名富贵，不论大节与是非，反复无常，最后羞愧自尽而亡。马鹞子王辅臣是真实的历史人物，最后结局确实如此，小说中发迹前的故事多是赵焕亭的自行创作，讲述了一个武林好汉如何变为热衷功名、三二其德的朝廷走狗的历程。

上述这类角色身上都或多或少反映了人物性格的复杂和多变，赵焕亭或许并非有意塑造这样另类的武林人物，但与同期包括之前的武侠小说相比，大约是最早的，有些角色也是比较成功的。

对于这些角色包括书中的真恶人，其为恶的途径与发端，赵焕亭却处理得很简单，基本归于一个字——淫。恶人无不是好色之徒，也往往由各类淫行，终于走上为恶不归之路。更有甚者，普通人物也往往陷入其中，招致祸端。如此处理人物未免过于简单，只是赵焕亭在这类事情上的笔墨也花得有点儿过多。

顺带一提的是，时下论者都认为"武功"一词用于形容功夫系赵焕亭所创。其实他用的也是成品。清朝著名笔记《客窗闲话》续集里有《文孝廉》一文，其中就有"我虽文士，而习武功"一语。准确地说，赵焕亭的贡献是在民国武侠小说中率先使用而非创造该词的新用法。赵焕亭自己肯定没有想到，这个词竟然成为日后百年间武侠小说作者的必用词语，也成为日常生活中的常用语。

赵焕亭的武侠小说具有其他名家所没有的"世俗风情"，以此似完全可以单独撑起一个"世情武侠"的门户，与奇幻仙侠、社会反讽和帮会技击诸派别并立于武侠小说之林。

作为掀起民国以来武侠小说第一波高潮的领军人物"北赵"，作品无疑极具研究价值，可惜一直未能得到应有的重视。1949年新中国成立后，直到20世纪90年代才有零星的赵焕亭武侠作品出版，至今二十多年间，仅出版过四种。

此次中国文史出版社全面整理出版的赵焕亭武侠作品，大部分是新中国成立后从未出版过的，所用底本也尽量选择初版或早期版本，即使如出版过的《双剑奇侠传》《奇侠精忠传》《英雄走国记》和《惊人奇侠传》，也都用民国版本进行校勘，由此发现了不少严重问题。《奇侠精忠传》漏字、漏句和脱漏段落十余处，近2000字；《惊人奇侠传》漏掉了大约15万字；《英雄走国记》20世纪90年代的再版只是正编。这些意外发现的问题已经在此次整理中全部加以解决，缺漏全部补上，《续编英雄走国记》也将与正编一起出版。

此次出版的作品集中，还有几部作品需要在这里略做说明：

《南阳山剑侠》是赵焕亭写于20世纪20年代的文言武侠小说；

《江湖侠义英雄传》，又名《江湖剑侠英雄传》，系春明书局1936年出版的长篇武侠小说，封面、扉页均未署有作者名字。从赵焕亭所撰序言看，也许另有作者，他则如版权页部分所示，为"编辑者"；

《康八太爷》和《风尘侠隐记》都是未曾结集的报纸连载，也没有写完。为了让广大读者和研究者全面了解赵焕亭20世纪30年代和40年代不同时期的小说特点，特地予以抄录，整理出版；

《殷派三雄》在天津《益世报》上一共连载四十回，未完。天津益世印字馆出版单行本三册，仅三十回。此次出版据报纸补充了未曾出版的最后十回，以示全貌予读者。

笔者多年来一直留意赵焕亭的有关资料，幸略有所得，今效野人献芹，拉杂成文，期副出版方之雅爱，并就教于识者。

是为序。

顾　臻

2018 年 8 月 20 日于琴雨箫风斋

目　　录

1

自　序

尝谓探星宿之源者，必观朝宗之异；凌太岱之顶者，不厌众山之奇；盖以山水所从出，蕴蓄富有，固叹观止，而负势争出汪洋恣肆之观，尤足发皇耳目也。侠徒斗泰，如《殷一官逸事》，既如前传所述，所谓殷派三雄者，已东鳞西爪，渐露头角。如道子画龙，其攫拿变化，已隐隐于云水滉漾、风雨晦明中。今安可不云消雷震，一揭真相乎？至三雄事迹，尤新颖无前，而本书劝善惩淫之旨，即寓于三雄邪正分途、始合终离中。至其中之逸闻逸事，悉得自故老传闻，虽云野乘，正足资谈助尔！

中华民国十五年阴历二月初八日

焕亭氏识于潜庐

初　编

第一回

言志向兄弟渐分途
述奇闻包娘恶作剧

且说殷志学自和李一妹、燕飞来等大闹鹤庆寺，折服恶僧普法；回到家后，见三个弟子武功已成，便各传绝艺一桩，令他等各谋生业，自己依然家居奉母，自乐田园。当时三个弟子乍离师父，自有一番喜感情状。喜的是各得绝艺，感的是离群在即，各奔前程。

当时大家拜谢志学，尤（大威）、徐（辅子）两人不由感激流涕，唯有赵柱儿眉飞色舞，一无恋恋。于是志学谆谆地勉戒多语，三人唯唯受教。尤、赵两个有家可归；只有徐辅子，一来无家，二来恋恋师父，不忍便去，便仍在殷宅执洒扫之役。有时节仍和尤、赵聚会在演武院中，谈笑之暇，习练武功。

一日三人谈起将来做事业，各征志向。尤、徐两人方在默然深思，只见赵柱儿揎拳勒袖，跳起来，哈哈大笑，道："是英雄好汉，既有一身本领，总要轰轰烈烈干他一场。俗语云：人过留名，雁过留声，俺将来看机会做事，总要使四海之内知有赵某。名的美恶，且不必提。"说着耸肩道，"俺总不会像师父一般，空有全挂子的本领，却如大闺女似的，藏在家里。难道咱殷派武功，天下还有敌手吗？"

辅子听了，拍膝道："对呀，老弟真好志气，将来光大师门，怕不就是老弟吗？"柱儿听了，越发得意，正在轩眉瞬目的当儿，只见他一个邻家小厮跑来，道："赵大哥别吹花胡哨咧，你家老爷子又病得啾啾唧唧，央俺来寻你哩。"

柱儿瞋目道:"讨厌得紧,一个人生病,什么稀罕事,还值得你大呼小叫。"小厮眐着眼儿,道:"你不去就罢,俺传到话就是咧。"

柱儿听了,还想信口开河,偷瞅大威面孔却板板的,只得搭趁着,和小厮逡巡而去。这里大威却叹道:"赵老弟天性如此,并且自负如此,古人说得好:襄至便骄,何尝有之。咱们该狠狠地箴规他。徐老弟不该顺他话儿,添他意气。"

辅子笑道:"大哥你不晓得,赵老弟为人不受正言,总须顺着毛儿扑撒他。到紧要处,瞅个冷子,下一针砭,他或者还能听你的。你若正颜厉色地箴规他,他就会和你冷冷的哩。你看他见了你,很犯拘束,不像见我一般,就是这个缘故了。"

大威点头道:"有理,有理!这一层,俺也晓得,只是俺性子不会委婉,说起话来直撅撅的,明是一团好意,由俺口中发出,便像和人吵架一般哩。"辅子微笑道:"这正是大哥的好处,真个的,这几天赵老弟不断地趸向大哥家,想是磨着您教他点穴吧?"

大威道:"他虽有意,俺如何肯轻传他?他总是稳不住脚。便是俺偶不在家,他也和郭家婆媳瞎三话四一会子才去哩。昨天那郭大娘还和家母嘟念,道:'怎的赵爷通似慌蝴蝶似的,也没个内外,只管乱串。'你看他不是稳不住脚吗?"

辅子听了,也没在意,大威道:"你的行止是怎么打算哪?"辅子沉吟道:"一时没有机会,俺想出门漫游一回。一来开开眼界,二来得遇机会,也未可知。这就是因缘生法的勾当,连俺自己也不能预定主意哩。"说着忽笑道,"大哥你升升冠,俺给你相相面孔,望望气色,便知你运气如何,求谋事业有成与无成。"

大威惊笑道:"你几时又会相法了呢?"辅子笑道:"你不必管,且看俺相术如何。"于是大威真个忍笑端坐,辅子方望望大威印堂,道得一声恭喜,只听窗外有人笑道:"同喜,同喜。"声发处,趸进一人,有三十多岁,生得精精壮壮,鬓角上一处枪伤,衬着一张阴阳脸儿,半黑半白。穿一身紫花布短衣裤,腰束皮带,脚下是踢死牛搬尖洒鞋。一手搓着大钢球,笑向辅子道:"那会子俺遇着赵爷,方知徐爷一向没出门。今有桩事体,徐爷能高兴去玩玩吗?"说着和大威一点头,随便落座,道:"尤爷什么喜事呀,可好算俺个喜份

（俗谓通庆吊之礼，曰随份子）吗?"原来此人姓王名和，就是蛰龙峪邻村的人，浑号儿"兔子王"。因他打猎为业，习得一手好鸟枪。此人性好结交，热心眼儿，爱说爱笑，三里五村的人没有不和他开玩笑的。

那时马兰峪镇上（属遵化县），守陵旗员们岁需野物雉兔等，或做祭品，或充口腹，都是王和的好主顾；因此王和事业兴旺，便交结了许多猎户。每年春秋两季，必要大队出发，放两次洪围，近或百里，远或数百里。有时在兴隆山一带，有时在老陵中盘旋。每一次放围，不定流转多少日子，总要饱载而归。大家分卖来，甚是得利。

当时大威笑述所以，王和跳起来笑道："徐爷会相法吗? 却再好没有。俺不久又要放围，你且给俺观观气色、彩兴。"于是三人谐笑一回，王和向辅子道："俺有桩事，特来和你商量，你左右闲暇没事儿，何妨跟俺放围玩玩呢，不省得待出痞来吗?"

辅子暗想道："这兔子王是数过星星的茬儿。他无端邀我去分他彩股，这其间定有缘故。"因笑道："王兄这次忽邀俺这利巴头（俗谓门外汉也）去，却是为何呢? 难道愁彩头没人分吗?"王和道："没事，没事，俺见你闷在家里，跟俺玩玩去不好吗?"大威道："正是哩。徐老弟去去也使得。"

辅子道："俗语有云：无功受禄，寝食不安，俺为甚白分王兄彩头呢? 不去，不去。"王和笑道："你这精灵鬼，真会拿这股子劲头儿。俺实对你说吧，如今俺大家这次放围，却要深入老陵，在小长白山下放回围场。因那里貂鼠最多，大有利头；却有一样不妥当，就是猛兽怪物等时时有的，所以俺邀你去，壮壮胆儿。"

辅子摇手道："不成功。俺虽晓武功，却没习过猎枪，难道撞出猛兽，给他打把式看吗?"王和道："你好发呆，你虽不习猎枪，难道不会用标枪吗? 就为的是倘有野兽来犯人，你保护俺们猎队就是咧。"辅子听了，方在微笑，大威道："放洪围，有趣得很，徐老弟可以去的。俺就差着有俗事缠身，不然俺也去一趟。"辅子听了，这才欣然应允，王和大悦告辞。

尤、徐两人送至门首，王和道："俺们秋季出围，总须九月初

5

旬，届时你听俺奉邀吧。"于是匆匆别过。

这里尤、徐趑回，辅子道："大哥你印堂气润，定然谋事有成，不会错的。"大威笑道："老弟想是知俺近日有两件事体，正在还没落实，所以如此说吗？"辅子愕然道："什么事体呀？俺不晓得。"大威道："噫！这事体，赵老弟早就晓得。俺一来因事儿没落实，二来料赵老弟必然和你谈及，所以俺一向没提；不想赵老弟竟没和你谈。"

辅子眼睛一转，道："这就是了，但是怎么两件事呢？大哥愿就吗？"大威道："但是前些日，北京吕大哥（吕二）与俺来信，叫俺回京之外，还提着两件事体。一是通州总捕头徐大奎，因儿子花胳膊徐小五，新在保定一带，遇着仇匪，被人家打了包儿（贼仇捕役，每肢解之，俗谓打包儿）。徐大奎伤痛之下，又因自己年迈，想保全这副老皮骨，便在本州递了辞禀。不想州官儿因畿辅多盗，徐大奎是著名能捕，甚为得力，便命他物色继职之人，方许他解役。徐大奎和吕大哥甚为厮熟，所以吕大哥想到我身上。那一件事，却是北京胜和镖局约请朋友，过个三五天，俺还须先到京去一趟，和吕大哥接洽一番，再定行止。赵老弟很盼望两件事都有成，他好分一桩去做哩。"

辅子点头道："哦，这就是了。但大哥所谋之事，一定有成的。"大威叹道："俺若不为家境所累，谁耐烦去就事，你看咱师父，何等高超。却是老弟，几时又会的相法呢？"

辅子笑道："俺这是没出息的打算。俺学这营生，为的是漫游当儿，着了紧进子，骗人糊口。只要放开嘴岔子，胡拉八扯一阵，敢好也骗顿饭吃。便是有一天，俺偶在瞿县庵内和老本弟子法明谈天。这秃厮不像他师父实性，专好吹嗙嘹哨，说起来就像个百事通，其实净是嘴头。他偶然自夸会相面，正在三山五岳地乱讲，恰巧村中包大嫂进庵烧香。这包大嫂您是知道的，她汉子包二揽现当着本村地方，两口子三日两头地吵架。吵到当街，包二揽脸上常挂着被挠的晃子。"

大威笑道："俺晓得唎，这包大嫂不是细高条儿，容长面孔，说起话来喳喳的，家中放赌，外号儿'女光棍'的吗？"辅子笑道：

6

"谁说不是她呢？大哥不曾听说她二十多岁的时光，要活煮班头吗？"

大威笑道："怎么呢？"

辅子道："说起来，倒是笑话。本来包大嫂二十多岁的时光，模样儿很漂亮。不消说，有这副亮招牌，家中赌局甚是热闹。久而久之，县中班头们便生心抓赌诈财。虽闻得女光棍不是好拨撩的，却也没搁在心上。有一天，正当夏月，班头等踏准包家赌局，便分人前后埋伏定，由头儿雷胖子啪啪一叩门，便闻里面娇滴滴应道：'谁呀？'雷胖子由门缝瞅去，早见包大嫂光头净脸，发边插两朵山茶花儿，扎括得花枝似的，手内正提了只水壶，似乎是伺候赌局的模样。雷胖子暗想道：'这雌儿诡计多端，若听出俺的语音，她先将赌具藏毁，这场赌抓得便没劲儿咧。'于是捻定鼻头，道：'包嫂儿呀，俺们当家的，没在这里来起起腻吹闲脖颈（俗谓旁观作局者，曰吹脖颈）吗？真是人家说得好来，人家作局他先上，人家发牌他不嚷，人家满糊他算账，人家抽头他也抢。点心端上他先呛（读仄音，呛者吃也），人家吐唾他后让，人家输钱他肚洇（谓不舒心也）哩！这会子家中有事，你且开门，等俺揪他出来。'

"包大嫂仓促之间，只当是赌徒们家里的来寻，便笑道：'你这大嫂，倒好嘴头子，俺怎的听不出是谁来呢？'说着，门儿一启，只听哗啷啷黑索一响，雷胖子一脚踏入，一竖大指道：'包大娘，你是有名的光棍朋友，咯吧吧的角色，明人不用细讲，朋友，跟俺走吧。'说罢，就要撮唇唤人。大哥，你猜包大嫂怎么着？当时包大嫂并不慌忙，却扭着头，抿嘴微笑，急忙摇手道：'悄没声的，你自家嚷穿了，叫大家一五一十地分得过结儿（班头受贿，俗谓讲过结儿）去，却不呆串了皮吗？'说着眼风儿一瞟，绵团似的手抚向雷胖子肩头，道：'雷头翁，你说是怎么讲？咱们彼此心照，没有不好办的事。俺虽是女人家，说一句，算一句，您且向厢房落座，吃杯茶儿，等俺和那群人们打过招呼，管保叫您过得去。便是以后，给您纳分规礼（谓常纳赌规也）都现成。为甚长食不吃，吃短食呢？'

"这时雷胖子因跑得慌张，挥汗如雨，听得包大嫂这套绵软软的入脏话儿，正没作理会处。那包大嫂更来得老气，忽取下怀上带的喷香的丝巾，便给雷胖子来了个猴儿洗脸一抹撒，一面咬着唇儿悄

笑道：'虽为您黑汗白流地趸来，俺又没准备东道，停会儿俺去温水，您且洗个澡吧。俺虽没别的敬意，难道不该给您擦擦背吗？'

"雷胖子见包大嫂眉欢眼笑、风情荡漾，早已将班头威风化了大半；又听得这番话，真是心里眼里都是舒齐。正这当儿，已被包大嫂撮入厢房。然而雷胖子也是个老油子，便绷起脸子道：'包大娘，你既请朋友，就好说咧，咱那所以然须得见得起人哩。若是一壶子醋钱的勾当，你就趁早别去费事。你圈的那群秧子（谓富家子弟），哪个不是顶盖肥呀。'

"包大娘忙摇手道：'悄没声的，您赌好事吧。您是干吗的呀？俺没说吗，咱们彼此心照，你想咬他们一大口，俺也没想下小口哩。咱们索性说明话，这就叫里外反叛，专拿土鳖。'说罢，一扭腰身，但听一路莲步细碎，直奔后院。

"这里雷胖子不由暗想道：'好厉害家伙，果然不愧女光棍三字，真有她的。怎的我们做公的两面落好、两面抓钱的本事，她就学会了呢？少时这注肥财定然写意。只要今天俺踏进她门，这股财源就取之不竭咧。以后彼此熟滑了，俺先下小笊篱，先认她个干女儿，以后的乐子，简直就大咧。怪不得今天同伴们说俺满面红光，原来是人财两得的兆儿。'想得得意，便奋拉着肥脑袋，在室中乱蹑。

"正这当儿，只听窗外扑哧一笑，随即有半个娇面孔露在破窗隙中。雷胖子望去，正是包大嫂，匆匆地由窗外伸进个白嫩指头，道：'过结儿，整整一千吊钱哪！'雷胖子大悦之下，包大嫂道：'洗澡水少时就得咧，您听招呼吧。就在俺房中洗吧，咱们没讲究的。'

"雷胖子猛闻，不由心花大放，赶忙从窗隙望去，只见包大嫂业已换了一身粉红纱的短衣裤，香襟半敞，微露大红肚兜儿，下面露出藕也似一段小腿，衬着尖尖脚儿。这段风光忽曜入雷胖子眼中，正在痴迷之间，只见包大嫂已经掀帘入室；便闻得倾注兰汤，汨汨有声。

"雷胖子一颗心，也便随着水声翻滚上下。正在厢房中溜溜瞅瞅，只听包大嫂笑唤道：'雷爷快来吧。'雷胖子欲待高应，不知怎的，只觉口涩心战，便咕噜了一句，趸入正房穿堂；只见一锅沸水，正飞花滚雪，热气腾腾（北俗村庄间，多在穿堂炊饭。俗语云：得

8

了锅台就上炕，谓其相连也）。浴盆水勺都已安置停当，并且有两具浴凳。包大嫂正一手掠鬓，一脚蹬着锅台。一见雷胖子，竟笑嘻嘻飞个眼风儿，老气横秋地脱下短衫，露着玉雪似的上身儿，道：'左右咱是自己人，且一同洗洗吧。雷爷你手把快，烦你注注汤，俺去取浴巾香皂去。'说着跑入里间，便听哧哧地笑，先抛出一条纱裤来。

"这里雷胖子魂魄都无，假如这当儿，有人问他贵姓，他一定闹个张呐吧。于是提起水勺，正在弯着腰子就锅揇水；忽觉脑后噼啪两掌，雷胖子冷不防向前一扑，险些儿栽入锅中，幸觉得有人将小辫一把提牢。雷胖子急挣忙望，不由吓得魂飞天外。大哥你猜怎么着？"

大威听了，不由鼓掌大笑，正是：

奇情迥出人情外，得意须防失意时。

欲知后事如何，且听下回分解。

第二回

逞淫心柱儿协密约
进讽谏辅子戏同人

　　且说大威笑道："不须猜得，这种稳军计的把戏，俺当年创混混不学好时，是干惯的老营生。这无非是包大嫂支使赌徒殴差罢了。"

　　辅子笑道："不是的，当时雷胖子回头一望，就知不妙。只见包大嫂赤条精光，只腰下围一幅浴巾，蛾眉剔起，挫着牙儿，道：'好囚攘的，你整年抓赌诈财，今却寻到老娘这里。好嘛，不给你个厉害，你也不认得马王爷三只眼哩。俺且学学孙二娘，煮点儿人肉卖卖。'说罢，玉臂起劲，就向锅内按。

　　"雷胖子被这一按，方知包大嫂笨劲头儿很不为小。于是两只手据住锅台，情急大叫。包大嫂喝道：'你再强倔，俺登时喊动邻佑，提你到官，告你个挟差强奸的罪名。'雷胖子听了，知入圈套，只得没口子央及一阵，包大嫂方释手，从容穿衣，却笑道：'雷头翁，你受惊了，俺也不白了你。'说罢，取出数两纹银递给雷胖子。从此公人等再也不敢去打搅咧。"

　　大威笑道："包大嫂这段事，俺却不晓得，但是她进庙烧香，怎样呢？"辅子道："当时了明那秃厮，伺候包大嫂烧过香，一直送出山门，却不住地端相人家后影儿。俺方在暗笑，了明趑回，道：'包大嫂左眼眶上有些晦气，不出三天，定要闯点儿灾眚。'俺笑道：'你想是又短经忏钱花咧，就盼人有灾眚。'了明笑道：'你不信就罢，俺这相法是在本的。'说着由经函底下抽出一卷书，却是本手抄的破乱不全的《麻衣神相》，只有觇望气色几页儿，原来是个游方老

10

僧贻下的。当时俺草草一看，也便随手抛开。不想没过两天，村中传说，包大嫂因自己赶车前去贩米，却被牲口惊翻车，轧坏脚骨。俺从此颇觉了明这秃厮似乎是真通相法，便走去一请教他那本破书。哪知他更糊涂，不明书意，前日他说包大嫂犯灾眚，确实偶然一口戳到屎尖上咧。俺因闲着没事儿，便随手取他那书，闲看消遣。哪知凡事怕用心，俺看这两遍，觉着有些意思，后来越看越有味，所以俺今天也相相大哥。但愿俺一口也戳到屎尖上，大哥事体就有成咧。"

两人笑了一回，当即别过。大威方一脚踏到家，只见赵柱儿匆匆由内出来。大威道："俺刚回来，老弟怎么倒走呢？"柱儿不由脸儿微赪，赶忙道："俺因俺父亲吃药，寻些藕节儿做引子，向郭大娘处寻寻，也没得；只好别处去寻咧。"大威道："你父亲好些吗？"柱儿一面侧身蹭出门，一面道："好些，好些。"说罢，一溜眼光，匆匆而去。

这里大威也没在意，拔步趄进大门，经过郭家跨院角门，只见郭大娘正在院中，低着头儿，据盆洗衣，却噘着嘴儿嘟念道："这小挨刀的，安这种心，叫他再不得好死！"大威趄过之间，又听得郭大娘骂道："浑身没有四两重，什么骨头呢？"

当时大威心在谋事，见了母亲，只说回不久赴京之事。尤母道："真个的哩，你要赴京去几天？咱这门户，真还须谨慎些。方才俺听得郭大娘高声急气的，似乎和人吵了两句，便搭着咱老房东，既是个二成眼，又聋天磕地；郭大娘又孀居着，许多不便。"大威道："这不打紧，俺赴京，还托徐老弟来照应便了。"尤母道："方才赵柱儿，在我跟前打了个转就走咧，那孩子总不像徐辅子稳重哩。"

母子闲谈一回，用过晚饭，一宿无话。待得几天，大威掭挡行李，将家事托给辅子，即便徒步赴京。那赵柱儿却瞒着辅子，追出大威老远的，谆嘱给他谋事，这且后表。如今且说这郭大娘，本是儒家女儿，自孀居以来，甚是正派。婆婆郭太婆自娶得儿媳妇之后，便将一切家事都交给她。老太婆没事，饭碗一推，无非是衔了烟袋，串百家门儿；及至回来，还要碎米糟糠地挑剔一阵。喜的郭大娘甚是孝顺，待老太婆发落过，依然是欢笑承迎。逡巡之间，早将所备甘旨并滚熟的烧刀子端将上来。原来老太婆就好喝盅儿；还有一件随身法宝，便是那杆旱烟袋，总要噗喳噗喳，吸得满屋屎臭气，方才罢手。再就是她那个挎兜儿，每天装满数百钱，必要串门输净为止。

郭大娘清晨起来，百事不理，先给她装满钱。老太婆早饭酒罢，嘴巴子一抹撒，拍拍屁股，挎起兜儿，拎了烟袋，拔脚便走。门户等事全是大娘。那老太婆自从儿子死掉，哀痛之余，便越发拿酒解愁，以烟排闷。她两只昏花老眼，本因烟酒过度，并整天价扒着眼子斗梭儿糊，受了病症。这时伤念儿子，急火攻心，呼一声上了眼睛，竟肿疼得烂桃一般。久而久之，竟落了个二成眼，略通道路。却是脾气越躁，不怕因狗打架的事，她往往和邻舍家打一场子，因此闹得黄狗不尿门。亏得郭大娘有人缘儿，并事奉婆婆事事尽心。及至尤母等搬将来，郭太婆脾气也便好了许多，宾东间甚是融洽。郭大娘见大威等，通不回避，便如个老姊姊一般。赵柱儿年岁最小，大娘看他，只如孩童，有时节见柱儿顽皮得过火，大娘往往笑着呵斥他。因此柱儿越发逞头上脸，大家见惯，倒也没人理会。

这时郭大娘虽有三十多岁，却是徐娘半老，风韵犹存。有时梳掠得光头净脸，乍望去，还似个小媳妇儿，这也不在话下。且说那徐辅子，自大威赴京后，果然时时趄向尤家，无非和尤母谈回家事。

一日辅子刚趄向后巷口，只见赵柱儿低着脑袋，从尤宅匆匆而出。辅子以为他去看望尤母，也没注意，及至进内，见了郭大娘，却见她沉着脸儿，不似往时有说有笑。辅子进内，见过尤母，便退入后院厢房中，稍为歇坐，并随手记了两笔日用账。

正这当儿，忽听得郭大娘呜呜咽咽，似乎哭泣。辅子暗笑道："想是老太婆又发脾气咧。"倾耳之间，却闻郭大娘喊喊喳喳，似乎是和老太婆拉什么体己事。但闻老太婆哼的一声，狂叫道："你说的就是那赵柱儿蛋蛋子吗？真是人小鬼大，猴儿拉稀，坏了肠子咧。好小杂种哪！"说着拐杖声动。便闻郭大娘忙说道："娘别嚷，您还不曾听明白哩。媳妇这时不会被他欺侮了，您且听俺细细说来。"

辅子听至此，不由大疑，便匆匆趄向后院墙根，一倾耳，早听了个不亦乐乎。原来赵柱儿想勾搭郭大娘非止一日。自志学散徒后，他一来自恃离了管束；二来，闲荡无事，越发思念闲情儿，便不时踅向郭大娘处，蝎蝎螫螫。起初，郭大娘还没觉得。一日郭大娘正弯着腰儿就锅捞饭，柱儿从身后跑来，只做脚下一滑，却扑抱在大娘背上。又一日大娘洗了两把生菜，由厨下扭出来，方踅向花架下，却去晒晾，只见赵柱儿笑嘻嘻踅来，道："大嫂嫂，你攀不着花架，等俺给你弄吧。"说着凑近大娘。恰好花架上，有个马蜂窝儿，哄地一飞，便有一蜂正落在大娘胸上，柱儿忙道："大嫂别动，俺给你扑杀它。"不容分说，一手伸去。

大娘忙唾道："你再顽皮！"说罢一摔生菜，抢了柱儿一头水。原来柱儿的手不曾去客气马蜂，却向大娘玉乳上摸索起来。便是这等光景也非止一日。郭大娘为人正气，一时想不到柱儿揣着邪念，以为他总是孩气。不想有一天，郭大娘正立在高凳上，取柜顶上的旧衣包裹，恰巧柱儿踅进，郭大娘便命他接着手儿。

柱儿跑到跟前，不容分说，向郭大娘脚儿上便是一捻。郭大娘哎哟一声，跌下凳来。那柱儿趁势，还只管嬉皮笑脸，亏得郭太婆从邻家输了钱，一路四六句子骂将回来，柱儿方才跑掉。从此郭大娘明白就里，但见柱儿踅来，便躲向尤母处。有时节老太婆在家，婆媳俩便形影不离。想要趁空儿告诉尤母，命大威禁止柱儿往来，又不好意思说出口来，因此只和尤母嘟念回柱儿轻佻。哪知柱儿自志学散徒后，胆儿越大，郭大娘虽不理他，他却属剃头柜担的，一头儿热咧。

这日郭大娘正在院中蹲踞着洗衣服，只恐水溅，便将裤管儿勒起，正叉着腿儿，洗得起劲，忽觉不便之处，有人从后面触了一指。大娘大惊，跳起一看，却是柱儿不知多早晚闪在身后，正在那里邪眉溜眼地做丑态。于是大娘彻耳根玉面通红，便骂道："你这厮不怕雷劈吗？你不滚去，俺先告诉殷大叔再讲。"

柱儿这时究竟怕志学，逡巡之间，只得跑出。不想恰遇大威，只得撒个瞒天大谎，一径踅去。

看官须知，少年人最怕心邪，唯有男女这档子事，比什么都霸道。只要他转这念头，要想勒这悬崖马儿，真比登天还难。俗语云：色胆如天，何况柱儿又自恃一身本领，哪怕郭大娘钻在铁柜里，他也会寻去硬做哩。却因大威没出门，他毕竟不敢胡为。不想天从人愿，大威居然赴京。这一来，乐得柱儿只管打跌，便索性不去讨厌，稳住郭大娘，却暗地里自做手脚。

那郭大娘见柱儿有几天没来踏脚，也便心下稍安。不想这日早饭罢，老太婆好食困，自去后院中睡她的中觉。郭大娘正在前院中料理琐事。忽听背后脚步声响，大娘不及回望，便觉被人一把抱牢。急回望，却是柱儿。大娘惊愤之下，连挣带骂。柱儿冷笑道："你今天如俺之意，好多着的哩；不然……"说着一绷面孔，杀气森森，突地由怀中掏出把明晃晃的牛耳尖刀，锵嘟嘟就水缸沿上来回一磨，低喝道："你若不要命，就说爽快的。"说罢，抱定大娘，便奔住室。

你想赵柱儿那等气力，捉搦个妇人家，还不似个小鸡吗？当时郭大娘羞愤交并，只管宛转与柱儿肘腋之间，一个坠嘟噜，索性实咣咣坐在地下。柱儿笑一声，口中衔刀，一只手揽定大娘，那一只手便去撕搎衣裤。

好大娘，真有急智，索性头儿一扬，道："来吧，快给俺一刀。你若在光天化日之下这等恃强，俺宁死不从。难道除了这一时，你等着去托生吗？"说着眉梢一展，扑哧一声笑咧。

这一来，柱儿料是成功，情急之下，便先弯倒腰，将大娘扎实实地亲了一口，然后一挺手腕，将大娘扶将起来。大娘唾道："你既有意，须做得严密些儿。人有脸，树有皮。这会子大天白日，倘有人撞将来，什么意思呢？今夜二更鼓后，俺掩门相待就是咧。"

柱儿喜道："真个的吗？"大娘道："什么真不真！俺一个没脚蟹，还跑掉不成？"说着有泪往肚内流，却笑吟吟将柱儿嫩腮撕了一下。于是柱儿自以为千安万当，便匆匆踅去，准备着身赴高唐。

这里大娘稍一定神，正在气急攻心，在院怔立着，没作理会处。恰好郭太婆醒来唤茶。大娘连忙踅进，一见婆婆，想起婆媳伶仃，被人欺侮，不由双泪顿落，方呜咽咽吞吐地说得赵柱儿横来欺侮，竟存不良；那郭太婆躁怒如雷，便喊骂起来。

当时大娘急忙止住婆婆，一述柱儿累次调戏情形，并这次不可开交的光景。辅子听了，方在暗暗跺脚，只听咕咚一声，郭大娘失声道："娘快醒来。"于是辅子猛然得计，当时料得郭太婆是气急昏去，便登时双足略欠，唰一声跳过墙头，直然地大骂道："好赵柱儿，还得了吗？郭大嫂，不须着急，都有我哩。今且唤醒老奶奶再讲。"于是一掀帘儿，闯然抢入。

这一来，吓得郭大娘也不知是急是羞。一望辅子，那泪珠儿便似珍珠断线般直滚下来。原来辅子、大威都是大娘极敬重的人。那大威还过于端严，大娘等等闲价说起家常话，却不如待辅子，便如老弟弟似的，长长短短，好好歹歹，一无避忌。

当时大娘猛见辅子，便如亲人一般，所以痛泪直泻。辅子摇手，忙和大娘捶唤醒郭太婆。方想扶起她，安置在榻，只见她模糊糊一睁眼，一个鲤鱼打挺，跳起来，指着辅子骂道："你们这般小蛋蛋子，简直没好东西。"说罢颤巍巍只是摇头。

辅子都不管她，硬将太婆按卧于榻，便和郭大娘踅入前室道："俺不想赵柱儿这般无状。论理说，就该杀掉。但俺同门一场，却不忍得。这节事，若叫俺尤兄晓得了，便不可开交咧。大嫂不必气苦，今俺自有道理。"于是和大娘悄悄数语。

大娘恨道："事已如此，俺也不怕徐老弟笑话。你还没见赵柱儿丢眉溜眼，那副邪形儿，多么可恨哩！你可不要轻轻放掉他，须结实实捶他一顿，方解恨哩。"辅子笑道："就是吧，您只预备一支篝灯就成功。"于是辅子匆匆别过大娘，一路慢步沉吟，又恨又笑。

须臾入夜，晚饭罢，辅子怗惚一番，暗想道："赵柱儿精精灵灵一个人，却好走邪道儿，将来怕不从这上头吃亏吗？俺且去鬼混他一场，先拿话点醒他，看他精灵比俺老徐何如。"想罢，匆匆拔步，这且慢表。

且说赵柱儿调情得手，踅回家下，真个得意到十二分。一会儿瞧瞧日影，一会儿踅出望望，只觉坐也不是，立也不是，索性放倒头盹睡一觉，意在养精蓄锐。不想一合眼，便恍惚见郭大娘，俏生生地扑抱他来。好容易盼得日落，便胡乱吃了两口饭，正要打扮得张生一般，去赴佳期。不想踅来两个村老，探望赵甲病势，屁股上，都如挂了千斤闸，坐下来，碎米糟糠的话再也不断。恨得柱儿就有叉他们出去的心肠。

好容易村老踅去，业已初更敲过。这里柱儿急忙结束停当，正在对镜端相，得意万状，只听室门一响，接着有人呵欠道："好闷！今天巧哩，咱们谈个天儿吧，难道老弟你不寂闷吗？"柱儿回望，却是徐辅子猱着头儿，趿着双踢跶的鞋子。只穿件夹衫儿，仿佛是盹睡初起的光景。这时柱儿老大不悦，一时还不肯离镜前。一面修掠眉发，一面冷冷地道："徐兄闲暇呀，从哪里来呀？"

辅子一屁股坐在柱儿对面，又揉揉眼睛道："俺方才到尤伯母处坐了一霎，却听得郭家婆媳只管拌嘴，吵得人心上怪腻烦的。所以俺跑到大哥客室中抹撒了一觉。"

柱儿听得郭家婆媳，忙问道："郭家娘儿俩为甚吵嘴呢？"辅子笑道："谁家没个碟大碗小？便是因那老太婆早上爱躺躺，晚上爱讲讲。郭大娘催她婆婆早些安歇。那老太婆偏要还坐一霎。郭大娘素常柔和，今天不知怎的，嘴似爆豆子似的，非叫她婆婆早睡不可。"

柱儿听了，不禁欣然一笑。辅子暗笑道："好混账！这一笑少说着也值一百记大嘴巴。"

正这当儿，那柱儿得意忘形，越发对镜做作。便见辅子道："啊呀，可了不得！老弟你就不嫌个忌讳吗？"正是：

讽谏有心敦友道，谈言微中遏邪心。

欲知后事如何，且听下回分解。

第三回

罗帏高卧却淫徒
萧寺闲行怀侠迹

  且说赵柱儿正在对镜徘徊，一只心猿，早已跳上巫山峰头。便料定了郭大娘是心肯意肯，所以才催促郭太婆早睡。忽见辅子大惊小怪，便置下镜儿道："俺忌讳什么呢？"辅子道："了不得！人家说得好来，夜不照镜，老弟不晓得这段古话吗？"说着沉吟道，"俺记性真坏，话到嘴边上，却想不起此人叫什么来咧。总言之，有这么一个人吧，老弟，你猜此人生在什么年代呀？不是明末，就是清初，或是康熙爷刚坐殿时候的人。俺记得此人是很漂亮、很有能为的人。他做什么职业，俺可忘掉咧。他百样都好，就有一样不体面，却好酒字底下那个字儿。"说着连连呵欠，又大大地伸个懒腰，道："今天俺怎么疲懒得通似抽了筋呢？"

  柱儿有火急事在怀，见辅子谈话磨磨唧唧，早躁得满屋乱蹀。因趁势道："徐兄既疲倦，何妨便回去困觉呢？咱明天再谈吧。"

  辅子道："不，不，俺生平就会自己治自己。无论如何，俺总要扳过不警人的性儿。若大撒手由性儿，还像个人吗？俺今夜偏要坐他一夜。"柱儿不由哼了一声，辅子道："老弟，你猜此人与照夜镜什么相干呢？"柱儿道："好啰唆，你简断截说不结了吗？"

  辅子笑道："左右咱们没事，你且听个古儿，将来拿去警戒人也是好的。像咱们行侠尚义的人，不会犯这种过失，是不必说咧；然而天下轻薄东西多得很，这段故事，正是当头一棒哩。当时那人，又漂亮，又有能为，很像个朋友。不想有一天，他相中了人家一个女娘儿。就他的能为来说，便是皇宫内苑的娘娘，只要他一起邪念，便休想脱手。吓，那能为大极咧！敢怕咱们殷老师都比不过人家。"柱儿一愣，道："徐兄，真有这样能人吗？"辅子正色道："怎么没有呢？但是这人能为虽大，后来却因好那桩勾当，闹得身败名裂。当时他看中人家的美娘儿……"

柱儿这时不由凝神驻足，但听辅子啪的声一拍大腿，道："好混账王八羔子！这小子色心既动，夜间就要去采花。哈哈！赵老弟，你猜怎么着？说也奇怪，当时他换上夜行衣，背插单刀，刚要拔步之间，不想屋檐上楼燕啁啾，忽地踏落一些巢泥，正落在那人鬓角上。那人拭去鬓泥，便去照镜，不由大叫一声，跌倒在地，登时收敛邪念，便不敢前去胡为。原来方才镜中，竟现出个没脑袋的人影儿。后来此人终因贪淫丧命，所以留下个'夜不照镜'的古话儿。夜晚照镜子，是人人忌讳的。"

柱儿听了，毫不觉悟，却笑道："徐兄这样人，如何也信起妈妈例来咧？俺脚正不怕鞋歪，便照照何妨呢？"辅子笑道："咱消夜儿，胡拉八扯就是哩。那么咱们白瞪着，也不仿佛；唱歌儿呢，既聒吵人；饮酒呢，俺又嫌费烦，老弟咱们下盘象棋玩玩吧？"柱儿皱眉道："这会子忙碌碌的，谁耐烦玩这个呀？"

辅子笑道："这个才好玩哩。安稳稳坐在这里，又不担惊，又不费精神。完了事，神恬梦稳，不比你……"柱儿愕然道："不比什么呀？"辅子道："不比你闲得照镜子强得多吗？"于是不容分说，便铺棋局。

柱儿没奈何坐下来，屁股上便如起刺一般，手拈棋子，哪管他三七二十一，一路乱来。满指望辅子赢两局，急急走去。哪知辅子凝神对局，拈一子，半晌不下。怄得个满心俏事的赵柱儿，真是火冒钻天。好容易一局方终，业已二更大后。柱儿心生一计，便推枰呵欠道："真是瞌睡善招人，俺这时也似抽了筋哩。"说着向榻歪倒，顷刻间鼻息有声，却略睁眼缝，暗瞅辅子。只见他踢蹉站起来，做个无聊样儿，即便逡巡而出；便听得家犬小吠，接着街坊上狗咬吵吵，似乎辅子业已去远。

这里柱儿呐嘣坐起，方说得一声："这是哪里说起，却叫他鬼混了半晌。"便听得徐辅子远远作歌道：

> 小小圈儿不算大，跳得出去是英雄；
> 将人比己回头想，冰凉彻骨情魔空。

柱儿猛闻，好似冷水浇骨，竟自呆了半响。正在心头七上八下，又恍惚听得郭大娘在耳畔娇滴滴地说道："你怎么这当儿才来啊？"于是柱儿更耐不得，急忙熄灯出来，关好大门，由墙上一跃而出。抬头一望，青天湛湛，略有微云掩映月儿。柱儿略为踌躇，便拽开大步，直奔郭家。说也奇怪，像柱儿这般本领，去偷摸个妇人家，又不是去临大敌，还有什么恐怕的呢？不想他此时，心儿是跳的，脚儿是怯的，走得一步，却回望两次，溜溜瞅瞅，便如小偷儿一般。

原来人初做恶事，他那片良心上总会裁判，这便叫作"先受天刑"。那种苦恼法，是不可言喻形容的。据人家哲学先生们说，精神受罪比形体受罪凶得多哩。什么叫活地狱？凡不可告人的事，就是地狱了。

当时柱儿遮遮掩掩，正在左顾右盼，忽觉身后哧哧地响，就似有小手儿拉后襟一般。回头一望，却是跳墙时挂了两茎蒺藜草。唾一口，连忙摘去。刚一直身儿，微觉脑后似鸟翅儿略为一拂，唰的声一团黑影儿飞向街楼，接着格磔两声。柱儿骂道："等俺回头时，挟点火种，闹了火燎猫儿头（枭鸟）玩玩。"于是邪念一壮，举步如飞。

刚趸至殷宅后巷一棵大树前，只见树下黑魆魆，似乎是蹲踞一人。柱儿一怔，略为慢步，忽觉帽儿凭空落向身后。柱儿以为是风吹落，遍地一寻，却不见帽儿。柱儿诧异之间，却听得村柝一敲，于是不暇再寻，趁步前进。一看黑物件，却是巷中的公碌碡，不知哪干顽童们推到树下耍子。

须臾趸到郭家，他知郭大娘住院便靠左边，于是直趋右边院墙，略为倾听，即便一跃而入。微月之下，早见大娘住室门儿果然虚掩着。柱儿大悦，连忙挨身而入。

这时微月朦胧，幽晖半床，只见罗帏深掩，脚踏上摆着一双尖

19

尖的小鞋儿。榻头衣架上，绸裤丝带，也便曜入目中。

柱儿喜极，只觉心头勃勃乱跳，百忙之中又微闻鼻息之声。此时柱儿疑云疑雨，更不踌躇，便模糊糊一手捋裤，直奔榻前。恰好有一片行云遮住月色，室中一暗之间，柱儿已揭帏登榻，只一歪身，早觉有个香温玉软的人儿侧身而卧。虽是和衣，已觉肉腻腻妙不可言。

这时柱儿情兴如狂，大逞丑态之间。却听得那人扑哧一笑，道："赵老弟才来吗？你若这等见爱，真透着不够朋友咧。"说罢，一把捉牢，跳下榻来，用脚尖将篝灯罩儿一挑。赵柱儿啊哟一声，只得掩面俯地。

请公试猜榻上人是哪个？这小小节目，若再待作者来点明，也就不会听书咧。

当时辅子揪起赵柱儿，两下里一瞅，柱儿一张脸，真赛如关老爷子。百忙中捋裤未紧，露着精光下体，好不难看。辅子一面下视，一面点头道："赵老弟，叫你自己说，你想做这等事，该不该呢？俺那会子那般点醒你，你还跑到这里来。今闲话少说，且去见师父吧。人家郭大娘躲向师父家，哭诉此事。师父命俺请你哩。"

这句话不打紧，吓得柱儿面目更色，不由顿足道："俺如今后悔不迭，如何有脸面去见师父？徐兄你维持俺，你就痛快杀了俺吧。"辅子道："你如知悔，凡事好办。你这节事，俺只揣在肚里，你快整理衣服，俺这儿有正言相劝哩。"

柱儿没奈何，整衣毕，局蹐坐下，辅子叹道："你一念之差，几乎做了禽兽。这等事，岂是咱侠客所为？吾辈侠客，正要除淫杀恶，如何自己却打反响嘴巴？此是一生成败关头，千万不可错了脚哩。"柱儿自恨道："徐兄说的是，俺以后定然改过便了。"辅子笑道："既如此，今天这节事，雾散天空。咱不必耽搁，人家寡妇住室，不是咱们谈天所在哩。"说着由怀中取出柱儿的落帽，给他扣在头上。却笑道："老弟，也不用挟取火种，街楼上那夜猫子，也不用火燎它咧。"

柱儿听了，又惊又愧，知是辅子显手段戏耍他，哪里还敢口出大气，只得淹蛇似的，跟辅子跳出墙来。

20

这当儿，皓月当空，浮云尽敛。两人趄至歧路，辅子指着月儿道：“老弟，人这颗心，总要自己拂拭，就像这月儿一般，不可为浮云遮掩哪。切记，切记！咱们明日再见吧。”说着踢跶踢跶，扬长而去。

这里柱儿羞愧趄回，深自悔恨，竟一连好几日不敢去见辅子。后来见郭大娘一无动静，心下方安。辅子见了他，便如没这档子事一般，依然地嘻嘻哈哈。不多几日，大威由京趄回，柱儿急询事体，不由大失所望。原来大威自就了通州捕头的事，为日不久，便须到差应役。那北京胜和镖局业已另请了朋友咧。

当时大家相见之下，赵柱儿不由闷闷，辅子笑道：“人的际遇，都有早晚。留得青山在，不怕没柴烧。既有本领，还怕馊在身、臭在家不成！转眼间，重阳节后，王和等也该放围去咧，老弟何妨也随俺散散心呢？”柱儿当时欣然应允。

尤母、大威因不久就要回转北京，想起志学一番教诲之恩，不由十分恋恋。母子俩便连日在殷宅谈叙离悰。

那尤母自移居村中以来，很有人缘儿。这时村中的七大姑咧，八大姨咧，便一起趄来叙别。每一起至少也有四五人；再加上带的孩子瓜子，还务必道些人事。无非是扁豆角、葫芦干，并杂粮细米之类。大筐小抱地抬将来，闹闹吵吵，堆堆垛垛，倒也十分热闹。

大家相见，都舍不得大威去，有的道：“他大哥捧着老寿星在这里住，是大家的福。如今殷大叔既不爱管村事，他大哥便是咱合村的主心骨儿。不用说别的，你看刻下咱合村左近多么安静哪。”有的道：“你不晓得，人家他大叔如何肯总在这小荒村中，此一去前程无限，知发达到什么地位呀？便是老奶奶，还一定戴五花官诰，挂龙头拐杖，有个一品太夫人的命。你们舍不得尤大叔去，俺倒欢喜他去哩。”说这话的，却是个小媳妇子。

往年间，村中有庙会时，小媳妇挤去看会，三不知，被一无赖抓去一只小鞋儿（北方大庙会上，颇有此风，大半为无赖所为。往年吾乡有夫就庙会上戏掠其妇之鞋者，意盖因失鞋，戒其逛庙。不意此妇愧而就缢，几酿人命，此习俗之最恶陋者）。恰好大威巡查会场，一个箭步奔去，登时捉住那无赖。当时妇女中有尖刻的，便笑道："某大嫂哇，依俺看，你慢欢喜，如今尤大叔一去，等再有庙会时，你须怀中先揣一只鞋儿哩。"众人听了，不由大笑。

便是这般光景，累得大威母子迎张送李，乱过数十日，节届重阳，村众也便稍静下来。这日大威因和徐、赵相别在即，便在家置酒聚会。酒罢后，三人又到瞿昙庵闲步一回，望望秋景，只见一路上天空气爽，烟林萧瑟，老本和尚所手植的一带树木越发的森森耸耸，凝烟耸翠，映带庵墙，便如一幅秋林萧寺画图一般。那一片峥嵘高原，草树连天，不断地秋声瑟瑟。

正这当儿，排空雁阵，嘹唳而过。大威叹道："咱此后，却不如这群雁儿，长在一处了。只好谨遵师训，各自努力。"说着遥指那片高原道："你看那里，便是当年咱师爷瞿先生伏盗之所，对此光景，真个长人志气哩。"

一言未尽，只见辅子向树后草丛中一指，拍手道："噫，噫！你看那是什么东西？"正是：

　　　侠友赏秋方豁抱，俗僧入望已堪哈。

欲知后事如何，且听下回分解。

第四回

觇纪念仰慕瞿先辈
会猎友初识滴溜星

且说大威正在对景兴怀，意气慷慨，忽闻辅子一语，随指望去，却见深草内钻出个青郁郁长毛鞑子似的物件。赵柱儿方要奔去，那物件一长身形，大笑道："你三位哪里去呀？且到敝庵吃茶吧。"

大威等定睛一看，却是了明和尚，弄得一身土，背了只大荆筐，满贮青草；原来是割草趑回，却在树后歇脚。当时四人并作一处，便奔庵门。柱儿笑道："早是你露出秃模样，不然俺当是怪物，怕不给你一镖哩。"

了明道："阿弥陀佛！你这般好显能为，却不像当年瞿先生的徒孙咧。俺师父在时，常说瞿先生那老头儿，就像个没能为的老好子哩。有时节，将瞿先生留的大烟袋给俺看。"辅子忙向大威道："真个的，这件宝物，今天倒须瞻仰一番。将来咱们到哪里，都可以谈古去。"于是四人趑进庵，就方丈落座。

茶罢后，了明恭恭敬敬捧出个长木匣儿，柱儿踊跃道："今天眼福却不小。"于是攘臂而前，正要开看，只见一个村人跑来道："好了，赵兄弟在这里哩。快走，快走！你家老爷子因你偷将渔具卖掉，八家买主方才命人抬得网缆等物去，他老人家着了一口气，如今痰喘得不可开交。你快去瞧瞧吧，好歹也想个法儿治治呀。"

柱儿道："什么打紧，佯装病儿罢咧。"说着，仍忙着开匣儿。大威不悦道："赵老弟快去才是，有暇再瞻仰此物如何？"柱儿没奈何，快快然跟村人趑去。

这里了明搔着秃头道："这副渔具，便是赵老施主的一份家产，少说着也值八九百银子。他满望叫儿子继他世业，如今被儿子背他卖掉，胡乱花费，老头子怎的不生气呢？"辅子听了，只哼一声。

大威这时老大不悦，便向辅子道："不久俺去后，徐老弟真须费心匡正赵老弟哩。或者俺到通州，遇什么机会，先与他寻个职业。如只管在家闲荡，却不是事。"

这时了明启开木匣，只见瞿先生那烟筒光泽如新。大家见了，不由肃然起敬。唯有大威恭恭敬敬掭在手中，摩挲半晌，道："物以人重，是再也不错的。"因向辅子道，"咱们幸在瞿先生薪传之下，也须想自重之道哩。"

辅子听了，连连点头。大威挂记赵甲病势，便别过了明，和辅子到柱儿家一探问，且喜病还不碍事。于是大威趁势将柱儿规劝一番。又过得三五日，大威摒挡行李，一切都举，便去拜别志学。师弟恋恋，自有一番情况。康氏和福姑也去走送尤母。到得启程之时，村人祖饯，甚是风光。徐、赵两人直送至十里以外，方才怅怅而回。

不提大威去任通州捕头，自有许多的惊人事迹。且说徐辅子送大威去后，过得两日，王和趸来，邀辅子到家中去吃发脚的彩兴酒，并见一班猎友。无非是赵大钱二、孙三李四之类。其中一少年，名叫冯玉，绰号儿"滴溜星"。生得短小精悍，黑黢黢面庞儿，两道疙瘩眉，委实有些精神。

当时大家厮见之下，辅子也没理会。少时大家谈起猎事，都争着各陈经验，自露能为，唯有这滴溜星，只是纳头饮酒，单等人家谈到筋节上，他只出一二语，无不正中切要。辅子见了，已自暗暗称奇。须臾端正宴席，大碗酒、大块肉地端将上来，广厅中共是三席，居中一席，只设三个座位。辅子暗瞧众人中，有两个年岁居长，并且顾盼自得，以为定是他两人该坐首席；哪知王和却向冯玉奉揖道："不久咱全队出发，都要听冯爷的指挥。您便如全军司令一般，理当首座。"说罢，又逊辅子道："徐爷也不必客气咧，您是俺奉邀的重客，不同别位，便请特陪冯爷吧。"

辅子还要谦逊，当不得王和生拉硬拽，只得和他左右相陪。其余众人也便就左右两席上纷纷落座。这猎人们发脚酒筵，头一味菜

24

照例的鹿脯儿，取"福禄双全"的吉利意思；其余肴馔，大半野味居多，以多为胜。

当时大众这一阵高谈豪饮，外挂着拔起腰板，甩开后槽牙，一路侉吃，真也闹得痛快淋漓。辅子不甚了然猎事，静听他们谈起来，甚是有趣。有的道："放围日久了，什么奇怪事都许遇着。俺曾在某处打夜盘（猎人山宿，俗谓打夜盘），三更时分，月明如昼。俺盹睡初醒，忽听得离帐房十余步外，只管跌跌撞撞，如孩子们嬉扑。俺稍揭帐偷望去，却是个挺大的个紫毛狐狸，两只眼灯也似的，正在那里人立而舞，一面价望月吸气。俺暗想道：'人都说这东西采取日月精华，敢情就是这般作怪。'俺正要拉起猎枪，只见那狐就草中一滚，忽然带起个白渗渗的髑髅骨来，三晃两晃，越发乱舞；便如跳大头和尚般，闹了一阵，一骨碌髑髅落地。如此光景，直至三四次后，那髑髅方才戴牢，那狐狸只一转脸儿，险些将俺吓煞。原来竟变了个绝俊的媳妇子。"

座中一人，是个枪伤疤痢脸儿，便道："这还不出奇，俺曾遇见着一桩怪事。那怪物竟指着名儿叫俺，你说奇不奇呢？便是有一天，俺同着朋友打猎，天晚宿在一所山洞中，设好石栏，埋好伏机。洞口紧要处架好猎枪，怕的是野兽侵入。那夜也是大月地儿，俺和那朋友布置停当，方打了个盹，只听洞外唰啦啦大风暴起，尘沙乱飞，刮得树叶儿团团乱卷，俺急忙起来，由石栏隙处向外一瞅；只见远远的一圈火光，势如奔马，余光四射，拖拉老远的，便像个大彗星一般，却是着地卷来。须臾距洞百十步，却听得光中发出一种极尖亮的怪声，连呼俺的名儿。吓！那种声儿，好不难听。俺大骇之间，不管好歹，一顺猎枪，觑准打去。砰轰一声，俺当时昏跌在地。及至那朋友惊醒，唤俺醒来，俺脸上业已负了重伤。如今这块疤痢，天阴时还发痒哩，原来那一枪突然后坐（枪炸发伤人者，谓之后坐）咧。后来据人家老猎友说起来，此种怪物，名为灵狐，委实有些道行，大半在山神部下有点儿执掌。所以咱们猎人得彩，都是该供人用的兽类；你若存个赶尽杀绝掏老窝的心，这灵狐就会叫你吃苦头哩。小则伤身，大则丧命。"他这话虽涉神道，也似乎有些可信，足见凡做事，总要留余地。

25

又一人笑道："说起打猎来，还有一段讲究。你若向老山老峪里去放洪围，真须慎容止、洁身体，方才得利市。不然奇怪极咧，你定要处处别扭，起先时俺还不信。"众人大笑道："这不消说，你不信时，定是和老嫂那么了一下子，所以才信咧。"

那人笑道："不瞒你说，俺倒不是和贱内。众位可知白鸽峪那片所在吗？"众人凝想道："有的，有的，就是五峰山山环内一片小山村，景致儿好得很。春天看杏花，秋天是绝好的红叶。并且是果木出产之所，京津一带贩山果的客商，春天来包树（预给果值，谓之包树），秋天来取果。一到果秋里，热闹得很，大家小户都寓着果客。小男妇女都忙果秋（果熟时，俗名果秋）。满山村红红绿绿，嘻嘻哈哈。女娘儿装束虽村些，却也娇娇滴滴，另有一种姿态。却有一件，其中很有暗含着做皮肉生意的，专会狼狼（引诱取资之意）着果客们，往年时，有个叫挨挨苏的，本是良家妇女，自狼住天津一个大果客，如今盖得家中瓦窑似的一片房哩。难道你老哥，也上了挨挨苏的当了吗？"

那人听了，笑得抹蜜似的，道："谁说不是呢！俺那年偶宿在白鸽峪，一挨一苏不打紧，简直的那趟放围，别扭透了。不是枪不过火，便是白放空围。你说那档子事真个扑人（俗谓被秽事破彩兴曰扑）不善哩。"

座中又一人笑道："那档子事，不但是猎家忌讳，大约凡事儿，都忌犯此款，您但看黑道上的人（谓贼也），只要犯了'采花'两字，没有不犯案被捉的。他便有通天本领也是枉然。"大家这阵谈笑，徐辅子倒也闻所未闻。

须臾酒罢人散，辅子暗问王和道："你既有兔子王的名号，可见是猎家老手，如何让冯玉指挥全队呢？"王和道："您莫小看他，此人是京西高阳县人，世代业猎，并传有打虎绝技。曾在梦泉山中一日毙虎四五只。相传他祖上新婚的时光，夫妇就寝，睡至半夜光景，那新郎一觉醒来，只恍惚听得有人拱门。山村人家，都是及肩的短墙。新郎起去，就墙头上向外一瞅，却是个短胖的黄衣小儿只用头顶撞门，当时新郎以为是村中孩子，便开门出去，方要问他到此何事。只见那黄衣小儿扑地一滚，雷天价一声吼，登时化为一只大黄

26

虎，叼了新郎，一径跑去。那新郎惊呼之间，合家惊起。

"及至寻棍棒、觅火燎，飞赶出门，业已人虎俱无。天明寻觅入山，却见一路血迹。直至一处短林边，寻得了新郎的断肢残体，并衣裤等物。当时新娘大痛，几不欲生。不想过得三两月，腹中震动，竟已怀胎。于是新娘暗祝道：'倘得一男儿，此后冯氏愿世代打虎为业，以报此仇。'果然十月胎足，生下一子，这便是冯氏初业打虎的那位祖上。及至传到冯玉，已是第七代咧。世传打虎，神妙非常，传男不传女。俺如今去放洪围，所以特重礼请他。此人不但精于猎事，并且天生异禀，走及奔马，善识水性。他家居时，疏财仗义，也是个以朋友为性命的角色哩。如今走粮船的大帮中，因他精通水性，又懂武功，都争着聘他入帮，以防水路上威遇盗寇。他却只喜猎业，不肯就聘。徐兄和他处久了，便知他性儿咧，又蕴藉，又机警，真再好没有。"

辅子听了，暗暗称奇，因一说赵柱儿要跟去玩玩，王和喜道："这越发好咧。这位赵爷，俺也久仰的，他大名儿，不是单是一个'柱'字吗？"辅子道："正是，他这名儿，就是俺家殷先生，趁他乳名儿起的。"

当时两人别过，定期三两日后出发。辅子趑趄去，知会赵柱儿，方一脚踏到门，只听赵柱儿在正房内大嚷道："我劝你歇歇那份心，也倒罢了；自己只管歪在炕上不生不死，还查落家用做甚？那副渔具不卖掉，难道咱们喝西北风度日不成？或是叫俺去打杠子，养活你呢？一句话，抄百总，俺算跟你倒霉定咧！这不是嘛，如今俺去跟人打围，你这会子又病得哼哼在床。咳，真丧气得紧！"

便听得赵甲，气吁吁道："你这逆子，只是不安本分，将来有你的受用处哩。"赵柱儿喝道："你就少说没要紧话。"说着哗啷一声，似乎是摔碎茶具。

辅子连忙拔步趑进，恰好赵柱儿横眉怒目地出来，辅子忙将他拖入前室道："老弟，你这便不是。他老人家，病磨得碎嘴子，也是有的，你如何分辩起来？他老人家既又闹病，这次王和出猎，你只好不去咧。"赵柱儿听了，甚是不悦，只得略谈数语，怏怏然送出辅子。

不提赵柱儿闷闷家居。且说徐辅子，过得两日，拜别志学，结束行装，带了宝剑镖囊，趑向王和家，去会和一班猎友。到门一望，恰值王和率众友祭祝山神，彩灯花炮，十分热闹。众猎友一色的土布猎衣，水壶粮袋并一切猎具都已准备停当。火枪、标枪，十分齐整，还有一柄短把纯钢斧，背厚刃薄，吹毛可断，用红彩绸裹着柄儿，置在神案一旁。还有一件似海螺的吹具，也用红绸衬着。

当时辅子随班行礼罢，一望猎友，共有十二人，当即由冯玉分为前后队，分负猎具。望见辅子服色，却笑道："徐兄还须更换猎衣。因土布和地皮同色，既宜藏伏，又混兽目，更歹斗的，是遇着座山雕。那种鸟目力极强，不怕从云端中望见一人，立时下击，厉害得紧哩。"于是辅子换过猎衣，众友各携猎具，辅子随手也携了一杆标枪。

王和笑道："此枪趁手吗？你看冯兄这把斧头，少说着也结果了几百只大老虎咧。"冯玉微笑，佩起那斧。王和拾起那吹具道："徐兄认得此物吗？你虽有绝世武功，这小小玩意儿，您管保吹不响它。"

辅子不信，接过来鼓气力吹，果然咈咈的，就是不响。王和大笑道："如何？真是各练一家，这物件到冯兄手中，便似平常哨子似的哩。此名'震山钟'，俗名儿又叫'铁叫子'。善吹此物的，能以声闻十余里，为的是集合全队之用。不然山深林密，分队四出，哪里去寻去呢？"说着递给冯玉。

辅子暗想："短短斧头，似非猎具。"沉吟之间，忽见冯玉偶一勒袖，掀起短斧，只见那胳膊上虬筋健肉，便如铁缍盘屈一般。辅子暗道："此人臂功定有特长。"

正这当儿，只见冯玉拿起铁叫子，就口一吹，众猎人齐齐一声喊，便如天崩地塌。正是：

铁叫一声伏百兽，侠从今识喊山威。

欲知后事如何，且听下回分解。

28

第五回

扮太太地痞诈财
闹狼神小贩述异

且说徐辅子见冯玉吹起铁叫子，俨如龙吟虎啸。那音调雄亮无比，又搭着众人齐喊，好不令人勇气奋发。就这声里，大家便整队出村。徐、王、冯三人押队在后，且谈且行。

辅子道："怪不得出兵打仗，都用军歌军乐；便是方才吹叫一齐喊，也就令人增勇壮之气哩。"王和道："此名喊山，俺们出队，照例有的哩。"于是厮趁行去。

当晚宿在马兰峪镇上，猎队既到，便有当地小混混等，都来起发。无非是送些水果礼物，致贺纷纷，却都须开发喜钱。将个王和忙得没入脚处。辅子帮同料理，方才稍为清爽。只听店外一声恭喜，接着敲敲打打，一面吹鼓，一支闷箫，吹打起来，哄一声，挤进四五个恶眉躁眼的大花子。两人奏乐，两人抬着一扇破门板，上有四色礼物，是一只鸡架装（全鸡骨，俗谓鸡架装），纸糊了，外用糖色染好；一尾大鲤鱼却成了方形儿，原来只有头尾；一方猪肉皮，下盖白菜疙瘩；那一色，更来得妙相，是一砂壶酒，虽然空空的，却上贴着'皇封御酒'四字。

当时众花子不容分说，止乐献礼，乱糟糟向王和道："王爷大喜呀！您这时出发，大吉大利。那小长白山，就是常年老憨王杀虎之地，听说凡憨王爷马踪所到，至今生一种异草，冬夏常青，逼根条直，叶有锯齿，类似剃草，若打磨铜器，再好没有。没别的，俺们苦哈哈，也没有大指望，您老将那草弄点儿来，俺们卖向铜器作坊，多少也换酒吃呀！您老请升，等俺磕个喜头吧。"

王和见了，忙攒着眉头，一一招呼过，方打发去了。只听店外一阵喧笑，便有人娇声细语地道："好猴儿崽子们，竟敢拦阻老娘？俺们冷煞了，也是两口儿。如今俺老爷去放围发财，难道丢下太太不成？风里雨里，遮寒送暖，哪里不用人伺候呀？等俺老两口儿消消气，俗语讲得好：夫妻无隔宿之仇。那当儿，俺枕头上告你们一状，叫你们吃不了的苦，兜着走哩。呔！还不闪开。"

辅子方在诧异，只见王和跺脚道："我的妈！我就晕他，他又来咧。"一言未尽，只见店人们哄堂大笑。只纷纷闪拥之间，登时踅入一个彪形大汉，有三十多岁，一脸的紫酱油漆黑麻子，络腮胡，沙槁腿，戴一顶纸糊凤冠，滴溜奔拉，挂一圈杂色彩线，披一件四镶云的藕荷色短衫。望到胸怀上，还有怀镜、荷包等类。下着红洋布撒脚裤，露着漆黑的一段毛腿；望到脚下，却蹬着一双牛儿喊喊似的大红鞋子。左手拎着汗巾，右手是一杆三镶镂银嘴的长杆细烟袋，便这等，吸得噗喳噗喳，烟气腾腾，却扭头折项地迈开俏步，不容分说，先向王和瞧个眼风儿，引起袖儿，一掩胡子嘴，道："嗨，那边不是老爷吗？奴家年轻幼小，说话没轻重，便是得罪你老爷，你打也使得，骂也使得，却怎的绷起面孔抛掉俺呢？不看僧面看佛面，难道你不看一群儿女吗！老爷呀，今天是你大喜日，待奴家给你消消气吧。"说罢，一扭老牛腰，便是个万福。

众人看到这里，直然忍笑不禁。哪知王和拔脚要跑之间，已被那汉子一把拖住，竟将胡子嘴偎向王和耳根，却向众人一绷脸道："你们还不回避。谁家两口儿没个体己话呀？俺们今天大好晌（俗谓吉日曰好晌）圆圆房。"说着，一努胡子嘴，简直地刷到王和腮颊上。

大众鼓掌之间，王和挣脱，大跳道："松三爷，玩是玩，笑是笑，您别这么着，大关店头上，又有陵上的老爷们，什么意思呢？再者你大小在陵上也当着份差；倘若老爷们晓得了，咱彼此不便哩。"

那大汉笑道："清官难断家务事，什么老爷不老爷的。本来也是呀，你老爷今天大会宾朋，奴家做太太的人，只该坐在屋内，给你分派家事哩。"说罢，扭扭捏捏，向屋内便跑，急得个王和只是双脚齐跳。

正这当儿，只见由店外闪进一人，衣冠入时，气象阔绰。一见大汉，便喝道："松寿，你如何这等胡闹？还不滚出去。难道王爷还少了你的喜钱吗？"那大汉登时收起丑态，逼定鬼似的，垂手一站，接着一个连环进步，打千道："小人在此伺候。"那人喝道："快去你的。再来时，先斫狗腿。"大汉没奈何，蹭将出去，直到店门首，却恶狠狠一回头，悄骂道："什么骨头呢，你也来充朋友。不是两口儿光着屁股，吃清蒸鸭子，被主人家踢腚瓜的时候咧！松老三虽然穷，总是四品的黄带子（四品宗室）。颠颠穷骨头，还比你重得多哩。"一路嘟念，就这般花枝招展，扬长而去。

原来松寿在陵上当点儿小差，专仗要胳膊搅地面过日子，是个顶没脸的泼皮。每次王和过镇，定规送他点儿小意思。这次偶然忘记，所以松寿竟寻了来。后来的那人，却是管陵郎中遣来的仆人，给王和送入陵的执照，以便经过各泛卡验执放行。虽是小小一张纸，却是王和平日价常送野味换出来的。若是生虎儿猎人来请执照，就须花好体面照费哩。

当时王和向仆人连连致谢，收起执照，入室茶罢后，仆人自去。辅子问知松寿所以，只笑得前仰后合，便道："真是卤水点豆腐，一物降一物。但是松寿骂的话儿也稀奇，难道旗门中，主人有踢腚瓜的规矩吗？"

王和笑道："他们在旗的人，笑话多哩。方才这仆人穷的时光，两口子互穿一条裤。男人出去，女的就光溜溜偎在破被里。有一天他主人偶经仆人房外，却听得女的连连咂嘴道：'这味道儿，还倒清醇可口。俺那件布衫儿当得还值，你别馋着嘴巴子，连汤汁都吃了。等明天咱寻把糯米，熬点儿鸭汁粥吃吃吧。'主人听了，悄悄向窗内一望，只见仆人两口精光相对，一条方洗的裤尚在湿淋淋的未干。案上一具鸭池，只剩些汁儿咧！于是主人大怒，道：'俺昨天赏你件破布衫儿，你今天就嚼在肚内。'愤气之下，闯进去，向男女光屁股上便是两脚，所以留下个话柄儿，在旗的哥儿们——顾嘴不顾腚。不但那仆人如此，便是他主人，管陵郎中富二老爷，也是个半吊子

31

脾气。"正要细谈，恰值有当地街痞又来起发。乱过一阵，即便忙忙晚饭毕，各自歇息。

次日清晨整队，取路偏东北。一路上草树茂密，细路崎岖，坡陀高下，业已微具山势。遥望群峰合沓，岚光滴翠，一层层迤逦起伏，都向老陵作屏障之势；果然是万峰环拱，气象非常。神区奥域，不愧为帝王陵寝，万年吉地。

王和道："徐爷，你看地脉和国运真有关系。京西昌平州明陵，俺也到过，那山势儿便差得多咧。一般价峰峦树木，就是总带些焦枯死滞气。便是咱们笨眼儿也看出哩。你看这山色儿，多么活勃，无怪老陵参也比别处不同，总是地气厚的缘故。"

一个猎友道："那就不用说咧！皇上家齐天洪福，自然天造地设，有这好所在。俺听老辈人讲起来，当初定这片陵寝，皇上把天下的堪舆名家都召得来，命他画图列说，各陈所见。及至各人图说呈上，皇上都不中意，于是天颜震怒，一个个都命杀掉。末后昭旨追切，催天下督抚物色堪舆名人。其时江苏省有一位何建中先生，生平高稳，事母至孝，却以堪舆糊口。老先生虽业此道，无非为生计所迫，平生学问却不在此。不想闭门家中坐，祸从天上来，当时督抚一时价无以塞责，便将何先生荐进上去。当时何先生母子闻命，相抱痛哭，情知此去九死一生。无奈有司催促登程，急于星火，只得惴惴就道。一路上瞻念慈帏，真个是如痴如醉。

"一日泊舟山东恩县四女祠旁，天色傍晚，何先生暂进祠内，散散忧闷。只见祠内塑着五尊神像，甚是别致。居中是一位白发婆婆，旁列四位锦袍玉带的女官儿，一个个韶颜稚齿，顾盼如生。何先生不解其故，就土人一探问，方知这四女祠的古迹。便是宋朝年间，有姊妹四人，守贞不嫁，终身奉母。后人慕其孝行，便给她立祠河滨，如天妃宫的故事。往来船客大半都致祭祈佑，并且十分灵应。

"当时何先生瞻仰徘徊，见那位婆婆神像颇似其母，不由凄然泪下。便焚香叩拜，暗祝道：'何某此去，倘得生还，再见老母，当重修祠宇，再塑金身。'祝罢平身，却见有只青雀儿，向何先生敛翼引吭，随即飞向自己船桅。当时何先生也没在意。不想这夜里，忽梦神母见召，并吩咐两句言辞道：'欲识牛眠穴，须观青雀栖。'当时何先生一梦惊醒，不解其意。哪知次日发船，只见昨天那青雀儿依然集在船桅上。何先生暗暗诧异，也不惊它。从此青雀时来时去，直抵北京，方才不见。

"当时何先生逐队观见，幸喜还没轮到自己画呈地图，终日价闷在寓中，既念老母，又怕祸至无时。只旬日之间，业已愁得须发尽白。正这当儿，忽听得有两个同征入都的风鉴家，竟自忤旨被杀。何先生大惧之下，自料难免，只得延宕一日，且多活一日。于是自请亲去相地势，然后进图。皇上一见此奏，便自心下稍悦，因以前被诛的人都是按着纸上画图，便定吉穴。也不知怎的，皇上一见便怒。如今何先生既有此请，所以皇上觉这人有些见识。当时皇上准奏，并派内务府大员，偕同何先生前去相地。一时的沿途供张，十分煊赫。哪知何先生苦在心头，自出京以至到相地之所，无论见了谁，拉着挺长的沉脸子，一句话也没有。大家见了，越发以为何先生怀抱绝艺，深沉难测。还没到相地之所，业已声名大起。糊里糊涂，那宫中皇帝早已喜动天颜。原来跟随暗侦的人，早已沿途密报咧。

"但是何先生自觉生死日近，一时间感念老母，心如油沸，早已将神明示兆忘在脑后。没奈何，到得吉地，仔细一看，只见龙蟠凤舞，郁郁青青，龙脉分明，好一片博大气象。要说何先生风鉴之学本来平常，何况这当儿，一片惧死之心，越发弄得寸方大乱。正在高瞻远瞩、慨然长叹的当儿，忽听头顶上啁啾两声。何先生仰面望去，竟是那只青雀儿，只管在自己顶上盘旋，唰的声，一侧翅儿，竟奔东北方。于是何先生陡忆神示，便大步小步地直跟将去。须臾那雀儿一矫翅膀，落在一株小棠梨树上，望着何先生，拍拍欢翅，倏然而去。惊得个何先生只是念佛。细看那小梨树所居地点，真是群峰环拱，有万派朝宗之势。当时何先生福至心灵，恍如梦醒，于是更不踌躇，即便就梨树所在，定了吉穴，列图进呈。这一下子，却钻着皇上的心缝咧，当时温谕有加，赏赐无数，自不必说，从此何先生名震一时。不久，回家拜母，共感神佑，果然去修祠还愿。后来何先生著了一部风鉴书，就名为《青雀经》哩。你说这天子陵寝，岂不是天造地设吗？"

一人笑道："荒唐，荒唐。俺听说这老陵，却是国初范相国文程定的。这话倒近乎理，因范相国精通数学并望气、占星等事。他是滦州的秀才，当崇祯初年，他入都应举，因听得谯楼鼓音噍杀，便知明运当终哩！"

　　当时大家一路说笑，须臾趱过数十里，越发地草树森茂。辅子不曾走过此路，便道："怪不得此方柴草贱，店中火炕都烧得炮皮燎肉，原来草树这样多哩。"众人笑道："徐爷，等您到老陵里瞧吧。只那年接年的落叶，就有一二尺厚。这点点草树，算是吗呢！"正说着，忽闻驼铃响动。须臾从对面短林中，转出一群小商贩，各驱驴驼，一个个短衣草履，手持棍棒。中有一人，遥呼道："喂！兔子王，又去打围吗？俺这些日犯了痔疮，痛得要不得。你给俺打只老獾来，剥皮做垫子如何（獾皮垫治痔神效）？"

　　王和笑道："吉老八呀，合该你眼子痛，你们是从青风口来吗？"吉老八道："哟！我的佛爷桌子，如今青风口去不得咧。"王和道："那所在本是狼窝儿，想是狼闹得凶。但是俺们去放围，正求之不得哩。如何去不得呢？"

　　这时吉老八业已吸着一袋老旱烟，笑吟吟趱到王和面前，道："你不晓得？看起来，俺就不告诉你，叫你到那里喂了狼神。如今青风口左近村落，日色大高，便关门闭户，还须锣鼓喧天地敲一夜。饶是如此，那位狼神爷还时时见顾，吓得村中人什么似的哩。"

　　王和大笑道："你别胡说八道咧！山有山神，河有河神，如今又钻出狼神来咧？"吉老八正色道："你不信就罢，人家真有见过狼神的。石米庄王二嫂、东屯里许家媳妇子，便是昨天上陀谷吴大姑娘也遇着那狼神咧。来的时节，先大嗥几声，只那惨厉之音就吓得煞人。来去如风，哪怕挺高的墙，那狼神一蹦就过。"

　　辅子失笑道："神道不会跳蹦，倒也别致。怎么遇见狼神的都是妇女们呢？"吉老八道："起初俺也不信，但据他们说起来，真是一朵鲜花似的。那狼神狼头狼尾，浑身是毛，并且能变换毛色。有遇见青苍色的，有遇见灰白色的，还有浅黄色的。刻下各村众因狼神闹得凶，大家商议，想在青风口给狼神择地立庙哩。"

　　王和笑道："这越发离奇咧！如此邪神道，有什么好处呢？给他立庙。"吉老八道："却有一件好处，就是不吃人。遇见狼神的妇女们，不怕孩子卧在床头，居然好端端的。但是遇神之家定然失却财物等项。想是乘妇女吓昏的当儿，有别的小偷儿乘虚而入。哪里有神道还见钱眼开呢？"

正这当儿，只见众商贩道："哟，哟！"吉老八登时撒腿便跑。

正是：

来至深山闻不若，个中情事费疑猜。

欲知后事如何，且听下回分解。

第六回

见药草闲论黄花山
闯巫筵夜宿青风口

且说吉老八正说得高兴，忽见自己的驴子跑去。同伴哟哟之间，吉老八飞步赶上，一连几鞭，骂道："妈拉巴子的，打之不走，这会子你却劣蹶。"因遥向王和道，"想着给俺打只貛哪。"于是和众贩鞭声乱鸣，扬长而去。

这里王和笑道："吉老八是个玄神。狼都有神，无怪而今的小耗子都要作怪咧！"辅子笑道："他这话就不贴理。狼神不吃人，却专去吓弄妇女，还是三只手，这不成了狼贼了吗？"众人都笑道："狼贼也不稀罕，你看如今做官的，哪个不是虎盗呢？虎盗当道，自然须狼贼四起咧。"

大家一路谈笑，又往前进，当晚宿在一处小小村落，只见村中男妇，傍晚时光，都就篱落下插两支香火，又默祝祷几句。辅子问其缘故，便是因青风口去此百里，恐狼神万一闹到这里来，所以大家焚香祈禳。辅子问起他们狼神来，比吉老八说得还热闹，竟有说狼神金甲仗剑，居然是将军模样，不过头顶着狼头。辅子听了，好不诧异。

次日起程，渡过一条小沙河，地名黄花沟，却是偏东向黄花山的支脉，满地上杂生草药，却以益母草为最多。再就是山村人家，大半都有蜂园，养蜂剖蜜为业。一处处庋架纵横，那蜂巢一起起小房儿一般，倒也疏野有趣。

辅子一路瞻眺，随手拔了株益母草，道："此草他处也有，却不如此肥壮。"王和道："徐兄看这小草虽微，却是黄花山老道的一宗大进款。他采取此草，制成一种益母膏，贩卖各处，获利甚厚，所以庙中富足得了不得。因此之故，那清规两字就说不得咧。主庙老道专以结交仕宦，盛讲应酬。一切饮食服用，真是阔了个磨磨唧唧。人家说得也口过点儿，说山下村落中，有姿色的妇女，大半是老道的外家。如今主庙老道名叫醉琴，和那管陵郎中富二老爷，相好得要不得哩。"

两人说笑之间，业已穿过黄花沟，只见地势陡敞，川平路迥，原隰映带，一处处林木亏蔽。四外村落渐渐稀疏，但烟树苍茫中，或有黑子般一疙瘩，便是遥山的远村。

辅子这时不由心旷神怡，一望前队猎友，只如一行蚁儿似的。转过一层高峻坡陀，辅子叹道："人总须足迹半天下，方能胸次开豁。即如北方风景，委实另有一番深厚博大的光景。可惜北方文人少，不能称其山川，发扬光景。像这等妙景，若到南方文人的笔下，简直的就了不得咧。咱多咱到南方去逛逛，更是写意哩。"

冯玉笑道："南方山水也自有特别秀情处，便如南方人一般，另有一种漂亮意思。"辅子道："如此说，冯兄到过南方了。"冯玉道："俺有个姑母，嫁在浙江金华县尹家，俺还是十余岁时，随家母去过一趟，后来却久没音问了。"辅子叹道："世界上的人，就没有像俺孤苦的。俺小时节听老人家说，俺有个族叔，名唤徐山甫，因荒年逃荒，趁粮船全家南去，大约是流落在江苏地面。除此之外，俺没一个亲人。"王和笑道："四海之内皆兄弟也，哪里不是亲人呢？五伦中有朋友，就是填孤苦的缺憾了！"

三人正谈得起劲，只听前面猎队中轰然一枪。三人赶去一望，却是个青毛狼崽子，业已倒毙在深草中。王和笑道："噫！此间已见狼苗咧。吉老八的话倒也有因儿。不必管他，今天到青风口，且大嚼狼肉是正经。"于是众猎人轮替拖狼，依然前进。

日色渐西时分，踅过一座大土冈，忽然扶摇风起，尘沙乱飞。那路径渐次陡峻，乱石纵草，荒草芊芊，原来已是青风口的山脚下咧。这座山俗名"石瓮岭"，山脉西来，就是燕山之脊，余势迤逦向东，直有千八百里远近。古语云：燕山如长蛇；石瓮岭，便如蛇腰一般，高峰巨壑，里面十分深远。必过此岭，方取路渐向老陵。这山口峭崖上，有一块两丈多高的奇石，亭亭独立，似乎是翘首东望。远望去烟鬟绰约，仿佛如仙女御风一般，俗呼为"青风娘娘"。相传秦始皇筑长城时，有丈夫应役不返，其妻名叫青风，素善箜篌，便卖歌寻夫。走至此间，忽逢一当地土豪，欲强劫青风为妻。于是青风仰天大呼，雷火立下，击杀土豪，青风亦化为石。那石下有一洼玛瑙色的红土，掘至极深，也是殷红色，据说便是土豪的脑血所化。虽是一片古老神话，然而旌节惩淫，却义有可取，所以那山口就取名"青风"。至于"娘娘"二字，不过是后人崇敬烈女之意，也就不必拿《大清会典》来考据了。

说到这里，作者因"娘娘"两字，忽起一种感想。人要学时髦，揣摩风气，道路多得很。你要逢迎当道，什么方儿都使得的，千万别拿古地名儿来逢迎。如今是民国就有想空心血的尖头先生〔谓其能钻刺也〕，得意扬扬地上书当道，想将秦皇岛改个名儿，因为"皇"字不祥，不宜于民国。哈哈！您说这位先生，真难为他怎么落想来？国体递嬗，不过如四序代行，岂有人到夏天，便须将"春"字除掉之理？难道民国建设，万端待理，就没有比一个"皇"字儿重大的吗？你说这逢迎法儿多么奇特。

当时辅子等趄进山麓，早望见山口嵯岈，峭壁对耸，天然像个石门形儿。从岚光回合中，望见那个青风娘娘，凌虚卓立。远风吹处，挟着山村中呼男唤女祝鸡叫豕之声。王和笑道："怪不得吉老八说青风口闹狼神哩！咱们紧赶一程，且探探这稀罕儿。"于是一声山歌，猎友四和，回音激岩，声振山谷。辅子虽不擅歌，也便呜呜相和。

大家借歌攒劲，正在走发，辅子忽指山口，大叫道："王兄仔细，狼神来唎！"王和忙望去，却见一行高耸耸的物件，由山口蠕蠕而出；并且耶许相呼，和这边山歌应和。

王和前赶数步，仔细一望，大笑道："什么狼神狼鬼的，却是一群蠢木虫老哥哩。"须臾近前，原来是一班贩私木的山民，每人都负着很长的厚松板。粗估去，各有几百斤的重载，从山中上下崖谷，驰走如飞，真也是份特别本领。

38

当时两下里交臂而过，辅子诧异道："陵木是严禁盗伐，他们怎敢公然贩卖呢？"王和笑道："他们管陵的人们，专以监守自盗。只要贩子打通过结儿，他就会装聋作哑哩。你看马兰镇上，还设有镇台武官，专守陵寝，其实他整年卖树吃；手下汛兵，更不必说。便是青风口还有一处汛卡。那卡兵葛老四是个酒鬼，和俺认识。喜得他手头不辣，咱入山，给他点儿过节儿，多多少少，绝不争竞。"

正说着，已到山口。只见残阳挂树，偏口左有一带荒村，十分冷落。从树影重重中，却现出一面卡旗儿。王和遥指道："那里便是卡房。咱先寻宿处，再找葛老四交代去。"正说着，忽闻一阵摇铃吹角之音，还夹着蓬蓬的花腔鼓。王和唾道："不知哪家生瘟病，又跳师婆（俗谓巫师）哩。山村人们就是迷信这一档了。"

这时冯玉取铁叫微吹，众人登时止步，当由王和等领队前进。只见那村中果然都关牢门儿，有的从篱笆上探探头，却都奎拉着苦瓜脸子。

一行人趄过一条街，却没处可以落脚。辅子不耐烦，便拣门户齐整些的，不容分说，擂鼓似的捶叩。闹了半响，通没人搭腔。间有妇女从里面颤巍巍地道："是哪个生大疔的不长眼睛。由你使劲子弄，俺只闭紧了不开哩！"

王和等正没作理会处，只听街岔口上，有人唤道："哟，王兄吗？久违，久违。怎一向没进山呢？"说着趄到一人，有四十来岁，紫糖色面皮，笑面虎似的。穿一件缺襟旧袍儿，外罩得胜马褂。望到脚下，还踹着一双新布靴，手内却拎着挺大画眉笼儿。一望徐、冯两人，便道："这两位少见哪！"

王和便道："葛爷来得正好，俺还没空儿拜望您去哩。"葛四道："得咧！俺的王老哥。当着新朋友，俺不好说你的。你一蹦两条垄，俺若不遇着你，你怕不钻进山去？"于是彼此一笑，执手契阔。

王和给徐、冯两人一指引，葛四一竖大指道："好朋友，今天却巧得很，俺且借花献佛，大家痛快喝一场子。哪位客气，俺就是王八蛋。"说罢一张两臂，即便拢让辅子等。不想鸟笼一悠，那画眉惊得一阵扑棱。

王和笑道："你这急性鬼！你便请客，也须说明白。大料你那贵营，连你算着，只有两个半人，是不会弄酒食的。这村中又正过大年初一（谓关闭门户也），俺们便不客气，又向哪里去呢？"葛四笑道："你不必管，跟俺走吧。"说着，一望猎队道，"怎的诸位还不觅寓呢？"王和一说所以。葛四笑道："你若早寻俺去，不结了吗！后巷里俺干女家现有很宽敞的场房，锅灶俱全，便当得很。"说罢掉臂而前，引众便走。

辅子颇觉诧异，只见王和向葛四脊梁一努嘴，又向徐、冯一挤眼，于是大家随后跟去。只见葛四奔到后巷一家门首，啪啪一叩门，并拉起口哑嗓子，喊道："大姑娘呀，接客咧。"这一声不打紧，招得大家都笑。便听得院内，小脚木底儿，哒哒哒，一阵飞跑；接着娇声嫩气地道："爸爸来了吗？"

这时辅子偷瞧葛四神情儿，十分得意，一脸的酒糟疙瘩业已一颗颗亮澄澄的。正这当儿，门启处，踅出一个三十来岁的妇人。高高身量，家常打扮，却漆黑的一头头发，尖翘翘两只脚。戴着银簪、银耳环，像个寡妇模样。更衬着弯细眉、毛碎白麻子，倒也有几分骚俏。一见大家，忙笑道："哟！可了不得。这是哪里的队伍呀？"

葛四这时已经乐得眼睛没缝，便浑身拧钻似的，蹭到那妇人跟前。百忙中乜着眼儿，却又不说所以。那妇人有些不好意思，红着脸道："您是怎么咧？这时光叫人大敞门儿，是玩的吗？"于是葛四一说王和等寻宿之故。妇人笑道："这有什么呢，便请众位屈尊些吧。"说罢，便要引王和等入去。

葛四向王和等道："咱们且吃酒去，大队有安置处就得咧。不瞒你说，俺这干女儿，爽快干脆，能干不过。便是客人再多些，她都能让人舒服了。"

妇人抿嘴笑道："哟！爹还没吃酒去，如何口内乱扑哧呢？"葛四笑道："吓！这又是爸爸的不是了。"于是不容分说，拖定王和，向徐、冯道："请哪，请哪。"冯玉刚要拔步，辅子道："咱带着许多兵械去吃酒，不大稳便。"冯玉道："还是徐兄心细。"于是三人各将斧剑镖囊并标枪等，交给猎众，这才和葛四厮趁拔步。

不提这里众猎友自有那妇人款待。且说辅子等，跟葛四一径趄去，转出后巷，便趄入靠野地的半条街坊。其中有一家，门户整齐，像个富户模样。不但门儿大敞，并且灯烛辉煌，人众出入，门首聚了许多看热闹的，仿佛有什么事体似的。

辅子不由暗对王和道："咱和这家不相认识，好去吃酒吗？"王和握手道："徐爷莫问，迟会子稍停了，俺告诉你。"

正这当儿，葛四已昂然登阶，恰好有个村汉匆匆趄出。一见葛四，道："葛爷来得正好，现已祭过神，就候您开席咧。"于是转身前导，引众直入。

辅子一路留神，只见草厅前大院中高搭蔗棚，陈设香案祭品。从香烟迷漫中，却见上供一个神道，画着个尖嘴削腮的狼脸儿，穿着一身戏场中的盔甲，一手按膝，一手按剑，坐了个纹丝不动。辅子乍望去，只当是木偶，却见那神猛地一眨眼，不由吓得一哆嗦。再细望去，却是个十三四的孩子假扮的，大约是取"古人尸祝"之意。再望到神案前，却有两个巫婆，都穿着彩衣撒裤，身披十字红布，披发及腰，手持羚角。一个有三十多岁，细高身量；一个只好十五六岁，小巧身段，正在案前颉颃对舞，一面嘴内喃喃祝念。少时铃声大振，大巫跳舞越疾，小巫随势伏仰，角声高低，四大巫之舞势，距跃回旋，真个闹了个应弦赴节。

辅子等方望得有趣，只见这家主人业已闷闷浑浑地前来肃客。团团的肥面孔，见了客人，只一笑，当作礼数。那葛四更不客气，就像他似主人一般，便指手画脚地吩咐道："今天有远客人，酒食须齐整些，便在厅内坐吧。"主人唯唯，导客进厅。

大家落座，谈话之间，厅内酒食业已摆齐，于是大家就座，大吃二喝。那位主人只顾里里外外忙碌他的。直到酒罢，他也没有出来。

辅子等方一脚跨出厅，只见神巫都散，恰好两巫携着那神道，甲胄煌煌地往外走。每人怀里都揣得鼓蓬蓬，大料是祭品果饼之类。

那神道还仰着个狼脸子，向大巫道："妈呀！你为什么不将那猪头也捞了来，给俺干爹吃不好吗？"小巫唾道："瞎二头，还不悄没声的，你姊姊装在这里了。"说着向腹下一按，便大家嬉笑而去。

原来小巫和神道就是大巫的一双儿女。因这家主人婆，虽生得丑八怪似的，胆儿却最小。自青风口大闹狼神，便吓得这婆娘什么似的。不想前天傍晚时光，这婆娘参着胆子，跑到后院墙下去小解。山村人家，都是一脚踢倒的碎石短墙。那婆娘方褪下中衣，蹲下身去，忽听墙头簌簌有声。抬头一望，只吓得抓呀一声，提裤便跑。原来墙头上端端正正伸着颗狼脑袋。这婆娘待了良久，见狼神没作闹，自以为仰蒙神佑，所以这当儿招巫荐神。村中凡有酒食之会，那葛四是头儿脑儿，当地人物是没有不在座的。并且山村中有一种习俗，是客许邀客。譬如请的是张三，张三有朋友，就可以拉去同享。所以今天葛四特慷他人之慨。

当时辅子一路上问知所以，倒觉好笑。葛四道："徐爷你不晓得，这种窝囊财主，咱不嚼他谁嚼呢？那个巫婆儿是个烂桃儿歪剌骨，招得野汉子成群，那主人偏信她装神卖鬼。倒是这些日闹狼神不错的，俺就不信这些事哩。"

王和笑道："俺看那巫婆水灵灵两只眼，瞅得人心上痒怏怏的。你给俺拉一下子，好吗？"葛四正色道："俺如今向人里走咧，不干这些乱弹的事。王兄你若头两年来，这还不现成嘛！"王和听了，却向辅子挤眼一笑。

须臾趱到众猎友寓所，由葛四一叩门，那妇人趄出。大家一道偏劳，即便进内。此时微月初上，只见小小院落十分清洁。角门以西便是大场房，正听得众猎友饭后谈天，大说大笑。

辅子方要进角门，忽觉王和暗暗一肘他，回头一瞅，几乎扑哧声笑将起来。正是：

猎兽未能先猎酒，闲情逸致亦堪嗤。

欲知后事如何，且听下回分解。

第七回

葛卡卒借榻宿良朋
徐侠士赤手诛四盗

　　且说辅子回望去，却见葛四溜在后面，冷不防亲了妇人个乖乖，被妇人一搡，赶忙跑入内院。当时辅子急忙忍笑，葛四却酒态跄踉地道："不瞒徐爷说，咱在村中，既是官面上人，人家看咱金山似的，咱能不向人里走吗？不然，人家清门静户，寡妇失业，肯认咱的干亲吗？南京沈万三，北京枯树湾，这就是人的名儿，树的影儿哩。"

　　王和笑道："您别属老王卖瓜的，自卖自夸咧。咱说正经，少时您把那点儿小意思（谓卡规也）就带着吧。明天俺们起黑早就走哩。"葛四笑道："你若再提这档子，俺又是好体面的王八蛋。咱们老哥们，谁望谁呢！"一路说笑，进院入室，只见一间场房，被众猎友挤得满满的。还有抱柴烧汤，准备洗脚的。

　　当时大家随便落座，那葛四拉开话匣儿，乱糟良久，不觉已二更敲过，便搭趁站起道："众位此去，铁准是大得彩兴，一路福星。咱们回头见吧。"王和道："葛兄再坐坐去。"葛四道："不咧，不咧。"于是王和等送至门首。葛四颔首道："再见，再见。"趔了几步，又驻脚道，"俺真个去咧。"于是王和大悟，忙向衣袋中，取一包散碎银子，追上葛四。辅子但闻得两人一阵牵扯。少时却听葛四道："咳！咱哥儿们真过这个吗？那么俺给老哥暂存几天也使得。"

　　正这当儿，却听得隔壁内院娇嫩嫩嗽了一声。于是葛四笑眯眯，放重脚步，直出角门，向大门踢跶而去。

　　这里辅子因场房人满，寻到院内北旮旯儿，却有一间空房儿，土炕干净，外临野地，甚是清静。辅子暗喜道："有这所在，俺为甚去煮人粥呢？"于是进去，略为拂拭。取了自己卧具，方要歪倒稍息，只见王和笑得蜜抹似的趸进。辅子问其所以，王和笑道："你道葛老四这家伙真个往人里走吗？他整年价得卡规，不少捞钱，都孝敬他一干小妈儿咧。方才俺溜到内院里，就窗外偷瞅，葛四正和他干女儿这么着哩。"说着，伸一指向口中出出入入。两人笑了一回，也便各自安置。

辅子和衣卧下，本觉疲倦要睡，无奈远近村落真个夜敲锣鼓，闹得辅子一时间再睡不着。辗转良久，直待稍静下来，睡魔已去，于是索性坐起，剔剔灯，下得炕来，到院中一望，只见夜气清虚，疏星皎然。众人一片鼾声，业已此唱彼和。

辅子信步趸向场房灶边，只见壁灯沉沉，照着锅中，还有许多用剩的热水；并且有一具大浴盆横在那里。辅子暗道："俺趁现成洗个澡儿，倒也不错。"于是先将浴盆撮入自己屋中，然后注满热水，脱得光溜溜，即便就浴。

须臾擦干身体，正在修理足趾，忽闻一阵隐隐哭泣声顺风吹来。辅子抱足倾耳之间，便听得一声怪噪，十分尖厉。那远音由北方面送来，辅子暗诧道："怪呀，真个便有狼神吗？"思忖之间，忙跐上鞋儿。正要穿着衣裤，却闻得哭声越大，已辨出是妇女声音；接着又有尖吱刺的喊声："救人哪，救人。"

这一声不打紧，辅子不顾穿衣，拎起炕夹被向身上一裹，拔脚跑出房。从后墙上一跃而出，既到野地。那来音越发真切，于是辅子循音北奔，顷刻间已是二三里，却是一小小荒村。略为倾听，那哭叫之音又出自村左一片黑魆魆的树林里；并且有一点灯火从树隙中射将出来。

这时疏星动野，道路可辨。辅子目力又是强的，于是一径奔赴树林一看，却是一片大茔地，其中有几间矮草房儿。房儿后面堆积着许多山柴。当时辅子急于救人，也忘掉没携兵器。一连几个箭步，蹿到灯光草房外。先就窗隙一张，不由大喝道："好狼崽子呀！"说着喀一脚踹开板门，飞步抢入。

原来里面榻上，一个妇人赤体仰卧，且哭且骂。说也不信，却有一只大青狼，搔头竖尾的，正据在妇人身上，如是云云起来。

当时辅子飞步闯入，只一瞅里间门帘之间，那只狼啊呀一声，用一个露珠滚荷式，滴溜溜向榻下一滚。辅子大喝赶去，一脚没踏着，那狼趁势儿向外间一蹿，嗖一声跳将起来。一面口衔哨子，大作狼嚎，一面由腿里中拔出攮子。只辅子回身赶来的当儿，那狼一翻手腕，向辅子当胸便刺。

好辅子，斜刺里一闪身，趁势一抖夹被，挡过刀锋，登时飞起个连环拐子脚。那狼忙一缩身，一个蹦蹿，虽躲过头一脚，却已撞到门口。哪知辅子脚势疾如闪电，那狼落足未稳的当儿，第二脚已唰一声平扫过来。那狼喊一声，竟凭空横颠出去。恰好距门数步，有株小松树。那狼赶忙用左手一撑树，止住颠势。后面辅子业已赶到。

那狼大怒，趁辅子奔来之势，恶狠狠挺起短攮，便奔左胁。可巧辅子光脚趿鞋，足下终欠得力，百忙中一颗蒺藜弹，扎得脚面生痛。只略驻足之间，只听哞一声，短攮扎入夹被累垂之处。好辅子真个伶俐，只两臂一振，来了个旱地拔葱，嗖一声飞起丈余。

看官须知，文人老先生有句成话，是"文人妙来无过熟"；武功一道，亦何莫不然！熟能生巧，真真不错。

当时辅子趁抖拧之力，但听刺啦一声，拖垂被幅，虽被短攮划了一条大口纹。但那短攮也被飞跃之力，凭空地由狼手夺出。那狼大惊之间，辅子已落向背后，先照狼后背噔地一脚。那狼扑哧一声，闹了个狗吃屎。

辅子赶去，夹领一把揪住它，方要抢拳。只见那狼向前一挣，哧的声，狼皮脱落，登时现出一个短小汉子，撒脚就跑。百忙中扬起狼头，极力吹哨。辅子一见，越发怒从心起，料是什么歹人搅乱地面。于是飞步赶上，只一拳打翻在地。一连几拳，那汉子只是怪叫，早已挣扎不得。

辅子喝道："你这厮装狼做贼，委实万恶。料你还有巢穴党羽，不然这一带村落怎会都闹狼神呢？"一言未尽，只听背后大喝道："照家伙吧。"明晃晃刀光一闪。辅子喝声："好！"略一侧身，一柄朴刀早剁空。急望时，却是一只苍白大狼，简直地露着人脸儿。

辅子大怒，正要赤手搏去。只听茔墙外一声喊，嗖嗖嗖，又跳进两只大土色狼，各挺朴刀，便奔辅子。于是三只狼跳喊如雷，前后夹攻，三柄刀上下翻飞。虽是乱砍蛮剁，也就凶实得很。偏搭着辅子夹被裹身，八下里不得手脚；又须用左手捏紧结系的松扣儿，只剩一条右臂，空手对敌。

诸公请想，这别扭劲儿简直的就大咧。哈哈！好辅子，真不愧为殷一官的门徒，你看他不慌不忙，全仗着闪占腾挪，身手灵妙，放出拳法，直滚入一片刀光中；并且好整以暇，因敌为用，风团似东指西击。一时间身影重重，闹得三个泼贼眼花缭乱。三柄刀此碰彼触，叮叮当当，便如打铁一般，响得好不热闹。

少时辅子且战且退，却靠近一株大树。恰好被划的被幅，因踢跳良久，忽然脱落，不偏不倚，却挂在树的矮枝上。于是辅子趁势一蹲身，早隐到大树之后，随手折了一条小指粗细的劲枝。这时有一贼，闷浑浑地觑准挂被，奔过去，便是一刀；咔嚓声，枝断被落。后面两贼喜喊道："得咧，这一下子成功咧！好劲实小子呀，咱快剁他个稀糊脑儿烂。"不想语音方绝，砍被的那贼大叫栽倒，撒手扔刀，登时了账。

两贼一怔之间，突见刀光飞到，一个啊呀没说出，登时玩了个鬼推磨，向大树左右双双栽倒，也就挺了腿咧。原来辅子冷不防从树后跳出，劲枝一挺，早戳入砍被贼的咽喉。随手拾刀，杀却其余两贼。可见艺高的人，任取一物，都可做器械用哩。

当时辅子不暇理论三具尸体，正要去根究那个大青狼，忽听得那妇人又复惊叫。辅子忙奔去，只见妇人仍光溜溜地蜷缩在榻上。那只青狼业已呻吟着爬向榻边，正伸手要取榻头上一个腰囊。辅子大怒，一脚踢翻，又跺了两脚。那狼喊一声，当即昏去。辅子百忙中，先取腰囊一抖，内有几两碎银，还有一纸书札似的东西。启封一看，却是一纸委状，上面写道：

平天社总社长，白：

为发给委状事，照得直北一路，分社事紧，合派社友，协理社务。仰社友贾元杰，迅赴勾当，合给委状，须至者。

辅子见了，莫名其妙，料是江湖间什么秘密社会。既有总社，可见党羽甚多。正在执状沉吟，恰好那假狼痛极醒来，辅子喝道："你等装狼肆恶，已然罪不容诛。这纸委状，又是怎说？快些从实述来，俺便饶你一命。"

那假狼见辅子手执委状，因强撑凶睛，冷笑道："朋友！你不必摆架子，俺索性告诉你，咱老子行不更名，坐不改姓，绰号'奎木狼'贾元杰的便是。今天俺和三个朋友死在你手，想也是定数该然。但俺到直北以来，也写意极咧。"说罢哈哈冷笑，低了头，一言不发。却是左胁骨已被辅子踩折，只痛得呻吟成堆，气息渐微。

辅子喝道："你四人之外，还有党羽吗？"元杰张目道："怎么没有？俺们社友布散各处，岂止一把小米数儿，都是随意做事哩。"辅子道："那们这总社在哪里？社长白又是哪个呢？"元杰怒道："你这厮，配问俺社长吗？你是什么东西！"说罢破口大骂。

辅子大怒之下，赶过去又是两脚。这一来，却送小子到姥姥家去咧。只见元杰手刨足蹬，登时了账。啪哒一声，却由怀中掉出个小册子。徐辅子拾起一看，不由气得眼直，便又狠狠踢了死尸两脚。原来那册子上，是记载的某天偷某家，某天淫某妇女。被污妇女已有三十余人之多。

当时辅子气愤之下，先将册子就灯火烧掉。略一定神，却颇悔不该踢杀元杰，无从再研问于他。正这当儿，那妇人已下得榻来，泪吟吟双膝拜倒。辅子忙道："起来，起来，且料理贼尸要紧。"那妇叩头站起的当儿，灯光照处，辅子失声道："啊呀！你这位大嫂，快些穿起衣服。"

妇人低头一看，便飞跑上榻，先拖了被子，掩身穿衣。这里辅子，方暗笑人急出笑话，忽觉小肚下冷飕飕的，低头一看，原来自己下体，只比妇人多个大屁股帘儿。自那被幅脱落，早已精光半晌咧。于是忙背着身子，将夹被重复裹好，又向妇人寻了一条带儿，束在腰间。那妇人方要哭诉苦楚，只听茔墙外砰轰一枪。

辅子大惊，方要提刀奔出，却闻窗外有人唤道："好了，徐爷在这里哩！"正是：

深宵杀贼方称快，好友寻踪又到门。

欲知后事如何，且听下回分解。

第八回

谈野人志异玛斯戛
打角雕试手八步险

且说徐辅子猛闻枪声，只当是元杰等余党未尽。方想奔去，只见从外面闯入两人，却是王和和冯玉，各挟火枪。原来王和一觉醒来，到北旮旯墙下去小解，一看辅子不在屋内，案上灯明，地下摆着浴盆；于是唤了两声，不见辅子。

正这当儿，却听得北方向隐隐有喊骂扑撞之声，于是王和大疑，便去唤醒冯玉，抄起火枪。三更半夜，不便去惊动主人家，便也由后墙跳出，扑奔北方向。虽望见茔地中的灯光，也没想到辅子在那里。倾耳一听，四外村墟静悄悄，也没甚动静。于是两人信步趱到茔地，却听得里面有人讲话。

王和道："莫非徐爷在此吗？"冯玉道："咱且进去张张。"于是两人相距丈把远，趱入茔地。王和是直奔灯光，冯玉却经过那大树跟前。一眼望见个大狼卧在那里，所以一枪打去。只见那狼并不动，仔细一望，却是人披狼皮。

冯玉大骇之下，王和已闻枪反趱来。两人仔细一寻大树左右，共是三只假狼。两人摸头不着，便仍奔灯火，想寻人问。由窗缝一张，先望见辅子那副奇特衣装，两人骇诧非常，所以直闯进来。

当时三人会面，辅子便草草一说所以，将王、冯两人诧异得没入脚处。王和骂道："原来这就是狼神哪！怪不得偷财物、偷妇人，却不吃小孩哩。好王八蛋，真个想绝户招儿。那个什么平天社又是什么呢？"于是一问那妇人。

妇人道："俺们两口儿是给人家看守坟茔的。不想今晚，俺丈夫远出未归，却遭此祸事。俺当时被恶贼吓昏，一切事都不晓得咧。"说着重新向辅子拜谢。但是屋内横尸，茔地里还躺着三个，未免吓得战抖抖的。

辅子沉吟道："这节事，按理说，还须报官；却是咱又不便耽搁。"王和道："咱哪里有那么大粗工夫！依我看，一把火烧掉臭贼，倒也痛快。"妇人道："茔地后面却有一眼干土井子，丢掩到井内，却静悄得很。如一举火，惊起左右村人，倒不便当。"

三人一听，甚是有理，于是大家动手，将四个臭尸拖到土井边。妇人举灯照着，扑通通丢将下去。末后拖起那苍白狼，辅子见那狼头皮，宛如面具，倒也好玩。因随手揭下，揣起来道："这物儿，俺带回去哄孩子，不强如买鬼脸儿吗？"大家一笑，当即填满土石，又从柴堆上取些乱柴，掩在上面。

这一阵忙碌，业已四更以后，辅子便将元杰委状收起，将那包碎银给了妇人。那妇人千恩万谢，送三人趱出茔地，方掩泪自回。

不提王和等一径回场房，索性不睡，都聚在辅子房中，一面看辅子更换衣服，一面诧谈这件事。且说葛四，和他干女儿睡了一觉醒来，恐天亮被王和等撞见了，有些不够瞧的，便穿衣悄悄出来。趱到后院西墙下，想要小解毕，便由后墙上溜之大吉。方要撩衣，只听王和等在场房北旮旯屋内，谈得热窑一般。俗语云：贼人胆虚。当时葛四暗想道："哈哈！俺看那位徐朋友鬼头撒脑的，莫非他瞧科俺的勾当，讲说俺吗？"想到这里，便大宽转绕向角门，悄悄趄去一听，不由大叫闯进，道："啊呀！了不得。竟有这等事？徐兄端的好本领哪。可惜你这份现成人情，怎不做成俺呢？这四个狼贼，您若交给俺，俺到总镇那里，不请一件好功劳吗？"王和忙道："惭愧，惭愧！如何又劳动老兄赶来相送？不差什么，俺们也就上路咧。"

葛四趁势道："可不是嘛！俺在卡房睡了一觉，便跑来咧。今闲话莫提，徐兄除掉狼贼，不可便去。您不如暂住两天，等俺出头，集会各村众，咱虽不说索馈谢，也得大大地起发他一下子。少说着也凑个几百银子。"

辅子笑道："岂有此理？俺偶然除贼，不但不能索谢，并且望葛兄不必声扬。干净利落，俺放围去是正经。"葛四听了，大失所望，问知除贼细情，不由慨叹一番。

不多时，天光大亮，那妇人早在内院吱喳起来。于是大家整队，即便起行。王和道："俺们多多打搅，葛爷见您干女儿，替俺道谢吧。"葛四耸肩道："得咧！孩子们不应该伺候吗？"于是送至门外，眼看王和等督队而去。

不提葛四自行回卡。且说辅子等趸入青风口，只见岚光树影，云色泉声，又是一番气象。深秋时候，红叶满山，加着旭日弄晖，映得远近山峰紫翠斑驳，便如一幅金碧山水一般。

须臾趱过二十多里的盘行山径，前面猎队穿林拨草，或隐或现。一面价信口作哨，响震岩谷。辅子道："境能移人，端的不错。凡人一入深山，不知怎的，名利心登时灰淡。这片所在，若使俺殷老师见着，保管对脾味哩。"

王和笑道："他老人家那副佛儿似的性气，谁人学得来呢？"正说着，忽闻水声刷耳，只见道左百十步外，陡起一座峭壁，上有一条白练似瀑布奔腾而下，直注深涧。那涧横截前面，上有天然的石梁，远望去虹影凌虚，好不险绝。

王和遥指道："徐兄见吗，这所在名'八步险'，左近一带，雉兔最多。俺往年入山时，总要在此打两天野盘，颇甚获利。再遇着别队猎友们，大家便合队放围，或烧山惊兽。到夜里大家饮酒炙肉，说笑酣歌，直闹到半夜方睡，真也是个乐子。不想他妈拉巴子的，自从这两年，山中忽出了一种野人似的东西，一般价三五成群，只在山中作闹。据说这类野人，便是吉林深山中的。说是当年有个满洲勇士，此人生得遍身鳞甲，形如虎豹，力大无穷，万夫莫敌。在某酋长部下做了一员大将。所有某酋长吞并各部，皆是他一人功劳。久而久之，这勇士渐渐骄横，凶杀任意。

"一日当着酋长，和同官议事不合，勇士大怒，竟将那同官捉将起来，手把两腿一撕两半。酋长大惊，退回帐中，正愁得什么似的。不想有一天，又当大犒士卒，酋长夫妇都盛装莅事。正在巡行各帐，只见某勇士昂然闯来，铁柱似胳膊一撑，挡住酋长道：'今俺和你借个人用用，便是今夜，就须送到俺帐。不然……'于是手按长刀，

50

眼如熛火。酋长战抖抖地道：'你借哪个呢？'说着随勇士手指望去，不由一个整战，忙道：'你且回帐，听消息吧。'勇士冷笑道：'不怕你不好好送来。'"

辅子怔道："勇士所指是哪个呢？"王和笑道："作书听话，都须心细，您忘酋长夫妇同莅事吗？当时夫妇趱回帐中，那酋长左思右想，无法可施。眼看着娇滴滴的浑家，委实舍不得借给人用。又想到勇士刀头，不由脖儿上只管冒凉气。当时计无所出，便嘴儿一撇，放声大哭。却见浑家连忙握手，附着酋长耳朵喊喳半响。酋长喜道：'此计大妙！此獠不除，咱们早晚都是死数。'妇人道：'大王还须念他有点子功劳，给他个全尸。'酋长道：'俺自有道理。'于是夫妇分头准备。

"当晚那妇人果然花枝招展，直到勇士帐内，置酒欢饮，极尽媚态。勇士哪知就里，不由酩酊大醉。帐外一声喊，闯进十来个武士，早将准备的大指粗细的丝绳拾将起来。不容分说，将勇士捆得结结实实。原来勇士力能断绑，唯有这丝绳儿，是越挣越紧，深切入骨哩。当时勇士惊醒来，喊叫如雷，众人都不管他，便抬起他，直奔山中，丢入深涧。哪知勇士命不该绝，却被一头母人熊负入深山一处幽洞中。那人熊给他啃断丝绳，一般地取兽肉将养他，久而久之，两个竟为夫妇。那人熊生下男女数人，自相配合，所以便遗传下这种野人，名为'玛斯戛'。便是吉林的马贼们，也都怕它不过。因它捉住人，是夹生便吃的。不知怎的，这物件竟滋到这山里来咧。"

辅子大笑道："哪有这么档子事呢？王兄是怕俺们走累了，说古迹儿，醒醒脾吧。"王和笑道："俺也是只听人家如此说。人家真有见过的，说玛斯戛，都是红眼珠儿哩。"冯玉也笑道："果有此物，咱捉个回去，倒也是稀罕儿。"于是相与一笑，又复前进。

须臾趱登石梁，只听下面涧水如雷，便搭着那梁背既窄且长，又是个鲇鱼背的样儿，苔草滑滋，好不难走。这时前队业已慢慢趱过，辅子和冯玉趁在王和背后，见他栗栗神情，颇觉好笑。

须臾石梁将尽，却是接着一面陡坡儿。王和一脚踏一丛烂草，身儿一歪之间，那脚势早收煞不住，便如峻坂滚丸一般，直刷下去。辅子方喊道："王兄小心着。"一言未尽，忽觉眼前一黑，唰一声，由坡下密林中，抢出一只半大角雕，一抖劲膀，贴地皮翻上半天。一个翻身儿，向下一沉，露着铜钩似大爪，直奔王和顶门。

众猎友一声喊，方乱糟糟各顺火枪。说时迟，那时快，但见辅子由石梁上手儿一扬，一镖打来。王和这时不暇开枪，只顾用枪乱护顶门。便见那雕虽然中镖，还横刷出多远，一个倒拧身，双翅遽垂，滴溜溜已落在深涧里。于是大家奔赴涧边一望，只见那雕落在一株枯树枒槎上，下临涧水，只好二三尺。从上面望去，深可数十丈。

王和道："啊呀，我的妈！这却没法弄上它来咧。但这种角雕，不值钱，随它去吧。倒拐了徐兄一支镖去。"辅子道："既不值钱就罢咧。不然俺踏壁攀萝附葛地下去，系上长绳儿，大家就可以提它上来。"众人听了，甚是骇然，无不称赞辅子的本领。

正这当儿，却见那枯树根下有几只老鸦盘旋。一猎友拾石打去，呼啦一飞散。却见树根下还有半截人腿，胫上肉似经刮去，只剩白骨岔，并腐烂大脚丫子。王和惊道："看此光景，山中就许有那话儿。"

辅子笑道："它凶煞了，终还沾点儿人气儿。咱们打猛兽的，怕它怎的？"众人都笑道："徐爷此话，可别说满了。如今人面兽心的，到处皆是，更可怕得很哩。"

正在说笑间，匆匆整队，只见冯玉猛掏出铁叫一吹，大家登时止步。正是：

　　　方惊白骨横深涧，会看青锋显异能。

欲知后事如何，且听下回分解。

第九回

楸子峪一剑毙双豹
鱼鳃峡三友望灵狐

　　且说众猎友见冯玉忽吹铁叫，急忙止步。冯玉道："今不出十里外，定有猛兽藏伏，咱须小心在意。如今诸位须做后队。"说罢，和王、徐两人趄向前面。

　　辅子道："冯兄怎知左近有猛兽呢？"冯玉道："俺久于打猎，颇能嗅风，识兽气息。"辅子道："请问诸兽气息，还有分别吗？"冯玉道："寻常兽类，不过膻臊；唯有猛兽气味，另有种臊臭异味。"王和咂舌道："怪呀！怎么俺打了半辈子围，就不懂嗅风呢？"冯玉笑道："王兄是不留心罢了。"说罢掖好斧头，由猎队中拿了杆标枪，抖了抖，大踏步即便前进。

　　辅子且信且疑，举目四望，只见石梁这边颇颇宽敞，草树连天，四围静悄悄，却也没有什么野兽啼啸之声。过午后，山风暴起，四山草木，萧飒有声。忽闻一阵金铁之音，隐隐然出自道左四五里外。王和道："冯兄说有猛兽，真有因儿。这金铁之声，不是行旅敲响器，便是山村人震慑野兽，因诸兽都有畏响器的。"

　　三人一路谈话，脚步都快，不多时已离后队老远。这时辅子东张西望，只想蹦出个野兽来臊臊脾。正这当儿，趄过一重平峦，却见里把地外，黑压压一带楸林，接着一条小溪。

　　王和一面走，一面指点道："这所在，俺仿佛记得是叫'楸子峪'似的，俺还是二十多岁时，跟赴老陵的参客们来过一趟，如今又十来年了。那当儿，山村人家也朴厚，像俺们进山，到处都可借宿。并且待客如家人一般，不分男女，都来亲热，不怕是大闺女、小媳妇，通不回避。山村人家，大半是扯长野肚的大火炕，到晚来，就一炕同宿。"

辅子道："这倒不错，如今还这样吗？"王和笑道："如今哪，您不用想那梦儿咧！人家见了山外人来，简直犯恶得臭狗屎一般。你便靦着脸子，说破嘴皮，巧咧，他白瞪你两眼，还是山字摞山字，闹个请出。"辅子叹道："可见如今人奸地薄，山村中也没朴厚之风了。"

王和笑道："这个不怨人家呀！人家起先待山外人那么亲热，您猜山外人怎样哪？不管三七十二一，真是自称一百个合得着。到得人家屋内，大吃二喝，横躺竖卧；外带着还溜溜瞅瞅，动手动脚。不管当着小男妇女，信口撒村。到得晚上，他占热炕头，单偎着人家小娘儿。天明拔腚，嘴巴子一抹撒，拍腿就走。咳！这还算不离板，您猜后来怎么着？人家待客之家，虽然心眼实诚，却也不是木头疙瘩，往往见自家妇女，无缘无故，那肚皮愣会大将起来。于是细一揣度，不由恍然大悟，从此山外人才土块擦屁股，自己泥了门咧！"

辅子道："真也可恨，天下事，哪一件不是巧的闹坏了。有人说人要奸巧到极处，那天地也就该混沌咧。"正说着，已将近楸林，丰草越茂，忽闻林深处唰啦啦风声掣动。冯玉赶忙抓风头一嗅，急拉王、徐同伏草内。便听得吼一声，尘土乱卷，登时由林内跳出一只青花豹子，四爪据地，一抖威毛，掀起尾巴摇两摇，便一步步踅向小溪，低头饮水。

王和觑准，忙顺好火枪，端起架子，要点火门的当儿，只见那青花豹昂起头来，向空乱嗅，目光凶睒睒地射出，便见隔溪丛草中蠕蠕翻动。少时一条毛茸茸的脊梁，由草内拱将出来，忽地吼一声，又跳出只土色金钱豹，就溪草上一缩身，猛然一跃过溪，直搏青豹。

那青豹哪肯客气，登时踊跃还搏。两个一阵驰逐，闹了个山摇地动，尘头卷起，直上半天。树木小些的，碰着便折。须臾两豹交缠，咬作一处。土色豹身长力大，吼一声将青豹翻在身底，方狂叫乱咬之间，青豹挣跳起来，一摆头，回身便跑。

54

王和擎枪大喝道："好孽畜！"砰轰一枪。白烟起处，那土色豹猛然一惊，倒反跑回多远。不想青豹来得势猛，那一枪虽命中，早已张牙舞爪地抢近王和。冯玉大惊，赶忙挺标枪刺去，只听咔嚓一声，叫声苦，不知高低。原来那枪去势稍偏，误中石块，登时折作两段。

这时青豹负伤，趁着急痛劲儿，早人立起来，乱扑三人。辅子百忙中将手中标枪交与冯玉，自己方拔剑赶去；只见冯玉大呼，一抖枪，早刺在青豹后胯上。那豹负痛，一转身，仍奔回路。辅子脚步如飞，挺剑便赶。王和等从后大呼道："徐兄小心着。"一声未尽，只见那青豹掉转身，一个跃扑式，直腾起两丈多高。王和只一眨眼的当儿，却见辅子驾云似的，反飞在青豹之上，倒提短剑，连身儿向下只一搓，便如骑了青豹落地一般。但见青豹四爪乱动，登时死掉。王和狂叫道："徐爷，真有你的呀！"

冯玉眼尖，忙叫道："又来咧！"辅子回望的当儿，早见那只土豹业已悄没声地扑到背后。原来那土豹虽然猛惊反走，却没远去。既见同类被残，你别看它两个自家厮打，这时同类被残，它就有些不高兴，所以便义愤填膺地来袭后路，也可说是热血动物了。

当时辅子一跃闪开，晓得这样敌者，是只可智取，不可力敌的。于是一路耸跃腾闪，引得那土色豹一扑便空。辅子白闪闪一团剑光，虹飞电掣。据王和笨眼儿看来，哪一剑下去也要刺伤土豹；然而辅子却不轻下，便如引逗豹子玩耍一般。

须臾土豹气力稍微，扑搏迟慢，这时辅子却全神贯聚，目无旁瞬。少时土豹怒极，一昂头，人立起来。辅子一矬身，趁势急进，竖起剑锋，随跃势就是个一柱朝天，那土豹狂跳栽倒。王、冯忙趋近一看，只见那豹正是颔下咽喉上中了剑锋。

王和赞道："徐兄真罢了的。俺方怪你如此神妙剑法，怎不早矻它？原来是专取要害，一下成功哩。"冯玉也道："好险，徐兄和土豹搅作一团，不但王兄火枪不敢轻发，就是俺这标枪，也急切不敢乱刺。"于是冯玉吹起铁叫，后面猎友也便赶到。大家一看这只豹，无不骇然。于是大家动手，拖拽了直奔近处山村，寻了个人家儿，即时开剥取皮，寄存起来。

原来猎队放远围，动不动便出去数百里，一路得兽，都须存放。那主人家例得兽肉，无不乐从。若左近没人家，便将猎得之兽拣岩穴深僻处没藏起，暗置标记，俟回途，再用驼骑运载。再说起他们一路食用，除兽肉之外，还有种用大豆蒸制的豆面儿，里面掺和一种药物，就凉水吃一匙儿，便可终日不饥，为的是深山流转之用，其名儿叫作"诸葛行军粮"。相传是武侯南征孟获时所遗之法。

当时大家将豹皮寄存停当，趄就原路，过得小溪，那路渐次平坦，树木越旺，一处处含烟笼雾。但闻四下里樵斧叮叮，或人语从高处飘来。昂头四望，却不见人。还有许多荠菜似的小松柏树，青郁郁遍地皆是，不怕乱石上仅有寸土，那松柏依然青葱。

王和道："这山已近老陵，所以水土特厚，真是一方水土一方人，靠山吃山，靠水吃水。这一带的人，整年地贩木运柴，便是生业哩。"辅子道："俺听说老陵里，隔几年便有天火，树木延烧，兼旬不熄。数十里外都望得见，便如赤城霞起一般。又说是火初起时，定现神异，或凭空飞下火弹，或忽见赤炭似的大鹁鸽。有一年近陵人家，忽有几个黄巾力士模样的人，各带着朱漆葫芦，前来借宿。客人去后，没过两天，老陵中忽然火起。俺看这些话有些荒渺难信，或者是木气郁积，自能生火吧。"

王和笑道："您说木老生火，自然有理。但老陵往往延烧，这期间，还大有杭榔头（缘故之意）。一是老陵里鹿很多，这种物件，据说春期交合时，必要尽力子狂跑追逐，蹄践石火，迸起星星儿，便能燎原。这一层，还可勉强称为天火；还有一层，就是管陵的人员闹的鬼，因为他使人赅例，纵人伐树，树太稀疏了，盖不下场，恐查陵时露了马脚。所以一把火纵烧起来，只说是起了天火。方才您说的那套妈妈子话，就是他们胡说出来。"

辅子点头道："听您这话，俺又悟到了一段事。即如管陵郎中不差什么，便请帑岁修陵工，大概也是闹鬼的事。不然像陵上旗员们，为甚那么阔绰呢？"王和道："着哇！他们因陵上殿庙，铁柱似的木料，急切不坏，便愣会灌入坏水去。一言抄百总，天字第一号的大冤桶就是皇上家。内务府的人员，谁不吃嚼那大老官呢？"

三人一路说笑，随便看猎友们打取雉兔。须臾你肩我负，也有

56

挂在枪支上，或屁股后面挂只大兔儿，毛茸茸的，就像尾巴。

这日走了数十里的山路，天色傍晚，王和登高阜一望，四外乱峰四合，杳无村落。原来此间叫"鱼鳃峡"。因左右是两条土沟，历年山水刷沥，日久年深，便如两条小滩一般。沟中沙石晶莹，平白如水，远望去，好似波浪涌动。这所在甚是僻险，樵子绝迹。再走数十里，便可出山，到老陵地界咧。

当时王和道："今天没法儿，只好打野盘咧。"于是匆匆集队，就高阜左右一端相，恰好丛莽森翳处有个土洞儿，虽不宽大，左右却甚平坦。冯玉道："此间安帐房就好。"于是一面指挥猎友，就洞左右都安置下，一面在要路口上安设踏机伏弩之类，恐有猛兽夜来侵犯。料理都毕，那沉沉暮色业已黑将下来。

冯玉和徐、王在洞前后巡了一个更次。方要进洞暂息疲足，只听得右边帐中一个猎友，娇声细语地呦呦歌唱。王和笑道："这准是俏皮麻四又高了兴咧。他一肚子十不闲、蹦蹦戏，杂耍儿多得很哩。"

正说之间，只听众友笑噪道："麻老哥，你也太不像话咧。有你这样儿的奴家，俺可不敢照顾。"正说着，忽闻帐中惊闹，接着一阵滚撞。王和等赶去一望，只见麻四正丢眉溜眼地抱着一个猎友亲乖乖哩。

那猎友极力推搡，众人噪道："麻四脸色有些不仿佛，莫非撞磕着（俗谓被祟曰撞磕）了吗?"正说着，麻四一跤跌坐下，却抱了大脚，仿佛袅娜得了不得似的。一扭脖儿，却唱道：

王二姐，泪盈盈，手扳楼门望南京。

辅子怔笑道："怪呀！麻朋友真有些丢神似的。"王和道："俺行囊中还有安神药咧。"说罢反身出帐，直奔土洞。

这里辅子一面和冯玉互相诧异，一面看麻四做丑态。正在乱舞起劲的当儿，只听帐外砰然一枪，就见麻四登时倒地。大家忙扶他坐起，他却一个欠伸，张目道："好困倦，诸位怎还没睡呀?"一言未尽，王和趱进，手内却拎着个黑嘴头的大骚黄鼠。一见麻四神气复故，不由恍然道："原来麻四哥是被这物件支使得作怪。"

辅子问其所以，王和道："俺取得药，方趔近帐旁深草旁，却听得草内咈咈地吹。一枪打去，却是这物件。但看这黑嘴儿，准许有些道行哩！"

大家听了，各为一笑，便道："俺俏皮哥，今天却俏皮得大发劲咧。"正说着，忽闻路口上弩机响动。王和等赶去一看，却得了两只大草狐。冯玉笑道："这物件，空有大个儿，顶没出息的，就会偷酒肉吃。"于是仍由冯玉设好弩机。王、徐两人提狐入洞，大家掩好篝灯，略为盹睡。

须臾都醒来，业已四更天后，凉月挂林，忽仿佛一阵波涛之声。仔细一听，却是山松战风。于是大家起来，仍去巡看。出洞一望，只觉凉月满山，照得两条沟内白茫茫俨似巨浪掀天。辅子笑道："您看这段奇景，多么别致！可惜咱们都是没字碑，真是眼前有景道不得了。"

正说着，忽闻东沟内嘘然一声，登时眼前红火一眩。便见一颗火球儿，有胡桃大小，光彩四射，流星一般，射上半天。正在光闪闪倏升倏落，疾如掷梭，只见半里地外，又同时飞起两个火球儿。

三人正在诧望，却听得嘘嘘嘘一阵响，两火球左右，又飞起几个小火球，此上彼下，便如滚珠弄丸一般。一片光华业已照得微明。不多时，三个大火球旋转流走；众小球与之离合低昂，或平列如雁翼，或接竖若旗帜，顷刻纷纭变化，甚是有趣。三人正相与怔望，却见近身数十步外，又飞起一颗较大的火球，其光晔晔，既明且赤。这一来，不但照得三人发眉毕现，便连沟中也都亮如白昼。辅子望去，却是几只大玄狐，正人立舞蹈，吸弄那火球儿。辅子忙要顺火枪，却被冯玉赶忙止住。

须臾那极大火球倏然远逝，众小球也便一阵飞散，势如流萤满天，或落山坳，顷刻间万象都杳，仍是静宕宕一条长沟。

王和道："这敢是灵狐炼丹吧？俺往年入山，也遇见过，不过远远的似流星上下，今天却异样得很。"冯玉道："这种灵狐，咱以不惹它为是。这东西极会作怪，你若一惊它，不但伤不着它，早晚间还给你个见过儿。"辅子笑道："原来这就是灵狐炼丹哪。怪不得人家讲古迹儿，说抓吃了狐仙丹，便可成仙。方才俺恨不得抓个尝

58

尝。"冯玉笑道："徐兄此话可糊涂咧，丹是人人有的，岂可外求？譬如您有一身内功本领，谁能抓去吃掉呢？"

三人趑巡一番，入洞稍息，也便天明，于是整队起行，一路上各话昨夜之异。这日行抵山口边，又捕获两只大鹿，就山村寄顿了，业已日色矮西。大家便就村外安置帐房。

这山村中人，蠢如鹿豕。问起他们老陵中近来光景，却一无所知，只乱噪道："如今老陵中就是熊虎多。听说有一种白毛人熊，更加厉害哩。"王、徐听了，也没在意，冯玉却道："王兄携了铁胳膊来了吗？"王和道："俺早准备咧。"

辅子道："什么是铁胳膊呀？"王和笑着由行装中，取出一个长布包儿。打开一看，却是两段精铁筒，并一柄泼风似的短攮子，道："这便是收拾熊老官的家具。"辅子为其所以，王和道："凡遇着人熊，先将这铁筒套在两臂，一任它猛扑来捉，便舒胳膊给它。它捉住人两臂，定要大笑不止。这当儿却不要慌，单看它乐不够时，那长眼皮必要毛搭搭地垂下来，盖住眼睛。因为熊的上眼皮生得很长，它捉住人，且不伤害，只如猫儿得鼠，先尽力子玩弄。趁这当儿，急须掣出胳膊，猛拔短攮，直刺它颔下方寸大的一处薄皮。其名叫作'取熊嗉'。因为它通身坚韧，不易入刃。"

辅子笑道："看起来诸般物性，等等不一，凶蠢之兽不必说，最灵性的如猩狒之类，因它好酒好穿屐，人就可以因其性摆布它。还有两广地间，人捕蚺蛇，因蛇性好淫，捉它的人，便簪花敷粉，穿起彩衣，口中歌唱，并且先抛与它一条妇人裤子。那蛇得裤，登时将头钻进去，俯仰大悦。这里越唱得起劲，它越发淹性，于是埋伏的壮士持斧突出，一斫断头。如此看来，能识物性，就可以制服它。只怕古时人豢养活龙，不是谎话哩。"

三人正谈得高兴，只听猎友一阵喧哗。正是：

　　破睡偏宜谈猎趣，数典今竟得槐王。

欲知后事如何，且听下回分解。

第十回

入老陵刺虎显奇能
踏土冈当熊救猎友

且说辅子等听得众人喧争，趄去一问，却是明天入陵，照例地须祭大槐王，已祈福祐。猎友中有个少年不信槐王，因此和大家抬起杠来。当时王和笑道："不须争执，咱是无例不增，有例不减。那会子俺已将香烛纸果买停当咧。"于是回到自己帐中。辅子道："这大槐王，又是什么神道呢？"王和笑道："明天且叫徐兄见见世面。"说罢各自安歇。

辅子就枕后，但闻得风声刮耳，便如洪涛澎湃，觉着小小皮帐都有些岌岌震动。不由诧异道："这所在，山风儿就这般劲实。"王和笑道："哪里都是山风。因此间靠近老陵，里面数百里，都是参天拔地的大树，风树相战，便有这般大声响哩。"两人说话搭趁着，也便入梦。

次晨，大家起行，出得山口，便入老陵地界。举目一望，但见草树连天，黄沙漠漠，四围青芊芊无边际，真有似穹庐盖四野的光景。辅子道："王兄，你看才进陵地，便也气象有殊。"王和笑道："这点儿树木，在老陵中便如剔牙杖。您等过得龙口峪，再看吧。"

须臾趄过十来里，王和遥指一处高阜，道："徐兄要瞻仰大槐王吗？少时就到咧。"辅子随指望去，但见高阜上青郁郁的，并没有什么庙宇。须臾近前一看，不由大笑，却是一株空腹古槐。拳曲臃肿，只剩了金铁似的苍皮；却由老根下，怒挺一枝，其势伸拏平走，有三丈余远，俨似虬龙蜿蜒。那空腹皮古苔错绣，甚是奇丽。树根向阳所在，却有一座三尺来高的小庙儿，里面有凿字的神牌，是"槐王神位"四字。庙旁有一短碣，大书"唐槐"两个篆字。

辅子拊掌道，原来这就是大槐王，也只好在南柯梦里称雄咧。于是王和止住猎队，恭敬敬致祭毕，一群猎友都行过礼，这才整队启行。只有辅子笑得什么似的。王和戏道："徐爷你不信，保管你就别扭。"

说也凑巧，辅子正在分辩，恰好经过大树下，噗喳声，一泡臭鸦粪正落在辅子肩上，于是众人都笑。王和道："怎么样？这是槐王爷待徐爷很客气的；若是俺们，这泡臭鸦屎就许落到头顶上哩。"辅子一面取乱草擦净肩头，一面笑道："等俺回头，再和老槐爷子算账。"大家说笑着，便即前进。

须臾又趱过十余里，只见草树越密，鸣鸟异音。松柏间夹植白杨楸榆之类，一片萧萧，俨似波涛起于顶上。只那地下落叶，青黄相接，极厚处就有一二尺深。还有许多的杂花异草，都不知名。这日途中，颇获獾鹿雉鸽之类，并道逢樵子、参客，也都成群搭伙地持械而行。问知王和等要赴小长白山，都吐舌道："那所在险得很。俺听老辈人说，当年五火神爷炮打乱柴沟，就是那片所在。吓，那当儿死的人多咧！所以接近小长山，土色都赤，据说便是当年战血所化，至今天阴鬼哭，时有怪异哩。"

辅子听了，付之一笑，但见王和一路上时时削树。问其所以，王和笑道："您看俺这削树法，也是手段，一刀下去，准是上宽下窄，形势如一，这便是自家的暗记儿。为的是记明回途，不然在这莽荡林地里，哪里摸方向去呢？"辅子听了，连连点头。

这晚上，拣地宿了，要路上埋置伏机，分人守候。辅子、冯玉略睡睡，即便趱巡。最讨厌的是树窟中的老鸦，只管咯咯的像人痰嗽，还有许多异鸟格磔。这夜却得了十来头骚鼠。如此光景，趱过两日，业已路绝人迹，除草树连天外，唯见云垂大野。众猎友随途弋获，不必细述。

这日冯玉嗅风，立命驻队，先和王、徐趱登高处一望。只见偏西面乱石槎枒，拱起一带土冈，长林高下，直透迤出多远。冯玉沉吟道："这所在颇可放一场子，俺方才嗅风，知有巨兽窟穴。"辅子踊跃道："咱们就去。"冯玉道："别忙，放正经围场，须先布置，等引出兽来，总要使它跑不出围去，方不白费事哩。"

辅子道："这又糊涂煞俺咧！难道那兽还如叫猪唤狗逗猫儿，可以引出吗？"冯玉笑道："您但瞧看，俺自有道理。"于是向猎友举手一招，大家齐集。

辅子偷瞧冯玉，真是会家不忙，胸有成竹，便一一分派道："某人向东路，安置伏机；某人向西路，安置罗网；某人向北路，持枪伏候；某人向南路，积柴备火，俟兽来临，惊其返走；更于埋伏之外，分四人外巡游弋，听吹哨为号。兽奔哪方，便赶向哪方助捉。"于是众人唯唯，登时分头准备。冯玉也便结束伶俐，掖好短斧，手持标枪，向王、徐道："咱们也去动手吧。却有一件，若是别的兽类撞出，两兄尽管助捉。若是山猫儿（谓虎也），俺自有手法料理它，并且快捷。两兄若去助势，巧咧，就许反费手脚。"王和唯唯之间，辅子却暗想道："哈哈！这冯玉吹得好牛胯骨，难道他就有特别的手法吗？"思忖之间，冯玉已由高阜疾趋而下。

辅子和王和急忙跟去，只见冈下一片地，大可十几亩。荒草乱石之外，却有几株大枫树，参差远列。那冈趾丛莽亏蔽，隐隐似有个极深的土洞儿。洞外沙土光溜溜，只少有细草。冯玉就沙土上仔细一看，便道："您二位简直地爬登高树瞧把戏吧。一百个没含糊，这准是虎穴无疑。"说着竟将标枪递给辅子，登时眉飞色舞，勇气勃勃。

辅子见状，越发暗笑，索性和王和真个的各登高树，就枝叶深处隐住身体，单看冯玉怎样的能为。便见冯玉不慌不忙，先由怀中掏出铁叫，直奔对土洞百余步外一块大石后，藏住身体。须臾，呦呦鹿声，从石后断续送出，少时忽作狼嗥，似乎追咬那鹿的声音。辅子方暗笑冯玉玩得好象声，便听得狼鹿声戛然而止，接着唰啦啦一阵长风，从土洞口直卷出来。就听得呜的一声，先蹿出一只白质黄章的吊睛白额虎，凶睛睒睒，昂头四望。忽地四爪据地，一抖毛威，掀起大尾巴，徐步踅来。

正这当儿，洞内一只小虎随后跳出，不容分说，直登大虎之背。那大虎一面四下嗅望，一面抖身。小虎落地，却如缀铃似的，只在大虎颔下左蹿右跳。那大虎似乎是没有工夫理它，猛地呜一声，吓得那小虎回跳入洞，却露着小虎头睇吼儿（瞭望之意）。正这当儿，那大虎已趄近大石，便就石上蹭脊背痒儿；掀起大尾，只管啪啪地鞭那顽石。

辅子看至此，不由暗替冯玉捏一把汗，忙掏镖在手，两目注视。不想这当儿，王和却沉不住气咧，两腿趋劲，骑稳树杈丫，端起枪来，觑准虎后胯，砰然一声。

这一来不打紧，只见白烟到处，那虎吼一声，掉转身，张见王和，登时抖起威毛，直扑那树。方作势仰跃之间，辅子一眼望去，险些惊得跌将下来；虽手中擎镖，百忙中竟忘发出。只见冯玉，业已手提钢斧，大踏步直奔那虎后面，不容分说，向后尻便是一下。那虎猛地负痛，哼一声，蹿出两丈多远。原来虎项最短，不会随便回头，必须大宽转，整身儿回望。

当时辅子眼光一眩之间，便见冯玉手执短斧，石像似的屹然山立。眼看那虎扑到，他却猛一矬身，蹿向虎的对方。如此光景，一连三四次，引得那虎极力狂吼，声震山谷。少时那虎一转身，前爪据地，恨不得将颗头扎在地下，后尻却越掀越高，竭力退缩，猛地一跃三丈多高，眼睁睁就扑着冯玉肩头。

辅子望冯玉，矗然呆立，一条劲臂简直地赛铁铸，竖起短斧，如一面小旗儿，护住顶门。趁着那虎额毛儿几乎擦到头上，猛地喝声："着！"倏然一跃，斧入虎额。就那虎扑冲之势，犀利斧锋登时划到虎腹。

这时冯玉拔出短斧，脚步如飞，先跑出百十步远。但见那虎，只痛得一个旋转，沙石乱飞，顷刻间仆地死掉。于是辅子大叫道："好哇！冯兄，俺算佩服你。"一跃下树，方要趋视死虎，只听冈头上震天价一声吼，山风暴起，木叶乱飞。顷刻又蹿下一只浅黄虎，辅子一镖打去，那虎通不理会。

冯玉忙叫道："快些上树。"辅子方到树丫杈之间，只听扑通一声，那浅黄虎又被冯玉如前法杀掉。

当时徐、王逡巡下树，王和方一抹额汗，趋赴土洞，道："这里还有虎羔子，一发也捉住它。"却不防那只小虎，正隐在洞口丛莽中，猛地跳出，只一爪，便抓到王和腿胫上。亏得辅子眼忙，赶忙挺标枪，刺杀小虎。一看王和腿胫，业已长血直流。幸得伤不深，忙取随身的金疮药敷上。

辅子笑道："你那天约俺来打猎时，俺看你气色，说你遇一只鹞鹰。如今这一爪，也算挡了灾眚咧！"王和咧嘴道："且别玩笑，咱且探探虎穴要紧。"

这时冯玉也便从容趱来，由王和向洞里放了一枪，不见动静，然后三人逡巡入洞。只见里面乱草下，还有吃残的人骨头。王和道："咱得的虎，开剥停当，就寄顿在洞中，倒也不错。"于是三人踅出。冯玉吹铁叫，集齐猎友，一面大家动手料理死虎，冯玉等一面坐地歇息。

辅子不由问道："冯兄杀虎轻妙也罢了，怎就如此地神闲气定呢？"冯玉叹道："俺因上辈子曾遭虎祸，所以世传捕虎之术。不瞒徐兄说，俺这点儿手法，也曾下过好体面苦功，只练眼练臂，就须数年的纯功。俺这眼，铁帚刷到眉毛，能以不瞬；俺这臂力，壮夫十人来扳拉，休想动摇分毫。无此功力，如何能冒险捕虎呢？"辅子听了，十分叹服。

须臾大家将虎皮、虎骨等有用之物就洞中收藏停当，运石块堵了洞口，置了标记，然后烹煮虎肉大家一饱。余下的精脯，用火柴烘干，以代裹粮之需。

及至收拾都毕，业已日色沉西，这夜大家便宿在土洞旁。辅子因多日没换小衣，重新换了一身儿。结束之间，便将所携的皮狼头挂在帐楣上。一觉酣睡，睡梦中，微觉帐外窸窣有声，以为是猎友等偶出小解，也没在意。次日起行，寻觅皮狼头，忽然不见。又丢了几块干脯，还有个猎友的标枪，平置在帐口，也没得咧。于是大家诧异道："这所在连人芽儿也没得，倒会有小偷儿，真也是怪事。"乱了一回，只得起行。

这一天在相宜处放围，又得了几头獐狼之类。下半晌安置机网，大获貂鼠。因此山距小长白山旁不过二百多里路，业已是貂鼠众聚处咧。次日前半晌，专捕貂鼠，得彩之至，将个王和欢喜得没入脚处。依着他便就此回程，当不得辅子兴致颇豪，总要望望这小长白山，于是仍然前进。只见老树参天，大的真有数十围。随路上野花草药，青葱馥郁，单是小枣儿似的枸杞、小梨儿似的红姑娘，就遍地都是。

辅子叹道："这所在地气真厚，无怪灵参特好，便是寻常草木，也茁壮不同他处。"正说着，草间撞出两只旱獭，却被猎友标枪刺翻。王和笑道："这东西，没甚用处。"猎友笑道："这物件与海狗一般，取下它那话儿，送给郎中不好吗？"众人笑道："如今杀人不偿命的郎中，只好送他那话儿哩。"

大家一路说笑，业已趋到一条干涧旁。恰好冯玉因出大恭，加着大肠干燥，落后了三四里地。王和和辅子腿脚快，早已趋登涧上，只听耳边咕隆隆似乎是闷雷微滚。仰面一看，依然是赤日当空；向涧底一望，无奈被短树密棘遮得严实实。但闻咕隆之声起于涧底，又似乎是石块相撞。于是两人循斜坡窄径逡巡而下，欲觇其异。

哪知坡陡且滑，一落脚早已收煞不住。王和在前，辅子在后，便滚丸似直抢下去。举目一望，不由大惊，只见涧底一头白毛老熊弯着身子，还有一人高，正在那里搬抛石块，搜寻蚁团儿吃；斗大的石，便如掷梭，听得后面脚步声，登时回望。亏得从熊背后一阵风来，将头上的长毛吹遮了眼皮。正在盲跃寻人之间，王和趁势急装铁筒。不想左臂方才装好，那熊一拨长睫毛，早已大笑扑来。王和势无可避，只得仓皇中挺标枪刺去。因刺得力猛，咔吧声，枪折人倒，那白熊肚皮上只划了一道迹儿。

辅子发镖大叫道："好孽畜！"铿然一声，镖中熊额。却是那熊早一伸大掌，将王和抱将起来，只喜得一跃丈把高，低下毛脸，向王和颊上只一偎。王和大叫，意思是承当不起这个接吻礼儿。辅子大惊，忙拔剑赶去之间，那熊已飞步如风，由涧底险径腾踔而上。

辅子哪敢怠慢，便施展出耸跃能为，一路紧赶，饶是如此，还距那熊百十来步。但听王和竭力声嘶，须臾林木遮蔽，闻得王和嘶音只在涧西。辅子定定神，索性跃上一处山崖，从高处望去，却见有一物件直趋入丛树中。辅子大怒，便由崖上取路，向西紧追。

须臾近得丛树，只听呼一声，却由里面跳出个一人多高的大马猴，一连几蹦，早已没影。辅子赶入丛树，不见那熊，只急得额汗如雨。急忙趋出丛树，唯见乱山合沓，并野风萧萧，倾耳凝听，连王和叫声都无。不由顿足长叹道："俺这个跟头可算栽定咧！王和特邀俺保护猎队，如今连王和都遭险，可见俺能为有限，俺还有甚面目见人呢？"

正在发怔懊丧，忽闻一阵磔磔笑声，令人毛戴。辅子暗道："谢天地！"急忙循声赶去。须臾笑声越近，却出自丛树右边一处悬崖下。辅子奔去，悄悄拨丛草，向下一张，只见那熊正摇头晃脑地马坐洞口。两手抱定王和，一会儿横在膝上，一会儿颠入怀中。少时笑一阵，赏玩一回，甚是得意。

这时由洞内又趋出一只稍小的熊，一见王和，便来攫抢，被大熊一掌捆去，小熊还只管跳跃顽皮，忽地绕到大熊后面，尽力子一扳肩头。那大熊冷不防，仰面便倒，两腿一挺，早将王和甩出多远。

说时迟，那时快，大熊力挣要起，却被稍小的熊揪住后项。只两下交挣的当儿，那大熊的方寸白嗉早已辉入辅子眼中。正是：

鹬蚌相持方自得，谁知溪畔有渔人。

欲知后事如何，且听下回分解。

第十一回

得彩兴猎友取归程
逢难妇侠徒探怪穴

　　且说辅子正见王和险状，急切间没作理会处，今见熊嗉忽露，真是天假其便，于是从崖上一长身形，掏镖打去，嗖一声直入熊嗉。那熊狂吼一声，只痛得力挣而起，不容分说，抱住那稍小的熊，乱咬乱啃。那稍小的熊不知就里，只当大熊脸酸，一下子玩笑恼咧，于是狗脸一翻，也便狂斗起来。这两家头全力相搏，翻翻滚滚，直闹得石飞树折。

　　须臾，大熊先倒，那稍小的熊也便力竭，方狗也似跌倒在大熊身上。这时辅子业已趁势赶下，一连两剑，早将稍小的熊刺杀。方要趋视王和，只听崖上冯玉喊道："好了！徐、王两位在这里了。"

　　原来冯玉龇牙咧嘴地出完大恭，赶上猎队，一嗅风头，忙问道："王、徐两位呢？这所在又有猛兽，咱就放围咧。"众人道："他两位先趱上涧去了。"于是冯玉率众赶去，却不见王、徐，只闻兽气甚浓，所以一径地循寻到悬崖上。

　　当时冯玉等取路下崖，且不暇各述所以，先大家扶起王和，靠坐于地。幸喜竟没被大伤，只是右臂上脱损了挺长的一块油皮。当时悠悠醒转，略为定神，连忙起谢辅子道："这不消说，准是徐爷救俺一命。但俺自入熊手，已经昏迷，不知怎的，得脱此险。"于是辅子一说所以，并细述杀熊之状。

　　大家听了，无不骇然。一看那魖魖似的两只熊，虽是死掉，还依然钢牙利爪。辅子由大熊额下取了镖，笑道："俺这一下子，总算侥幸成功。它若不自家争食，吵窝子架，外人怎就会得手呢？"冯玉却笑道："总是俺这张屁股不争气，若不去出恭，咱一同走着，俺嗅风识兽，早有准备，王兄也不致遭此险咧！"说着，细看王和，道："王兄左颊上，怎似浮肿一般？"王和道："俺也觉左颊上微微麻痛。"说罢，随手一摸，登时皮破血流。

辅子笑道："那大熊方才将王兄当作活宝儿，谁要承它那么抬爱，也得脸上脱层皮哩！"众人都笑道："这话也别说死了，如今就有一种厚脸鬼，它那脸皮厚似城墙，便是熊老官，也舔不脱哩。"于是大家欢呼踊跃，一面取出金疮药，给王和敷上伤痕，一面取出剥兽家具，开剥两熊。皮和胆掌都有用处，大家留出足用的肉，余者掘地为坎，培上柴木，熬取熊油。

这时冯玉等早入洞巡视一过，只见里面甚是宽敞，干草铺地，还有些野兽干肉另堆积在旮旯里，看光景人熊之为物，灵于他兽，不同脊梁朝上的动物，所以古书上称熊之所居名为"熊馆"。

当时冯玉笑道："今天咱住这体面行台，倒也不错。"于是命王和在洞歇息，便和辅子踅出。看大家将两熊收拾毕，业已天光向晚，于是将熊皮掌等收藏在洞。那熊油凝结在土坎中，便覆架上柴草，俟回途再取。

当晚众人各自安息，辅子一是睡不着，便和冯玉谈起天来，因话及话，不由提起尤大威现为通县总捕头。冯玉道："如今的捕头，不像老年时容易了，因刻下盗贼中颇有能人，不但北方如此，便是南省里，也闹得一塌糊涂。俺前两年偶在津沽道中遇着个瞎先生，干瘪的一张脸，便如僵尸，走起路来，便都打晃儿；却背一面铁胎铁柱的三弦，弹将起来，音调雄壮。俺见他手指上光亮亮的，只当是带的银甲，仔细一看，却有一层非常坚韧的厚膜皮。

"当时那先生和俺同落在一个店。起先俺也没注意，后来见他服用阔绰，饮食上更为讲究，好吃南做的菜。每要鲤鱼，必须欢蹦乱跳的，清蒸着，外加鲜笋、口蘑；再就是糟豆腐、金腿绍酒，外带着苦辣泡菜，调着样要上去。他只星星点点用点儿，就把给店家，立时开账，一些儿不赊欠。俺暗想道：'这瞎厮如此受用，一定行装富有。'有一天俺趁他出店，悄悄一张，只见他屋内褥被行装之外，只有两支七寸长的大铁钉，虚钉在壁上，想是挂三弦之用。除此之外，更无所有。俺见了，越发纳罕。过了两天，忽满街上哄传近来左近人家往往失窃，并且那贼单照顾深宅大院的人家。俺因事不关己，也没在意。

"有一天，夜深时分，俺偶在店后院马槽后面去出恭。方蹲下身儿，却见从后墙上一道烟似的刷下一条黑影儿，简直地奔赴瞎先生住室。俺倾耳一听，微闻启锁之声。当时俺好奇心起，大解毕，悄去微推那门，却是关的。俺仔细一想，越觉此人蹊跷。因他一更敲罢，喊店家送了盆热水进去，便砰的声，闭门安歇咧。当时俺闷在肚里，暗暗留神。次日成心不出店，以觇动静。到得二更以后，果闻那瞎先生又要了热水进去。俺急忙就他窗隙一张，只见他业已将长袍扎拽停当，两支大钉也置在案上。他正面对窗户，只管撩那热水洗右眼。须臾用面巾擦干，猛地一睁，原来眼神儿赛如闪电。"

辅子道："哦？如此说来，此人行踪也就可疑了。"冯玉道："正是哩！当时俺越发要觇他究竟。自他悄然越墙出店，直到一大家主后院墙下，俺只给他个腔后跟。那家儿的后墙十分高峻，他却借铁钉趁力，随上随钉，便如爬山虎似的，直爬上去。你想他身手儿多么灵妙，这不消说，是个夜行朋友了。俺当时悄悄趑回，也没声张。不想过了两天，那先生忽来向俺告辞，并笑吟吟赠俺十余两银子，道：'足下那夜里劳乏得很，使人深抱不安，然而也就冒昧得很。今当远别，且留不腆之仪，做个纪念吧。'说着，背起三弦，蹒跚而去。俺愣怔怔送他回来，知他是嘱俺口严之意，只好自己闷在肚里。过了几天，恰值俺有个朋友，从南省搭粮船贩货，也到津沽店中。他乡逢故知，未免衔杯畅叙。俺偶说起瞎先生一段事，那朋友一问形貌，因惊道：'俺数日前，在某处下船置货，却遇一瞎先生，搭船南去。那形貌和你所说正自相同。'俺屈指一算，就是瞎先生走的那天，已到俺朋友下船之处。原来一日之间，已到三百里之外咧。可见如今江湖中甚有能人，所以捕头甚不易当。然而像尤爷那身本领，也就比别人容易当了。"

辅子道："正是哩！"因随口道，"像冯兄如此本领，将来何妨到俺大哥处帮帮忙呢？"冯玉笑道："俺除了降伏山猫之外，有甚能为？将来如有用俺处，咱还有讲究吗？"

两人正在说得热闹，却见王和用脚一踹乱草，大喊道："看家伙吧。"说着，大嘴一张，仍然酣睡如雷。辅子笑道："王兄今天吃了苦头，睡梦还撒愣怔哩。"于是两人也便逡巡入梦。次日起程，一路捕弋野兽甚多。

这日将抵小长白山下，数十里外，但见群峰飞舞，空翠插天，遥拱老陵，便似天然屏障。那一片搏天深远的气象，比青风山口等处又自不同。

当时大家赏玩不尽，便择相宜处布置围场，大获貂鼠。要说这类物，人去捕获它，真透着伤天理。因这种物性最仁慈，寻常小猎户捕它之法，是脱光脊梁，卧在草地里。貂鼠唯恐人寒冷，便好心好意地去偎暖那人，那人却趁势捉鼠。你说人的性儿多么不够瞧的。

当时大家在小长白山下流连两三日，大获彩头，只剥的鼠皮就委实不在少处。于是各人分携了，即便罢围回程。

一路上纵观山景，大家都高兴异常。先到熊馆中取了所藏之物。这日旁午，已到虎洞，因所得猎物甚多，须扎制一具木地排，拖拉了走。大家便歇下，砍木的砍木，理绳索的理绳索，七手八脚，乱作一处。辅子不耐闲坐，便和冯玉谈笑一回，自行踅登那带土冈，信步向西行去。

这时深秋时候，天高气清，只见远近树林，霜叶红得可爱，不知不觉，已踅了七八里路。辅子正在四望徘徊，只听深草中有人细声细语地喊道："喂！你这人是哪里的呀？好大胆，一个人儿跑到此，敢是不要命吗？"

辅子听了，不由大诧，因此间没得人踪，如何愣会有人说话呢？莫非山精野祟来做耗吗？想至此，方一手按剑，只见由草中，呼一声，拱起一物，似人非人，穿着一身稀破的衣服，又用软草连串的一片一片，挂在身上。头上乱发四披，却绾起个朝天椎，露着呆白的脸儿。望到脚下，却用乱布缠了个大疙瘩，就像马蹄似的。

辅子猛见，不由吓得倒退两步，方要挺剑喝问，只见那物扭扭地踅近跟前，道："客官不必害怕，俺一般也是人，方才问你，却是好意。啊呀客官！奴家的苦楚就一言难尽咧。"说着，一屁股坐在就地，只是呜咽。

这时辅子却辨出来物是一妇人，不由骇诧非常。只见那妇人脸色呆白，精神萎靡，眉目楚楚，有二十四五年纪，大料原先也是个俊人儿。于是止住她啼哭，一问所以。原来这妇人名叫平姐，丈夫任保，出外经商，只剩婆媳在家过日。她那村落距这土冈还有百十来里地，却在小山环中，村名“倒沟垞”，甚是荒僻。山村人家都是碎石短墙。

一日，平姐在院中晾衣服，却听得墙外吱的一声，登时有个长毛脸，就墙头上一晃不见。平姐害怕，赶忙爬到平房上，四下瞭望，却也不见什么。却是从此后，村中养山果的都哄传近来只管丢失果儿。

过了两天，不但丢果，竟有个妇人，到野坡上去剜菜，出去了就未见回来。于是村人大惊，都说是出了妖怪，每当傍晚，必要鸣锣大鼓地敲震一回。平姐听了，好不害怕，便就短墙上加了挺高的棘枝儿。

过了几天，村中渐渐安静。不想一日晚色甫分，平姐起得太早了点儿，方猱头撒脚地开了篱门，拾了水桶，到村坊公井中去汲水。只辘辘一响的当儿，忽听背后只管呼呼风响。平姐忙回头望去，却是个一人高的大马猴，通身灰色已渐次都要白咧，箕张两臂，如飞抢到。平姐只惊叫一声，早被马猴抱起便走。真个似云催雾趱，不消半日，业已到它巢穴。马猴还不伤害于她，一般地采取果实等物给她吃。马猴每出，便堵牢洞口。那平姐到此光景，生死已置度外，就是想起白发婆母来，真是心如刀攒。如此，有两月余光景。

这日，马猴又去寻食物，两日未回，平姐饥火中烧，甚是难耐。因见堵洞之石颇有小块，便竭力去掉两块，匍匐而出。一路觅取榛实松子，直到此间。猛见辅子，所以声唤起来。

当时辅子听罢，又惊又怒，便道：“任大娘，你既遇着俺，俺定当救你。”因将自己来历一说。平姐喜道：“谢天地，你快领奴到猎队中去吧。”辅子道：“慢着！如此恶猴，岂可放过它。你便领俺去除掉它，也给这一方去个患害。”

平姐道：“啊呀！徐爷您不晓得，那泼猴厉害得紧，蹿耸攫拿，上下如飞，有时节在洞口旋舞，便如人打把式一般。那身法儿，且是灵妙。只它两副手爪，便赛如钢钩。咱二人寻它去，不都是死数吗？"辅子大笑，手按剑把，道："你通不必管，准管保杀掉它就是。"平姐见辅子气概，只得硬着头皮在前引路。还不住地东张西望，唯恐马猴冷不防撞将来。

辅子见她端着马蹄似的脚，袅娜而前，料是金莲儿没得鞋穿，不由暗叹道："古人金莲儿，作掌上舞，也算风光到极处；如今这妇人也就可怜极咧。"思忖之间，来至一处，只见一峰陡起，上有盘行曲径，甚是险削。辅子方愁那平姐步履维艰，哪知她却行若无事。

须臾之间，已将辅子引上峰顶。只见上面树木四围，中间有五六亩大一处平地，细草如茵，甚是光洁；靠北土壁上，有月亮门似的土洞，洞口前，又搭着个松棚儿。棚下青石滑洁，摆列了四五块，便如几凳。那石旁矮树上还挂着个黄瓢儿，似乎人家灶下所用。

辅子方暗诧马猴作怪，忽一眼望见松棚上横置一物，略为沉吟，不由拊掌道："怪道俺们前些日路过此地，丢掉什物，原来贼老官在这里哩。"原来横置的那物，就是猎友所失的标枪。

当时平姐问知所以，便道："泼猴作怪得紧，时常掠得人家什物来，却是到手就弄坏，并且爱学人。不瞒徐爷说，俺真被它缠扰煞咧。它只在洞，成日家玩弄人，俺行动坐卧，它都要学样儿。俺有时伤心痛哭，它也掩了毛脸呜呜的，你说可恨不呢？"

辅子听了，忽然心有所感，便道："既如此，俺教你一条妙计，少时泼猴回来，你便如此如此，巧咧，就能结果它。"说着，将外面的束腰带解下来，用短剑割为两段，递给平姐。

平姐咬牙道："但愿它上这一套儿。但是徐爷藏在一旁，也要小心，那泼猴灵性得紧哩。"于是引辅子趑入土洞。方跨进两步，辅子只觉阴森森霉气扑鼻，当即退出，坐在棚下。平姐取那黄瓢，由洞后舀了泉水来，与辅子吃了两口。恰好辅子身边还有带的干粮，便取出与平姐分吃。

平姐一面吃，一面落泪，道："俺不食烟火，业已多日；不知俺那老娘如今怎样哩！"说着那眼泪有黄豆大小，直滚下来。辅子暗道："这妇人倒是个孝妇。俺救人须救彻，说不得，须送她还家，但不知她还记得来路吗?"想到此间,正要细细盘问她,便听得老远的一声猿啸,十分清亮,平姐忙道:"徐爷快些藏伏,那泼猴就要来咧。俺还须钻入洞中,免它起疑。"于是挂上黄瓢,匆匆入洞。

这里辅子左右一望,只见去洞数十步外,有株合抱的大枫树,其上枝叶盘郁,形如伞盖,正可藏身,于是盘旋上去。方才伏定,便见山风起处,霍地由盘径上跳到一个马猴,虽没有火眼金睛,但看那长臂雪爪,也委实可骇得紧。脊梁上串铃似的,背着一串山柿,一爪提着只死鹿羔儿,一爪拎着那狼皮面孔,跃舞而来。上得峰顶,先红莹莹四瞟,然后直趋松棚,置下鹿柿,吱吱叫了两声,十分得意;便踅去搬移石块,十分轻便。辅子暗骇道:"这泼物有此力量,倒也不可轻敌。"正在思忖,那马猴已跑进洞中。

须臾,将平姐拖将出来,按坐在青石上,便取山柿,都堆在平姐面前,一面家左右乱跳,意思是献个勤儿,好博平姐笑脸儿。平姐都不理它,只是低头落泪。那马猴真个也扭扭地坐在一旁,一低毛脖子,也将手爪掩面。辅子见了,几乎失笑。

少时,平姐背身而坐,那马猴也学样儿,乱过一阵,便取柿大嚼。少时,高兴起来,便戴狼皮面具乱跳。辅子方暗笑道:"由你这东西,戴上天官赐福的脸子,也脱不了猴儿胎骨哩。"

正这当儿,却见它揭去假面,一个猛跃式,十分灵妙,接着袅身侧步,两爪一捻,便如打拳的使个旗鼓一般。这一来,把个殷派高拳的徐辅子,倒登时看怔咧,不由暗诧道:"它这跳跃法,竟有些意思;若用它这灵妙势儿,掺入拳法中,倒也别致。"

正在沉吟之间,只见那马猴嗖一声,凭空跃起三丈来高,辅子不由大惊。正是:

　　学无常师唯善悟,静观蛇斗草书成。

　　欲知后事如何,且听下回分解。

第十二回

悟拳法巧除淫猿
走深山忽逢暴客

且说辅子猛见马猴一跃三丈余，不由暗诧道："这比俺殷老师的一鹤冲霄法也就差不多咧。"于是留心望去，只见那马猴，前超后耸，上下腾踔，两臂飕飕，赛如风雨。最妙是步法身段轻捷绝伦。虽是乱跳乱舞，倒好似另一派的神妙拳法。张得辅子神凝意会，灵机触处，早已记在心头。这当儿，只管往拳法上揣摩，竟忘掉眼前跳跃的，是个既淫且凶的怪猴咧！

少时，马猴跳尽兴，辅子亦倏如梦醒，便见平姐一声长叹，随便向青石板上卧倒。那马猴如飞赶去，登时双双并卧。平姐坐起来，掠掠头发，它一般在后面挠挠毛头，两个闹了一回双簧把戏。于是平姐早做准备，倏然取出两根带儿，抛给它一条。马猴得带，越发欢喜。看平姐向脖子上一围那带，它也如法做作。于是平姐站起，直趋树林，拣一斜枝儿，搬块石头，踮着脚，上去结好绳套儿。那马猴跟在一旁，两爪不闲，也如法结好。于是平姐伸脖入套，右臂空袖儿一荡，骨碌碌蹬开脚下石块，一个秋千，竟自荡悠悠挂起来。这一来不打紧，欢喜得马猴只管乱蹦，这般好玩的法儿，如何肯不学学？

说到这里，作者奉劝醉心西化的诸公，千万不可瞎学人家拉屎放屁，恐怕一不小心，做了马猴第二。您自己死掉，倒不在乎；咱中国大好神州，数千年的神明胎胃，要都跟您吃了挂落儿，未免可痛得很吧。

当时，那马猴更不怠慢，一径地伸脖入套，还得意地颠头播脑；只脚下蹬去石块的当儿，登时两臂下垂。于是辅子大笑，由树上一跃而下。平姐也忙释手，倏然落地。两人对厮面，直看着马猴气绝。原来平姐右手是由衣领内揪住绳套的。当时平姐拜倒在地，道："亏得徐爷妙计，除此恶物，此间不可流连，咱们也快去吧。"正说着，忽闻远远的铁叫吹动，辅子道："俺们伙伴来寻咧，咱们快迎将去。"于是匆匆取了那杆标枪，也不管猴儿挂到几时，便和平姐下得峰顶，直奔来路。

趱了七八里，早望见冯玉、王和，各持标枪，由树影中转出，于是辅子高呼。冯玉止步，大家觑面，冯玉一见平姐，好不诧异，于是辅子一述原委，两人且惊且笑。王和道："徐兄真有个诡路数，俺叫兔子王，此后徐兄也该叫猴子王咧。但是这位任大娘怎生处置呢？"辅子道："少时慢慢商议。"

不多时，到得虎洞，众猎友闻知此事，无不骇然；又都可怜平姐，见她破落衣服不堪蔽体，便各由行装中取出衣裤，与平姐更换。又寻了一双旧鞋子，命平姐套在脚上。须臾大家晚饭，便命平姐同吃，大家都围拢了，听平姐备述这难原委，又知马猴曾窃标枪等，不由都大笑道："可见如今贼风遍地。"

须臾日暮，各自安歇。平姐惊定思痛，未免呜咽，当由王和等劝慰一番。辅子道："任大娘，不须悲痛，明天俺当送你还家。但不知你的来路还记得吗？"平姐道："不瞒徐爷说，俺们山村妇女，寻常价拾柴下地，动不动便趱出数十里，所以这一带道路，并不生疏。俺今约略来路，就在土洞东南方。俺记泼猴挟俺来时，过得一层山岭儿，不多时，便到巢穴了。"猎友中一个年岁微长的接口道："不错的，距此东南方向，有一座杜梨岭，想是此地了。"

辅子因向王和道："既如此明天咱须分路，俺去送任大娘，王兄等便自先行，俺随后事毕，赶上你们不必说；若是赶不上时，请王兄在青风口稍候俺如何？"王和道："就是吧，咱们不见不散。料徐爷既没甚耽搁，脚步又快，咱们无非是前后走着吧。"计意已定，一宿无话。

次日不提王和等，携了所藏的虎皮等，自行上路。且说辅子和平姐由土洞取路，直奔东南方向。果然不多时，趱过一层矮岭，上面杜梨树甚多。平姐道："此路不错，咱过此还向东南方。"于是行至天晚，好容易逢着两个赶生马群的贩客，一问倒沟垴距此多远，贩客笑道："倒沟垴在正东南，你们却便南来了数十里。明天还须转绕还正东哩。"

当时辅子等与贩客野宿了一宵，次日取路向东。亏得平姐归心似箭，也忘掉脚痛，跟辅子一路好跑。日平西时分，已入山环。须臾望见一处烟村，平姐喜道："谢天地，不想俺还有还家之日。徐爷请看，那村头上有株大橡树，一蓬伞似的，便是俺那村儿咧。"辅子望去，果见一树青青。

这时平姐举步如风，和辅子刚趱入村头，恰值有两个村中小厮背了柴筐出来，一见平姐，大叫道："哟！你不是任大娘吗？都说你叫怪物背去咧，却怎的得回呢？如今任奶奶正想得你好苦哩。"

平姐听了，眼泪直泻的当儿，两小厮回身便跑，一路大叫道："平姐回来咧，并且还带了个体面客来。"这一声不打紧，呼一声，村人争集，便大家一窝蜂似的拥向平姐门首。这时两小厮已如飞去报知任奶奶。

那平姐离家门还有十来步远，早见任奶奶泪流满面，一步一跌地抢到跟前，不容分说，抱住平姐，急切间只管倒噎气。良久，然后哇的一声大哭道："啊呀！我的媳妇，你可想煞我、吓煞我咧。"于是平姐大哭。婆媳两个登时痛倒在地。便有村中众妇女吱喳齐上，一面扶起婆媳，奔向家门，一面乱噪道："这定是这些日，任奶奶吃白斋、念佛经，所以才感动神明，保佑着大娘还家。咱合村都该向空一拜才是。老佛爷是不会亏人的。"

这时任家门首业已被村人围得风雨不透，有的见平姐婆媳进门，百忙中挤不上去，便爬墙头，大家眼光都集在平姐身上，要听她遭险的缘故，却没人去理辅子。辅子没奈何，只得且坐在门首大石上。便听得平姐在院内滔滔汩汩历叙遭险之故，并遇救之因。众人齐叫道："竟有这等的仗义好汉，您说人家这份好心，咱村中该怎的报答人家呀？"于是呼啦一闪，由任奶奶当头，直卷出来，不管三七二十一，大家向辅子一阵乱拜。

原来老年间，乡风醇古，一家有忧喜事，就关乎全村；不像而今风气浇薄，不怕隔壁对门，都无关痛痒。当时只慌得辅子拉拽不迭，便道："俺偶除泼猴，送还任大娘，何足挂齿？今大娘抵家，事情已毕，俺前途还有朋友相待，咱大家改日再会吧。"说罢，一拱手，就要开步。

众人噪道："徐爷却使不得。"一言未尽，只见人群中大笑道："俺们幸会着这等好朋友，少说着，也得喝个十来场子。"声异处，趁进一人，有三十来岁，赤红脸儿，浓眉大眼，穿一身整洁布衣，手内拎着黏雀竿儿，不容分说，一把将辅子拖得死紧，道："任大娘家本来窄巴巴的，咱们且到庙会里款待畅叙吧。"众人趁势噪道："徐爷看您当家子的面孔，也须少留两日哩。"

原来此人姓徐名琮，在这村中便是头儿脑儿。这徐琮为人好交，也会个三脚猫的江湖把式，除务农之外，便出去赶庙场卖生意药，所以练得一副好嘴岔子。但其为人，却落落然颇有直气。他先年时赶某处庙场，曾拾得遗金百十两，他为此之故，自己耽搁了两日生意，却巴巴地追还人家。因此在这小村中颇为众人敬服。

当时辅子当不得村众遮留，抬头望望，又已残阳在树，只得同徐琮举步。不提平姐婆媳悲喜交集，感颂辅子。且说辅子，随徐琮直奔庙社。那徐琮一路上称赞辅子，大扇大叫，再加着随后村众，拥在背后，招得满村男女都出观看。早有当地父老三四人，闻信趁来。不多时，大家入庙，便就公所室中相与落座。

那庙祝烹上茶来，徐琮道："喂，老祝哇！茶倒没要紧，你给我飞了去。先到褚胖子肉坊里割他半扇子猪来，顺脚到施财主那里闹五六升米。那梁老妈妈子的菜园子，你是知道的，咱给她个茄子、黄瓜一齐数，各样菜蔬，你挑他一担来。还有一桩更要紧。"说着，唧的一声，庙祝笑道："这一桩，俺晓得咧。您一天离掉这桩也活不了的。您要一坛半坛呢？"徐琮笑道："好啰唆，你提他四五坛来，不结了吗？"庙祝笑道："哟！今天徐爷是怎么咧，难道不过了吗？"

徐琼拍掌道："今遇徐爷这等朋友，咱这庄家款待，俺还觉不成敬意哩。"众人噪道："正是，正是，老祝你快去。"

辅子连忙逊谢，道："俺今天打搅一宵，明日便去，何必繁费许多？"徐琼也不理他，便趁空儿拖了两个父老到外间，附耳数语。但闻父老道："正当如此。不然，咱村人如何过意得去呢？"于是大家就座，各相款谈。

那徐琼就像猢狲一般，一会儿支使村人去寻精致卧具；一会儿，又到庙厨下吩咐一阵。村中人有会烹饪的，也便帮着忙碌。须臾，庙祝领着两个村汉，抬将食物来，大家嘻嘻哈哈，高兴非常；倒闹得辅子甚为不安。

须臾酒饭停当，便在公所室内摆列三四席，除辅子自就宾位外，其余都是主人。便大家团团围坐，大吃二喝。虽没有山珍海错，倒也是酒池肉林。更加着村人们爽朴性儿，脱略礼节，这一席酒也便有趣得很。

酒至半酣，不想徐琼卖弄起自己会把式，众人趁势怂恿道："今天徐兄可遇着知音人咧。何妨玩套拳脚，请徐爷指教呢？"徐琼吃得乜起眼，只是傻笑。众人不容分说，便叫庙祝在院中点起两支火燎。那徐琼酒盖了脸，真个揎拳勒袖地跑到院中，打了阵怯把式，闹过一回，大家直饮至夜深方散。

辅子宿在庙里，挂念王和等，次日，定要告辞。哪知徐琼早已约下父老等坚意邀留一天。辅子推辞的当儿，那平姐婆媳早又踅来挽留。平姐又巴巴请辅子将小衣换下，亲自去洗濯，以尽情分。辅子难却众意，只得允留一天。

这日在庙中，依然大家饮酒。酒过三巡，由父老等送出纹银百两，恭敬敬置在席上，道："俺们敝村，受徐爷莫大之惠，特申芹献微意，以报万一。"辅子笑道："这却是笑谈了。诸位如这般相待，俺徐某即刻便去。"两下里正在推让，只见徐琼，一转眼睛却噪道："恭敬不如从命，徐爷既执意不收，咱们改日再报答吧，哪里就不见面呢？"乱过一会儿，依然饮酒。

及至席散，徐琼却陪住在庙中，询知辅子生平，只喜得手舞足蹈，又一面扼腕道："可惜俺生意家事缠身，不然，俺便跟你老做徒弟去。"

次日清晨，辅子结束登程，父老都来相送，只见徐琮匆匆地由庙祝屋趱来，手中拎着一个粗布包儿，向辅子道："您不是此去路过青风口吗？俺那里有个干亲家，今俺特烦你给敝亲带点儿物件，千万莫却。"说着，笑吟吟递过包儿。

辅子接来，颇觉沉甸甸的，只见包上面的字道："敬烦台驾，携交青风口百家庄金奶奶查收。"包后面，还有一行字道："如金奶奶不在那里，便请台驾暂存此物。"辅子不便询是何物，只得装入行囊，即便告辞。

不提徐琮等直送出村口，方才回步。且说辅子一径地扑奔回程，料王和等已经去远，索性地沿途纵观风景，只循王和所留树标，一路撞去老陵旧处。过得鱼鳃峡，也是辅子一时大意，寻树标走了一程，一看那树标，和王和所削记微有不同，原来是别的猎队所记的。

辅子道路既迷，登阜一望，唯见乱山合沓，草树连天，却见向西南一股羊肠小径上，隐隐的炊烟冒起，似有山家。这时夕阳将落，照得满山峰红红紫紫，辅子暗忖道："那里起炊烟，定有人家，且去借宿问途，再作理论。"于是循坡直下，径就小路。

方趱得里把地，经过一带丛莽，只听背后嗖的一声，辅子忙闪身回望，便见一个恶眉躁眼的汉子，由深草中持棍跳出。头绾椎髻，身穿短衣，露着半段黑毛腿，凶实实，野人一般。一见辅子气概凛凛，佩剑而行，不由将木棍护住门面，道："客官走路吧，咱们各不相犯，留个交情何如呢？"辅子喝道："你这厮，持棍伏路，定非好人。"那汉子喝道："你这人好生不知进退，俺例想放你过去，你倒……"说着举棍打来。

辅子笑一声，躲过来棍，一个箭步蹿上去，只当胸一拳，那汉子往后便倒。辅子一脚踏住他，方要拔剑，那汉子大叫道："好汉爷饶命，您杀咱一个，便是杀俺两个。"

辅子大笑道："你这套话儿来哄哪个？不消说，你定有八十岁的老娘待你奉养；却是你这般的贼儿子，留在世界上，也是祸害。"说罢，剑光一摆，只见那汉子双泪忽落。正是：

才从狙穴拯民妇，又在深山遇狡徒。

欲知后事如何，且听下回分解。

第十三回

落黑店侠士逗闲情
来野人强梁遭恶报

且说辅子举剑将落，只见汉子汪然泣下，哭叫道："我的妈呀，如今儿子顾不得你了。俺昨天要了一篮饭，只好够你活两天的哩。"辅子听了，登时恻然心动，因叫他起来，道："你这汉子，毕竟是何来历？既有老娘，为何不想正当奉亲，却在此剪径伤人？须知天理也容不得你。"

那汉哭道："爷台不晓得，俺这时气别扭法简直的就大咧。真是东干东不着，西干西不着，出门逢下雨，坐船遇逆风。给人磕头，人家踢下巴；给佛烧香，佛爷掉屁股。俺姓牛行大，只有一个老娘，本无家业，只靠俺佣工度日。前两月，俺给人家看菜园子，不知哪个挨千刀的，将园中肥茄子偷去许多。俺那个东家奶奶，不问青红皂白，拍着屁股，骂了两天。归根儿疑惑到俺身上，于是登时撵出。俺娘只饿得打晃儿。俺各处乞讨两天，终不济事，所以俺想出这吓人的法儿。遇着孤身胆怯的客，俺只持棍一声喊，他往往丢下行李，撒丫子便跑。不瞒爷台说，俺红口白牙的，一辈子不会说谎话。老天爷在上，俺若敢伤客人一根汗毛儿，叫俺咯嘣声马上死掉，烂脱骨头。"说罢，偷瞅辅子面色，只顾乱拜。

辅子道："你既有老娘，也可怜得很，你能从此改过，俺当周济于你。"说罢，从腰兜中摸出两锭银抛给他。慌得牛大拜谢不迭，没口子地道："俺一定改过，再不敢咧。"

不提牛大瞅个冷子，一溜烟跑掉。且说辅子，趁暮色霏微，直

81

奔那炊烟起处。须臾趱到一看，哪里是什么村落，只林木深处，高坡儿上，孤零零一带草房儿，碎石为墙，深掩白板，门首还挂着个小笊篱儿。

辅子暗道："不想这深山中还有小店儿。莫非这股小山道，距什么村镇不远吗？"思忖之间，趱进门，啪啪一叩，只听里面娇声浪气地应道："来咧！你这个人，难道后面有鸟枪赶吗，就这等着急？可知老娘正等得你心烦意不耐哩。今天彩兴怎样哪？"说着门儿一启，闪出个三十来岁婆娘。生得黄白色俏庞儿，细高身段；骨碌碌两只精眼，衬着微竖的眉毛。青帕罩髻，腰束裙布，下穿撒脚裤，一双半大脚，甚是伶俐。手中拎着一把劈柴的短斧，一见辅子，忙笑着打量两眼，道："俺当是哪个，原来是位客官，您老敢是寻宿吗？小店儿无非将就，您老便请进吧。"说罢，侧身引路。

辅子一面进门，一面道："店大嫂，贵姓哪？"妇人笑道："俺姓卢，只两口儿在此过活，便胡乱开爿小店，搭补日用，您老莫见笑。"说着引辅子直奔客室。草屋三间，倒还干净，只是堂屋间有具大锅灶，壁上烟熏火燎，间有斑斑红色点子。西间儿承尘板已塌下一块，露着黑窑口似的大窟窿。

辅子端相一回，只得就东间安置行装，随手将剑和镖囊并行囊堆置案上。那妇人一面拂揭，一面瞅着辅子笑道："客人贵姓哪？"辅子道："俺姓徐。"妇人道："徐客人，自己走此小路，倒有胆量，莫非同伴落在后面吗？"辅子随口道："俺虽有同伴，却已趱向青风口，倒是俺失路落后咧。"

妇人听了，不由眉欢眼笑。忽一眼望见剑囊等物，不由眼睛一转，便搭趁着趱近案，拂拭尘土，随手将剑囊等物携至榻上，眉梢一挑，即便俏生生趱出。

这里辅子也没在意，便就榻稍息，想等妇人进来，细询途径。这时满屋漆黑，俱听得山风怪吼，辅子暗想道："山村人真有胆子，像如此荒僻之地，倘有盗贼野兽来侵犯，怎生是好呢？"正思忖间，只见室外灯光一闪，妇人娇唤道："您老快接接儿，烫掉手指头咧。"辅子忙下榻迎上去。只见妇人，一手持灯，一手端着热腾腾的洗面水，并有茶壶。

辅子连忙去接面盆，不想刚端到手，那妇人小指一动，早将辅子手腕搔了一下。并且一个眼风儿飞过，道："幸是您手快，不然烫煞了。"说着抿嘴一笑，置灯于案。

这里辅子一面置下面盆，一面暗笑道："好哇！原来这娘儿是个歪剌货。可惜你遇着俺老徐，若遇着俺赵老弟，管许凑拍合腔咧。"一望那妇人，仍在案旁，眼欢似的含笑注视。辅子便笑道："店大姐且去快弄饭，俺这里解衣洗面，你在此也不方便。"妇人笑道："罢哟！您一个闯山南、走海北的人，怎还大妞妞似的腼腆。"说罢，低头一笑，即便趑出，一面回头问道："客官用什么饭食呀？"辅子道："不拘什么。"妇人笑道："你这老客，倒好伺候。"

辅子听了，只管暗笑，却一面思忖道："这娘儿甚是邪气，大概是媚客取资之意，贫户人家情状也怪可怜。且待俺奚落她一场，然后正言劝她。"

须臾净完面，落座饮茶，业已初更敲过。辅子就穿堂里踱了两步，只见满院中月华如水，屈指一算，又是十月望前。辅子方暗想出猎以来，转眼已是个把月，忽微觉锅灶边有血臭气，辅子也没理会。刚趑进东间儿，便闻背后小脚走动。须臾，妇人端得饭来，只见她重新绾得光溜溜的鬓儿，穿得一件新洁布衫，甚是煞利。

辅子方暗忖道："这娘儿真有因儿。"便见妇人将饭食摆在案上，并且有一瓦壶酒。壶边一只银杯子，白亮亮甚是精致。辅子拈起细看，那杯儿镂工精妙，竟是南工。杯底有几字款式，是"金陵某银楼制，山甫珍玩"。

辅子正在赏玩，那妇人早劈手拿来，满斟一杯，置在辅子跟前，道："山村中，没什么待客，且吃些酒，压压风气吧。"偏巧辅子因失路奔驰，未免火气腾腾，一时间不欲吃酒，因笑道："酒且搁着，俺且问你，你说两口儿在此过活，你丈夫哪里去了？"妇人扭头道："那天杀的，哪里有福家中坐呀！只给人家做短工儿，十天半月来家一趟。"

辅子道："这也罢了。就是这所在太觉孤单，像正经客人来借宿，还倒罢了；倘若……"妇人道："啊哟！倘若什么？你这客官，倒会打趣人。"说着，趁势儿凑向辅子凳前，手掠鬓角，咬着唇儿，似笑非笑地注定辅子面孔。辅子道："话不是这般讲，倘若……咱且讲个比语吧。譬如俺这当儿，不怕伤天害理，强要欺负你，你怎……"

妇人听了，登时将手儿拍向辅子肩头道："俺不看你是孤身行客，没娘孩似的，便老大的耳光子扇将来。俺且问你，到底怎样欺负俺？酒还没入肚，倒来调戏人！"一言未尽，只听有人啪啪地叩得门一片山响，接着有人气吼吼地喊道："快开牢门，这臭花娘，一定和孤老闲煞咧。"妇人跳起来道："你且用饭，俺那天杀的回来咧。"于是如飞跑出。

这里辅子却暗笑道："你这样的仙人跳，恐怕跳不翻俺老徐。"沉吟间，一倾耳，便闻妇人哗啦一启门，便惊骂道："你这人，怎这般龇牙咧嘴的样儿？这当儿才拎着哭丧棒滚将来，可知老娘盼得你紧哩。"便闻一人道："咳，丧气！你还说哩，今天出门时，俺就说，便是打杠子，也忌犯那件子事，你偏要浪着胡闹。那会子俺在丛草小道上，被个过路的鸟大汉捶了一顿还不算，还几乎小命儿交代了哩。"

妇人笑唾道："悄没声的。"因低语道："如今有客人在内，咱进内再说吧。"那人喜道："活该！又是肥猪拱门，俺出外跑折腿，倒不如你在家等现。"说着顿时咕噜着余音，便闻两人悄手蹑脚地直奔内室。

辅子暗诧道："怪呀！这个来人语音，分明是牛大那厮，不消说，这妇人是他老婆。这男女两个鬼鬼祟祟，倒要探个仔细。"于是掷箸起身，悄然跟去。这等院落，又无高墙大壁，所谓内院就是一层篱笆隔断。辅子略一耸身，已猫儿似翻过篱去，趁势一路矮身碎步直到窗下。便闻妇人咯咯地低笑道："你这傻瓜，这怎么好，你方才说你遇的鸟大汉，不是前边姓徐的，是哪个呢？宝剑行装，一一都对。"

牛大道："哟，真是他吗？那么，咱乖乖地伺候祖宗过去是正经。那小子不但胳膊劲可怕，便是他给俺两锭银，也有点儿情分哩。"

妇人呸的一声，道："亏你还是男人坯子，我就知你遇事没抽展。什么情分？讲情分，咱干这营生吗？方才俺摸他行囊，十分沉重，咱这等孤雁不打，打哪个呢？"牛大嗫嚅道："作翻他虽好，但我总觉秉不住心似的。"妇人唾道："不用你吓得那样儿，俺早算计停当咧。蒙药酒预备上去，他却没喝。他终不喝时，说不得，老娘去陪他一陪。等他完了事，我悄悄偷出他防身兵器。那时刀柄在咱手里，还怕剁不烂他吗？"

辅子暗惊道："好狠，这婆娘却一刻也留不得咧。"正在沉吟，又闻牛大吞吞吐吐地道："你陪他见个意思，也使得，但不……"妇人道："哟！那么咱就算了吧。俺没学过木匠，不会拿分寸儿哩。你可知俺给你开门时，姓徐的已动手动脚，忍不得咧。如今闲话莫说，俺就去收拾饭具，你且看俺手段吧。你也别闲着，且去后院中整理肉瓮，准备开剥。"

辅子听了，不由吐舌，赶忙翻身踅回。方入客室坐定，便闻妇人脚步响动。须臾，笑嘻嘻地踅入。辅子故意乜起眼儿，道："今天没吃酒，倒似醉咧。店大嫂，咱们困一觉吧。"妇人笑道："你自己困觉，如何和人商量？"说着踅近案，要收饭具。辅子趁势一把抱牢，道："啊哟！大嫂子，倒是商量着困，和气些儿。"

正要暗展臂力，丢翻妇人，只听院后面奔马似的一阵乱跑，一声怪啸惨厉非常。接着便闻牛大惨叫一声。妇人大惊，推开辅子，便向后跑。

辅子不知就里，刚抢起剑和镖囊，要闯出去，却听得砰轰厮门之声业已撞入内院。辅子百忙中望见承尘板窨，便踊身跨壁接力钻伏进去，且观究竟。先就檐隙向院一张，恰好见四五人搅作一团，已由内院撞出。辅子定睛一看，不由大惊，只见牛大两口子各持朴刀，简直如疯人一般，尽着力子和三个野人似的东西厮斗。那野人紫黑面皮，乱发飞植，真个是电目血口，臂似铁柱，爪似钢钩，腾蹄风声，由朴刀斫上身，只铮地一响，只辅子略一惊怔的当儿，便见牛大一刀砍空，撞入一个野人胁下。那野人随手捞来，一声怪叫，咔嚓声，将牛大脖项一拧，这小子连哼都没有，登时眼睛瞧了脊梁骨咧。

这时妇人挥刀乱砍之间，早被那两个野人逼到墙角，自知难免，倒过刀头，只向项下一刺，也便尸身栽倒。辅子暗想道："真是恶人天报，但这三个野人如此凶实，莫非就是传说中的什么玛斯戛吗？这物件如何留得呢？"思忖间，正要拉剑跳下，便见一个野人业已闯然入室，夜猫子似的回顾一回。抢入东间，一眼张见案上残饭，且喜得跌跌乱跳，便大把价抓来，只顾乱吃。嫌那酒壶碍手，便随手置向窗台。

正这当儿，门外两野人也闯来，不消说是不必客气，三个物件乱抢乱吃，喉咙内呜呜有声，恶狗一般。须臾，两个争打起来，那一个唧啾数语，便三个哄然趋出。一见穿堂的锅灶，便大家相与拍手，便有两个跑出，先将牛大尸身拖入，便用牛大的朴刀向胸口直划下去；一个将衣服一裂，那尸身早已鲜血淋漓。两个正要动手脔割，不想有一个望见在屋的那野人，正在东间窗台旁咽咽地吸酒壶。于是飞步赶去，劈手夺来，摇了摇，就口便吸。直至壶底朝天，便啪嚓声碎壶于地，两个不由把臂怪笑。方踉踉跄跄跳到穿堂，忽地牵连跌倒，只望得料理牛大的那一个只管发怔。

辅子暗喜，方想趁势发镖。说也凑巧，偏偏喉咙一阵作痒，再也耐不得，只略略一嗽之间，那野人昂首望见人影儿，登时乱发四飞，只一跃，已手扳承尘。辅子赶忙挺剑外搀，噌一声直滑到野人臂肘。辅子大惊，亏得那草檐朽坏不堪，便趁势拱起肩头，向檐口只一撞，接着用个轻燕斜掠式，早由檐口翻落院内。

好笑那野人，还只顾直着眼儿去掏老窝。不想承尘板呼啦塌下，尘土乱飞。那野人方在揉眼睛，辅子趁势，抢到他背后，提剑便砍。那野人吼一声，回身扑来。辅子业已跳回院中，于是野人赶去，乱扑乱抓，两条铁臂只撞得剑锋儿铮铮山响。

辅子虽是全挂子武艺，无如这等敌人，这几手怯招儿，竟自闹得手忙脚乱。亏得他耸跃轻便，捷似猿猱，一面蹓暇运剑，一面忽想起摆布白熊之法。须臾野人赶近，辅子故意仰面栽倒，暗蓄剑势，只那野人俯身展臂之间，辅子喝声："着！"一个鲤鱼打挺跳起来，白亮亮一道剑光，直奔野人颔下。

那野人痛极，便两手夺剑，只一跃，辅子冷不防撒手扔剑，倒被他牵得一跤。赶忙跳起之间，只听倒墙似的一声响，野人突地栽倒，还手蹬足踹，擂鼓般闹了一阵，方才不动。

86

辅子趋近细看，不由愕然，只见剑锋儿透出项后竟有寸余。那野人惨死之状，好不难看。辅子定定神，只见卢氏尸身就横在野人一旁，不由望着冷森森的月儿暗叹着："真是杀机一动，互相倚伏，螳螂捕蝉，不顾黄雀在后。牛大夫妇要害我，却被野人毁掉。我今杀掉野人，总算给地方上除害哩。但室内还迷倒两个泼物，等他醒来，又费手脚。"想到这里，忙由野人项上拔出血剑，就他乱发上擦抹干净。

方要奔入室内，只听闷沉沉的一阵微呻，忽地顺风吹来，辅子大惊。正是：

　　　　山中诛恶方心快，瓮底传声且耳疑。

欲知后事如何，且听下回分解。

第十四回

出险窟兄弟喜相逢
吃彩酒朋侪话盗迹

且说辅子提剑倾耳，但闻夜风肃肃，又没甚声息。正在狐疑，只听微微呻吟起于后院中，那沉闷之音俨似牛鸣瓮中。辅子大疑，即逶巡踅入后院。就月光仔细一看，只见后院中，一带草房，柴草堆积，除四五只大瓮外，也无别物。

辅子随手掀起瓮盖，却闻得一阵腥咸恶味，一回头却见北墙旮旯下还扣着一只鬼脸青的粗瓦瓮。辅子信步踅近，不提防瓮内哞的一声，倒将辅子吓了一跳。赶忙弯倒腰，掀瓮一看，便见里面黑魆魆蹲伏一物。仔细一辨认，却是一个二十多岁的少年，被缚得馄饨一般，业已神识昏沉，低着惨白面孔，口角边拖下白沫。

辅子大骇，便拖他出来。先掏出堵口土块，然后解去其缚。凉风一吹，那少年悠悠醒转，不暇睁眼，便哭叫道："卢奶奶，饶命哪！可怜俺远方孤客，俺瘦到这般光景，也不中吃咧。"忽开眼，望见辅子手提短剑，只吓得抖作一团。

辅子情知有异，因笑道："兄弟，你不要怕，看你光景，是在此遭了患难。如今牛大夫妇已遭天报。你怎的落难，快些述来，俺好救你出险。"

少年听了，又惊又喜，强挣起来，望辅子纳头便拜。辅子连忙拉起，因自己跳荡良久，也有些疲倦，便和少年就瓮旁席地而坐。那少年未曾开口，痛泪直泻，哽咽道："俺姓徐，名达善，江南人氏。年幼时节也曾读书，后因家计牵缠，只得改学贾贩生意。过得几年，稍有积蓄，俺娘为生发微利、添补日用起见，便将先父在日所存贻金并积蓄金共一千五百两，都放在当地一家商号中，借生微利。这商号名'谦益公'，十分殷实，号东张太公，人甚诚实。过得两年，俺按月取利，并无差错。咳！不想张太公年迈病故，那少东张子辽，竟自两眼一翻，不认这笔账。"

辅子道："岂有此理！你既存款，定有他商号中的折据，难道你不会告向当官吗？"

少年叹道："恩公你不晓得，折据虽有，俺如何敢告官？那张子辽简直不像太公的儿子，倚着财势，强梁霸道，无所不为，外号儿'张花雀'，因他脖项上，用涅青镌刺着喜鹊登梅的花样。手下打手无数，广结匪徒，只在三瓦两舍家，遇事生风。他又是那一带的红帮头儿，动不动割剥椎埋，便是官府也怯他三分。恩公请想，俺如何敢和他理论？"

辅子道："如此说，此人是一大大土豪，他自恃什么能为呢？"达善道："那厮颇精拳脚，自称天下无敌，当地一般花拳绣腿的少年没人不佩服他。他春秋两季，必要摆设艺场，赌彩较艺。闹得地面上乱糟糟，很不安静。"辅子听了，只微笑道："此人竟称天下无敌，倒也好大口气！"

达善道："俺当时没法索债，母子忍气吞声，只得耐个肚子疼，且谋生计。俺便折变家产，得了百十两银子，搭了粮船北到京都，寻俺一个乡亲的商号，想设法做点儿小生意。"说着挥泪道，"不想俺时运不济，俺那乡亲恰巧于半月前，因生意亏折，收店回南。俺一扑，是个空，未免愁闷焦躁。落得店中，便是一场好病。及至调理复原，业已资斧净尽。亏得同店中有两个木行中的伙友，见俺堪堪流落，又知俺还能写算，便道：'徐客人，你一个异乡孤客，困在店中，北京地面，米珠桂薪，是可以饿死人的。过两天，俺们事毕，回转本行，你跟俺到行中，屈尊你记写账目不好吗？人走到天边，端个碗，且混一步是一步吧！'俺一听机会难得，百忙中，也没问他那木行在哪里。

"即至登程，方知他那木行却在老陵偏东一带，地名红马川，须经过此山许多险路。当时俺三人结队上路，进得青风口，沿道上，都甚平稳。不想前数日，正走之间，忽然山风暴起，冷风刺骨，接着便淋淋浪浪，落起雨来。俺三人衣服湿透，只是颤颤抖抖不禁，忽望见此间似有人家，便不管好歹奔将来，想且避雨。哪知这一来，竟闯入鬼门关里。

"当时牛大夫妇好言款待。及至雨住，天色尚早，俺三人深深致谢，便要起行。牛大道：'客人们，不如暂住一宵，俟明天多招些山村人护送你们一程。因近来这一带，时有玛斯夏野人出没哩。'俺三人不知就里，还喜幸遇好人。当时依言住下。晚饭时，那牛大只顾殷勤劝酒，偏巧木行两伙友都好喝盅儿，俺不由只得随喜。一杯落肚，便觉天旋地转。及至醒来，业已被人捆缚停当。"说着，忽激灵灵一个寒战，满口牙齿只捉对儿厮打，忽蹶然背过气去。辅子赶忙捶唤他醒来。

达善哭道："俺若非恩公搭救，此时已做了瓮中咸肉了。当时俺睁眼一看，牛大绾着小髻儿，正手持厨刀，将俺那两伙友一块块开剁揉盐，只管往大瓮里丢。一眼瞧见我，就来揪提。那妇人勒着胳膊，溅得鲜血淋漓，便道：'且暂留这个牛子，慢慢受用，肉陈了，也不中吃哩。'于是将俺提置别室。俺看牛大不在跟前，便苦苦央及她放掉俺。哪知那妇人通不理会。那会子放翻俺，正要开剁，不想有人啪啪叩门，所以将俺扣在瓮下，便是这般苦楚。方才恩公说牛大夫妇已遭天报，莫非恶人死掉了吗？"

于是辅子从路遇牛大剪径说起，直到刺杀野人。听得个达善唯有念佛，不由喜道："恩公如此本领，真个是天人一般。俺达善得遇恩公，想也是先父徐山甫一生正直的感应。"这句话不打紧，只见辅子一拉达善道："你说什么，令尊就是徐山甫吗？你在江南是土著，还是流寓呢？"达善道："俺虽是江南生人，却听先父说过，俺老家本是直北人，因荒年逃荒，才到江南。俺先父还说徐姓亲丁鲜少，只有一族兄弟，移居蓟州地面，后来音问隔绝，也不知那支人还在不在哩。"

辅子听了，不由眼泪汪汪，因急问道："如此说来，令堂娘家莫非姓陈吗？"达善道："不错的，恩公怎的晓得呢？"辅子忍不住潸然泣下，一拍达善肩头道："兄弟，你如何还这般称呼？俺是族兄徐辅子哩！真是咱祖宗有灵，使咱在此相会。"

达善听了，不由张大了口，作声不得。于是辅子一述自己的家世来历，虽满面喜色，仍然是泪下不止。又大声道："俺父亲在日，常提俺族叔山甫携家南去。并说俺族婶陈氏，怎的能治家哩。"达善听了，就月光下，只管端相辅子。忽莽熊似的向前扑抱道："啊哟大哥，突地不苦煞兄弟呀！"

这一声不打紧，只叫得辅子从至性达天中，发出一种说不出的感慨愉快来。原来辅子少年孤露，孤零零长到这么大，何曾有亲人叫过一声大哥。当时兄弟俩悲喜交集，互相款语，辅子方知达善就住在江苏松江府城中。陈氏老健，家境贫苦。

两人这一番情话，竟耽搁了一个更次，忽闻前院中呻嘶一声，辅子惊道："俺倒忘咧，前室中还有两个野人哩。"于是提剑跑去，只吓得达善动转不得。须臾只听得辅子唤道："兄弟这里来。"达善颤抖抖答应，蹭至前院，一望院中，险些跌倒。只见三个野人并卢氏都死在院，外挂着靠卢氏，还有具血淋淋的尸腔，正是牛大。这一来，却应下俗语儿——真是牛的朝东，驴的朝西。

于是辅子笑道："兄弟不必害怕，且寻些食物，吃饱歇困要紧。"说着，回到牛大室中一寻，果然还有干粮熟饭之类，并有几件整齐衣服并一包碎银，约有数十两。大概是杀掠行客所得。兄弟俩更不客气，便做主人。

辅子一面看达善用饭，一面道："怪不得俺的猎友们说山中有玛斯戛，这三个怪物定然是咧。"达善道："不错的，俺被恶妇闭缚了好几天，时时听她夫妇吵什么玛斯戛近来闹得凶，商量迁居。不想天网恢恢，他们吃惯人肉，也被玛斯戛剐杀咧。"

须臾，达善饭罢，两人谈到夜深，略为盹睡。晓色甫分，即便各自结束。辅子命达善揣起那包碎银，也提了一把朴刀，来至客室。辅子一面佩剑负装，一面笑道："俺行囊中并无资财，不想那恶妇因沉甸甸的，竟起歹念。"正说着，达善望见银箸在案，喜道："原来俺此物还在。"辅子问其所以，方知是山甫故物。达善以手泽所遗，

91

时时随身。虽在京穷困，也没忍卖掉，辅子命他揣起。

方出门行得里把地，辅子忽笑道："兄弟在此少待，俺去去就来。"于是翻回去。须臾趁来，道："兄弟走吧，如今停当咧。"达善也不知他葫芦内卖的什么药，只得匆匆拔步。只趁得二三里，辅子笑道："背后好齐整的焰火，兄弟怎不看看呢？"达善回头一望，只见牛大家业已烟焰迷空，接着四围草树火杂杂烧将起来。达善想起两伙友，好不伤感。

辅子道："这险僻道上的贼巢儿倒是烧掉为妙，免得再有恶人拒路劫客。"达善听了，连连点头。这日及午，却遇着一群贩马的山客，辅子问明道路，方才趁合赴青风口的山道。沿道上遇着山村人，问及猎队，方知王和等早已过去咧。兄弟俩且谈且行，十分畅快。

这日来至青风口，先到葛四卡房去问王和，卡兵道："王爷猎队，头两天从此过去咧。曾留下话儿给您，是在马兰峪相待，因在镇上出脱野物，须耽搁几日。便是俺家葛爷也赴镇演操，不得款待，抱歉得很。"辅子道："这想是例操吧。"卡兵笑道："什么例操，不瞒您说，这又是贼过关门的勾当。俺那位镇台大人，提起一嘟噜撂下一块的样儿，吸大烟、玩小婆子还没工夫，他会高兴整理营务吗？只因近来州境多有窃案，又搭着月前新换了州官儿，虽是捐班出身，却精明强干得很。一到任，便注意捕盗。俺们镇台大人如何能不敷衍一下子呢？但是近来窃案也真稀奇，专偷大家主的金珠瑰宝，哪怕你深宅高院，收藏严密，愣会丢掉。看光景定是高去高来的飞贼。这才七八天光景，连镇上管陵郎中富二老爷的伽楠朝珠、价值三千金的翡翠扳指，都偷去咧。"

辅子听了，颇诧异，只得暂住在卡房，由行装中取出徐琮托寄的布包儿，遍走村中，一探问百家庄金奶奶，不但金奶奶没人晓得，便连百家庄都没得。跑得个辅子十分焦躁。回到卡房，正没作理会处，达善问知情由，一看布包上的字儿，却笑道："这包上写着寻金奶奶不着，大哥便收用，或是人家过意不去，故假此法赠予大哥，都未可知。难保其中不是银两哩！"

辅子听了，不由恍然，打开包儿一看，果然是百两纹银，并有倒沟垞村众的送帖儿。辅子笑道："他们这一来不打紧，怪不得牛大的老婆说俺行装中有资财哩!"只得收起来。

次日登程，一路上兄弟谈笑间，达善不由叹道："俺来时，好端端同着两个伙友，如今却剩俺一个咧。"辅子道："真个的哩，兄弟之意，还是回南呢，还是想在北方谋些事做呢? 依我看，你不如快些回南，以慰老母。"达善踌躇道："俺正欲回南，但因家计贫苦，没法资生，因此又割决不下。"辅子笑道："傻兄弟，你有许多存款在张姓那里，不会把来营运资生吗?"达善笑道："大哥又作笑谈了，俺如能向老虎口中取食儿，也不至漂泊到此了。"

辅子听了，不由双拳一捏，哈哈大笑道："兄弟，你放一百个心，这点儿款子都在为兄身上。俺正想出门游历，明年春天，俺当赴江南一行，顺便给兄弟索取此款，岂不甚妙? 凭他什么张子辽，也须吃俺一顿拳头哩!"达善喜道："如此妙极! 俺也便不耽搁，前途到镇上咱便分手吧。"辅子笑道："不须忙，为兄虽自己无家，兄弟总要到蛰龙峪盘桓两天，俺就恨人家说俺是独头蒜。如今俺有了兄弟，为甚不显弄显弄呢?"说罢，眼圈儿一红。达善见了，更为慨然，因道："俺家便住在松江府城中，华严庵后陆云巷，大哥一问便知。"辅子应诺。

一日行抵马兰镇，直奔旧居，果然王和和三四猎友在店相候。大家厮见过，问知辅子得遇达善之由，无不骇然。辅子问起冯玉与其余猎友，方知业已分彩散掉咧。当日午后，大家正在聚饮欢叙，吃彩兴酒儿。恰好葛四趖将来，辅子便述在青风口卡房相访一节，葛四笑道："好东西!"

辅子和大家一听，不由愕然，葛四却接着说道："兵崽子呀，俺临行时，那等吩咐他们，徐爷如惠临时，便好好款待，不知他们还会伺候您吗? 若慢待一些，等俺回去，敲折他们的狗腿。不瞒您说，头两天俺干女儿送俺一坛新熟的黄米酒，俺都没割舍得吃，专留着敬徐爷哩!"辅子未及谦逊，王和一竖大指，道："还是徐爷脸面大，俺打搅你一场，也没尝着你干女儿的体己酒是什么味儿哩! 今闲话休提，且来吃俺个彩酒吧。"于是将葛四拉坐下。

饮过两巡，王和道："明天俺们便要去咧，葛爷不久也回来吗？"葛四笑道："别提咧！也不知是哪个贼老爹没阴功，闹得地面上一塌糊涂，富二老爷既丢了许多好东西，虽说是州里应缉捕破案，然而俺们镇台大人既在此间驻，那贼居然闹到眼皮子底下，未免有些不够瞧的。所以这些日连日演操。这两天，真把俺累苦咧。你想俺丢下操法业已十来年，这当儿，愣干旧营生，就如老荒秀才拈笔管，花眼婆婆拿绣针，就别提怎么别扭咧！偏搭着这个新县官，捕务认真，人家也真能干，自到任以来，便捉了好积窃。说也奇怪，他不定哪一时，忽然唤进捕头，吩咐道，某处某地有偷儿，或某行有贼窝。捕役掩去，果然获盗。他又能侦察如神，便是人家放个屁，他也晓得。有一家儿招了几个街坊上妇女斗梭儿牌，妇女局本如家雀场子，一面斗，一面吱喳说笑，局主便发话道：'你们悄没声的，州大老爷就似个精灵鬼，你们只管吱喳，他若来抓得赌去，便不妙咧。'众妇女听了，果然害怕，一齐噤声。

"局主趁这当儿，便向墙纸中插藏了一张牌。这把牌居然是局主大胜。不想被一个眼明手快的媳妇子，由墙纸中搜出牌来。于是大家登时乱吵议罚。局主自知理屈，一嘴难敌众口，只得红着脸儿，认罚个红炖肥猪头，给众人吃嚼。

"过了两天，这局主因保了一头媒，两亲家因亲事交割到官，拉了局主为证。那州官儿据理判断毕，两造都下堂。那局主站起来，拍膝盖土，方要扭出，官儿叫住道：'你这老婆子，偌大年纪，怎么好管闲事？又不学好，家中放牌局呢？'局主听了，自然是尽力地分辩，官儿笑喝道：'你输给人家猪头吃，都不心痛，还分诉什么呢？'"

王和等听了，都为诧异。一猎友道："这州官儿如此精明，真实如说书场戏的包龙图咧。既有这般能干官儿，还愁近来盗案不破吗？"葛四笑道："你却没猜着。如今这州官儿，一般也完了能为，只知急得猢狲似的，拷捕头的屁股哩！"大家听了，各为一笑。

须臾酒罢，葛四醉态跄踉，舌头都硬撅撅的。大家送至店首，葛四道："今天晚上，俺还来谈、来谈天儿哩。按理说，诸位再住一天，容俺尽个东道。北街上新开了一爿京馆儿，好齐整的馅儿饼并地道关东老白干，一杯入口，噎得人呵喽一家伙。咱们喝一场子再散吧。"

正在胡噪，忽地向东一望，诧异道："怪呀！这个孽障下山来干吗呀？"正是：

醉卒跄踉醺绿嗌，店坊踯躅遇黄冠。

欲知后事如何，且听下回分解。

第十五回

万福宫游士盗御珠
燕留镇旅店逢于捕

　　且说辅子随葛四眼光望去，只见从东摇摇摆摆，趄过一个中年道士，后跟一个俏俊的小道童，手执棕拂；后面还有个山汉，挑着一担礼物，约有十来样，都打着精致蒲包儿。那道士有四十来岁，一张油晃晃的大驴脸，短胡楂儿，眯缝眼，满脸的酒色气。戴一顶青缎道冠，穿一件香色缎道袍，云履飘然，十分阔绰；却攒起眉头，苦丧得待滴水。只趄过店门的当儿，早有几家商肆老板争着客气道："琴道爷，下山了吗？向富府里去吗？您且坐坐，吃杯茶呀！"

　　那道士一路哈着腰儿，道："请哪，请哪！"直待趄过老远，众老板还光着眼乱望。王和笑道："原来是醉琴那牛鼻子，想又是看望富二老爷去咧！"葛四道："这老道脚步好不尊重，臭架子大得很，平常游客到山，他理都不理。如今大担价挑礼物，去望富二老爷，定有事体。巧咧，就是钻门路给人说词讼等事。等我去探探，便晓得咧。"说罢，别过大家，直趁将去。

　　王和笑道："葛老四就是个无事忙，狗屁不值的事他也问问。"大家一笑，即便回店。当晚，王和料理店账都毕，正和辅子等相与聚谈，只听葛四大叫道："可他娘的了不得咧！这贼老爹真是天大的胆哪。"说罢，一步闯入。大家惊问所以，葛四向王和道："这一下子，醉琴可是二姑娘架老雕——有点儿玩不了咧。你猜他因甚到此呀？原来他庙中忽然失掉御藏的宝珠。"王和惊道："这个乱子却不小哩。"辅子道："怎么他庙中还有御藏的宝珠呢？"

葛四道："这段故事还是乾隆皇爷的典故。据说是乾隆三下江南时，某宠妃侍驾随行。一日泊舟高邮甓社湖中，某宠妃陪着皇帝倚窗玩月。忽地狂风大作，波浪滔天，便见湖心中奇光陡起，上烛霄汉，白亮亮与月争辉，并且宝光四射，不可逼视。皇帝觉得奇怪，便传旨命人就发光处捞取。须臾，获巨蚌两枚，剖得双珠，都有径寸大小。皇帝大悦，以为是得宝之祥，欢喜之下便赐予某宠妃。

"当晚，某宠妃香梦沉酣中，忽恍惚听得扈从、船上侍卫等大呼道：'御舟上有了人咧，捉侠客呀！'宠妃大惊，连忙披衣趿履，手捧珠匣，跑至船头。只一启匣的当儿，只见两道白闪闪宝光，登时照得各船亮如白昼。但听众侍卫弓弦乱响，早由船桅上射落一个雄赳赳的虬髯男子，百忙中自提匕首将面目一阵劖划，然后大叫，跳荡自刎而死。

"众扈从、大臣不敢隐瞒，当即奏闻皇帝。皇帝大惊，亲临一看那男子，只见面目上血渍模糊，业已不可辨识，并血肉糜腐，微微沸腾。皇帝知是匕首上淬了毒药，好不厉害，当时天颜震怒，便要立时彻究。那地方官吓得要死，不消说，连扈从大臣无不碰头有声，连称该死。于是宠妃进奏梦兆，皇帝感念神佑，这才不予深究。只是不解梦中道士所说黄花白云之意，直至返跸回宫，还是解悟不开。却因道士示梦，想建几天斋醮，以答神庥。

"您说这等宝物忽然失掉，醉琴这家伙架得了吗？他除赴州报案之外，便狗颠似跑来，求富二老爷给他想法子。富二爷也正因自己失了盗，两个只急得一对儿苦丧着。末后，富二老爷应允他催促州官儿赶紧捕盗，并给他去求内务府大臣暂宽些日，莫便奏闻。您看这贼老爹闹得多么玄哪！"

辅子沉吟道："既是如此宝物，就应好好收藏，醉琴怎如此疏忽呢？"葛四吐舌道："这例不怨醉琴疏忽，简直说，贼老爹能为特大咧。据醉琴说，那颗宝珠却藏在正殿梁内。那正殿高得很，平常人休想上去。历年来取阅宝珠，都是现搭梯架；并且那珠匣藏在梁木暗格儿内，外有坚质铜箍束定。若要取时，也很费手。不想只两个更须的当儿，那宝珠竟入盗手咧。"

辅子道："真也奇怪，但醉琴知是怎样失掉吗？"葛四笑道：

"他如何不知？他还对面陪贼老爹吃了半夜酒哩。"

大家听了，都各诧异，不约而同地注定葛四一张嘴。只见他拾起茶杯，饮了一气，拍膝道："要说这档子事，总算醉琴势力眼的报应。那牛鼻子有几个臭钱，见了凡人，是不会说话的。偏生他是那等贱骨头，若见了阔绰大爷，吓！您瞧吧，他那番溜哄奉承敬，简直的，谁也学不来。便是失珠的那天，日平西时分，醉琴正在庙门口负手闲踱。只见由松径中转出一位体面游客，有四旬上下年纪，清癯文弱，白皙疏髯，长袍缓带，雅步而来。醉琴遥望那客，服饰甚都，气象华丽，暗想道：'这不是京中官僚们，便是本州衙的官亲幕客。今既到此，倒须周旋一下子。'于是把等闲不放的沉脸儿登时放下，笑吟吟迎上，稽首道：'尊客雅兴游山，既到敝刹，请进内献茶吧。'那客人赶忙回礼，道：'久仰道长盛名，正要饱聆清论。'一语之间，却是南方口音。于是醉琴更猜疑着是州官儿的亲幕。因新州官儿姓周，名兴祚，是湖南人氏。

"当时醉琴一路价恭维，将那客让进庙去。先就云房落座，小道童流水似端上好茶，彼此款谈数语。那客人自言姓秦，系湘中巨富，入都来谋干功名。因访友回头，经过山下，特来游玩。款洽之间，谈笑风生，果然有豪富气态。说着，取出十两银的香资，便要入殿拈香。这一来，慌得个醉琴屁滚尿流，连忙引他入殿。拈过香，便在殿中瞻仰一番。那客人随口评论殿上的画壁匾联等，且是文绉绉风雅非常。忽一眼望见正梁的铜箍，因笑道：'难道如此的坚大材木，还怕崩裂吗？'"

辅子拍案道："他这话已微露破绽。醉琴若是机警的，就当仔细。"葛四笑道："他那时一双势利眼早被吓昏咧，还仔细哩！当时醉琴千不该，万不该，忽地也想炫炫庙中的阔绰，便不打自招，竟将藏珠一段故事和盘托出。那客人连连赞叹，只说是庙运兴旺，瞻仰已毕，依然踅入云房，却要告辞。醉琴忙拦道：'如今天色已晚，下不得山咧。'那客道：'小价并车马等，就在山下旅店中，只今下山，还不算晚。'醉琴哪里肯依，坚拉住下。

"当晚,盛陈酒筵,陪那客人直饮到三鼓打后方散。那醉琴吃得趔趔跄跄,让云房与客人,自己到静室中倒头便睡。一觉醒来,业已天光大亮。正想爬起去望客人,只听满院中道众喧闹。醉琴力揉倦眼的当儿,一个小道童如飞来报道:'不好了!大殿中铜箍斫落,珠匣儿都没得咧。'

　　"这一声不打紧,只见醉琴竟光溜溜直站起来,瞪起大眼睛,瞅了道童,只是呆笑,却一言不发。吓得个小道童山嚷怪叫。道众跑入一看,料醉琴是惊急失神,连忙拍唤醒他,和他到大殿中一看,只见那大梁上只微有拂去的尘迹。大家骇诧间,忽想起昨天那客人,忙跑入云房一看,哪里还有秦客人的影儿。"

　　王和等听了,互相称奇,辅子沉吟道:"如此说来,此盗手段定非寻常,恐怕州官儿虽然精干,也不易破案哩!"葛四笑道:"活该州里捕头于瞎抓倒霉,俺看这档子事,只够他抓的哩!"王和道:"你也别这般说,于瞎抓虽然能为有限,他却有点儿抓劲儿。每逢棘手的案子,他专会请名手帮忙。即如往年,拿那个盗嵩尚书鼻烟壶的飞腿裴德,他不是请了北京大班上的崔老九,才从口外将裴德获住吗?"

　　葛四笑道:"不错的,那件案子于瞎抓办得真漂亮。却是他请能人、买眼线,也真费了好体面的大钱咧。"辅子问其所以,王和道:"便是往年州里,过玉牒大差,其时押送大臣为礼部尚书嵩年。嵩尚书阔绰得很,有个价值万金的翡翠烟壶儿,不知怎的被裴德看入眼中。裴德这厮来去如风,生平干独活儿,是当时著名剧盗。这日嵩尚书经过遵化地面,三鼓时分,方在行馆中大榻上独卧吸烟,正喷云吐雾的当儿,只听檐前唰的一声,接着帘钩微响,红烛光摇摇。这时嵩尚书正烧了一口拉条面的烟,安在斗门上,呼呼呼,一鼓怪气,合着眼,不暇睁看,以为左不过是仆人们来换茶水。不想吸罢一睁眼,只见对厮面卧着个黑凛凛大汉,浑身劲装,腰插匕首,正把着烟盘中的翡翠壶儿细细赏鉴。一瞟嵩年,微笑道:'嵩老爷好副烧烟手段,快照样烧两筒敬敬俺如何呢?俺姓裴名德,江湖中还算有点儿小声望，特来借你这壶儿玩玩。须知俺这样朋友，也尽可交得。一腔热血，只要遇着买主，俺尽能倾倒与他哩。'说罢，手按匕首，蹶然坐起。

"这时嵩尚书吓得作声不得，只得将烧好的烟筒递与他。裴德含笑吸罢，站起来道声打搅，揣起烟壶，竟自瞥然而去。惊得嵩年呆了半晌，方极力大叫。众仆坌集，嵩尚书一说所以，无不骇然，不消说，连夜里知会州官儿，立催拿贼。州官儿遇此风火事，哪敢怠慢，自然是敲比于瞎抓。于瞎抓一闻是裴德的案子，情知自己料理不来，所以才特求北京名捕崔老九，设法儿获住裴德。您看这次于瞎抓办这大案头，还须求人，却是崔老九早已下世，一时间，恐没有能人。"

葛四道："州境中，别的盗案并富二老爷家的盗案，都还在其次，顶要命的就是盗御珠这一案哩。"说着站起道，"咱们改日会吧。明天俺还有早操，也就不来送众位咧。"王和笑拍葛四肩头道："送不送倒没要紧，倒是你干女儿再送你酒时，你给俺留一坛是正经。"众人听了，不由一笑，齐送至店首。眼看葛四转入街坊黑影中，唱着痒痒腔踢跶而去。辅子等踅回，又大家揣测回盗珠的能贼，方各就寝。

次日行抵王和家中，宿了一宵，众猎友分彩各散。王和定要重谢辅子，辅子不肯依，只取了一张虎皮，准备与老师做褥子。

当日携了达善，回得殷宅，见了志学，备述一切，并述黄花山万福宫失却御珠之事。志学听了，也为诧异，沉吟道："这件案子，看光景，很不易破。据葛四说的盗珠人，如此地从容潇洒，就像俺往年所遇的燕侠士（飞来）一般。此人定是个大手儿，准有来头儿。巧咧，就许是远方能人，未必肯总在京东一带哩。"

辅子听了，又将搜得贾元杰的委状与志学看。志学沉吟良久，道："这平天社，或是江湖间一种秘密党会的集合，也未可知。据这委状上，还有总社分社之称，可见其中大有人在。此后你等在江湖上倒须仔细一二。"说着，将尤大威近来的禀安书信与辅子看。辅子方知大威到通州任事后，不多几日，便破了两起盗案，因此盛名大起，近况甚好。辅子看罢，自然欢喜。

师弟正在款洽，只见仆人拎了个米口袋进来，还未问志学启口，志学愀然道："你可知赵爷这两天好些吗？赵柱儿还没着家吗？"仆人道："赵爷躺在炕上，哪里就病好咧。赵柱儿依然没影儿。前两天，有人在遵化城内遇着他，却也没有实信。如今赵爷病得什么似的，只央邻舍家就近照应，并自己贴米，做口饭吃。主人接济他的米又用尽咧，所以又央邻舍家来乞米。"

志学听了，十分恻然，便命仆人拣两斗精米，同邻舍人送去，并配上十贯钱做零用。辅子不由诧异道："老师可知赵柱儿因何事出门吗？"志学叹道："赵柱儿性气真个坏得很，自你出门后，他除了在家闲宕，便和他老子怄气，我这里，他不大照面。过了几天，他忽说在家闷闷，要赴通州，寻大威谋事体，便将他个病老子丢在家中。却是大威不断与我来禀，并没提赵柱儿到他那里。你说此子性气多么不可靠哇！"

辅子听了，颇为纳罕，料赵柱儿日趋放荡，无非在外面嫖赌快活。当时入内给康氏等请过安，便寻步到赵甲家望望。一进门，便觉满眼颓气，冷气飕飕。院中尘土积得狼藉不堪，便连窗纸都破得七穿八洞。那赵甲瘦得僵尸一般卧在破草席上，见了辅子，只是流泪。

辅子本是热心肠的人，又想起往年赵甲护村坝的英雄气概，不由也眼睛酸酸的。因近前问慰一番，不由慨然道："赵老弟真也不像话，总似没把流星似的。他如果寻俺尤大兄去，倒也不错，因尤大兄颇能拘管他。但尤大兄来信也没提他，或者尤大兄忘掉提他，也未可知。好在俺不久送达善回南，由通州搭粮船，顺便去望尤大兄。一到那里，便知分晓了。大叔不必愁闷，且养病吧。"

赵甲叹口寡气，道："你那个师弟，将来是不会成材的。无奈他又会一身武功，且后能不入邪途，便是万幸了。"说罢，抖着身儿一阵嗽。辅子又宽慰数语，也便兴辞而出。半道上，却遇着郭大娘端着簸箕碾米回家。彼此厮见过，说起赵柱儿，郭大娘见四外没人，小语道："徐老弟，你还不知哩，赵柱儿如今益发不学好咧，单拉拢些不三不四的人。你打猎去不多日，他向北村中去寻俏去，被人家刀棍齐举地赶将来，他跳入河汉中，方才幸免。咱村中没人不知，只瞒过你殷老师，恐他老人家生闷气。他总是因这事羞脸，出门避避，还假意着说寻尤老弟去。狗改不了吃屎，他那轻薄性儿，会长进吗？"说着咻地一笑，便邀辅子到家坐坐。

辅子信步跟去，恰好郭太婆又去串门儿。郭大娘烹茶款待，辅子谈起猎事，并所闻遵化多盗等事，听得个郭大娘惊惊诧诧，不由眼睛一转，道："这句话，可不该我说，咱这一带如何会有这样能为的飞贼？除了赵柱儿有此能为。况且有人在遵化城里遇见他，这事儿不透着蹊跷吗？"辅子听了，不由心中一动，略一沉思，又觉赵柱儿还不至公然做贼，便闲谈一番，闷闷趑趄。究竟事不干己，也便抛在脑后。村众们知得辅子巧遇族弟，都来看望致贺。辅子应酬两日，便携达善直赴通州。

这日傍晚，落在燕留（镇名）旅店中，兄弟方解装安置，落座吃茶，只听店门外铃声响动，咏咏咏，健骡高叫，便闻店伙笑道："于爷辛苦哇，公干完了吗？咱们上房西间住吧。今天店中消停得很，您老且吃个快活酒，叫两个姐儿解解乏吧。"一路胡噪，业已蹄声到院。

辅子就帘隙一望，只见店伙狗颠似牵进一匹大白骡，鞍辔鲜明，大褥套中微露刀柄。后跟一个中年男子，长躯瘦脸，细眉毛，大鼻头，两只鹞子眼很透着精神。戴一顶白毡镶金边的便帽，身穿青缎锦袍，外罩倭绒挖云、鹿皮马褂，足下是千层板官快式的青绒靴。手提马鞭，却攒起眉头，向店伙强笑道："老伙计，别拣闲心话说咧。俺这时一颗心就似荒蝴蝶，案子没着落，谁有心情吃花酒哇！你倒好好喂这骡子，莫误俺起五更是正经。"店伙道："就是吧，你办的事顺当吗？"男子道："还没有白跑一趟，那吴仙儿占的卦还算灵哩。"店伙道："人家吴半仙总算顶呱呱的。"说着牵骡就槽，卸下褥套，便和男子直奔正房。

正这当儿，又踅进两个拉毛驴的短衣客人，方叫得一声有房间吗，只听店伙开口便骂。正是：

相逢都是萍踪客，也判炎凉一瞬中。

欲知后事如何，且听下回分解。

第十六回

徐侠士隔壁听官声
江捕伙招徒侮老总

且说店伙闻得拉驴客人声唤，扭头向柜房，便骂道："小顺子，瞎了眼的，怎的客人进来都不招呼？"一声未尽，早由柜房中跑出个蓬头小厮，噘着嘴嘟嘟念道："你老才叫俺去拉风匣，俺在背旮旯里，谁还脊梁上长眼吗？"店伙道："你不用和我甩大鞋、闹裂拉腔儿，咱们骑驴看唱本——走着瞧。反正你这个月的工也满咧，你有高枝儿，只管拣着落，咱犯不上怄气。你不见俺伺候于爷不得闲吗？西厢房还有房间，你还不先接过驴子。"小顺子听了，哪里有好气，便接过两头驴，草草让客进房，就在辅子隔壁。

这时店伙只在上房中来回飞跑，泡茶端面水的乱成一片，通不满照应后来之客，只由小顺子草草应候。

辅子不由向达善微笑道："兄弟，你看世态炎凉，随处皆见，这后来之客平常些儿，店伙便如此冷淡。"正说着，恰好店伙踅入道："两位爷台，用甚饭？快趁空儿吩咐，今天上房中要的菜多，咱须抓空儿做。"辅子笑道："谢谢你，俺们只用家常便饭就好。难得你还有工夫来应候俺们。"店伙耸肩道："您这般说，却言重了。您老久惯出门的人，有什么不晓得？像俺当伙计的，无非讨老客欢喜，多赏些水钱。"因指隔壁低声道，"像这等老客，顶阔绰了，来两斤干面大饼；再不然，是几斤面的条儿汤，稀干都有咧。高了兴，给几文水钱，哪里像上房于爷，一给水钱就是四六吊。您说怪俺伺候高兴吗？"辅子随口道："这个于爷是什么人呢？"店伙登时拔起腰板道："提起此人，大大有名，这是京东一带有名的捕头于老爹，疏财好交，绰号儿'赛叔宝'。他手中办过多少大案子，真是响当当的角色。最叫响的是往年捉获飞贼裴德，差不多都编出戏来咧。"

辅子笑道："如此说，此人就是于瞎抓了。"店伙忽摇手道："爷台轻点儿说，人家听见，什么意思呢，莫非您老认识于爷吗？"辅子道："俺是听人家说过。"店伙笑道："如何？于爷的名儿，传得远咧。"辅子随口道："他过此何事呢？"店伙道："他前几天由此而去，说是寻朋友帮办案子，还特地唤了吴半仙来，占占所谋成否。俺也没细问底细，左不过是他本州地面出了什么案子罢了。"

正说着，却闻隔壁客人吩咐小顺道："你这里好贵的草料，稍微给驴喂点儿草就得咧，料便不用。来壶黄酒并两个炒鸡子，家常饼，硬着些，有咬劲儿。"小顺唯唯跑去之间，店伙却挤眼悄笑道："今天这两位老客居然动了酒菜，倒也稀罕。"说罢，忙趸入隔壁，周旋数语，便一拉怪嗓子，喊着上房酒菜，直奔柜房。

这里辅子和达善方相视而笑，便听隔壁两客直声倔气地谈将起来。一客道："咱这趟由遵化上京收山果账，这倒顺叙。俺只愁本钱小，不能多租种点儿山场，不然山果行很有利头儿。"一客道："你又哭穷咧！你外甥现在州衙内当二爷，瞪瞪眼，哪里不抓钱哪。帮帮你穷舅舅，还不现成吗？"一客道："别提咧！俺外甥新近因件狗屁不值的事，砸了锅（俗谓仆被逐）咧。"

那客诧异道："为何呢？"一客道："说起这位州官儿来，也精干，也异性。他自己到任，连家眷也不接，却独住上房院。一到天晚，谁也不许进去。上房院后是一片花园儿，园外空场儿甚是僻静。不远便是北城墙。有一天，俺外甥和人在街坊上吃酒回来，业已三鼓大后。他一想，这时光署门已关，不便去讨看门人役的厌烦，便迂道来至园后，想由墙矮处爬将进去。不想方爬了半截，却听背后唰的一声，眼前黑影一闪，似乎是个夜猫子刷进园去。俺外甥腿一软，跌将下来，摔得生疼，不由骂道：'好贼鸟儿，吓人这么一下子。'便赌气子不去爬墙，仍由署门进去。哪知这点点小过失，官儿会知得咧。说他夜出酗酒，爬墙跳寨，通没规矩，就此撵出来。他此刻还没饭落儿，他还帮我吗？"

105

那客道:"啊呀!了不得,这个官莫非有耳报神吗?如今州城里,两口儿说体己话,干体己事,都须犯恁算咧。你看他越巧,偏有难事来难他。这当儿,别的盗案不必说,便是丢御珠一件事,还不够他摆布的吗?"于是两人又说些家常琐事。

辅子料是两个遵化的果客,便到院中闲踱一回。须臾晚饭罢,各自安歇。

次日,兄弟结束登程,渡过燕留河,不消半日,已抵通州。两人循靠河长街取路进城,方转过两条街坊,只见两个笨汉抬着一担酒肉米面等物,上盖红绸,由一道横街口转将出来。辅子略为驻足,却听担后大威喜叫道:"徐老弟吗?来得好巧,过两天俺正要寻你去哩。"说着,趋近握手,彼此欢笑。

大威一望达善,道:"此位是哪个?"辅子笑道:"好叫大哥得知,俺一般也有兄弟咧。"因将达善来历草草一说。大威喜跃道:"快活得紧,咱们到家细谈吧。"说着,又恭敬敬问了志学起居,然后一同举步。达善一路瞅去,只见店肆中老板们见了大威,无不含笑点头。有的道:"尤爷好彩头哩,俺们跟去吃杯官赏的酒如何呢?"有的道:"府上尊客走了吗?尤爷一时间恐不能脱身吧。"大威一路含糊笑逊。

须臾行抵尤宅,客室落座,早由机灵捕伙等接置行装,并献上茶来。辅子略为润喉,便请大威引路,和达善先入内院,拜见过尤母,然后就客室相与款谈,各叙契阔。

辅子先叙自己出猎所经所闻,许多事,大威听了,甚是惊异,却也猜不出平天社是何来历。辅子道:"俺见大哥给老师的禀函,知接任此间捕务以来甚是得意哩。"大威微笑,便屏退捕伙,道:"老弟你不晓得,俺刚接捕务时,这班捕伙们好不促狭,如何便服帖?也麻烦十来天,如今俺却指挥如意了。"于是微笑,说出一席话来,只乐得辅子拊掌不已。

原来大威自从殷志学学艺后,不但学师本领,并且酷慕老师的品行,所以外表上总是质朴朴的样儿。当初徐捕头荐贤自代时,自然夸得大威没入脚处。众捕伙以为大威定然像天神似的,至不济也要像景阳冈打虎的武都头。不想大威奉母到来,不但衣装平常,并且言谈举止老老实实，江湖中一切的八面风，一些也没得。当时众捕伙谒见之下，你瞅我，我瞅你，只管暗笑得肚痛。

正在大家怙悢馊主意，只见一个细瘦身材的捕伙滴溜溜一转眼睛，微笑道："俺们幸托老总指挥之下，但历来新老总接事，必要将捕务大概规定增减一番，以便大家有所遵循。今老总意旨如何，便请指示。"

众人一看，却是江宁，大威道："不须更张什么，徐老总规定得就很好，咱只率由旧章吧。"江宁听了，赶忙恭身站起，嗾的一声，向众人一整面孔，大声道："列位听明白，率由旧章哪！"恰好这时正当过午，江宁一路碎步趋到大威跟前，低禀道："今已午后，便请老总前去出恭，从先徐老总就是午后出恭哩。"众人听了，几乎哄堂，赶忙竭力忍笑。大威只瞪了江宁一眼。

江宁又道："如今还有一桩事，须请老总示下，便是咱那陋规，还是照旧收呢，还是再增加点儿呢？如今州衙中应酬多，咱便增加收入，也说得出。"大威愕然道："什么陋规？俺却不晓得。"江宁暗道："这样呆鸟，也来当捕头。"原来捕头老例是吃偷儿，凡当地偷儿都暗含着在捕家纳钱，俗名"陋规"。只要偷儿不在势绅乡宦家做活儿，捕头便含糊不问。若遇本官催缉认真，捕头更随意捉个把外来的偷儿，或新出马的嫩手儿，前去顶缸了案。至于那积窃滑偷，是不会犯案的。

当时江宁一说缘故，大威笑道："岂有此理！咱职在捕盗，若庇盗殃民，使这种烂污钱，良心上可过得去吗？自今以后，此项陋规不收。便烦你等传语当地积窃，从此改恶为良，不然犯在俺手，绝不轻恕。"

江宁笑道："这件事，老总还须斟酌。您即便疏财，不在乎这项钱，但是伙计们都仗这项贴补。今若革掉，怕老总不好用人哩。"大威笑道："咱能捕盗，官中自然有赏，不怕赏一文钱，咱也大家分用。咱如吃盗食，倒是笑话了。"

江宁听了，暗瞧大家，都各不悦，当时也便不再说，随即退出。原来江宁为人颇有能干，嘴快心热，倒是个爽快人。却有一件，有点儿傲性儿，他若看此人不对眼，定要使点儿促狭。加着他在捕伙中资格老咧，隐然自以为高人一筹。今见大威质朴朴的村人一般，料没甚惊人本领。又见待自己并没加礼，不由眼睛一转，便向众捕伙叹道："如今咱们干这鸟营生，简直的没劲儿咧。你想新老总，连陋规都革掉，咱们只有喝西北风儿是赚的咧。咱还满堂佛似的，在此装什么蒜呢？依我说，大家散吧。"

众人一听，都没精打采地道："咳！这是哪里说起，难道你老就没个计较吗？怎的劝劝新老总，仍收陋规方好。"江宁掉头道："那种牛性人，哪里晓得人情世故？不会听人话的。我看不如设法儿挫辱他一场，他自然无颜在此，再换个老总儿，陋规方有指望哩！"于是一挤眼儿，向众人道，"只需如此如此。"众人拍掌道："妙，妙！事不宜迟，咱们便分头知会苗爷等，就在黄玉子那里准备吧。她后园中地面宽绰，可以容四五席。并且公门中人都喜欢黄玉子，大家都聚齐，塌姓尤的台，方才写意哩。"

不提大家这里准备。且说大威这日正由州衙中禀事回来。方才落座，只见江宁笑吟吟拿着两个名刺蹅来，道："今有两个街上的朋友，特来拜望。"大威一看，却是苗全、哈用光两个名字。以为是平常街坊们，便道："你只回他俺不在家，过两天俺去谢步就是咧。"

江宁笑道："老总似乎须接人家才是，这苗全，占着运河下两处船码头，很讲交游。在地面上是很站得起的角色。他从先在燕留河独霸渡船，善用一支铁篙，人称'铁篙将'。那哈用光，是回教徒，也是个意气朋友，冬至关门子（山海关），西至京城，这一带教徒们都听他指挥。人家既慕名来访，咱怎好不见呢？再者和他们联络一下子，咱捕务上不会有亏吃的。"

大威一听，甚是有理，便整整衣冠，迎至中门。须臾，只见仆人引进两客，头一人有三十来岁年纪，生得短小精悍，穿一身青袖短衣裤，外披长袍，顾盼间透着机灵，便是苗全，后跟哈用光。

大威一望，几乎失笑。原来哈用光生得宽膊大肚，两条短腿儿走起路来蹲嗒蹲嗒；再衬着一颗肥黑大脑袋，便如斗柳翠的天头和尚一般。却是脚步沉重，看光景很有笨劲头儿。

当时大威抱拳迎上，彼此间哈腰拉手，一阵客气。苗全方走过，只见哈用光一咧蛤蟆嘴，笑吟吟伸出大掌，不容分说，搭向大威手腕，死劲子一攒力，道："尤爷请哪！"您想大威当年是光棍中跳出来的角色，如何不懂这档子？当时他更会装皮科脓（俗谓无用懦怯也），连忙跄踉踉向前连跑，百忙中还只管摔手腕。

这一来，不但苗、哈两客得意扬扬，便连旁边的江宁，不由鼻孔中哧的一声，赶忙转过脸去。大威只给他个大麻木，没事人似的，肃客入室。茶罢后，苗全笑道："俺们久仰老总，一向不敢来亲近，今俺们设杯水酒，请街众们聚会聚会。没别的，老总定须赏光。"哈用光道："老总听明白，俺这并非吃打穴，无非因老总名头大咧，赏个脸面。"说着，捏起油钵似拳头，哐的声砸在案上。

大威听了，未及答话，江宁却笑道："俺们老总，早就仰慕二位，既蒙见招，哪有不去的道理呢？"大威听了，早已明白，却吞吞吐吐地道："小弟到贵处，还不曾邀请街众，如何倒去打搅？"哈用光道："苗大哥，你看怎么样？俺说老总瞧不着咱，你偏要来扳脸面。"大威忙道："哈兄既如此说，俺便趋陪末座如何？"哈用光笑道："你瞧，这不结了吗？咱们明天黄玉子家见吧。"说罢，昂然站起，哈、苗全拔脚便走。大威跟送出，那哈用光头也不回，和苗全含笑而去。

这里大威仍然没事人似的，只向江宁笑道："明天想也有你在座吧？"江宁一笑，逡巡趑趄出。

次日巳分，苗、哈使人来请，大威略整衣冠，便和江宁举步。不多时，到得黄家，先就客室落座。大威抬头一望，见许多衣冠齐楚的街众正在交头接耳，喊喊喳喳，有的面含微笑，一见大威，连忙彼此客气数语。

正这当儿，香风飘处，黄玉子打扮得俏生生趑进，只一手掠鬓、香钩微蹴之间，水灵灵眼光儿早已笼罩四座。大家见了，不由一阵欢笑。那玉子唤得一声尤爷，方要近前斟茶。却有一个长大龅牙的街众，猫着腰子，悄手蹑脚地走到玉子背后，方嘻开臭口，要搔人家胳肢窝。不想玉子一只手尽力一抽，手登时肘到大龅牙上，只听见啊呀一声，早已齿血满口。

玉子瞪着两只眼道："当着人家尤老总，什么样儿呢？"于是街众大笑。便有一个奔过去，给那人一个脖刷子，玉子趁势方脱手，又被众人攒围住，只是打趣。江宁这时三不知早已踅出，只剩个尤大威自坐一旁，通没人理。

正这当儿，只听帘外哈用光哈哈地笑道："老玉呀，你敢是见了尤老总乐不够吗？你看人家相貌能为，哪样儿不抓了尖儿？你就此认个干老子，将来且是有照应哩。"说着，一脚踏入。

大威一望，不由暗笑，只见哈用光揎拳勒袖，结束得威威武武，两臂一张，更不去瞅大威，却向街众道："请哪，咱们后园中坐吧。这里吃醉了，窄巴巴的，且不便撒酒疯哩。"于是大家举步，街众逊让先行之间，早被哈用光拉挽得龇牙咧嘴。

大威趁在后面，方在暗笑，只听大门外一阵吆喝。正是：

> 方见呼朋来宴会，会看撼树有蜉蝣。

欲知后事如何，且听下回分解。

第十七回

尤大威显能服捕伙
徐辅子侦案坐茶楼

　　且说大威听得吆喝望去，却是四五壮汉抬着一具温酒的大铜炉。粗估去足有二百多斤，一个个挣得面红筋涨地走来。哈用光大笑道："难道你们吃了饭，只会变屎吗？且看咱的吧。"于是抢近前，单手提起，却瞟着大威道："您快请哪！"街众大赞道："人的气力是不能强勉的，哈爷这手把儿，若去考武，也得个状元哩。"大威听了，越发步履趔趄，十分猥琐。

　　须臾到后院一看，好一片宽敞所在，花竹幽雅，山石罗列，倒也颇颇不俗。还有一沼荷池，只是秋凉时光，剩些残梗败叶。衬着浅水污泥，便就池岸浅草上摆列众席。中有一席，南向之座，离荷池只有一足之地。这时苗全早已笑嘻嘻在座前道："这是首座，特敬尤爷。诸位老乡党不必客气咧，随意坐吧。"众人听了，不由相视一笑，纷纷落座。只剩下南向之座，大威谦逊不得，也便含笑就座。苗、哈两个左右相陪。

　　黄玉子给众席上斟过一巡酒，肴馔齐上。大家饮过数杯，黄玉子道："诸位爷们，要听什么曲儿，且待俺奉敬一个吧。"用光笑道："你就愿意卖弄你那浪腔儿，不是什么《打牙牌》，便是什么《十八摸》，那些曲儿，只好白脸蛋儿的少爷们听，俺们都是拳头上结交、刀尖儿上生活的好汉子，别看喜来时杯酒殷勤，一转眼，就许老拳奉敬哩！谁耐烦听你浪曲儿呢？"说着一瞅大威，斟上一大杯，一举而尽。

玉子笑道:"你这村厮,晓得什么?子弟场中事儿,贵客在座,俺怎好不献个曲儿?你若听英雄好汉的曲儿,俺唱个《黄天霸大闹落马湖》如何?"苗全笑道:"俗语云:对景挂画,今尤爷新任捕总,又这般武艺绝伦,你便唱个《武松打虎》方妙。"用光大笑道:"如今年月,凡物件都生得浇薄了。只怕这时的老虎也通似纸老虎哩。"街众听了,都目大威一笑。玉子都不管他,便敛眉低袖,顿开娇喉,唱了一段京调大鼓,唱得武都头英风凛凛。虽不及南京柳麻子,却比山东王黑妮的黑驴段强得多咧。

众人赏叹之间,唯有用光连饮几杯,乜起眼儿,歪着帽儿,大刺刺地向椅背上一仰道:"尤老总,咱们只吃闷酒,也没兴头,俺听说您手把儿上很有功夫。哈哈,巧咧!俺这两只粪叉子手,他们也硬说有些笨气力。咱们赌力取个笑,给大家多消一杯酒,伤不了筋,动不了骨,无非是哈哈一笑的勾当。您看,还可以吗?"说罢,咯嘣嘣一捏拳,甚是得意。

大威笑道:"哈兄手力,俺久仰的,算俺输一杯酒就是。"用光道:"不必太谦,来来来……"说着站起来,丁字步立稳,左手叉腰,腰板一挺,右臂一攒劲,伸出钢钩似两指。

大威望去,不晓得是什么路数,因笑道:"哈兄,俺武功有限,委实少所见,您这路数是要怎样比力呢?"用光道:"俺伸两指,你伸两指,咱们这么一搭,看谁拉过谁。其名儿叫作'拉钩',又叫'牵老牛',您明白了?"

大威听了,慢腾腾站起,一捻右腕道:"俺这两天,手儿上有些犯鸡爪风,可不知能奉陪否?反正请您让着点儿吧。"说罢,伸过两指。

这里用光笑一声,大喝道:"来着吧。"顷刻一攒指力,钩住敌指,暗含着运浑身之力都到两指,只向怀里一带之间,便见大威向前一扑,脚下移动。用光猛喝道:"对不住!"声尽处,用一个推倒泰山式,向外只一搡,便见大威向后直仰,扑通声,交椅落地。那大威两足后趾,已一二分垂在池沿的当儿。街众正伸眉挤眼,准备喝彩。只见大威忽地轰然山立,浓眉一跳,就用光狂推之势,情知他足下无根,便猛然放掉钩手,唰一声,劈胸揪牢,喝声:"起!"

早将用光高举过顶。

用光大惊，方要用个双风震耳的破招儿，说时迟，那时快，大威早来了个反投壶式。从自己顶上直掼下去。扑通声，污泥四溅。再看用光，业已泥母猪似的，一面在池中挣命，一面大叫道："苗老全、江宁哥，你们一百个不够朋友。尤爷如此本领，你怎捉弄俺来栽跟头呢？"

这时江宁见大威武功如此，不由心折，当时吐舌道："这里头没俺的事。你要来卖弄本领，干俺鸟事？你看俺，只是纳头饮酒，何曾和尤爷动嘴动手来？"用光恨道："你用不装没事人，俺给你兜着根子抖搂了，苗老全就是见证。那一天，不是你这捕伙们撮掇俺们来塌尤爷的台吗？"众人听了，正在拊掌，江宁向苗全道："他自己跌了筋斗，没得遮羞，咱不必理他。他在尤爷跟前请罪吧。"说罢，拉了苗全，翻身便拜。

大威正在笑扶，只听用光大叫道："俺也在此磕头了。"接着咕唧唧一阵响。众人一望池中的哈用光，满头脸上都是泥，只剩了两只圆彪彪的眼睛。于是众人大笑，方胡乱将他拉上来。不想黄玉子咯咯地笑道："天报，天报！人家头发丝儿乱一根，你就笑人头似草鸡窝。如今你这嘴脸，不像水上探头的癞头鼋吗？"于是拉了用光，且去沐浴更衣。

这里众人便胡乱称赞大威的气力。苗全听了，却笑而不语。须臾，用光和玉子踅来，用光又复请罪，大威笑道："偶然彼此游戏的勾当，不算什么！但哈兄专练的指力，也就很有功夫。"用光听了，不由越发佩服。原来用光自小时节，便用搭钩玩法和人赌酒食，没人不输给他，真有点儿特别劲儿哩。

当时众人又是一阵瞎赞大威，苗全却笑道："举掷一个人，哪里见尤爷的本领？诸位且看池沿的脚印便明白咧！"大家一望，不由各个吐舌道："尤爷真好内功哇！"原来池沿上砌的青石，脚踏处都已粉碎。当时便重整杯盘，尽欢而散。从此江宁方才心悦诚服，帮大威办起捕务，甚是得力。于是辅子笑道："大哥如此说来，江宁这人倒也肯服善哩！"

大威道："正是哩。他久于捕务，颇有侦察经验，却是武功上不成功。并且是张轻薄嘴，属噘嘴骡子的，不值钱，就在嘴上。"说着，问起达善被张子辽欺侮之事，不由愤然。辅子道："俺明春便当南游，顺便料理此事。"大威道："这是应当去的，但俺刻下有桩事，便要烦老弟去办。"说着沉吟道，"赵老弟想必在家，烦你二人去，更妙哩！"

辅子笑道："巧咧！这当儿要寻赵老弟，却没影儿。真个的，他曾向这里来过吗？"大威诧异道："不曾来呀！他怎会没影儿呢？"于是辅子将近来赵柱儿情形一说。大威听了，又是纳罕，又是不悦，便道："既如此，只好专烦老弟先去料理，俺随后得暇，即便赶去。便是前两日，遵化捕头于朋友，因地面上出了大窃案，刻下州官儿催捕紧急。他正在办案未破，不想黄花山万福宫又出了失掉御珠的案子，所以他自赍礼币请我去帮忙。"辅子道："怪道俺在燕留镇店中，曾遇见于某，原来他是从大哥处回头。近来遵化所出各窃案，道路上都已轰动咧。"因将自己所闻一说。

大威道："不错，老弟你看这些窃案，倒也蹊跷。于朋友既诚心求俺，都是捕家，未免情面难却。俺当即答应他，迟一两日，即赴遵化。不想他走后，俺本官又有紧急案差办。方才俺就是见本官回来，并领到上次破案的赏物。俺在路上便想起赵老弟替俺先赴遵化，俺将本官差事办完，随后再去。如今老弟恰好到来，也就巧极咧。"正说着，恰好江宁踅进，随手给辅子斟了一杯茶。辅子因听话正酣，只当是仆人们，也没欠身去客气，便道："大哥既有自己的公务脱不得身，俺就先走一趟。好在达善回南，并没耽搁，只明日就可搭船。"大威喜道："如此妙极！今宵咱且痛饮一回。"

须臾，天色将晚，便就客室中摆上酒饭。三人落座，且谈且饮。辅子说起冯玉打虎，大威十分赞叹，因凝想道："此人俺到通州以来，也曾听人谈过，倒也是个意气朋友。"辅子又谈起冯玉所言瞎先生一段事，大威道："可见如今江湖中甚有异人。"因向达善道："老弟在南方时，可也有所见闻吗？"一句话，问得达善只张大了口，便道："俺在松江，只知张子辽豪横非常，却不闻有什么异人哩！"大威知他不晓此道，便付之一笑。

次日，辅子向达善道："吾弟此去，且将些小本营运，敷衍度日。俟吾到松，再给你料理存款。"说罢，从行装中取出倒沟垞村人赠的百十两银，与达善装入行囊。达善道："大哥留些自用吧，俺只取盘费已足。"辅子笑道："俺还有牛大孝敬的钱哩。你手头宽裕些到家，也叫俺婶婶欢喜些儿。"达善听了，恋恋之余，不由两泪交流。

辅子道："老弟不必惜别，明春咱又晤面咧。"大威手持十余两碎银趱入道："达善老弟，且持此买杯茶吃。"达善连忙推谢，辅子笑道："吾弟快收起来，尤大哥非同外人，这钱且花得着的。"说着，接过银包儿，也给达善装入行囊。达善只得感激拜谢。三人便一同出城，趱至河下，眼看达善搭好南去的客船，辅子等方才回步。

不提徐达善一帆南下，一路上自庆得遇族兄，逢凶化吉。且说大威和辅子携手回来，方一脚踏进门，便见江宁匆匆跑来，道："老总，咱的眼线方才来报告，某案要犯业已落在密云一带，咱赶快去办吧。"大威听了，一面和他入室，一面道："如此甚好！江老弟不必同俺去，你且和徐爷赴遵化辛苦一趟吧。你见了于老总，就说俺没暇分身，这位徐爷比俺还强得多哩。"江宁听了，只向辅子狠狠地打量了两眼，却也没说什么。辅子有事在怀，自然也没留意。

当日在大威家盘桓一天，细询起遵化所出的窃案，除失掉御珠并富二老爷家之案外，还有几家城乡的富室乡宦，一概被窃。州官儿周兴祚立限严追捕头，十分厉害。

辅子沉吟一回，道："俺看这盗犯定然自恃本领，始知未离遵化。不然，怎的案件累累呢？"大威还没回答，江宁笑道："徐爷真明鉴，遵化的案件，自然须向遵化去办，就怕盗犯也会长两条腿子哩！"辅子听了，便不作声。

大威便道："踏访盗案，只好看事做事，老弟见了于捕头，大家斟酌吧。"江宁鼻孔里一笑，道："于瞎抓他若有抽展，还不瞎抓到通州哩！明日徐爷领俺瞎抓到遵化，这才有趣哩。"说着微瞟辅子，耸肩而出。尤、徐两人又谈论良久，大威便作书给于捕头，具言荐人办案之意。当晚，两人谈至夜深方寝。

不提大威次日领了缉捕的公文，自去办本官之案。且说辅子带了大威书信，和江宁直奔遵化。一路上，辅子每有所问，江宁只是哼哼哈哈，并且撇儿裂地道："徐爷此去，自然是马到成功，这点子事，若装在心头上，不把人啾唧坏了吗？"只走了半天光景，业已渐渐地称呼老徐，或乜着眼儿道："兄弟，莫怪老兄说，你没在捕务中混过，要叫响儿也容易，要栽跟头也不轻，这个果儿，不是什么好吃的哩！俺在捕务中混了半辈子，什么苦头没吃过呀？"

辅子不由笑道："像江兄这等老手，还吃过苦头吗？"江宁道："哟！可见你是个生虎儿、利巴头，若不吃苦头，能磨炼出本事来吗？哪个王八蛋撒谎，俺年轻时去办一桩案子，一不小心，倒被盗捉住咧。你当是俺那时光的脸子也这般粗糙吗？不是自家俊样的话，俺那时脸子也是白里套红、红里套白的，好漂亮样儿哩。"

辅子听了，一瞅他小模样儿，不由扑哧一笑，江宁道："喂！老徐，你记着，干捕务事，先须练一副好嘴岔子。不然，真吃了横亏，那就不够朋友了。你猜俺被捉后，那挨千刀的强盗怎么呀？"辅子笑道："无非骂你几句，或是嘴巴、拳头、窝心脚地打一阵。再厉害，扎你两刀子罢了。"

江宁道："他若这样儿，倒还是人干的事。啊呀！那家伙真缺德呀，他当时一瞅俺脸子，登时眉开眼笑，便一扭头，支出余盗。俺还以为他是好意，要拉拢俺这位朋友。不想他笑吟吟踅近俺，邪眉邪眼的，很透着不像话。俺一想，这可糟透哩，若叫这小子占了便宜去，俺捕行中的朋友，只好拿屁股见人咧。俗语说得好，光棍不吃眼前亏，何况这种亏，似乎以不吃为妙。当时俺没法子，只得一阵胡说八道，透出些愿意与他拉长交儿的意思。他信以为真，俺才幸免其辱，瞅个冷子跑掉咧。老兄弟，你看干这捕务，真是剃头刀擦屁股——险门子哩。"辅子大笑道："江兄还是不会玩，若是会的，但等他脱出那话儿来，咱便绑着手，也会吭哧一口，咬掉他哩。"

两人一路胡噪，须臾落店打尖。江宁只顾他自己，到得店中，吆吆喝喝，要脸水，要好茶，将个店伙支使得团团转。辅子也不理他，自家吃茶稍息，然后唤过店伙道："你拣可口饭食，给俺们来一桌。"江宁道："老徐呀，咱不客气，你吃你的，我吃我的，自家洗脸自家光，自家肚皮自家治。丈母娘当不了二大妈；小婶婶不是大嫂子。伙计，你给俺来薄饼烧牛肉、粳米稀饭，须要熬得胶条一般。

116

外挂四两干烧酒，有老卤菜，来一碟儿就得咧。"

店伙笑道："您二位老客，一处吃不好吗？"江宁瞪起眼睛道："拉屎不叫狗——拿手抹，这就叫好这把儿，你管得了吗？"于是店伙唯唯而出，一路喊菜。

这里江宁闲得没干，一会儿，擦抹得短刀耀眼争光，铮铮弹两声；一会儿就室中来回大踱，踢阵谭腿。辅子索性歪倒身，支脚微眈，似乎是疲倦模样，却听得江宁嘟念道："豆芽菜愣当房梁，这不是成心搅吗？"辅子只作不知。

须臾，店伙端进酒饭，摆了两桌，江宁也不唤辅子，便自家据案大嚼。店伙机灵，连忙唤起辅子，道："您用饭吧，短什么尽管吩咐。"辅子道："这就很好。"因向江宁道："江兄这边找补点儿吧。"江宁拉起长声道："请吧，劳您费心。"于是两人各不相扰。店伙偷瞧，一个像笑面虎，一个似乌眼鸡，不由暗笑道："人走路，搭这般的伴儿，总算别扭到家咧。"

须臾，两人饭毕，各自会钞，便一路磕牙儿，匆匆而去。便是这般光景，只要辅子一开口，江宁接过去，就要抬杠，直将辅子怄得个七佛勿出世。

这日来到遵化，不免先落店安置行装。江宁人地熟，又自以为捕差办案，便信口胡噪。辅子道："咱这是暗访的勾当，言语间需要谨慎。若如此张扬还成功吗？"江宁道："锣鼓没有偷打的，只要有本领，何在乎这上头呢？没的咱不装摇头狮子，倒装夹尾巴狗吗？"说着，竟自跨出店去。直到日色渐西也没转来。

辅子耐不得，只得赍了大威书札，且去寻于捕头。于捕头看过大威书信，又见辅子凛凛一表，不由起敬，彼此款谈数语，于捕头道："徐兄既同江兄惠临，快请搬到舍下，以便商办捕事。如用捕伙们，只管吩咐。"辅子道："俺们到此，只悄悄在店就好，若搬到贵府，未免张扬得到处皆知，于暗踏盗踪上殊不相宜，此事第一须访准盗踪。至于捕捉一层，小弟不才，还能自信。捕伙倒可不用。"

于捕头惊喜道："如此更妙咧。不知徐兄怎的个入手访探法儿呢？"辅子道："这个哪里定得？只好先就城关左近着着眼，然后再向远处访息罢了！近几日，于兄有什么风闻或觉察呢？"于捕头攒眉道："虽有些虚影儿，也不落实。便是近来访得有个很漂亮的少年，专以在各私娼家来往，并且手头散漫，挥金如土。赌场中也暗暗落脚。但是其人行踪飘忽，各娼家赌场中也不晓得他的来历。这两日，俺遣人留意这少年，却又不见他的影儿哩。"

辅子沉吟道："这果然不算落实，只好慢慢寻访，再作道理。"因嘱咐于捕头道，"俺来此一节，你们捕班中且须口严，即便州衙中人也须瞒过。因衙中人多嘴杂，不会有益处的。便是于兄在街坊上遇着俺们，只作不认识，更不必到店去客气，咱只闷着头办案就得咧。"说罢，兴辞踅转店，业已黄昏时分。一问江宁，依然没回店。

辅子稍微歇息，自家用过晚饭，寻步踅向街坊一望，只见各肆中灯火辉煌，虽是小小夜市，倒也十分热闹。街西头有家茶肆，正在座客如云，高谈阔论。这种所在，正是新闻机关，不怕谁家添小人儿，哪里狗打架，或是某家的姑娘太太，今天高兴洗洗脚，也必要把来研究议论。

当时辅子欲探消息，便寻步踅入，拣座坐下。茶伙哈着腰儿道："您老吃什么茶，咱这里清茶红茶、花熏龙井，一概俱全。外带着还有两碰头。"辅子笑道："就来碗两碰头吧。"于是茶伙一面给别座上添开水，一面回头喊道："来壶银针香片茶呀！"辅子听了，方恍然此之谓两碰头。

须臾茶到，刚饮了一口，只见座客中一个大胖子忽站起来向外招手道："君甫这里来，今天闲在呀，没和令弟咯嘣牙吗？真也是家务事最麻烦，一时哪里分得清爽。"

辅子随他指势望去，只见踅进个漂亮少年。正是：

　　侦案捕人虽有意，闲谈茗客却无心。

欲知后事如何，且听下回分解。

第十八回

匿私财温生欺弱弟
踏城闉赵柱闪疑踪

　　且说辅子见那少年服饰十分入时，精壮，步履之间颇有根柱，一望便知是习过拳棒的。不由心下怙惕道："莫非此人便是盗犯吗？但看他意态，又像当地的游侠子弟。"正在沉吟，那胖子已笑眯眯拉那少年就座，劈头便问道："前些日，大家伙儿调停贵昆仲的家事，有点儿头绪吗？"

　　少年道："说来见笑，俺们亲兄弟，寻常分家，没有不好办的事。承诸位分神，也就在四五日前，论到族长，立分单定局咧。老兄，咱们都是自己人，你有什么不晓得的。若照舍弟那样吃喝嫖赌地胡闹，再抡上一半年，俺也须跟着抱瓢哩。所以没法儿，只得弟兄闹笑话，喊喊分家哩。"辅子听了，方知人家谈的寻常话儿，和盗犯没相干。

　　正这当儿，从外面跑进一个小童，一眼张见少年，便趱近道："主人，快回去吧，俺家二爷正拿刀动杖的，奔到新宅子中，和娘娘跳塔哩。"少年听了，不由攒起眉头，向胖子点点头儿，携了小童，匆匆而去。这里胖子却一吐舌，向他朋友道："好厉害的夜叉婆，温君甫，说嘴露面的一个人，却被婆子挑拨得定和兄弟分家。"他那朋友道："这也难怪，本来温老二落落拓拓的，钱串倒提着，也不像话。"

　　胖子笑道："你哪里晓得底细！温老二是个书呆子，好交朋友，手头慷慨，酒食游戏相征逐是免不了的。所以君甫夫妇借此为名，聒吵分家。他两口儿真是老天没错配，一个是针尖，一个是麦芒，这一来，温老二却吃了大苦子咧！书呆子没打算，只一两年的时光，温家先世遗资都被君甫夫妇巧取入手；只剩两所空宅，这才吵着分家。想是温老二也有些耳风，所以寻他哥嫂吵架哩。"

那朋友道："温君甫练得好把式，在街面上也像朋友。这档子事，却对不起兄弟咧。"胖子笑道："他就是吃了怕婆子的亏。他婆子能说会道，眨眨眼便是个主意，终日打扮得狐狸精似的，也就将君甫摆弄昏咧。"朋友笑道："俺也见过那女子的。有一天，俺在君甫门首经过，有个媳妇子妖妖娆娆，打扮得如婊子似的，正在门首买针线，为几个钱的勾当，一张嘴便似翻花一般，只管和货郎儿吱喳。那不就是君甫的婆子吗？"

胖子一抹鼻头，笑道："谁说不是她呢？她是崔刑房的二闺女，自小便标致得有名，近几年街坊上轻薄子弟才不乱吵崔二姑娘。偏偏凑巧，她住的那条巷子内，温老二住的北半截，虽是穷门小户，倒都是规矩住户；君甫住的南半截，虽然大户多，却大半是私门头。每到夜晚，招得许多夜游子猫声狗气，将来君甫戴顶绿帽儿，都未可定哩！"于是两人拊掌一笑，会了茶钱，相携而去。

辅子暗笑道："俺想探些盗犯消息，却无端听了半晌没要紧。"听听街柝，已交二更，于是会钞出肆，慢步回店。方一脚踏进门，边听江宁团着硬撅撅的舌头吵道："真他妈拉巴的别扭，你快给俺另搬房间就得咧。"又听得店伙赔笑道："俺以为您二位既是同来的，同住不好吗？"江宁喝道："多话！干脆，你给俺搬行李吧。"辅子蹑进院内之间，便见江宁督着店伙，携了行李，由自己室内蹑出，直奔东厢房而去。

辅子悄悄蹑入室，听得江宁鼓捣一阵子，安歇停当，又大声吩咐店伙道："明天早给俺开饭，俺还出去办案哩。"店伙笑道："您老面有喜色，莫非访得些消息吗？"江宁道："那是自然，俺若没这机灵手段，巴巴地到遵化现什么眼呢？"店伙笑道："您老真可以的，明天用饭，自然和徐爷一桌儿吃咧。"江宁道："噫？你看这别扭劲又来咧。俺两人没穿一条裤，用不着你替俺打算盘。"店伙道："好，好！您老自己吃更妙。俺们开店，就盼的是照顾多哩。"于是门帘一

120

响，店伙踢跶而去。

这里江宁却一会儿吞痰吐沫，一会儿哼唧窑调，似乎是十分高兴。辅子暗想道："他忽然如此高兴，莫非探得些消息吗？他是捕务老手儿，或有特别的机灵法也未可知。"于是隔窗遥呼道："江兄才回来吗？怎又搬了房间呢？"江宁道："宽绰点儿呀！"辅子道："也好，请过来谈谈吧。人家于捕头还问候您哩。"江宁道："承问，承问！俺今天去访朋友，就势儿扰了人家一席酒。如今只管打盹儿，咱明天谈吧。"辅子笑道："江兄有酒食乐儿，怎不挈带着俺呢？"说着趑入东厢房。

只见江宁果然吃得酒气醺醺，颠头播脑地坐在灯下，却自笑道："惯钻骚窝子的贼，也不会有大出息的。"忽见辅子趑进，登时咯噔声一板面孔。辅子笑吟吟自己坐下，一说于捕头接待情形，江宁只随口哼哈。辅子道："江兄您是老手儿，咱们明天办起案来，您看该怎生入手呢？"江宁道："这话奇咧！俺跟您来，是配角儿，竟听您吩咐哩。"辅子道："话不是这等讲，一人不过二人智，还是斟酌为是。"江宁道："斟酌甚鸟？干脆，咱各干各的。"

辅子笑道："如此也好，但不知江兄今天出去访友，可以得些案子消息吗？"江宁摇手道："喂！没影儿，没影儿。"辅子眼睛一转，正色道："俺大料江兄探不着影儿，因为这等盗犯的能为，神出鬼入，你们寻常捕家只好抓抓偷鸡贼，捉捉扒手儿。若办这样的大案件，如何摸得着头呢？"

江宁听了，不由气往上撞，冷笑道："老兄弟，你不用使激将法儿来探俺口风，俺便说给你所得消息也不打紧，因为办起案来，须在各人的机灵便哩。俺今天从朋友处得的消息，是那盗犯是个小白脸子，专在娼寮赌场中混混，却是踪迹闪烁、不易捉摸哩。"

辅子一听，却和自己所闻相同，因笑道："这消息虽不见落实，也算有点儿影儿，明天咱们还是先下乡，还是先在城关踏踏呢？"江宁道："咱各干各的，那就请尊便吧。"辅子听了，故意攒起眉头，逡巡趑出。

这里江宁却一会儿摆弄黑索，哗啦啦地响，一会儿唤店伙寻块磨石来，磨得那短刀哧哧的，就像明日准捉盗犯一般。辅子卧在自

121

己室中，一面暗笑，一面揣度办案，也便逡巡入梦。

次日起来，一寻江宁，业已起大早出店去咧。辅子只得更换了一身迂缓的衣服，藏了防身短剑，信步到城关左近处处踏侦。凡庵堂寺观以及荒园僻所，无不留神。直至日落时光，方才回店。一问江宁，却没回来。辅子暗道："他定是下乡踏缉去咧。"当时，也没在意。

次日晨起，正怙惬更穿衣服，向娼寮中走走，恰巧店伙踅进，辅子笑问道："此地妓女们，谁家顶有名儿，生意兴旺哪。"店伙笑道："左家巷杨翠子、羊皮胡同王小凤，还有东城根私窠子张师奶奶、温家巷小蝉子家。这些小娘儿都是顶呱呱的，招得少年哥儿们成群搭伙。"说着笑吟吟凑近，低语道："您老要寻开心儿，喜欢哪个，俺给您叫去，马上就来，连住局都用不了几吊钱。若关个门儿，更有限的钱咧。"辅子笑道："俺是望望这些人们，哪个中眼，再叫她也不迟。"店伙笑道："如此巧极咧，今天南关里观音寺正是香期，这些吃薄路饭的人，都争强斗胜地磨着孤老，同去烧香。您老何不逛逛去呢？"

辅子一笑，即便整衣出店，直奔南门。刚出得门瓮城，却瞭见江宁和一个短衣朋友匆匆由岔道转出，顷刻间，混入人丛中。辅子未及招呼，却见一群油滑少年，嘻嘻哈哈，也由岔道上把臂而出。中有一个浑身青衣的少年，正背着脸儿和一少年说笑而过，只那背影儿并脚势伶俐，分明便是赵柱儿。

辅子大骇，不及招呼，飞步便赶。只听对面拉起破锣似的嗓子，大叫道："慢着来。"一声未尽，只听砰啪咕唧、稀溜哗啦一阵响，辅子脚下一滑，险些栽倒。便有一个黑胖婆娘，蹬着两只脚，由地下一骨碌爬起，一把揪牢辅子，大骂道："你这瘟强盗，敢是忙着出西门（凡决囚，例出西门）吗？栽老娘这么一跤倒不打紧，谁家送喜礼不取个吉利呢？被你摔撞得一塌糊涂。你看老娘放过你哩！"说着，又开左手五指，只顾扑扇辅子的面颊。于是街众拥上，一齐笑劝。

辅子一面笑谢，一面瞧那婆娘满身上尘土狼藉，扎花大鞋上污了许多喜蛋黄儿。一望地下碎酒瓶、两半的喜盒，还有糖果饼食等物，都搅在碎喜蛋里。那婆娘拍手打掌地道："众位你不晓得，俺媳妇夜里添了个白胖大娃娃，俺欢喜得什么似的。这是给俺闺女家送喜蛋去，不想遇着这瘟生。"街众中一人道："某大嫂哇，摔了喜蛋，不算回事，你卖卖老，下几个儿，不结了吗！"婆子唾道："放屁！你家婆子才会下蛋哩。"众人听了，不由都笑，便作好作歹，派辅子掏出两数碎银，赔偿了事。

这一耽延，辅子忙寻赵柱儿，哪里还有影儿，不由暗想道："赵柱儿弟果然似在此胡撞。若寻着他，一同办案，倒是帮手哩。"

正在沉吟慢步，只听背后一阵鸣锣喝道，辅子回头一望，连忙闪避肆檐之下。正是：

相逢不用多回避，天下于今半是君。

欲知后事如何，且听下回分解。

第十九回

观音寺访案遇贫儿
绣屏巷攫金戏莽汉

且说辅子见是本州官儿出来，连忙闪避。只见仪仗吏役过后，便是一乘四人蓝呢大轿，前有红盖，后有跟骑，轿中端坐着州官儿，四方大脸，浓眉海口，双眸炯炯，委实有些精神，就是微有驼背；并且眉棱眼角间，微透凶相。辅子是颇晓得相法的，不由暗诧道："真是人无十全的相貌，这官儿如此精神，却带凶相。"直至官人等趱出一箭来远，辅子方才拔步，便听得坊众议论，说是南乡里又出了窃案，官儿特去验道。

辅子听了，也没在意。须臾到得观音寺，只见红男绿女，热闹非常，庙里庙外，什么杂货摊咧，食物案咧，香烛桌儿咧，摆了个堆头堆脑。清磬悠扬，旃檀缭绕，果然有许多妓女们都扎括得鹁鸽一般，各持高香。有的手拉手牵了嫖客；有的笑眯眯跟在嫖客屁股后头，飞眉溜眼，叽叽喳喳，只向大殿上乱拥乱挤。这时轻薄子弟大得其所，便属刘二姐逛庙会的话咧，单向老娘儿们群里挨挨蹭蹭。

辅子随喜一回，遂处留神，只见那些少年无非是纨绔俗臭之辈，并没有可疑之处。辅子看得不耐烦，便就茶摊上小坐歇息。放吃了一杯茶，却见那个温君甫和一个绝俊的媳妇子也来烧香。辅子料那媳妇就是什么崔二姑娘。正在端相她衣装打扮，果然有些像婊子。只见从后面慌慌张张赶来个蓬头小厮，衣衫褴褛，手持破布袋，黄瓢般恶脸儿，泪淫淫地唤道："大伯伯和大妈，果然在这里，俺方才从伯伯家去寻来。"说着，猥琐琐趑近温君甫前只管落泪。

那妇人瞅了一眼，唰的声放下沉脸儿，温君甫攒眉道："庆子呀，你寻我没别的事，想又是你爸爸叫你借米来咧。你回去，向俺管事的说，量二斗就是咧。大庙场上，你小花子似的，没的来丢俺的脸，快些去吧。"

　　小厮听了，方要转身，那妇人忽喝道："庆儿，你敢转向俺家去，饿不煞的小花子！"因恶狠狠瞅着温君甫道："你的大爷腔儿唱足了吗？可也容俺说一句儿。谁家不是一窝八口黑汗白流地挣的钱呀？"说着，向小厮道："你回去向你爹说，俺们一粒米也没得。你爹定要借米，等你大妈当婊子去，给他挣去。"

　　小厮一听，吓得作声不得，却是那眼泪一对对儿地落。辅子见了，老大不忍，瞅着妇人和温君甫双双去远，便唤住那小厮，就茶摊坐下，又买了几个胡饼与他吃。因问道："你这小哥，喊温某为伯伯，莫非是他侄儿吗？"小厮落泪道："正是哩。俺叫庆子，俺爸爸和俺伯伯分家后，只有一所破落房子，成日价不动烟火，所以叫俺向伯伯借些米。不想……"说着一揉泪眼睛，口内正嚼了一块胡饼，只噎得咯喽一声。

　　辅子道："俺听说你们也是宽裕家儿，为何才分了家便没吃用呢？"庆子道："都被俺伯伯两口儿，将先世产业折变了，只说是抵什么外债，因此俺们才穷下来。"

　　辅子听了，不由愤然，便道："小哥，你住在哪里？"庆子道："俺家就在西城根绣屏巷北半截，隔壁儿是家炸果铺。俺伯伯却住在南半截，门首儿有株龙爪槐的便是。"辅子笑道："你们住址既如此相近，等你伯伯家饭熟，你们不会去吃吗？还巴巴借米做甚？"庆子道："俺大妈厉害得紧，昨日因俺爸爸前去讨借，将俺伯伯都揉了个仰八叉哩。"说罢，谢了辅子，揾泪自去。闹得辅子心下只管不舒服，又想起赵柱儿行踪可疑，一时心头怙悒，竟在茶摊上呆坐半晌。直待温君甫夫妇厮趁出庙，辅子方要会钞赶去。一眼却瞟着江宁大步小步地由大殿后踅出，直着眼睛，匆匆出庙。辅子索性不去理他，离得观音寺，又就娼寮赌肆中串了一回，也没头绪。

　　当时踅转店，业已天光傍晚，瞧瞧江宁室门儿依然锁着，便匆匆用过晚饭，歇息一回。一面思忖明天就四乡踏踏案踪，一面又想起温君甫为人可恶，令人不平。这等信妻言薄兄弟的东西，须要摆布他一下子。

逡巡之间，业已二鼓之后，于是结束停当，佩了短剑，吹熄灯火，反扣室门，悄悄趱至店后墙，一跃而出。倾耳一听，人声静悄。原来山城中夜市没多时光，又搭着近来闹贼，所以二鼓后便路静人稀。

当时辅子施展开夜行术，只一盏茶时，早趱到西城根绣屏巷。先到南半截，就星光仔细一望，果见住户们房舍齐整，中有一株龙爪槐，知是温君甫家咧。辅子趱近围墙，方想跃入，忽一踌躇，暗想道："小孩子口里话，也没甚考究，焉知不是温老二死没出息，吃喝嫖赌的，败落了家业，却去要不要脸找寻哥子呢？像这等不肖子弟，真也可恨，也就难怪君甫视同路人了。俺且暗探探温老二家，再作道理。"想罢，趱转身，直奔北半截。果见有家炸果铺，从板墙缝里还隐隐露出灯光。

辅子留神铺子隔壁，果然有一家破落大房子，知是温老二家，于是由左边破墙缺口处一跃而入。不想有只饿得打晃的狗正在墙下，一见辅子，有气没力地叫了一声。辅子取剑一晃，那狗忙夹着尾巴跑掉。

正这当儿，便听内院中有妇人道："庆儿呀！你听狗叫哩。今天你爸爸下乡去寻朋友会课，你且别困觉，把那书温习温习不好吗？咱们如今横垄成沟都没得，若不从书本子中讨生活，还仗着什么呢？"说着语音哽咽，却听得纺车声动。便闻庆子倔声倔气地道："娘还说念书哩。俺爹若不是死抱书本子不问家事，也不致都叫俺伯伯占得世业去！"

妇人道："好孩儿，快别这般说，只要你念书长志气，比什么都强。世业落在伯伯手中，也没出了温姓儿。俗语说得好：书中自有千钟粟，咱们慢慢熬着吧！"正说着，只听有人叩大门，辅子赶忙隐身墙角黑影中，便见小庆跑出开门。

须臾，和一人厮趁而入。小庆肩上隐绰绰似有负物，直入内院。辅子料是温老二，站起身，一倾耳，果闻小庆子备述借米一段事，便闻温老二长叹道："庆子，不须说咧，骨肉如此，连我也无颜见人。今幸从会课友家借得斗把米，且弄些稀粥吧。"于是纺车暂停，便闻斫柴添水之声。少时庆子背书声，并温老二教他生字声，纷纷杂作。

辅子不由暗想道："这一家儿口吻如此，如何会败落家业？不必耽搁，快去摆布温君甫是正经。"想罢，连忙跃出院。倾耳街柝，已交三记，忽闻南半截隐隐地似有人叫骂，仔细一听，又没甚动静。辅子一路奔至君甫门首，瞅瞅围墙左边，还有一条窄巷直通后巷。于是从窄巷传过去，绕到宅后身，却是一片大场房。

辅子驻足，方随手拈一石子，想投入探探道儿，却听得墙内有人骂道："好小子呀，爷爷见过这阵仗。当年爷爷显手段，摆布人的时光，你小子只怕还在狗肚里转筋哩！你问爷爷叫什么，爷爷就叫祖宗；你问爷爷干什么来，爷爷是背你媳妇子来咧。"

辅子一听，却是江宁语音。这一惊非同小可，赶忙蹅进后墙根，又听得皮鞭子啪啪响动。江宁却大笑道："小子！难道没吃饭吗？却来给爷爷搔痒儿，家里出的骨头肉不算回事，卖给你个四两半斤，咱们明天公堂上见，那时叫你认得俺哩。"

辅子不敢冒昧，良久，墙内静下来，这才啪的声投入石子。听了听，知是平地，于是略矬身形，一跃而入。只见靠西场房中，微有灯光，便蹅去。先就窗隙一张，便见江宁四马攒蹄的样儿，已被人高吊在梁上，晃悠悠的，正在灯影里打秋千哩。

辅子不由暗笑道："这个瞎撞鬼，不知抓着什么风影，便冒失夜入民宅，就想办案。一定抓趷咧，倒被人家捉住，且由他受用一霎儿，等俺事毕再救他。"略一怙愫之间，却闻江宁微叹道："活该俺丢人！明天什么面孔见人家老徐呢？俺若将所探案踪儿和他斟酌一下子，或者就栽不了这跟头哩。看起来，不该藐视人家。"

辅子听了，几乎失笑，想起江宁别扭光景，又觉可恨。略一沉吟，便一捏鼻头，装作老太婆声音，道："你这人，来办案也罢，来偷俺也罢，如今被俺儿子捉住，高吊起来，又仿佛挨了皮鞭，不怪可怜的吗？我老人家吃斋念佛的，就见不得这个。"

江宁听了，没口子央道："你是这家的老太太吗？啊呀！我的妈，你快行个好放掉俺。老实说，俺若起心偷你家，便是个巨罗大的乌龟。"辅子道："你悄没声地等着吧，俺瞧瞧俺儿子睡下，便来放你。你不晓得，俺儿子是个头号的别扭种哩！"说着，赶忙忍笑退步，还听得江宁嘟念道："这位老太太却不错。"

辅子也不理他，便飞身跃登正房，用蛇行式，越过前坡，由廊柱溜将下来。先向正房窗内一张，只见灯火明亮，却无一人，榻头上，两只描金漆皮箱半合半掩，似乎是方才有人摒挡什物。

正这当儿，却听得东厢房中妇人道："你就是这样锥扎不动的颟顸性儿，俺早就说，这二百银子是私货，须要掩藏妥当。不是那一天老二跑来起腻，话前话后，还说当年咱们老太太有压箱底的二百银子。你一向不二惑，如今院内又捉住偷儿，咱不快掩藏，还等什么呀？"便闻君甫咕嘟了一句，接着掘地声动。

辅子放轻步，猫儿似越向东厢，就窗缝一瞅，只见温君甫夫妇正蹲在东壁旮旯里，合手用短刀掘坑儿。临窗案上，摆着四封银包，都用桑皮纸裹好。便见君甫道："如今掘停当咧，你递与俺银包，就掩埋吧。"妇人唾道："这会子你又忙了手脚咧。咱那床底下有只鬼脸的小瓷坛儿，等俺去取来装银，然后掩埋。"说着婷婷站起。

辅子登时得计，便直奔正房门后。只蹲下身的当儿，已听得小脚儿细碎越来。辅子听帘钩一响，连忙将腿一伸，妇人叫道："哟，我的妈！"接着扑通一声。正是：

　　　　胠箧术工盗有道，不平侠客使之平。

欲知后事如何，且听下回分解。

第二十回

财取不义快人快事
愚而自用误一误再

　　且说那妇人一跤跌倒，偏巧她方才摆弄银子，见有一锭小圆锞儿白洁可爱，便随手装入小肚前肚兜中。这时合面一跤，正垫在要紧所在，只痛得哎呀不止，因骂道："都是你刻薄鬼，打算盘，只图穿堂里省盏灯，却栽人这么一跤。"君甫忙起来，道："这是怎么说呢，没摔了胯骨、崴了脚呀？"于是跳入里间，端出灯来，连忙扶起妇人。只见她攒眉咧嘴，又待笑，又待哭，弯着腰儿，手熨脐下。君甫道："了不得咧，莫非叉了腿儿吗？"妇人狠狠唾道："不用说咧，快拿灯来，取坛儿吧。"

　　这时辅子早已一道烟似的闪入厢房，揣起四封银两，依然跃登正房，飘落场房院内。刚趄近靠西房窗外，已听得江宁呻吟道："这个老帮子，却怎的没紧没慢，难道那么大的儿子还用你拍鸣他才睡吗？咳！天地神圣，她放掉俺，总算有些指望了。只是怎的见老徐呢？他若不晓得这段事还罢了；若晓得……咳，咳。"

　　辅子听了，只暗笑不已，因捏鼻道："贼大哥呀。"江宁忙道："老太太吗？快放掉俺，这等称呼俺哪里当得起？俺小得多哩，给你当儿子都使得。"辅子道："今晚不成功咧，俺那儿子，干脆，他不睡觉。没别的，咱各干各的，您就请尊便吧。"说着，扑哧一笑。

　　这一来，江宁听出语音，因叫道："哈哈，徐大爷，徐祖宗，真有你的呀！俺江宁算佩服你咧，以后你叫俺吃屎去都成功。"辅子忙道："江兄别嚷，俺就来也。"说罢，用短剑削落外锁，推门入去，

129

割断绳缚，扶下江宁。无奈江宁被缚得浑身麻木，举足不得，强挣扎起。百忙中，小腿肚子又转了筋。

这时，已听得温君甫夫妇在前院内呼奴唤婢，反覆盈天地乱嚷。于是辅子蹲身儿道："江兄快向俺背，等俺驮你出去。"江宁应诺。辅子一矬身，蹿至院内，只双足略顿，早已跃登后墙，接着一个蜻蜓点水式，翻落后巷。突突突，弩箭一般直奔西城根僻静处。约莫离绣屏巷一二里路，方将江宁放下。

这时江宁见辅子如此身手矫健，不由得佩服得伏俯在地，便道："徐爷，咱一言抄百总，大人不计小人过，俺从先向您胡喊喊，您只当俺是只小巴狗儿就得咧。"辅子道："江兄不必如此，且请在此少待，俺还有点儿小事，去去就来。"说罢，扑翻身便夺回路。

江宁暗想道："难道他掉了什么物件吗？或是见那小娘儿长得俏丽，去搞一家伙呢？"遂又转念道："该死，该死！人家徐爷，可不像走邪道朋友。"正在怙惚，只听背后草地里窸窣乱响，闹得江宁有些发毛。蹿回身，仔细一望，却是只挺大的野狗，冲着自己呜呜有声。江宁骂道："可恶东西，你要啃倒卧还早些哩。"因拾石打去。

那狗只向后稍退，却益发喉咙里发闷腔儿，前爪据地，就要蹿咬。江宁大怒道："人要该晦气，狗都欺负人！"索性跳起来，提石块便赶。那狗叫一声，向一家住户后墙边跑去。江宁赶到，只觉腿子还有些发酸痛，便就势儿坐在对墙一株大树后，方暗瞅辅子若奔来，自己好迎上去。

正这当儿，只听嗖一声，便有一条黑影儿由墙内刷出，顷刻间向北奔去，风也似的快。江宁赶忙趁了两步，伸脖遥望，早已影儿不见。不由暗想道："这条影儿，大半是夜行朋友，可惜徐爷没在这里，只俺老江却不成功了。"

正在北望呆想，忽觉背上有人拍了一掌，江宁惊望，却是辅子，便道："徐爷早些来一步，咱的案子就许办住咧。"因将方才所见一说。辅子笑道："咱且回店细谈吧。"

不提徐、江两人趑回店去。且说温老二夫妇次晨起来，温老二生平有份早功课，结带下床，一切不顾，先须正襟危坐，合着眼儿，默背夜读的八股儿。读到醋畅处，真个是声调铿锵，韵动四邻。他娘子猱着头儿，正在穿堂里炊颖粥，只见小庆子从后院跑来，扭股糖似的缠住他娘，道："娘啊，你有果饼儿，为甚不给俺个吃呢？却把来置在后窗台上。"

娘子诧异道："咱家粥都没得吃，还有果饼吗？"庆子道："娘还瞒俺哩，那后窗台上不是齐整整四封果饼吗？"娘子听了，不解所谓，便和庆子踅去一望。那庆子不由分说，跑近窗台，登时拿下一封。娘子接来，只觉沉重非常，一看是银封模样，不由失声道："哟，这不是银子吗？"

这一声不打紧，温老二书声戛然顿止，三脚两步抢出来，打开那封儿一看，谁说不是白花花的好宝贝呢！小庆子望见，只喜得满地乱蹦。温老二夫妇却木偶似的呆了一对儿。

少时神定，彼此一掐手，居然觉痛，方知并不是梦。娘子笑逐颜开，却又两泪交流，便忙忙将那三封银也取下来。正没作理会处，只见温老二只管点头顺嘴，低头沉吟。忽然正色道："不妙，不妙！暴得多金，一定不祥。况且这时光竟闹盗案，此项银子，其来无因也就大大可虑。"

娘子听了，不悦道："依你说，难道咱就扔出去吗？"温老二道："扔出去，也不是法儿，咱且谨藏起来，听听外边风声再说吧。"于是一家儿抱银入室。温老二一面摩挲，一面怙悚。忽一眼望见封上号的码，仔细一看，不由痛泪交流，舌拷不下，呆了半晌，忽然哈哈地笑道："娘子，此银咱竟可收用，是没错儿的。"

那娘子方因丈夫酸溜溜蝎蝎螫螫，闹得心下不舒齐，这时便慢条斯理地踅近，道："又怎么咧？"温老二指着号码道："你看这码儿，还是小时节俺手画的哩。便是咱家老太太的体己银两，一向被大哥攘入手中，如今忽到咱家。依我看来，定有非常侠客知咱大哥做事不平，致有此举。"一言未尽，只听大门上擂鼓般地捶，娘子赶忙收银不迭。

温老二跑出，喝问道："谁呀？"便听得邻人语音道："温二爷，还不快去瞧瞧，你家哥子今夜被盗，丢了整整二百两银，现正忙着报案哩。"

不提温老二去望君甫，自有一番光景。且说辅子和江宁奔到店后，依然从墙上跃入。辅子开室门，让江宁进去落座。江宁先问道："徐爷去得好巧，怎就知俺被人捉住呢？"辅子笑道："你先不必问，俺却要问你，无端夜入人家做甚呢？"江宁道："说不得咧，都是俺眼睛欠亮之过。俺因疑惑这家小娘儿是婊子；又见那少年和她到观音寺去烧香，两个在殿后院大树下嘁嘁密语，恰巧俺在树后歇脚，但听得少年道：'方才那小厮竟跟踪到这里，你说多么可气。'小娘儿道：'哟！少时回去，先想法将那宗银子掩藏起来是正经。便是你也少在街上撞，省得遇见他们。'俺听了，以为少年定是盗犯，在相好婊子家窝顿赃物，所以俺跟他们去踏准门户，夜晚便去办案。不想那少年手脚不弱，真有两招儿，三晃两晃将俺打翻，并喝道：'俺在这街上住了几辈子，哪个贼毛儿敢入俺家？你这厮，也就好大胆哩。'俺一听是民家住户，方知俺这码事闹拧咧。却是徐爷，怎就知俺被捉，赶去相救呢？"

辅子笑道："俺哪里知你被捉，无非凑巧罢了。"因将温家兄弟一段事一说，并自己不平，要盗取君甫银两，周济温老二，许多情节，一一述出。

江宁听了，恍然道："如此说，您那会子趱去半晌，想是给温老二送银去咧。啊呀！徐爷真罢了，俺算服你咧。但俺方才在那家儿后墙外大树后所见，您揣度是怎么件事呢？那条黑影儿可真伶俐哩。"辅子道："等明晚咱去探探再作道理。"说着，业已将交五鼓，两人都疲困上来，便同榻一觉好睡。

次日，店伙见两人忽然同室，江宁又忙碌碌由厢室中搬行装，入辅子室中，便趱进道："江爷今天用饭，是自己吃呢，还是同吃呢？"江宁眙起眼道："俺们同来，自然吃住在一处。"店伙听了，唯唯而出。倒招得辅子十分好笑。这时江宁百依百顺，再也不敢和辅子甩大鞋咧。

须臾饭罢，一更向尽，两人方商量着去踏访昨宵所见的黑影儿。恰好于捕头遣人来请辅子讲话，辅子无意中笑道："江兄别自家出去咧，等俺回来，咱一同去妥当些儿。"说着，和来人匆匆自去。

这里江宁闷坐良久，越想越不是滋味，不由暗叹道："俺江宁创了一辈子，如今却让人家新手儿比下去咧。无怪人家说响亮话，人家做事儿也真妙相。但看他盗银送银，并外挂着救俺，眨眨眼工夫，八下里都停当咧。有这等本领，将来破案叫响儿，怕不都是人家吗？俺老江属破鞋的，简直地提不得咧。"想到此浑身疲倦，正要歪倒打盹儿，忽闻店伙吵小伙计道："俺说你是好话，人总要死求白赖地长志气，好汉子被人连拿三个下马，面不改色，别破罐子破摔呀！"

江宁一听，不由噌嘣跳起，暗道："不错的，他这话倒是教训俺哩。昨宵那家墙内既有黑影飞出，俺何妨去探探。倘得消息，俺回来报告徐爷，也稍可遮遮羞脸。"主意已定，便忙忙结束，带了短刀，一溜烟似的竟自出店。正是：

　　　方幸昨宵遭解缚，会看今夜又成擒。

欲知后事如何，且听下回分解。

《殷派三雄》初编终，据《北平益世报》1926年连载整理。

133

续　编

第一回

王公子烹鸡挨大杖
徐侠士睹艳遇同人

上回书说到捕伙江宁，一时间想转转面孔，露一手儿。趁徐辅子赴于捕头处谈话，他便匆匆结束，带了防身短刀，直奔那一家儿，去探那可疑的黑影。且慢表江宁此去是否顺手，再说徐辅子，与于捕头相晤之下，彼此各谈回近两天踏访情形，通没头绪。

于捕头沉吟之下，只管搔首，辅子却笑道："访案子，性急不得，但是一访出影儿来，破案也快。只是老兄直挨官板，未免委屈些儿。"于捕头笑道："徐兄还不知哩，近几天真是老天加惠，本州官儿忙得一团糟，竟不暇来拷俺屁股咧！"辅子道："他忙什么呢？一定因案子不破，恐于考成有碍，想设法打点上司吧！"

于捕头道："倒不为这个。只因总督王大人出巡阅边，回途经此。头两天，转牌已到，这一路供给办差，还不够他忙的吗？所以俺这屁股，暗含着时气不坏。如今正在州学考院中准备行台，热闹得很。大约三两天，王大人就到咧！这位王大人，人称'铁面王'，生得方面大耳，黑黢黢面庞儿，短身材，却有一件异相，他坐在那里，偏能比谁都高大魁梧。真是一沉脸子，小老虎一般。凡事儿敢作敢当，真不愧个方面大员。他是山东兖州人，服官以后，他就给他公子信道：'你在家，务你的农；我在外，做我的官。我为皇家效驰驱，则可；为汝辈做牛马，则不可。勉之，勉之！动以治生，俭以养廉，汝奉母家居，学我为秀才时，便佳。官衙中极能坏人，汝不必来。吾傥积俸，自与汝寄去，周恤宗亲乡里外，便可置田。须

137

知官非久业，吾一旦罢官，仍为老农耳！'"

辅子笑道："这位王大人，准是位老板版儿，不然，做官到总督，自己的少爷至不济也该捐个候补道咧，还叫他在家务农吗？"

于捕笑道："谁说不是呢？老弟你听吧，还有笑话儿哩。当时王大人寄去家书之后，真有个忍劲儿，一直的十来年，除家书往还外，竟不接家眷。那一年，王大人五旬整寿，恰又在通永道任上，他那位夫人在家中，想起老头儿在外面，一个人儿跳独角戏苦哈哈的，不由心下凄惶。有一天，秋场都毕，那位王公子拥着大推耙（农具也），直撅撅地由场中趑来。到得屋中，放下耙，便嚷肚饿。夫人道：'你的午饭，娘都与你煨在热锅里咧，歇歇再吃吧。如今有桩事，娘要和你商量。这不是你爹寿辰眼看到了吗？从咱家到北通县，都是水路，一人运河，搭粮船儿甚是便当。俺想打发你去一趟，看看你那木把棍子似的老子，也是咱娘儿们一番意思。等迟两天，俺给你爹做双鞋子当寿礼，并准备出土物儿，你便去吧。'

"公子猛闻此言，不由大喜，仔细一想，登时噘了大嘴，便摇头道：'孩儿不去吧。娘要高兴，你老人家雇个仆妇自己去吧。俺爹信上没叫俺去。这一去，准要受责哩！'夫人道：'不要紧的，你奉娘命前去，怕什么呢？'公子听了，这才欣然应诺。想到官衙许多风光，便是这天午饭，就多吃了两碗。不几日，夫人收拾都毕，又特特给公子做了件毛蓝布长衫儿装入行装中，嘱咐他进官衙时再穿。母子俩说了半夜的体己话。

"次日清晨，公子背了行装，提了杆棒，别过母亲，便这样两脚打地，匆匆登程。一路上搭船起旱，不必细叙。且说通州道衙里有个门公，这日旁午时分，忽听得署门外一阵喧哗，趑去一望，却见门吏等人围定一个少年村农乱吵。一人便道：'这只呆鸟，说话不明不白，干掉他就是咧，有那么大的工夫去理他？'门公仔细一看那少年，戴一顶大草笠，穿一件簇新的蓝布长衫，身负行装，手提杆棒，两只布帮子大鞋上行尘渍满，像是走长路来的。虽是土头土脑，但是眉棱眼角间，很有些像自己主人。门公心中一动，抢上前一问来历。

"那少年轻轻几句话，几乎将众人惊倒。方知这就是本官的公子

138

到咧。于是一路传呼之间，公子背上行装并手中杆棒，早被众人抢宝贝似的抢接过去，便由门公行路直入画堂。父子相会之下，那王大人倒也欢喜异常，又问过夫人近来好，并家中情形。这当儿，仆人抖机灵，早将公子行装掸拂得一干二净，提将进来。公子向父亲道：'俺娘知父亲寿辰在即，还给父亲带了寿礼来咧。'仆人一听，连忙去解行装，将内中物件一宗宗取出。是一床布被、两双褪旧布鞋、一小篓庄稼豆酱、一蒲包阴干的苦菜，还有一个长花布包儿。仆人顺手捏了捏，只觉硬邦邦的，也不知是何物件。寻了半天，却不见寿礼。

"正这当儿，王大人一见酱菜，登时笑逐颜开，欣然道：'此等乡味，吾是多年尝不到的咧！难得你母亲还能亲手制此，可见不改家风，这却可喜得很。'公子趁势取起花布包儿道：'这便是俺母亲的寿礼。'仆人听了，以为不定是什么宝物。及至由公子手中接过来，打开一看，却是一双家做的庄家布鞋子。那鞋底和帮子好不结实，便穿个十年八年，管保不走样儿。仆人方诧笑得什么似的，只见王大人立时脱却鞋子，换上新布鞋，站起来，走了几步，甚是得意。

"便是这天晚上，衙中幕友等与公子置酒接风。衙中宴会，有王大人定的例子，是菜四簋、苦酒一壶，不许烦费的。大家熬不得清苦，只好背地里大吃大喝，只瞒过老头子，就算完事。

"当时大家就座，酒至半酣，只见王大人的贴身仆人恭恭敬敬地端上两个小菜碟，一是豆酱，一是苦菜。那仆人并且致辞道：'这是今天俺家公子带来的乡味，大人特命俺来献敬意。'众人一听，赶忙起座，嘱为致谢，一面地伸箸如林，争着去尝。不想一味是死咸，一味是歹苦，一个个攒眉咽下，却舔嘴咂舌地大赞道：'这滋味，妙得很，妙得很！'当时酒罢各散。

"不多几日，王大人寿辰已到，风光热闹，在乍到官衙的公子看来，就觉着很像样儿，不由暗暗后悔道：'俺早知衙中如此舒服，为甚不叫俺娘早打发俺来？却钻在家里锄大地、啜糊涂粥，整年的口中淡出鸟来。'其实王大人这寿辰却冷落不过，因为他僚属宾客们，凡来送寿礼，他是一概不收，只收下祝寿人的贺柬，照柬儿，请一场喜酒，便算做过寿咧！你想这喜酒还不草草了事吗！然而这一天，公子又算吃了回肉，从此一连个把月，公子陪父亲吃饭，休说是肉，菜蔬中连点儿油水都少少的。公子偷瞅父亲，偏能大碗小碗的，吃了个喷鼻儿香。好在他在家时，清苦已惯，衙中饭食虽不济，总比家下还强些儿。公子又过了几天，也便不敢指望再有肉到口咧。只是他在家时朝夕荷锄，疏散已惯，如今瞅个冷子，拘在官衙里，便如野鸟入笼。顶要命的就是须穿长衫儿，走起来兜屁股裹腿，外带着呼呼啦啦，一不小心就绊个跟头。

"有时发闷，寻幕友们谈个天儿，无奈人家讲的是官场公事，自己讲的是播谷插秧，对着面，越说越拧，归根儿驴唇不对马嘴。彼此干待着一会子，没滋搭味地散掉。有时出衙去散步，一来幕友们都不愿陪他去，怕的是老头子知道了，不喜欢；二来公子爷灰扑扑的，一到街上，大家都当稀罕儿瞧。还有讨厌小孩们，竟成群地追着看。因此之故，公子只得闷在衙里蹲膘儿。哪知他心中不快，膘倒没蹲成，反把乡下带来的黑肥肉瘦掉好些。

"转眼间，已到十月底咧，公子一想，这时候在乡下正当散佣工，照例的是酒肉管够，吃喝一天；如今到官衙中，反成了苦行头陀。正在想得发闷，只听墙外有人唤道：'肥鸡子，贱哪，哪位快来买呀！'原来公子住室就在账房中，后院墙外却是一个小胡同儿。

"当时公子信步趋去，手扳短墙，向外探头一望，却是个乡下妈妈，抱着一只芦花鸡，正在墙外愁眉不展地喊卖。公子随口道：'你这鸡怎么卖呀？'老妈妈仰头叹道：'您要买，给一百老钱吧。不瞒您说，俺这长鸣公鸡，本舍不得卖，都因俺儿病咧，等钱去打药，什么多多少少呀，您老只当行好吧。'

"公子见她说得苦楚，方探下手去提那鸡，忽想起自己手中不名一钱，然而手既探出，怎好再说不买，只得提进鸡来，命仆人由账房中支了百文钱，给那妈妈子。当晚便命仆人将鸡子交到厨房，顷刻烹调了来，陶然一醉，这算他解了老辈子的馋了。不想一饮一酌，巧咧，就会发生缘故。公子这一解馋不打紧，没想到屁股着镖，大受捶楚。

"原来王大人偶然到账房中，随手翻看日用账，猛见买鸡子一项，问知是公子买的，登时勃然大怒，一迭连声地唤到公子，拍案大叱道：'吾到得通州，只饮民间一杯水。你这不肖子，无端地跑来气我。鸡子虽微，却开奢侈之渐，初营口福，继讲服饰，再进而贪财败德，何所不至！昔人象箸之戒，难道你不晓得吗？吾决不能拿皇上俸禄，供你不肖子纵欲之资。'说着声色俱厉，便唤大杖。

"众幕友知老头子脾气发作，自然跑来与公子求情。饶是如此，还将公子责了二十杖。次日，立逼着他回家去咧。你道这王大人称得起'铁面'二字吧。他这次阅边，各属下官声不好的，准有倒霉的，所以本州官儿连惶恐带忙碌，无暇来拷比俺咧。但是咱办案没头绪，怎么样呢？"

两人谈了一回，业已更鼓三敲。辅子别过于捕，慢步回店，却不见江宁。寻他榻头短刀，也不见咧。怙悷一番，不解其故，只得胡乱睡下。

次日起来，仍不见江宁转来，辅子沉吟一回，放心不下，便匆匆结束，想就城关间探探江宁的下落。方转到城隍庙前，只见一个媳妇子，打扮得妖妖娆娆，只看她乔眉画样，便是个私门头货儿。头髻簪儿上，穿着一张黄签纸，刚提起一只小脚迈出庙门，恰好一个拷篮儿的卖婆子从庙前经过。一见小媳妇，便笑道："乔大姐，讨签去来吗？这几天，为甚不照顾俺点儿买卖呢？如今俺趸了新货来咧！香粉要货，一概俱全。"

小媳妇道："哟！这不是老刘吗？"说着，四下一瞟，可巧辅子立在一株大树后。小媳妇没望见，便踱到卖婆子跟前，低语道："如今那瘟生没什么油水咧。他说他是贩山果的阔客儿，迟些日子，他本商号中就给他汇大钱钞来。但是俺看他是吹牛胯哩！好在他白日间不大在俺家，也不知他哪里撞尸去。你前两天说的那个胡老西儿，你就知会他，趁空儿白天向俺家去吧。你可嘱咐他千万别夜里去，那瘟生像是学过把式，他夜间回来，都是从俺后墙上高来高去哩！"

卖婆子笑道："如何？你也嚼过滋味来咧！你早要听俺的话，保管从老西儿身上捞摸大钱哩！谁家姐儿不是瞒着张三暗接李四呀？只要不露马脚，就是高手段。胡老西不难致，都在俺身上。但是你忽然来讨签，又为什么啾唧呢？"

小媳妇回头向庙里瞅瞅，便笑道："别提咧，俺这讨签，是挂角一将的勾当，其实俺因没破财，特来烧香，谢谢城隍老爷子。刘大嫂哇，你还没见哩，俺家昨夜里闹了一宿贼，亏得被那瘟生捉住咧。依着他，清晨起来就要带贼送官，俺说不如先谢谢城隍老爷子要紧，所以俺磨着他先来烧香。"

卖婆子听了，一笑而去。这里小媳妇自己咕唧道："饶你奸似鬼，也须吃老娘洗脚水。你看这瘟生又和道士谈些什么？"小媳妇一面说着自己捣鬼，不防辅子在树后全都听见，又不好意思搭腔，只见那小媳妇走着走着，又不走了，找了一块石头坐下，手掰着脚骂道："这天杀的瘟生，还不从庙里出来，大概许是认老道做干爹了。这瘟生白天总不见面，每到晚上就鬼鬼祟祟地从外边飞进来。看他那样子，一定不是贩山果的。整天地高来高去，不是大盗，定是飞贼。现在又和老道亲热起来了，想老道也必是江洋大盗，与这瘟生合伙打家劫舍，说不定这瘟生就许把这贼老道带到老娘家里，那时才叫你知道老娘的手段呢！"

话尚未毕，从庙中趔出一人，辅子望去，登时一怔，有一件奇事惊人。正是：

　　　　欲向城关觅捕伙，翻从街市遇朋侪。

欲知后事如何，且听下回分解。

第二回

遵化城弟兄谈盗案
铁笼崖雷火发奇藏

且说徐辅子望那来人，不由暗诧道："这不是赵柱儿吗？果然游荡到遵化地面，胡闹作乐。不消说，这媳妇子是他相好的咧。如此看来，只怕郭大娘说他许做贼的话，不为无因哩！"想至此，就要呼唤，忽又顿住口，便见赵柱儿凑向那媳妇子道："如今还有个贼老爹关在你家，咱快转去，打发他到官吧。"

小媳妇笑道："如今你又忙咧！你只管和庙里老道胡拉八扯，却叫人等你半晌，站得人脚都生痛。"两人一路说话，厮趁着便走。

徐辅子只给他个闷腔儿，尾在两人后面一声不响。须臾，转弯抹角行抵一家门首，两人推开门，匆匆直入。辅子更不客气，放轻脚步，依然是身后跟。偷瞅两人，趔进二门，他却将大门关牢。

原来辅子这时颇疑惑赵柱儿做贼，恐他见了自己，突然跑掉，于是仍然蹑手蹑脚地趁入二门。便见赵柱儿偎蹭在小媳妇背后道："昨天俺那包银子，你须要收藏严密，俺不是容易得来的。俺不陪你玩咧，且去打发贼老爹吧。"

辅子一听，越发起疑，正在沉吟，要张口呼唤。只见赵柱儿猛一转身，两人登时瞅了笑脸儿。那边赵柱儿噫了一声，这里辅子也就咳了一口。

赵柱儿一转眼睛，辅子却一皱眉头，两人唇吻欲动之间，那小媳妇早已望见两人的模样儿。百忙中，她却疑惑是客人的商号中人，真给客人送钱来咧。于是眉欢眼笑地趔转来道："你两个快进屋里讲话吧。如何在院子里闹别古呢?"然而人家都不理她。

但见果客道:"你如何到得这里?"新客道:"你瞧嘛,你如何也到得这里?"于是两人趋近握手。小媳妇见此光景,料与银子没交涉,便登时收了笑容儿,跟两人厮趁进室,客气两句,自去烹茶。

这里赵柱儿先一询辅子儿时打猎回头,并来此之故。及知道是替大威来办案子,不由十分惊异,方要说自己行踪,只见辅子愀然道:"赵老弟,莫怪我说,怪不得俺打猎暨回后,不见你在家,赵老叔病在床上,你却钻在这里胡闹,好生荒唐哪!"

赵柱儿愧谢道:"徐兄说的是,俺因在家闷得很,所以在左近地面游逛游逛,却是不该在娼家落脚咧。"辅子道:"俺劝老弟,倒不为嫖婊子的小事,你可知道近来遵化地面盗案很多,那案情儿都是有手段的能人。咱弟兄说话没讲究,你无缘无故跑到此间逛,又胡乱挥霍钱,不叫人起疑吗?"

赵柱儿一听,只气得粗脖红脸,便嚷道:"冤枉冤哉!哪个疑惑俺去做贼,俺就捅他几个透明窟窿。俺一路游资,都是向各处卖艺得来的。便是前几天,州城北白杨坡土财主张仁宅中,因有点儿喜庆事,还特地唤俺去演武技。俺得了十来两银子,做一包儿,交给婊子咧。你不信,唤婊子来问便知。便是此地盗案,闹得一塌糊涂,俺早就耳闻一切,只是事不干己,谁耐烦去细探听?如今据徐兄说,既有人疑惑是俺做贼,俺倒要帮同徐兄办办这些案子咧。"

辅子一面听,一面瞧赵柱儿神色,不像是假话,不由地心下释然,大悦道:"老弟帮俺,真个再好没有。俺同通州捕伙姓江的到此以来,访案多日,通没头绪。昨夜里,姓江的自己出店去访案,至今未回,俺有些不放心。俺这就去寻寻他,咱俩少时再见吧。"说着,匆匆站起。恰好那媳妇端进茶来,柱儿一面让辅子吃过茶,一面道:"左右俺闲着没事,咱们一同上街吧。既寻寻贵友,又可以访访案子。"

辅子道:"如此更妙!"于是两人前后出室,方趑至二门旁,只听小媳妇道:"你这就没事人似的逛去吗?弄个贼大爷关在家里,到底是怎么档子事呢?"一句话提醒赵柱儿,不由大笑道:"徐兄,你那寓处,俺是知得的。少时,咱店中再谈吧。便是昨天夜里,俺捉住个笨贼，他不认贼，反倒说俺是贼。那张嘴既骚且硬，只管乱卷人。并且说，他一到官，便如到姥姥家咧。吃俺堵了他嘴，缚在后房内，如今先把他送到姥姥家为是。"

辅子笑道："这般硬嘴贼，倒也少见，俺也看看他去。"于是两人重新趑回，直入后室。这里小媳妇方唧哝道："真他娘的丧气，昨夜闹贼，搅得人一夜也没好生睡哩。"一言方尽，只听那新客人在后房内哈哈大笑，并果客连连道歉，还夹着贼大爷大呕大吐之声，闹了个锅滚豆烂。

小媳妇怔在后房外，不知所以，便见两个客人将那贼大爷昏头奄脑地搀将出来，直入正室。小媳妇跟进去，只好呆望。赵柱儿料她是莫名其妙，便向她一说缘故，小媳妇方知贼大爷忽然变成捕头咧。

原来江宁昨夜里贸然闯到那家儿后墙下，不管好歹，一跃而入，直奔向正房后窗下，悄悄一听；便闻有男、妇二人哝哝讲话。妇人道："你这趟白杨坡的营生真也顺手，就得到这包银子。"男子道："你好生收起吧，俺费手费脚弄来的，别胡乱花掉了。"

江宁一听，以为他是心目中的贼人，再无疑义，连忙舔破窗纸，向内一瞅，只见男、妇二人都已卸却大衣，就要挽手登榻。江宁暗唾道："好丧气，此时不动手，难道还瞧回把戏不成？"又仔细看那男子容貌，不像有什么本领的。便悄悄转向穿堂后门，用手一推，恰是掩着。于是胆气一壮，立刻挺刀，一跃而入，一面大呼道："朋友，你的案子犯咧。"

那男子一见，通不理会，只从容迎上，略动手脚，江宁一刀斫空的当儿，早被男子一脚绊倒，登时捆缚停当。小媳妇挤在屋内，只吓得粉面焦黄。

男子笑道："一个毛贼子，怕他怎的？明天送官就是咧。"江宁大骂道："小子！爷爷是贼，还没大粗功夫，踹你这贼窝儿哩。送官好办，咱们走着瞧，看哪个王八蛋是贼！"男子怒道："你这厮叫什么？快些说来，俺好明天送案。"江宁喝道："俺就叫祖宗。"于是男子大怒，随手拾起榻头一块湿漉漉的蓝布，给江宁堵上嘴，一直地提入后房。所以小媳妇以为是大得神佑，磨着赵柱儿去烧香，却巧遇着辅子。

当时江宁呕吐良久，瞧瞧辅子，望望赵柱儿，好不羞愧满面，只得一说自己来此之故。辅子方在好笑，赵柱儿却顿足道："了不得！怪不得徐兄说有人怀疑俺是贼哩。俺倒要帮办捉贼，洗白洗白。但是误打误撞，却叫江兄吃一夜的苦头，好生令人不安。"因向小媳妇道："快去向街上叫一桌酒菜来，等俺与江爷赔礼。"

正说着，只见江宁只管拧眉挤眼，外带着吧嗒嘴。赵柱儿惊道："您哪里不舒服哇？且歪倒养养神吧。"江宁道："不瞒您说，俺这会子，筋骨也舒咧，血脉也和咧，就是口内骚臭得很。不但骚臭，还挂些葱胡子、卤虾酱的味儿，直往嗓子里冲。请问您那块蓝布怎么如此霸道呢？等俺来领教，回头俺捕班中，添上这宗刑法，去收拾贼，保管叫他说什么，他说什么。"

赵柱儿一听，方在稍怔，只见旁边那小媳妇通红脸儿，忙笑道："那蓝布是俺擦脸的，您可别当是擦别处的呀！"她这一描白不打紧，招得徐、赵两人哈哈大笑。江宁醒过腔来，顷刻一犯恶心，又是一阵吐天刮地，却指着小媳妇道："俺先谢谢你，你真会作践朋友哇！"

辅子笑道："得啦！我的江老哥，你若安安稳稳在店中睡大觉，难道人家那蓝布会飞到你嘴内吗？"江宁道："就是吧，反正俺该晦气就结咧。"

大家这阵乱，招得小媳妇抿着嘴笑。辅子站起，向赵柱儿道："咱不须在此吃酒，倒是老弟同俺到店中，大家商量办案要紧。"于是和赵柱儿、江宁厮趁出门，慢步赴店。

这里小媳妇送出门来，自在门首站了半晌，方才扭将进来。至于那个胡老西是否趁空来就热锅，也就不必提他咧。

且说辅子等趱回店内，已将及午，便唤了酒饭来，大家草草用过。辅子一面吃，一面将到遵化后踏案情形向赵柱儿细说一遍。赵柱儿听了，只管沉吟，唯有江宁，饭碗一推，早已呵欠连连。因他被人馄饨似的缚了一夜，这时未免撑不住咧，于是搭趁着趱入里间，倒头便睡。辅子这里又谈回尤大威那里的情形，赵柱儿随口道："俺本想到尤大兄处去望望，不想到此盘桓，就耽搁下咧。但是头些日夜里，俺偶从州衙后身经过，却恍惚见个人影儿，从俺眼前晃过去。一来，俺事不关心；二来，衙署左近，巡更的多，俺也不便久站。如今悔不当时，跟寻一回，或者有些贼踪儿也未可知。还有一处，更是可疑，巧咧，就许办住案子。"

辅子喜道："老弟快说是哪里，咱马上便踏踏去，不好吗！"赵柱儿道："便是白杨坡张仁那厮，来头总有些不仿佛，他一个土财主家，座上宾客都是梢眉溜眼、不三不四的人。讲起话来，又是些椎埋割剥，土混混的口吻。更可疑的是张仁在武功上也不外行。俺怎么晓得呢？便是俺演技时，其余人等都是瞎着眼子乱喝彩；唯有张仁，必看到筋节儿上，方连连称赞。并且出手阔绰，挥金如土，只那一天的白白耗费，就须三二百银子；并且听见人说，他会变戏法儿，就在寿日那天他在厅房粉墙上画个门儿，口内念念有词，只用袖一拂，登时从门内闪出个披发短童。跳在地下，已成真人，便笑吟吟地挨席敬酒。末后一客吐唾沫，误溅到短童身上，蹶然倒地，却是个纸人儿哩。"

辅子沉吟道："此人果然可疑，但江湖上此等戏法，学过大搬运的都能做得到，也未见得他便是贼。咱不可冒昧，须向人询问此人是何人物再说。"

正说着，恰好店伙趑进来换茶，辅子便道："你可晓得此处白杨坡的张财主是怎样个人物哇？"店伙笑道："您问的就是仁儿厮吗？那小子，既有几个大钱，又臭又美，不过本地地痞不开眼，都狗颠似的去捧臭脚，捧得他自己疑惑着不错似的。其实是个半吊子，哪里配称人物！他二十多岁上，还是穷光蛋一个。据说他发家是发的邪财。他两口子穷得叮啷当啷的，便在白杨坡左近割草卖钱，胡乱度日。张仁天生地有把子气力，并带些怪相，胁板是整个的，眼睛发绿。

"一日，夫妇割草，流转至一家坟地外，却遇着两个打杠子的，都长得凶凶狠狠的，由深草中跳出来。一个贼见张仁夫妇比自己穷得还很，便唾了一口，要放他过去咧。不想那一个贼色劲发作，一

147

定牵拉张仁的老婆，不放她走。张仁大怒，冷不防一个冲天炮，一拳打去，那贼大叫便倒。那一个贼赶忙手起一棍，却被张仁略闪，一把抄住，趁势一进步，将那贼也一脚踢翻。于是拳脚交下，一路苦打。这一闹，惊动坟主，连忙赶来，问知所以，暗喜张仁十分勇武，便劝着他放掉两贼，将张仁夫妇邀入宅中，一问来历，并赐酒食，从此便留住张仁，命他夫妻去看坟园，外带着放放羊群。过得年来，倒也东伙相得。

"一日六月初旬，张仁赶了一群羊又去放青，走得不远，那天色已淡阴阴的，闷热异常，似有燥雨的光景。张仁信步徜徉，不觉已远，抬头一望，前面半里地远，便是铁笼崖。原来这铁笼崖，峭壁千尺，直插青冥，壁脚下横努出一块大石，有两间屋大小，其中是空洞洞的，形如覆笼，俗又呼为'仙人洞'。石四外都是红壤，土人附会，说是仙人撒的丹砂。

"当时张仁热得口干舌燥，正扇着破短衫儿四下乱望，想寻口泉水吃，忽地唰啦啦长风遽起，炎暑顿消。便见从西北角上涌起一片墨也似的云头，趁着风势，疾如奔马，轰轰的沉雷一滚，顷刻布满天空。那天色低压压的，简直似盖下来一般。这时风声怪吼，尘沙乱飞，只见许多树木尽力地迎风乱晃，山禽惊噪，急觅归巢。张仁方披襟当风，叫道：'好凉爽。'说时迟，那时快，电光闪处，刮啦啦一声霹雳，噼里啪啦，那雨点有铜钱大小，直掼下来。

"张仁不敢怠慢，赶着羊群，向前飞跑。方奔到大石前，业已大雨如注。张仁忙驱入羊群，自己也钻将进去。只见那雨便似翻倒天河，石洞口竟似挂了一具水帘，白气蒙蒙，还带着丝丝云气。只是那大雷却也作怪，只一声响似一声的，围着洞外石壁根盘旋不已。那一条一条的电光，直像从石壁下奋迅而出。

"须臾，一声大震，便如天崩地塌，那张仁顷刻震昏了过去。直待好久，方才悠悠醒转，忽见洞口外数十步之遥，俨似堆起一座小山。这时雨过天晴，山潦奔注，然而急水易消，不多时，也就现出道路。张仁逡巡驱羊，出得洞，先向小山仔细一看，不由大惊，只见小山后面，紧靠石壁根，被雷火击裂数丈，下接平地，却陷作一

148

片深潭。那小山却是裂下来的石壁所堆积。

　　"张仁看那潭时，深不见底，水色如墨。正在骇诧之间，只听背后轰隆一声，张仁大惊。"正是：

　　　雷火无端裂山骨，书剑忽尔露奇光。

　　欲知后事如何，且听下回分解。

第三回

得书剑暴富张牧竖
踏索桥侦案白杨坡

"且说张仁忽闻大声起于背后，回头望去，却是小山尖儿软塌下一块。张仁信步去望，却见一堆石土中，黑莹莹地露出一个剑鞘尖儿。张仁惊异之下，便用割草镰刀一阵刨掘。须臾全剑都露，那剑柄上还用细铜链儿系着个方寸大的铁匣。张仁将剑拭净土痕，仔细看那鞘儿，端的古色黝然。更奇怪的是剑鞘儿上只管土锈斑驳，一抽那剑，登时脱鞘，真个是一片寒光，湛湛如水。

"张仁大悦，便如得了宝贝一般，赶忙将那剑置入草筐中。驱羊而回，向他老婆一说所以，只喜得打跌。取出剑来，锵啷抽出，一晃一摆的，得意之至。哪知道这当儿，张仁近日工钱被他一阵赌输得精光，家中正没米下锅，他婆子哪里有好气，便梗着脖子噪道：'俺当是你得了什么宝贝，要挣个进宝状元哩！这种铁片子，拿到旧货店里，还不值吊把钱吗？'说着，捞起剑鞘，向房门外一抛，恰好撞在石碑上，只听啪的一声，张仁忙去拾起，却见那小铁匣儿，已被摔裂，里面却有小书一册。

"张仁那小子，从小儿也上过几年学，当时取出小书册，略略一看，便一声不哼，连古剑严密收起。从此他那家境一日强一日，不多日便辞了坟主，搬向白杨坡自立门户。吓！您说人该发财，真不也算什么，这才几年，放羊看坟的张仁那厮，如今在白杨坡，就是头儿脑儿跺跺脚四街乱颤的角色咧！家里瓦窑似的一片房，城宅围院，说起他来，大咧，也不见他经商，也不见他务农，却就是有的是钱，整天在家交朋结友，吃喝排摆。人也不大见他出门，偏偏京津通保，以至关门脸子上的许多游侠朋友，提起张仁来，都说他好游好逛。不是这个说，昨天张仁在他家盘桓；便是那个说，今日同着张仁向某处去大逛。看起来，人有了钱，真也了不得，就有这等争捧臭脚的人们。您说张仁如此发家，不是邪事儿吗？"

徐、赵听了店伙一片话，方在沉吟诧异，恰好别的客人呼唤店伙，店伙匆匆趑去。辅子道："据店伙说起张仁来，不过是个土豪罢了。然而他如此多财，却没正业，也有些可疑。那白杨坡距城多远，今夜咱们去探探何如？"

赵柱儿方要开口，只听里间屋内江宁道："白杨坡远倒不远，就是道径难走些。俺往年因事到遵化，曾向那里去过一趟，过了关爷岭就到。"说着，乜眉揉眼地出来。辅子笑道："江兄这一觉，歇过乏来了吧？"

江宁道："俺始终没睡着，竟听了话儿咧。今晚赴白杨坡，俺的乡导如何？"辅子笑道："你快歇歇吧，莫非你又要衔了人家的蓝布来吗？"江宁笑道："俺的徐爷，俺算服你就是咧。"正说着，忽闻店外许多人杂沓而过，少时却听得店客们喧笑道："走哇，咱们看过堂的去呀！捕班上得了贼来咧，莫非就是盗御珠的吗？"

江宁一听，撒脚便跑，徐、赵两人方在诧异，那江宁已向过客询问数语，欣然跑来道："许有因儿，方才从店门口，捕家带过案去咧，咱们何妨探探去呢？"于是与徐、赵两人一起同行。

不多时，来至县前，只见许多人围着看那盗犯，将捕班门首挤得风雨不透。江宁等挨向人丛一望，只见盗犯破衣褴褛，秋鸡子似的蹲在那里。辅子一看他猥琐模样，料与大案件没相干，正要扯过赵柱儿趑去，却见一个捕役，由班房里匆匆地出来。

辅子向前一问他是什么盗犯，捕役笑道："平常的事，这个小贼，叫柳和子，虽是穷光蛋，却是白杨坡财主张仁的内侄，不消说，常向张仁借贷，讨厌没够。张仁是一百个瞧不着他。但是他婆子柳氏，未免背前背后地常给柳和子钱用。日子久了，张仁晓得咧，便与他婆子大吵其架，从此不许柳和子登门。不想头两天，柳和子贼心发作，冷不防地去偷了张仁一下儿。那张仁踏准是柳和子，所以

151

知会俺们去捉将来。少时，柳和子到堂，不过一打一放罢了。您老班房内坐坐呀！"

辅子点头道："回头见吧。"于是三人踅离县前，信步到县衙后身张望一回，却也没甚行迹。赵柱儿遂指一处道："那夜里，俺恍惚见个人影就在那里。"三人一路转向县衙左边文庙后身儿，却见挺长的一群蚂蚁，由庙墙下地孔中纷纷出入。当时徐、江两人也没在意，又就城关间踏访半日。

及至回店，业已傍晚，于是匆匆用过晚饭。街柝敲动，徐、赵两人便匆匆结束，各穿上夜行衣，背插单刀，携了镖囊并应用各物。江宁一旁瞅着，见两人打扮停当，果然英气勃勃，不由地心中高兴，便也拿铁尺打腿裹的，乱成一阵。辅子笑道："江兄不必去咧，此一去，不过是探探张仁是否于大案件有关系。即便探准了他是盗犯，动手拿人，俺和赵爷尽能料理得来。"

赵柱儿道："江兄若去，倒累赘了。这样黑月天儿，你似乎瞧不清路径吧？"江宁笑道："这话不该俺说，难道你二位有夜眼不成？"辅子道："江兄你不晓得，俺在武功上略深一点儿，所以目力稍亮。你不信，咱们且取个笑儿。"于是三人同到院中，辅子喝道："东墙脚下，有块长方石子，赵兄弟快去捡来。"

江宁望去，休说是石子，便是连墙脚都望不清。便见赵柱儿应声跑去，一弯腰，捡起石子。江宁把来，就灯光细看，谁说不是长方形儿呢！不由地连声赞叹，丧气似的送出人家，自行回店，这且慢表。且说徐、赵两人出得店门，拣僻静道儿，踅出北城，便施展开陆地飞腾法，踏踏踏，一路好跑，不消顷刻工夫，早已踅出七八里远近。

辅子逐处留神，便见前面黑压压一片，似乎是土阜亘起，树木丛杂。赵柱儿便道："那所在就是关爷岭，其实是一带大土冈，乱坟荒冢最多。冈半腰上，有座小小关帝庙罢了。过得此岭，再穿过一条狭沟，便是白杨坡村庄咧。只是张仁庄院前很有值夜的庄客，并有好些条大狞狗，咱们虽不理会他，未免怪讨人厌的。依我看，咱们过得那岭，简直地由狭沟右边取小道，绕向张仁庄院之后。那所在没有值夜的，却有一湾半月形的沙河，抱着那庄院后身。那沙河宽可半里地，专以轮泄北来的山水，所以崖岸陡峻，水势极猛，一到秋潦盛时，雷鸣牛吼，远近皆闻。张仁于白日里，在庄后河中置一小渡船，以便出入。夜间却将船拘起来，只留一条悬索，便当桥梁。唯有他可以踏索出入，别人是休想由那里进庄的。所以那所在，不用值夜的。"

辅子扑哧一笑，道："悬索虽不算什么，然而挡寻常歹人也就甚好。老弟既如此说，咱就从他庄后去，倒也雅静。"

两人且行且语，须臾趱过岭，循坡而下，果然是一条长沟，直接坡脚。此时赵柱儿在前面，早已奔向沟右的蚰蜒小道，曲折良久，路径稍平，又穿过一带橡林，却闻得水声淙淙，那乱石荒草越发地牵衣碍足。

辅子留神前望，再走一箭之远，便是河岸，即不见什么索桥，只岸上有几株大树，黑阴阴的，迷蒙在夜色之中。赵柱儿道："前面大树内便是索桥，张仁那宅中却分两院，一是住宅，一是款待宾客之所。住宅在东，客宅在西，少时咱入去，分头去寻他。寻着时，咱便在索桥边拍掌聚齐，再斟酌可拿不可拿。"

辅子道："好，好！这拿人当贼，原不可冒昧的。"两人一路悄语，已到大树边，前面就是河岸。辅子定睛一看，也是骇然，只见那条飞索，一头儿系在大树根上，一条懒龙似的伸向对岸。微风略吹，便稍作起伏之势。

当时辅子且不注意飞索，只凝耳倾听庄院前面巡锣响亮，赵柱儿道："徐兄不必理会庄前，此处是没得人来的。"于是两人厮趁到飞索边，倒也不敢大意。彼此间略一凝息，运足轻身内功，辅子是在赵柱儿后面，道得一声："老弟放稳脚步吧！"两人便如一双轻燕似的飞落索桥。但闻脚下水声汤汤，两人都不管他，便提起一口气，只脚尖儿略为着索，一直地踏将过去。

将至索尽头，次第一跃登岸，仔细一望，那宅后好高峻的一面围墙，八字的大车门儿关得紧紧的。两人方隐岸上系索的大石桩后，正要拔步，只见车门西边提灯一闪，有两人拨草趱来。

赵柱儿等忙收住脚，偷眼瞧时，却是两个短衣庄汉，一个道："喂！咱出脱了这头骡子，是四六分钱，你愿意吗？"那个道："黑老哥，你别拿腔了，卖掉骡儿，俺一钱不要也使得。不瞒你说，俺就是和赶车的兔子小子过不去。他仗着脸子漂亮，和俺争走一条道儿。黑老哥，你是晓得的，如今这一下子，便是砸不了他的锅，他也得避避俺咧。那小子钻头觅缝，不知怎样自显能为、献献殷勤才好。

"头些日子，咱们东家奶奶坐车去看望亲串，一路上和他滴滴剥剥地说话，他以为赏他脸咧，便道：'如今地面上，盗案甚多，捕役们专会没缝下蛆，您也该劝劝东家，凡事收敛些、雅静些，不要只交朋结友，招惹些闲杂人。万一招出些风声来，虽是白不怕人说皂，不凭空地添些麻烦吗？'咱东家奶奶一听，很夸他忠心相主。你想咱东家是何等人，如何有人会疑惑他是强盗呢？他这一面献勤，一面暗含着骂东家嘛。俺不为告诉俺此话人举发不得，早将此话告诉东家咧，还等这时才摆布他吗？"

那个所谓黑老哥的，便笑道："告诉你此话的人，俺一猜就着，准是那个黄白脸膛儿，说起话来，沙沙的嫩嗓儿的郝妈哩。"那人听了，只哧哧地笑，便直奔车门，蹲下身去，由门槛边掏摸一回，那车门竟登时大开。黑老哥笑道："真有你的，怪不得你叫他弄这消息子，就当拴键哩。"说着，厮趁入去。

辅子正在张望，好赵柱儿，真有个机灵便儿，一言不发，拖了辅子，从石桩后跑出，直闯进车门，一面就积草后隐住身儿，一面望那提灯，已踅入西边马厩。不多时蹄声略动，便见两人溜溜瞅瞅的，拉了一匹高大黑骡儿，直出车门。

黑老哥低语道："咱骡儿到手咧，便交给东村驴锅上去吧。等事情冷下来，咱到驴肉李那里喝他一场子，你不知驴肉李新弄了个二婚头吗？好漂亮人儿哩，只那两只水灵灵俏眼儿，就够撩人的咧。但是这车门怎么办呢？"那一人道："不必管它，大敞着门，这才给那小子加劲哩。"于是两人匆匆趔去。

这里辅子方暗忖两人一席话，张仁或非盗犯，赵柱儿便道："越过这带围墙便是内院，咱便分头行事吧。"辅子点头，于是两人分向东西，各展能为。你想院中的隔墙能有多高，两人轻轻一耸身，直然地行所无事。

不提赵柱儿从西边跳入，竟奔客宅。且说辅子猫儿似的趤入住院。方闪至正房后身茅厕边，只听左边夹道的小角门吱扭一声响，辅子赶忙隐身厕边沙堆之后，偷眼望去，却是两个丫头，拉着手，暗中摸索而来。一个道："俺就知你，找人家再没好事。你扯扯泡一尿，还须人家陪你闻闻味儿。你还怕马猴子背不成！"

那一个笑道："好姊姊，等你早晚来屙屎，俺也陪你来，不好吗？"说着脚下一蹶。一个笑道："猴儿丫头，跌煞咧，你就不弄个提灯来？停会子，若瞎踏一脚屎，咱再算账。"那一个笑道："今天咱主人因两宗事儿，气得雷秃子似的。可巧那提灯置在他椅子后面，俺怕他那瘟神爷似面孔，没敢去取。"

一个道："主人因柳和子那桩事和主母吵嘴，是不错；那一宗，又是什么可气的事呢？"那一个道："俺是听小琐子扑哧的，他说咱主人有个朋友，叫什么吴三爷的，自恃本领，暗含着偷偷摸摸，前些天却被丰润县给办住咧。咱主人以为交了贼朋友，很不够瞧的，所以气得什么似的。"

辅子听了，越觉着张仁不是盗犯，只见两个丫头已近厕门，一个道："得咧，俺可不陪咧，你就在此办公吧。"那一个道："在门口，弄得湿漉漉的，不惹得小琐子明天来净厕，暗含着揣摩咱们吗？"一个唾道："那毛头小子懂得什么。"那一个道："哟！人小鬼大，你忘了有一天，你清晨起来，猱着头儿，在院内晒被子也不知被他瞅见了什么，他却会抿着嘴笑哩。"一个道："死丫头，别胡呲，快嗞拉吧。"那一个道："等俺冲个沙窝儿玩玩。"于是身影一蹲。辅子但闻得渐渐有声，少时窸窣一阵，趤回角门，啪啦声，依然关牢。

这里辅子闪身站起，一面怙惜张仁为人，一面蹭近隔墙边。听听内院，没甚动静，还恐那两个丫头没有安歇，便拾一块石子，轻抛进去，探探消息。只听啪的一声，也没人问，于是辅子用一个旱地拔葱式，嗖一声跃上墙垣。先伏身向满院一张，只见两厢中灯火都熄，只有正房后窗还灯光闪烁。无奈后窗甚高，不便观望。

辅子飘身下来，转向正室前面。方要悄步窥窗，只听室内有妇人道："俺劝你，都是好话，你别当俺为柳和子无端来啾唧你。"便闻有男子哼了一声。辅子屏息，就窗隙一张，但见一个妇人，摘了头面，没精打采地坐在榻上。靠西山墙高案旁，坐定一个男子，有三十上下年纪，瘦尪尪的一张刮削脸，双睛叠暴，很有精神。正在那里研弄朱钵，案头上一沓黄纸，还有两纸贴在墙上，业已画上些蚯蚓似的符篆。辅子料是张仁夫妇。原来张仁面貌，赵柱儿是向辅子说过的。

当时辅子暗忖道："他这些鬼画符的勾当，准是戏法所用。"便见妇人道："你从先画这东西，做戏法解闷儿还可说；如今又拘神招鬼的，拿符水去给人治病。俺虽是女人家，却不信这些师婆鬼祟的事。况且刻下地面上盗案甚多，你总不说是雅静点儿，竟闹些玄虚勾当。"

男子道："他盗案不盗案，干俺鸟事！还有些知俺的人，也拿你这片话向俺混说。须知俺是什么志气、什么本领？不干便罢，要干，干个大的。犯得上偷偷摸摸，当飞贼去吗？他们外边觉着贼人偷了御珠去，便了不得咧。俺若是高兴玩一下子，便连正宫娘娘拖了来，也是平常的事哩。"妇人听了，赌气地不去理他。

这边的男子眼望着屋梁，心里想自有生以来，也未曾做过犯法的事，靠着本事吃饭。如今却叫这些人疑惑起来，真是有些不值得的。自己搞了会子鬼，走进卧房。辅子只见他拿出一个黄缎子长方形的包袱，很珍重地打开，包袱里包着一个长方形的硬木匣子，取出一口宝剑来。

张仁拉出剑来，冷飕飕的一道寒光逼人，令人目眩神迷。辅子大惊道："的确是一件宝贝，可惜落在这个小子手里。若是叫俺辅子得着，从此走遍天下，行侠作义，也不辜负俺这一身的本事。"辅子想到这里，只见张仁拿着剑只管冷笑。

辅子沉思半晌，料张仁与盗犯无干，便一径循旧路，跳出内院，

156

直至索桥边，方要拍掌。冷不防有一人呼一声，从石桩后站将起来。正是：

　　侦案无踪徒往返，同行有友且商量。

　　欲知后事如何，且听下回分解。

第四回

赵柱儿随手攘囊金
徐辅子无心遇督宪

　　且说辅子忽见在石桩后有人站起来，方要拉刀准备，只听赵柱儿扑哧一笑道："徐兄觉得怎样哪？俺到客院中，没看见别的，只见那两个偷骡的庄汉在下房中打盹坐夜。客厅中，榻头小箱中，有个十余两的银包儿，俺就随手捞来。"

　　辅子道："老弟，你这却不对咧，快给他抛入院内，咱这不是访贼来了吗？咱倒做……"赵柱儿笑道："徐兄但知其一，不知其二，俺这是公道老儿，来打抱不平。那两个庄汉既会摆布赶车的，俺使用他的法儿去摆布他。明天张仁为失了骡儿并银子，自然是一例地处置他们咧。"辅子见赵柱儿如此地巧辩，心中好生不然，只得一笑置之，便将自己所探的情形一说。

　　赵柱儿听了，知道自己错疑了张仁，不由得大扫其兴，便一声不哼，随辅子渡过索桥，直奔州城。各用囊中钩索，援城墙进去，便由店后垣悄悄跳入。只见江宁睡得死狗一般，两人也不惊他，便就灯下互相谈论了一回，殊无头绪。那赵柱儿却显弄着盗取的银包儿，笑道："不想遵化盗案这等难办。暗想尤大哥若是自己来，或者许好办些，也未可知。"

　　辅子听了，颇为不悦，正要让赵柱儿同榻安歇，只见他揣银站起来道："明天咱再踏访吧。"辅子诧异道："难道你这当儿还回娼家吗？"赵柱儿一笑，竟自逡巡而去。这里辅子不由暗叹道："怪不得殷老师常说他没准性气，将来这财色两字，怕不将他闹坏了！"思忖良久，也便酣然入梦。

次日倦眼初睁，已闻得江宁在院中乱吵道："今天王大人就到吗？"又听店伙道："可不是吗？咱们本官儿简直地忙飞咧。方才州里办差的人们都赶向行辕去咧。说是不过晌午就到哩。吓！好热闹哇，您有空快去瞧瞧吧。这当儿考院街业已人山人海，拥挤不动咧。"

江宁道："妙，妙！如此快开早饭，俺去唤醒徐爷。"说着匆匆跑入，辅子已结束下榻。江宁忙悄悄问知昨夜踏访的情形，便笑道："办案，白跑腿的事多得很，一桩案子往往成年累月地没头绪；也有办案的总摸不着棱缝，都不打算办咧，却无意中得了线索。此等事是常有的，您且清清头脑，疏散疏散，少时吃过饭，咱们向王大人行辕前瞧瞧热闹吧。"因又道，"那位赵爷呢？"辅子一说所以。

江宁笑道："这话不该我说，赵爷专好这把子事，便完了人才咧。俺听人家讲过，打熬气力的朋友，就忌讳两样事，一是吸鸦片，一是好这档子哩。"两人说笑之间，辅子净面吃茶。

须臾，店伙端进早饭，两人用罢，即便略整衣冠，斯趁出店。哪知方转向考院街，只见迎头许多人潮水似的拥来。其中便有人噪道："这时哪里说起，站得两腿生痛，挤了一身臭汗，也没瞧见王大人什么样儿，倒见了两个糟老头子。"辅子向人一询问，原来王大人今天不一准到，却先到了两位文案师爷。

辅子正不高兴，就见对面众人一闪，一把红盖飞来，随后一乘四人抬得蓝呢大轿，其中端坐着州官儿。轿前健役一面吆喝，一面抡起老大皮鞭，只管打道。辅子闪在人背后，瞅那州官儿果然精神。

须臾，一行人过尽，江宁道："好晦气，俺饭都咽不迭，不想白跑了一趟。徐爷今天咱们怎么办哪？"辅子道："且到于老总那里谈谈吧。"

两人逡巡转步，便奔县前街，辅子是低头沉吟。江宁是东张西望，原来辅子这时心中忽有所触，不禁自语道："怪呀！"江宁道："徐爷说什么？"辅子笑道："俺说这官呀，他是什么出身呢？"江宁疑想道："俺也说不甚清，大概是个捐班出身，在此做官也是初任哩。"

辅子点头之间，江宁忽遥指道："您看那不是赵爷吗？"辅子随指望去，果见赵柱儿，从一家香货店内踅出，手内拿着个白绢包儿。彼此望见，即便凑来厮见。辅子方近赵柱儿，已闻得花粉气直钻鼻孔，因笑道："老弟但有此闲心儿。"江宁却耸着鼻头，向空乱嗅，道："赵爷向店中去来吗？"赵柱儿恨道："俺早就想赴店，不想那娟妇，磨着俺与她买些脂粉，咱这便回店谈叙吧。"

辅子一听，情知是那包贼腥气的银子支使得他，不由微笑道："回店忙什么，老弟也同俺去访访于老总，彼此厮会厮会，大家好商量捕务。"于是三人匆匆拔步。到于捕头处，彼此晤面，客气数语后，又谈回踏案等事，三人便兴辞而出，一径回店。

当日三人谈叙之余，又分头踏访一番，不想盗犯没有消息，却又闻得东关外田乡绅家昨夜失窃。田乡绅的老太太，年老佞佛，有一尊浑金的小佛爷，一总儿失掉，只此一件，就价值千金以外；并说是贼去后，佛堂里却贴落下一个梓椤叶的包儿，用一种极长且韧的青草缚好。打开包一看，却是灌肠熏肉之类。

田家人报案，连这包儿都呈堂咧。因此那州官儿疑惑着熟食店中人或知盗踪，便不管三七二十一，将许多抱刀（熟食店，据案切肉，应付购客，俗谓抱刀）的店伙传了去，究问一切。三人闻此事儿，甚是诧异。

江宁抖机灵，便自向各熟食店中去踏访。徐、赵两人又随意在偏僻所在巡瞭半日，仍然不得要领。及至回店，依然将交二鼓，一看江宁还没回店，两人一面落座吃茶歇息，一面道："老江这时没回，难道他勘出些方向吗？"说还未了，江宁歪歪斜斜地一脚跨入，红布似的一张脸，乜起眼笑道："你二位得有好信吗？真他妈拉巴子丧气，俺跑了半天，不但什么信也没访着，倒搭了好几吊钱。没滋搭味的酒灌得人昏头奋脑。"

赵柱儿笑道："江兄只顾吃酒，自然访不着消息咧。"江宁道："别提咧！你想到熟食店中去，自然须搭趁着吃酒，不然怎么逗话儿呢？到一处吃几杯，俺这酒自然就喝多咧。买的食物吃不了，只好拿着。末后到一家，委实没有什么可买，只剩了这件东西。"说着，由袖中伸出一物，却是一具驴肾。

160

辅子见了，不由大笑道："咱们这乏捕友，也该用此物奉敬。"江宁一声不哼，又从怀中鼓捣一回，掏出个很大的油纸包。打开一看，却是零碎熟食，粗估去就有上三斤。赵柱儿笑道："江兄不像捕友，却像个厨司买办咧。"江宁肩儿一耸，一手掩腮，拉起腔儿道："呔，好薄饼哪！焦了个焦，脆了个脆；咬一口，香出泪。赶热呀，赶热。"说着，解下褡包，由腰中取出挺长的一大卷薄饼。

赵柱儿笑道："你这倒又像变戏法的咧。俺看你还有什么。"江宁笑道："赵爷，俺敬你一杯吧。"于是撩起长衫，骑马式一蹲，早由胯下摘下个王八皮壶。原来江宁没当捕伙时，也是个很掉蛋的混混。并且手脚伶俐，心眼来得快，如抓儿手的一切本领，他都会的。后来改邪归正，他那类带藏掖的本领，便时时用资笑具，所以将吃剩的酒肉全都夹塞了来。

当时徐、赵见江宁顽皮神气，不由都拊掌大笑。恰好两人还没用晚饭，于是将江宁的酒肉薄饼，并那条驴肾，乱糟糟堆在案上。叫店伙，端到热汤水，即便据案大嚼。江宁却就榻上，跂脚而卧，一面还乱噪道："那猪蹄，是三仙居的；那桶子鸡，是九华斋的；还有四合轩的虎头丸子，您尝尝吧，别提多么松爽可口咧。里面荸荠丁、大虾仁，高汤煨过的，不像咱通州的炸丸子，可以当兵器使哩！"

噪得店伙在一旁，光着眼乱望，暗想道："今天这三位老客，是怎么个吃局呢？若说是为省钱，这些熟食比店里的菜只有贵的；若说是某客请客，或者打平和（摊钱醵饮，俗谓打平和），怎又弄个怪瘆人物件摆在案上呢？这等压桌菜倒也稀罕。"正在心内画回儿，恰好店主婆一掀帘儿，唤店伙道："灶上稀饭早就得咧，你还不快端去。"说罢，一眼望到案上，登时抽头便跑。

江宁忽地坐起，道："店大嫂，忙什么，就势儿找补点儿吧。"店婆忍笑道："谢谢您吧。"这里辅子饮了一口酒，几乎喷出来，趁店伙踅去的当儿，便笑道："江兄如此伶俐，怎办起案来就不见乖觉呢？"江宁笑道："那也难说，将来瞎猫撞死耗子，也许有的哩。"

须臾，店伙端到稀饭，两人匆匆食罢，店伙一面捡擦，一面瞧着那没动的完全菜品，似乎是不得主意。江宁便道："此物不便久留，你便与俺悬在灶眼上熏着它。等它黑紫紫的颜色，将来俺带回通州去，还要送人，好歹也是贵处的出产哩。"店伙暗道："好阴功嘴，这才暗含着骂人哩！"于是连连应诺，收拾毕自去。

这里三人又谈笑一回。当夜赵柱儿便和辅子同榻。次日辅子一觉醒来，一看江、赵两人都已出店。辅子结束毕，思忖一番，正要出店，只见江宁匆匆跑来道："俺昨夜想了半夜，可想出点儿棱缝来咧。今天一早，俺特地跑向州衙前，托朋友引俺瞧瞧那田宅呈堂的梓椤叶包。那梓椤叶到处都有，却不稀罕；唯有那草却甚是罕见，俺想寻寻哪里有这种草。从这棱缝入手，或者也是一法。"

辅子一听，颇觉有理，便笑道："办案原是逗心思的事，江兄既有所见，便去根寻。俺也想到东关田宅左近望望哩。"于是两人一同出店，趱至岔路，匆匆分手。不提江宁自去胡撞。且说辅子慢步街坊，一路留神，果见有两家熟食店都关门大吉，情知是避盗案的嫌疑。

须臾，出得东城，径赴田宅前后，只见那田宅房舍高大，垣墙陡峻。细看良久，也寻不出甚痕迹。正在来回徘徊，忽觉一阵腹饥，辅子抬头一望，已有巳分时节，瞅瞅街坊上，都是铺户住户，便信步出街。向南趱了一箭之远，却见一处园墅，树木交荫，围墙里面亭轩参差。墅门前有条小板桥，过得小桥，却是疏落落一带人家，竹篱茅舍，掩映如画；便见一家草棚前，挑出酒帘儿。

辅子趱过了桥，回望园墅，不由地自笑道："可见俺连日踏案，头脑昏昏，这园墅不就是水泉吗？"原来这水泉是遵化名胜之所。据土人说起来，当年李广为北平太守时，曾出猎回头，饮马此泉。后人点染古迹，便就此泉大起园亭，无非是钦慕英雄之意。

当时辅子见这英雄古迹，越发地酒思如潮，趁着腹饥，便一径地直奔酒帘。方近草棚，却听得屋内有人喧哗讲话。少时，一个半标子少年从屋里攘臂而出，一面回头大叫道："我叫你这糟老头子不要慌，大爷和你同桌坐，不是给你脸吗？你还要另寻座位。得咧，今天咱算干上咧！老蔡呀，没你的事，你别觉着俺借事为由地找你便宜酒吃。"说罢，一屁股坐在棚下长案凳儿上以手拄膝，只管光喘粗气。

便见一个老头儿，攒眉踅出，手内拿着酒壶并一碗大杂烩菜，置在长案上道："郝三爷，您这是怎么说，人家那老客真得罪了您吗？您明是指桑骂槐，要照顾老汉就是咧。如今酒也有，肉也有，您就填揉吧。"

那少年一见，登时笑逐颜开，由鼻孔里忒的一声，一伸手，抹撒着老儿秃顶道："还是老小子会孝敬我。你就给我斟一杯儿吧。"老头儿道："你别高兴，俺劝你快揉揉完了，赶紧拔腿是正经。那会子，西关马老二还到这里寻你，说是你和他牵摸那匹驴，他没使着钱，气扑扑的，要和你算账哩。"

那少年登时毒蛇眼一瞪，大喊道："他要算账就好说咧。你问问他老婆这两年穿的戴的、吃的喝的，都是谁的钱？好厮王八呀，他还和我算账！便是牵摸的那匹驴，撬门进院都是俺的事；他就想插胳膊，分一份，有这等便宜事？除非是做梦哩！"

老头儿忙道："这里离城近近的，你喊叫什么！"少年提起酒壶，嘴对嘴赶了一气。啪的声，向案一蹾，道："俺怕哪个咬掉鸟吗？于瞎抓和糊涂周连一件正经大窃案都办不着，还有空找寻俺们吗？"

辅子见状，料那老头儿是酒店主人，方要呼唤看座，只见一个衣冠齐整的人，从自己背后匆匆跑来。那老头儿一见，只飞迎上，道："于二爷，闲在呀？且到屋闹一壶吧。今天座儿上雅静得很。"那人一面抹汗，一面摇手道："等俺看看座再说。"于是由短窗边向内一张，抽头便跑道："果然雅静，等俺去换张钱票，回头就来。"

那老头儿方在呆坐，这里辅子冷眼瞅那少年，业已将酒菜入肚，随手揣起锡酒壶，如飞而去。

辅子这里方在暗笑，恰好那老头儿一转脸，见少年和酒壶都没有咧，不由骂道："好小子，这才是吃着喝着，还得拿着哩！俺叫你偷俺酒壶，到阎王跟前，化锡喝去。"猛一抬头，忽见辅子踅近面前，因笑道："客官要吃酒，请屋内坐吧。您方才许看见笑话来哩。这种不要脸的人，真有什么法儿呢？"

辅子一笑，便随店翁匆匆入室。只见里面一色的白色柳木桌凳，倒也十分干净。四面窗儿大启，远延野色；靠东墙有三四村人，都将大草帽儿挂在壁上，围坐饮酒。临北墙后窗前却有个六十多岁的

163

老者怡然独酌。

那老者穿一件肥大灰色茧绸袍儿，瓜皮小帽直压额上；长勒布袜，衬着双脸大布鞋。案头上置一蓝布口袋，仿佛是卖笔的客人，又像是赴馆的庄家老师。只是端然危坐，那器宇十分凝重，赤红脸儿，衬着花白长须，目光瞬处，另有一番威重光景。

辅子猛见，不由肃然起敬，方暗想道："这位老者好副相貌。"只见店翁，就向临窗下案上，置下手中空菜碗，转向老者赔笑道："你老方才没气着呀？那姓郝的也去咧；今有位客，要趁个座儿，你老可好匀对一下子吗？"

老者笑道："这有什么，请过来吧。"于是辅子趄过，和老者点点头儿。老者连忙含笑欠身，道："兄台请坐，就此同饮吧。"辅子道："彼此，彼此。"于是对面落座，自唤酒菜。饮了两杯，辅子听那老者口音不是本地人，因笑道："老先生贵姓哪？您是初到此地吧。"

老者随口道："贱姓言，有点儿小事体，在此耽搁两天。"因回问辅子邦族。辅子一说，老者却笑道："原来足下也不是本地人。"因皱眉道，"窃看此地人性好欠淳淳，方才去的那少年，竟不自讳盗，也就可怪得很。"正说着，店翁来换酒，老者便道："主人家方才那无赖少年，他叫郝什么？"店翁笑道："您吃酒吧，好鞋不沾臭狗屎，不必问他咧。"

老者道："俺是爱听新闻，并非去理会他。"店翁四下一望，然后道："他姓郝，名朋，是个街面上不要脸的混混，专以偷鸡摸狗，硬赊白借。便是老汉这里，就不断地白填搔他酒食。刻下官府捕家，连许多吃紧大案还办不着，也就没空去理论他咧。"老者又道："他骂的那个马老五叫什么呢？"

店翁道："他叫马避，叫白了，人都叫他马屁，和那郝朋是梢子棍，一把子上的朋友。"老者听了，点点头儿，便从布袋中取出个小手折并一只笔来，在折上画了画，仍然藏起。

辅子旁观，正在纳罕，只见东墙下村客们乱着要酒，店翁如飞地跑去，一个村客道："今年收成还算不错，就是地面上太不安定。咱这位州大老爷也可怪，初到任时，甚是精明，如今却成了百不管咧，一任地面上盗案累累，他却遣人大包小裹地向家里寄东西。前几天俺那个拉趟车的大外甥，还给州官儿拉了一趟买卖，到通州河路下船，向南去。他回来说：'车上包裹，虽不少，却重得很。吓！那押车的二爷真漂亮，手脚伶俐，真是时迁一般，由岸上离船多远，嗖一声就跳上去。'"

又一村客笑道："你别看官儿百不管，人家做官的人，总心里有个路数，沉得住气，早晚便能破案都说不定。俺还闻得于老总，早就从通州邀了办案的能手来咧。"

辅子听了，不由微微一笑，老者便道："地面不靖，总是长官之责。州官儿如此不管事，无怪郝朋叫他糊涂周了。"彼此一笑之间，便闻门外马蹄响动，并许多脚步杂沓之声。

须臾，便见那会子跑去的那个于二爷，就屋门探头一望，便回头大声道："王大人在此了。"声尽处，踅进一人。

众人望去，不由大惊。正是：

　　村客衔杯聊自乐，长官到此却为何？

欲知后事如何，且听下回分解。

第五回

州牧跃马水泉园
佳客双探奎光阁

　　且说众人望去，只见进来个靴乎其帽、袍乎其套的长官，仔细一望，竟是州官儿，一路趋跄直奔那老者。辅子方惊避不迭，只见州官儿叫声大人，就要行庭参大礼。老者微笑站起，却一摆手道："贵州治理地面，亦复平平，却怎独能推测老夫呢？"

　　那州官儿竦然退立，却答道："大人状貌，有异常人，卑职虽愚，亦识丰彩。便请移驾行辕，徐容瞻拜。"老者笑道："既如此，俺替你访得两个恶棍鼠窃，先交你去办吧。"说着由蓝布袋内摸出个小手折，撕下一页递与州官儿，欢喜得个店翁忘其所以，竟失口道："阿弥陀佛。"众村人直然惊呆，反一个个安坐不动。

　　这时辅子早趁势蹭将出去，便见草棚外，舆马人役，黑压压摆出多远。那匹马十分骏气，却被一个健仆控定，立在一株柳树前，距棚儿三四丈远，由树前到棚边，恰是一洼子积水烂泥并污秽之物。辅子闪向一边，正在张望，便见那于二爷，由屋内如飞跑出，大叫道："伺候！"轿夫等一声嗷应，便将轿儿端正停当。

　　众人役一阵吆喝，赶掉闲人，便见州官儿引着王大人徐步而出，直至轿前。王大人略为颔首，昂然登轿，顷刻间，人役簇拥而去。

　　这里州官儿，急切间，想赶向行辕伺候一切，偏偏那匹马，隔着积水，发起拧性，任那健仆怎样鞭拉，只是咴咴地放劣蹶。州官儿大怒，逡巡间，忘其所以，一矬身形，嗖一声便蹿过去，只脚下略驻，竟自凭空地飞身上马，一抖辔头，一溜烟似的，赶那轿儿去咧。

当时众人只顾惊诧总督大人扮装私访，恨不得都赶向行辕，去瞧热闹，谁也没理会州官儿大抖飘儿。唯有辅子，心头大为怙惆，便无心再饮，慢步回屋，去开酒钱。只见那群村人还围定店翁，都变貌变色。店翁却乐得拍手舞脚道："徐客官，您是多大的福命呀！只今天陪总督大人喝一盅儿，您这一辈子，算是没白来咧。来吧，俺再给您来壶喜酒吧。"

辅子笑道："俺不吃咧。"说着辞别店翁，慢步回城。一路上，只怙惆着州官儿上马的姿态，信步趄向王大人行辕前望望，只见州官儿那匹骏马依然系在辕外。

辅子料州官儿还没回衙，正要再探探动静，只见于捕头笑嘻嘻从人丛中挤出，拖了辅子，走向僻处道："方才州官儿参谒王大人，还没三言两语，便碰了钉子咧。因王大人早就访闻得遵化许多大盗案，一概没破，本就眼里黑着他，偏巧郝朋在酒肆中给他加镖子。所以王大人甚为震怒，就着在此歇几天马的当儿，立饬他加劲办案。看光景，俺的屁股又要挨打，徐兄这却怎么好呢？"

辅子道："于兄莫慌，俺今天踏案，业已稍得风影。今且不必说，等俺踏准，还有话向您商议。但不知这位总督大人是否性气刚正，能公事公办不能？"于捕听得访案有风影，只喜得打跌，因笑道："这办案是州官儿的事，你拉扯王大人做什么？"辅子笑道："你不必管，王大人性情究竟如何呢？"

于捕笑道："王大人是有名的王铁面，那性情还用说吗？"正说着，只见健仆去解那马。辅子赶忙留神，便见那州官儿徐步而出。这次辅子望得仔细，原来州官儿驼背分明，便一径上马，直出行辕。

辅子顾不得再谈，便大叉步跟向马后。方转过两条街坊，只见江宁猴头猴脑，跟定两个背柴草的小儿从岔道上趄来，一面笑道："老兄弟，咱们明天还是文庙前的营生。你说是扔坑儿、砸钱儿（小儿赌戏之名目），都成功的。"忽一眼望见辅子，急忙一使眼色，匆匆迎上。辅子只认他得了什么消息，不由足下略驻，便见州官儿一骑如飞，转向州衙而去。

这里辅子忙和江宁走向僻处，悄问道："江兄忽示眼色，定是访

167

有佳音吧。"江宁一怔道："俺因方才和那两个小儿玩了半天，扒着眼儿扔坑儿，累得眼眶酸，所以向您挤了两下子，并没有使眼色呀！"说着，从怀中掏出十来个铜钱道："今天好几百钱，输得只剩此数哩。"辅子不由好笑，便道："你真好把戏，却玩这没要紧的事。"江宁得意道："今天亏了玩这没要紧的事，却碰出好些要紧事来咧。"

辅子喜道："如此说，你访有佳音了？"江宁道："佳音歹音的，咱们回店去说吧。"于是两人一同拔步。

江宁一路上询知辅子东关一带踏访的情形，因笑道："徐爷这趟委实兴会，却陪总督大人喝了一盅儿来咧。"辅子一笑，也不将所见的州官儿情形说破。

须臾到店，两人入室落座，一问店翁，赵爷来也不曾。店翁道："赵爷那会子来了一趟，问知你二位都已出去，他也便去咧。"两人听了也没在意，便吃茶歇息。辅子一面瞑目沉思，一面自语道："好功夫，看来此中大有蹊跷。"招得江宁扑哧一笑，恰好一口茶正含在口内，登时呛得大嗽不止、涕泪纷纷，因大声道："我的徐爷别怄人哩，且瞧俺这要紧物儿吧。"说着，得意扬扬地从怀中取出一物。

辅子望去，却是一根很长的细草，盘作一团，因笑道："江兄物色着此草，莫非和那桲椤包上的草同是一种吗？端得从何处得此草呢？"江宁道："好叫徐爷得知，这就是俺玩没要紧的事，才得到的。"因细细一说所以。

原来江宁自和辅子在街头分手后，自去寻觅那异草，荒园僻地，搜觅良久，都没得那样的草。江宁信步踅向文庙前，方坐在下马碑前，少息疲足，只见两个割柴小儿，磕着牙趁来，一个道："草鸡毛，输给人钱，不给人家。你今天要玩，咱须清旧账；若还是干炸蛤蟆（俗谓空手作局也），俺没空儿哄你玩哩！"

那一个道："你不用吹大气，你当是俺没钱吗？昨天晚半晌，俺舅舅从文庙里担树叶出来，还给了俺好些钱哩。"说着，置下草筐，从筐中抽出一根长细草，上面串着百十文钱。那一个小儿一见，登时笑逐颜开，于是也抛下柴筐，两人便就庙前扔起坑儿来。

江宁一见那串钱之草，正和桲椤包儿上的相同，于是搭趁着，去看他两人作局，便笑道："算俺一份儿，俺也来呀！你别瞧俺笨手笨脚地扔出钱去，更有准儿。"说着从怀中掏出数百铜钱，又笑道："俺先给你们个便宜，俺输一个赔两个如何？"

两小儿一听，自然是乐不可支，这种扔坑儿赌戏，原是小孩们专门拿手，江宁又是成心搭趁他们，不消说，三晃两晃，江宁的钱都到了那草串上咧。那小儿忽赢许多钱，只喜得无可无不可，便登时止局，就要跑去。江宁笑道："老兄弟，俺且问你这串钱的草怪好看的，你是从哪里得的呀？"

那小儿欢喜之下，便脱下那根草，递给江宁道："您喜欢此草，就送予您吧。不瞒您说，这是俺舅舅从文庙里割来的一茎，串钱给俺。此草只有大成殿后奎光阁下，靠东北墙犄角有一丛，别处是没有的。因为文庙中除春秋上祭外，整年关锁，没人进去作践，所以此草十分茂盛。俺舅舅在学里当门役，老师偶然命他去扫落叶，所以才多着胆子进去。"

江宁道："怕什么呢？"小儿吐舌道："怕什么？里面大仙爷闹得凶，不断地黑夜里有响动。单是那奎光阁上，那么高的所在，会晃火亮儿。有一天五更头上，大月亮地，文庙右边，有个住家老头儿，因患五更泻，起来到后院出恭，只听阁上槅扇门儿吱扭一响，便似人推的一般，竟自开了一扇。那老儿一惊之间，还以为是偶然风吹的，不想转眼之间，那隔扇门儿又自家关上咧。吓得老头儿恭也没出完，赶忙跑入屋内，您还说不怕什么哩！"

江宁听了，一面心下怙惕，一面和两小儿厮趁举步，却好正遇辅子。当时江宁说罢，得意道："俺看此异草既出自文庙中，那所在又僻静不过，就许有盗犯藏身，徐爷今晚何不去探探呢？"辅子沉吟道："你这话也有道理。往年时，俺殷老师在北京艮止园中，得遇大侠燕飞来，就是僻静不过的所在。可见这等所在，夜行人们就许藏身哩。但依俺看……"即又沉吟道，"今晚探探去也使得，且俟赵爷来再说，万一他也得点儿什么消息呢！"

江宁道："对，对！赵爷如果得着消息，必然来寻咱们的。"正说着，一望天光，业已日色平西，江宁肚儿内忽地咕噜噜一阵山响，不由猛想起饿来，因笑道："齐头一天，忘掉吃饭，徐爷一定在酒肆内陪王大人吃饱咧。"

辅子大笑道："你嚷饿，俺也肚儿不做主咧。老实说，俺在酒肆，只饮了两杯空心酒，那州官儿便来搞乱哩。"江宁一听，正要唤店翁早来晚膳，只听店翁在院中和一客人谈话，少时却笑道："真是人的嘴也歹毒，说话巧咧就对景，他两个人一狼一狈，人都叫他作梢子棍，如今两人共掮一面四十斤重的双眼枷，配着一高一矮的身量，真成了好体面的梢子棍咧。"

辅子唤入店翁，一问所以，却是郝朋和马老二，业已枷示在州衙前咧。于是江宁命店翁开饭，和辅子匆匆用过。那江宁食困发作，横着身子向榻上一歪，伸伸懒腰道："停会子赵爷来了，您便叫俺。"说着，大嘴一张，沉沉睡去。

辅子思忖一回，也歪倒少息。及至醒来，业已二鼓将尽，那赵柱儿依然没来，一看江宁，还睡得死狗一般，辅子索性不去唤他。须臾二鼓已尽，赵柱儿只是不到，辅子不由暗想道："他这光景，今天是又恋在娼家咧。江宁耸跃能为不成功，不如俺自去探探为是。"主意已定，便匆匆结束，佩起镖囊，携了短剑，熄灯阖户，悄步而出，仍从店后墙跳落街中，一径地便奔文庙东墙。因那东墙外是一荒草地，并稍有沮洳，俗呼为"蛤蟆坑"，只有条蚰蜒小道，却通着州衙后身儿。东墙内松柏甚多，墙有稍缺之处，所以辅子直奔这里，一来跳墙省力，二来松柏内可以隐身，窥觇动静，这便是夜行人仔细之处。

当时辅子直抵文庙东墙之下，略为驻足，却听得大成殿后檐栖鸽鸣噜噜地叫了两声，并扑啦啦略为飞动，少时便静。辅子暗笑道："莫非真有大仙爷去偷雀吃吗？"思忖之间，一跃扳住墙头，倾耳听去，一无动静；然后用一俊鹞翻山式，一折身飘落墙内。这时北斗荧荧，斜挂在奎光阁阁角，星光疏朗，约略可辨道路。辅子一路逡巡，左顾右盼地出得树林，方要先向大成殿内探探光景；只一转身之间，忽从背后火儿一闪，便如一道穿云疾电一般。

这一来，闹得辅子眼前顿然一黑，赶忙回身望去，却又不见什么，不由暗忖道："这光景真透着蹊跷咧。这种亮儿，分明是火扇子的松香亮儿，除掉夜行人是不会用的。不要管他，且先向奎光阁瞧

170

瞧。"于是一整精神，拉剑在手。方趑近一面石碑前，只见那光亮儿又闪将来，紧接着阁上槅门略响。

辅子大诧，料是阁上有人，赶忙隐身碑后，探头瞅去，便见嗖一声，一朵乌云似的，由阁上跳落一人，明晃晃刀光一闪，似乎是四顾踌躇的光景。辅子大悦，百忙中就要掏镖打去，略一沉吟的当儿，那人已提着短刀大叉步趑来，行动且是伶俐非常。

辅子暗惊道："这歹人，倒也不可轻敌。"于是单臂攒力，蓄足剑势。说时迟，那时快，那人一足方迈过石碑，辅子觑得亲切，剑势一落，当头便剁。好来人真是惯家，赶忙用个悬崖勒马式，向后一仰身，单足卓立，横刀一架，只听锵啷啷，刀剑相触，火星乱爆。来人转怒，趁迈出之脚，连忙进步，一矬身，刀势横旋，风也似着地卷来。

辅子健跳，方闪离石碑，来人一刀平刺，却咔嚓一声扎在石碑座上。于是辅子失声喝彩道："朋友，真有你的。"

这一来不打紧，只听来人哈哈一笑，道："哟！徐老哥吗，你如何也钻到这里来咧？怪不得方才当头一剑，很挂些玄女味儿哩！"辅子一听是赵柱儿，诧异之下，不由也笑了，于是两人同坐石座上，各道来意。

原来赵柱儿是留心了文庙后墙窟下那道群蚁，揣度着庙内或有人抛弃吃剩之物，所以才群蚁搋掀。他是天生独性，要自显能为，所以不去知会辅子，二鼓以后，便独自趑来，也是由庙东墙边取道。不想，方趑到那片荒草地里，只见由庙缺处，一溜烟似的飞出两条人影儿；略一凝神，直奔向荒草地间一条南北横道上。

赵柱儿伏身草际，觑得模模糊糊，只见一人，身着短衣，手提短刀，背上一个老大包裹；那一人，秃着头儿，只将长袍扎拽起，竦耸身裁，却微有些驼背，提刀的那人道："咱们再见吧，早晚间，咱社中还有人来，大约刻下的事儿也就冷落下咧。"秃头的道："就是吧，那件东西，俺且留用，前途保重，再会，再会。"说罢，转身向北。

赵柱儿一愣之间，提刀的那人已如飞向南去，顷刻间没入前面街坊中，竟自不见。这当儿，两个人南北分路，闹得赵柱儿不知跟捉哪个才好。一刹那间，再望秃头的那人，早转入通州衙后的蚰蜒小道上。及至赵柱儿怔定，如飞赶去，早已人影都无，却是他顷刻想起在州衙后面，曾瞥见过黑影儿，于是直奔衙后，各处张望半晌，却杳无踪影。

当时骇异之下，只得仍奔文庙。他既眼睁睁见有两人从墙内跳出，自然是加意小心想跳进庙墙，用火扇晃路，各处寻遍，也没人儿咧。

直至奎光阁后面，紧贴后墙，水沟之旁却有些零碎油骨头抛在深草里，赵柱儿恍悟群蚁穿墙窟出入之由，越发觉得一向有人在庙，只可惜方才两人竟自跑掉，便索性儿施展出一鹤冲霄法，跃登阁窗，直趋上级。方要挺刀去拨槅扇门，仔细一看，竟有一扇槅门儿大敞大开。赵柱儿暗恨道："这光景，里面没人咧。俺若早来些时，就许堵住他们。"

然而赵柱儿天生机警，虽料得阁内没人，却依然进去细查情形。一路晃开火扇，各处一照，都是些旧存的残旧书籍，唯有西壁下尘土都无，像有人坐卧过的。他末后火扇两晃，正是辅子在庙的当儿。

当时赵柱儿诉罢所见，辅子扼腕道："可惜，可惜。老弟见那两人时，若单趁一个，也就跑不掉他咧。"因急问道，"你见向北的那人，奔向通州衙后的小道，那人真有些驼背吗？"赵柱儿道："徐兄，俺望得分明，那人真有些驼背哩！"一言未尽，只见辅子突然跳起来道。正是：

　　　方苦连糊暗摸索，却从一语释疑猜。

欲知后事如何，且听下回分解。

第六回

识异盗谋定后动
飞金镖一击成功

话说徐辅子连日踏访盗犯，心中正大有所疑，今见赵柱儿说北去的那人果是驼背，不由疑团释却大半，畅悦之下，忽然跳起来。赵柱儿惊道："徐兄，这是怎么咧？"辅子道："老弟且不必问，这盗犯已经在俺掌中咧，咱回店再说吧。"于是两人仍由庙东墙蹿出来，一径回店，只见江宁还正在睡得扎手舞脚。

辅子也不理他，便向赵柱儿一说自己怀疑的缘故。惊得赵柱儿张大了口，急切间合不拢来。少时神定，蹰躇道："啊呀！这事儿可不在小处，徐兄可拿得稳吗？"辅子道："俺屡次注意他，如今你又见那人果是驼背，看来不会错的。为今之计，不愁咱不能办人，却虑的是于捕头有无胆量。明天咱和他商议好了，方能放手办案哩！"

赵柱儿点头道："有理，有理，这捕务是他的职分，咱不过帮办罢了。"又道，"怪不得遵化盗案层出不穷，并且老不破案，谁想到贼老哥就是他呢！"辅子喜道："此贼踪迹离奇，如此看来，御珠那一案，准是他干的。"

赵柱儿道："正是哩，妙在刻下王大人在此歇马，也是个机会。"辅子拍膝道："对，对！这就看于捕头胆气如何，敢办不敢办吧。"正说着，只见江宁揉着睡眼道："这下子可误了事咧，徐爷，咱该去了吧。"猛睁眼，忽见赵柱儿，登时打一个呵欠道："赵爷几时来的，咱大家去，人多眼多，总要在文庙内探个仔细。"

赵柱儿方要答语，辅子忙使眼色道："方才俺和赵爷已在文庙里逛了个八开来哩，却一些踪迹也没得。"江宁一听，大扫其兴，一歪身，又复睡去。徐、赵两人也便略为安睡。

次日，辅子起来，赵柱儿已去，只有江宁睡足神旺，正在院中催促早饭。辅子笑道："江兄忙什么，莫非还去寻草吗？昨日俺见文庙内，后墙下深草中，真有些吃剩的油骨，您不如还向各熟食店内去访查。万一那贼老哥再去买食物，你看他形迹可疑，就可以跟踪他，便是再空跑一趟，也可以多卷些食物来，晚上咱消个夜儿，岂不妙极！"

江宁不知辅子是打趣他，听得庙内真有油骨头，便又高起兴来，一迭连声地唤到早饭，同辅子纳头便吃，一面道："办案，办案，赛如缲丝纺线，你越性急，越找不着头儿。"辅子道："江兄此话就该加圈，你今天定该找着头儿咧。"

江宁一笑，恰值放着袖儿一带，拂落一支箸，因笑着拾起道："莫非今天该挨打吗，怎的掉筷子呢？"辅子含笑，只管点头沉吟。

须臾饭毕，不提江宁兴匆匆自去踏访。且说辅子踌躇一番，思忖好激励于捕头之法，便整整衣冠直赴于宅。恰值于捕头被州官儿催案，叫去问话，被骂得狗血喷头，方才趑回。正在客室中生撅尾巴气，听得辅子到来，连忙请进，劈头便道："徐兄近来访有消息吗？"辅子攒眉道："消息呢，倒有一个，并且十拿九稳，那鸟盗犯就在城里。"

于捕头大喜道："真的吗？徐兄快救命吧。今天俺本官儿那张脸子越发难看咧。"辅子叹道："于兄且慢欢喜，如今盗犯虽踏准，却委实没法去办，简直的僵透咧。"于捕头诧异道："这话奇咧！难道徐兄本领还不成功吗？"辅子道："俺倒不为此，只是这盗犯非同常人，俺若一下子捉住他，下回分解，怎么说呢？"于捕头大笑道："我的徐大爷，你怎么欢喜悖晦呀？你捉他交给我呀，我自有办法。"

辅子听了，端相着于捕头面孔道："你真有这股子横劲吗？等俺一交案，你倘若吓得屁滚尿流，碰巧，你再给盗犯磕顿头，通没个结果儿，俺却犯不着跟你栽个子哩！"说着，大声道，"这盗犯不能办了，若实说，俺就此告辞，改日会吧。"说罢，站起来就要拔步。

于捕头听了，摸不着头，不由又急又气，又是闷个大疙瘩，因

174

拍胸道："俺于某人也是有胆气的人，凭那盗犯是什么角色，俺也敢照例办他。徐兄忽要转去，莫非因俺简慢了吗？您快说盗犯是哪个，咱马上就办去。"

辅子笑道："办他倒容易，只是先须安置好收他的主儿，于兄有胆量去叩谒王大人，先密为禀明此事吗？"于是凑向于捕头耳根，悄语良久。

这时于捕头正站在椅儿前，惊得腿肚子一软，一屁股没坐稳，人倒椅翻，连忙挣起，睁着大眼道："竟有这等事，可他妈的出了旱魃咧！真要是他，俺挨的没数的屁股板子，才冤出大天来哩。"说着，用手一拍脑门道："徐爷您瞧着，俺冲着他拷俺屁股，便豁着干咧。王大人那里，他便有包老爷狗头铜铡，俺也去密禀此事。可有一件，徐兄须掌住眼，倘若闹拧了，却不是耍处。"

辅子正色道："不会错了。"于捕头听了，登时壮起胆气，抓起一顶官帽儿扣在头上，便要拔脚。辅子正色道："你这一去，一不要怯官，二须要严密，倘若走漏消息，那盗犯走掉，便了不得咧。"于捕头道："巧咧，王大人那里有个仆人，从先没跟大人时，在俺班中当过伙计。俺只说去寻他谈天儿，谁也不理会哩。徐爷您静候消息吧。"说着匆匆趱去。

这里辅子静候良久，等得不耐烦，便信步到王大人行辕前探探动静。恰值那州官儿又从行辕内步行趱出，辅子留神他微驼之背，越发仔细。不想那官儿尖锐目光，一瞬之间，登时和辅子打了个对光儿。辅子赶忙敛容他顾，暗瞟州官儿，趱出数步，又回头望望他，方匆匆而去。

辅子暗料州官儿方从行辕出来，于捕头一定还没得机会叩谒王大人哩。当即转步，想先向州衙后窥伺一回。方趱过考院街，只见江宁果然从一家熟食店内低着头儿出来，这时手内业已用麻绳提着两只熏猪蹄，却倒背着手，一面向前撞，一面睁起大眼睛，东瞧西望。那油晃晃的猪蹄儿，只在他后臀上悠悠地摆。不想有只巡街癞狗悄悄跟上，吭哧一口，登时衔去一只，回头便跑，招得两旁店肆中人无不大笑。

辅子忍笑，也不去招呼他，自向州衙后观望徘徊。只见衙后园墙十分高峻，墙外草树蒙翳。过得一片菜圃，便直接北城根，通没人家，却是菜佣们晒粪所在。辅子信步趄去细望，只见粪壤中微有脚迹，直迤逦到城岸高坡；并且脚迹中还间杂个妇女脚印，甚是纤小。

辅子暗想道："这又是桩异事，这脚迹既非农圃人们横宽的脚迹，一定是游人的咧。此等污秽所在，竟有游人来，已然可怪，便夹着携带妇女，难道在粪场中踏青儿吗？总之这所在十分作怪，今夜来侦，便见分晓了。"沉吟一回，依然趄向州衙围墙下。墙东面是条小道，转通街坊，那西面一带，却是些不成段落的小草房住户，一处处白板掩映，望巷对宇，大概是些土娼并班头们的外家之类。颇有几个不堪妇女正在倚门，一个个腆着潘仁美似的大白脸，两腮上鲜红两块；两道浓描眉，一张血盆口，若哇呀呀一下子，唱个二花面，尽也去得。然而人家却不自菲薄，有的轻鼙浅笑，哼唧小曲儿，烂泥塘似的秋波，乱丢行人；有的伸出钉耙似的纤纤玉手，托定扒猪头脸似的大肥香腮，做出恹恹春思的神气，百忙中，还要微微叹气，一低那车轮似的玉颈，瞟瞟自己那两只盈尺莲船。

辅子一见，赶忙转步，却听得背后娇嫩嫩地唤道："你老到俺家歇歇吧，您若寻某头儿，俺叫小妮子寻他去；您若寻开心，哟哟……"

辅子这时脚下慌张，和一个来人正撞满怀，仔细一看，却是赵柱儿。赵柱儿一把拖定辅子便跑，悄语道："俺料徐兄必先来觇望道路，那会子，俺同店中去寻你，恰值于捕头也来寻你说话，那件要事，他已办停当咧。王大人乍闻密禀，十分震怒，便命于捕头传话，叫咱们放手办事哩。"

辅子大悦，便同赵柱儿转向衙前。方要取路回店，只见有一个商人模样的人，和一个乡老互相揪扭而来。两人都气急败坏，乱唾乱骂，商人道："你这老狗，藏起女儿来，转来向俺要人，你女儿昨晚撒泼怄气，左邻右家，哪个不知呢？"乡老气得双脚乱跳，只大喊道："姓吕的，天理良心，你就还俺女儿来，不然咱就拼掉。"说着，大喊冤枉。便有做公的拢将来，带着两人，问其所以。

原来这两人是儿女亲家，男亲家，姓吕，名璜，在城内经商；女亲家，却是庄农人家，在城南广木屯住，姓姚。姚老的女儿姚玉妮，生得丢丢秀秀，有八九分姿色，就是性儿娇惯些，年轻的人儿，未免爱打扮得很风流，未从走道，先要瞅瞅脚尖；未从出房，先要照照镜子。她婆婆见了，未免不大愿意，便着实数落玉妮一顿。玉妮忍气回房，也没发娇性。偏偏这天下午，门首有班耍猴戏的，锣鼓喧天，十分热闹。若在往日，玉妮早跑向门首去咧；今天挨了婆婆的数落，只好忍气而坐。正在心内小把儿挠得似的，只听见邻家墙头上喝的一声，玉妮一看，却是邻女小环子，歪着个偏髻儿，笑道："玉姐，怎不瞧热闹去？大婶子在俺家斗牌，赢了一大堆钱，数钱都不迭，还有工夫去查你吗？"

玉妮听了，顿然心内不平，暗想道："俺们略略打扮，就招她一片淡话，好像该得养汉的罪过。她如今饭碗一丢，便向邻舍家浪张着斗牌，却是该的？"

正这当儿，门首锣鼓大振，喝彩连连，小环便道："嘿！俺可要瞧瞧去咧。"于是登时缩下墙去，便闻隔墙咕咚咚一阵跑。玉妮觉着自己理由很足，登时气壮，便俏生生跑向门首。因观者如堵，又巴巴地站在门凳上，出人头地。正在俊眼四瞅，樱唇半绽的当儿，恍惚见个长碎白麻子的少年，直呆呆的两眼注向门首，仿佛赏鉴门楣上贴的"五福临门"春贴儿一般。

玉妮瞧戏正酣，也没在意，但是不多时，门首众人一闪，玉妮的婆婆，一手提着钱袋，一手拿着旱烟袋，腆着沉脸子，匆匆进来。玉妮见了，赶忙跳下凳来接烟袋。她婆婆一抡风，也没理她。玉妮怀着鬼胎跟婆婆入室，方赔笑道："娘今天好彩兴呀。"她婆婆啪的一声，放下手中两宗法宝，却一声不吭，只管立愣着眼儿，端相玉妮的头儿脚儿，瞅得玉妮红了脸儿，只好低头退立。

哪知她婆婆越瞅越生气，忽呸呸两声唾了一口，然后发话道："怪不得人家野男人们都瞧直了眼；我老婆子瞧你打扮狐狸精似的，也觉怪好的哩。"玉妮一听，登时红云满颊，直彻耳根，气得带哭声说道："娘有话责备，尽管说，如何说这般锯齿人的话呢？"

她婆婆大怒道："你还敢犟嘴！早晨时，俺说你两句，你倒索性打扮了，前去站门口。你可知那瞧你的野男人，绰号'俏麻子'伏大，是本城中顶不要脸的混混。专以在三瓦两舍招风惹草，见了女人，便似苍蝇见血。你小小人儿，懂得什么！不要说是别的，便暗含着被他转转念头，咱们清门净户的人家，你说合得着吗？俺说你是好话，你还睪嘴邦邦的。"

玉妮一听，不由娇性发作，便哭道："娘也别鸡蛋里找骨头咧，反正您看着俺不好，俺明天且去住娘家就是咧。"她婆婆气得乱抖，道："你是和俺怄气呀。"于是一掌掴去。

那玉妮如何肯服，登时大哭大叫。亏得吕璜从外面来，方才喝住。当晚玉妮直吵着住家去，吕璜夫妇也没理会。次日起来，只见玉妮房门大开，寻她时，竟自不见。吕璜夫妇以为她定是使性儿，趁早凉跑回娘家去咧。过了一天，吕璜终究放心不下，踅去一问姚老，姚老并没见玉妮转来。两亲家惶急之下，未免互相起疑，越说越岔，所以两下里揪住小辫，一顿乱打，便告向官中来咧。

当时徐、赵两人略闻情由，不暇去看热闹，一径地匆匆踅回店，只见于捕头正在室中低头乱蹀。一见辅子，便略说他叩谒情形，并王大人命他放手去办之意。辅子喜道："既如此，这盗犯便好说咧，您但听俺消息吧。"于捕头大喜踅去。

这里徐、赵两人，略商今夜办案之事，索性儿盹睡一觉，以蓄精神。及至醒来，业已更鼓初定，两人从容用过晚饭，赵柱儿便道："江宁这时光还没回来，咱去办案，不必候他咧。"辅子道："正是哩，索性连办案都瞒过他，等诸事已毕，再告诉他不迟。"正说着，忽闻店翁惊笑道："哟，江爷是怎么咧？怎闹得泥母猪似的，难道掉在阴沟里了吗？"江宁噪道："唉！不用提咧，反正丧气就是咧。"说着呼的一声，掀帘跳入。

徐、赵一望，不由拊掌大笑，只见江宁秃着头，裂着袍襟，泥垢淋漓，手里还提着个大油纸包儿，上面泥污不堪。到得屋内，气哼哼地坐下，一言不发。

辅子道："江兄今天又请俺吃什么呀？"江宁道："徐爷，真也难为你说，俺那会子去办案抓人，几乎被人家打烂屁股。您猜怎么着？俺今天在街坊上磨驴子似的转了一天，傍晚时光，却瞧见个形迹可疑的人，果然从一家熟食店中溜溜瞅瞅地出来，一面四下乱望，一面往怀内揣食物包儿。俺跟他到一家门首，他一叩门，从里面踅出个媳妇子道：'你今晚来不来咧？'那人道：'今夜还有大活儿哩。吴老三、贾老四都在某处，等俺干事。这点儿东西且寄放在此吧。'于是掏出包儿，交给那媳妇。俺听得'大活儿'三字，又有人等他去干事，徐爷您想，俺如何不起疑？"

辅子正色道："对，对！这底下你准要动手抓人咧。"赵柱儿不由扑哧一笑，江宁道："我的徐爷，俺没动手抓人，人家一个泼脚，便将俺摔倒咧，偏他娘的正跌在阴沟里。因为俺向前一叫：'朋友你干的好事！'那人大怒道：'俺们今夜打夜作，给某乡绅家缝孝裤子，怎么干的事不好呢？'于是按定俺方要捶打，亏得街上众人们前来劝开。俺向人一探听，方知那人是个裁缝；那媳妇是他包占的婊子。俺疑惑他是贼老哥，他想也疑俺是割他的靴鞋子去咧，所以糊里糊涂一阵乱打。"说着打开油纸包儿，只见许多熟食，业已压成了大饼子。

徐、赵两人，见江宁那副嘴脸，越发拊掌不已。辅子便道："江兄这光景，只好歇息咧。俺两人且到外边，夜里访访。"说罢，和赵柱儿结束停当，匆匆出店。不提这里江宁换衣吃饭毕，倒头便睡。且说徐、赵一径地奔赴州衙后面，两人分路，留神伺觇动静，真是眼观四路，耳听八方，便是风吹草动都要觇觇。不想白忙一夜，通没动静。

次日混过白昼，夜至三鼓，两人又去狙伏，是赵柱儿在西，辅子在东，都藏在深草丛中，细细觇望。堪堪四鼓将尽，还不见甚动静，赵柱儿等得焦躁，凑向辅子低语道："今夜又许白来咧。州衙东边，靠马号那里，还有墙洞儿，不知于捕头安置了人不曾。等俺趁空张张去。"

赵柱儿去后，辅子却信步蹭向西边。方在留神瞭望，只听州衙东边一阵刀剑相撞，铮铮乱响。辅子大疑，却又不敢离却衙后，倾耳听去，分明是有人厮杀。直待良久，猛见一团黑影，突突突，由东道直奔后墙。到得墙下，一长身形，重复向下一矬身，势将跃起。

辅子觇得仔细，暗叫惭愧，赶忙掏镖在手，说时迟，那时快，那人嗖的一声跃上后墙，方要翻进，只上段头儿未下之间，辅子喝声："着！"一镖打去。那黑影啊呀一声，一个后仰身，栽落墙内。

辅子挺剑抢去，却不敢贸然越墙。正在面墙，稍为沉吟，只听背后道："徐兄怎么样咧？俺老远瞭着那厮进去咧，好煞，好煞！"辅子回望，却是赵柱儿，雄赳赳倒提短刀趋到。两人方要各述所为，只见东道上人影一闪，两人大惊。正是：

且喜伏垣伤巨盗，又从狭径会同人。

欲知后事如何，且听下回分解。

第七回

赵柱儿酣战真老捻
王铁面提讯假州官

且说徐、赵两人猛见东道上人影一闪，方要准备，只听来人道得一个顺字口号，两人知是于捕头，连忙迎去。原来这夜里，于捕头率领十余名健捕，分伏在州衙左右，衙前一面，于捕头独自巡风。方信步趄向马号旁，会着赵柱儿，说得两句话，只听马号中栝马微惊，倏地一条人影从墙缺处飞出。

赵柱儿眼快，一矬身，挺刀抢去，趁那人足势未稳，嗖嗖嗖，一路大滚堂刀，刀光平铺，直取下三路。这路刀法，又名为"削风片雪"，捷疾之势，不可言喻，若敌人足下功夫稍一含糊，登时就得双足立断。

哪知强中更有强中手。但见那人并不慌忙，唰唰唰，一路跳跃，脚尖着地，真赛如蜻蜓点水，忽地跃起两丈高，直翻落赵柱儿背后。赵柱儿赶忙转身，就见白光一闪，那人一刀业已夹脑而下。好赵柱儿，急忙略仰身形，横刀格去，锵啷一声，那人刀势飙起，赶忙回缩。

说时迟，那时快，趁赵柱儿横刀未起之间，那人一挺健腕，便是个白蛇吐芯式，明晃晃一道寒光直奔柱儿咽喉。啊呀！险得很，这一招名为叶底偷桃，据说来是罗家枪法中变化出来的，纯乎是以巧胜人的毒招儿。

哪知赵柱儿仗着眼明手快，并不用刀去挡，只将脖项一偏，故意地使那刀擦肩半寸远，扎空过去，他却就横刀之势，飞进一步，拦腰一下。这一来不打紧，却将于捕头惊呆，只眼睫一合之间，那人用一个轻燕斜飞式，健跳躲过。两人霍地分开，这才各用刀护住面门，使个旗鼓，彼此互一进步，各显能为，顷刻间杀作一团，顿现出两轮白气。这一阵翻飞上下，钩掠劈拦，更妙在步下无声，便如两团风气飔飔乱卷，将个于捕头直瞧得忘其所以，喉咙作痒，百忙中几乎喝起彩来。

少时，忽恍然自己还有点儿事也该办着咧，于是一紧手中铁尺，大叉步便来助战。他虽武功平常，却专能虚作声势，并且没准家数，随手乱来，戳腰眼、穿衩裆、扎屁股，一路起腻。

那人全副精神支持赵柱儿本很吃力，经于捕头这么一来，便如个讨厌的绿豆蝇一般，只管上头扑脸，登时闹得心烦意乱。只眼光一离之间，赵柱儿一刀刺去，哧的一声，穿破那人衣襟。

那人大惊，向赵柱儿虚晃一刀，跳出圈子，向衙后小道便跑。赵柱儿方要紧紧赶去，不提防于捕头因闪路力猛，一跤栽倒。赵柱儿只认他受了敌人暗器，就扶他起来的当儿，那人已跑去老远，所以两人随后赶到之间，辅子一镖，竟自成功。

当时三人会面，各说方才情形，辅子道："事不宜迟，如今那厮虽然被俺镖伤头面，还恐他见机密已泄，伺便兔脱。于兄快去禀知王大人，好作区处。此间有俺两人并捕伙等防查一切，便足用咧。"

不提于捕头应声跑去，且说徐、赵两人，穿梭似的巡绕州衙，直至天色将亮。料没闪失，方要暂且回店，静候消息，恰好于捕头匆匆趸来，道："如今事体都已停当，王大人问俺时，俺已禀知你二位出力一节，甚是欢喜。刻下老头儿十分高兴，便唤你二位去问话哩。"

徐、赵一听，倒甚是不得主意，辅子沉吟道："俺们就这等短打扮儿去见王大人吗？"于捕头道："不要紧的，咱班房中有的是长衫儿，各穿上一件就是。"于是徐、赵佩起刀剑，同于捕头到得班房，各披长衫。方要拔步，辅子忽失声道："几乎忘了这事儿咧。咱们一个个佩刀携剑，去见王大人，恐有些不像话吧。"于捕头道："还是徐爷仔细，俺也真成了浑蛋咧。"于是命徐、赵解下刀剑镖囊。

方趸到行辕前，只见有两个傻大黑粗的戈什哈，匆匆地由门内

182

而出。于捕头领了徐、赵来至行辕门首，命二人少待，先自进去。这里徐、赵两人，一面惴惴悚立，一面沉吟暗想。辅子是且喜破案，不负此行，总算是替尤大威全了面子；赵柱儿是深幸巧遇机会，自家在此，本是游荡，不想竟叫了大响儿，更可喜的是竟蒙王大人传见。荣耀先不必提，巧咧，时气一来，若蒙他老人家赏识提拔起来，真是前程无量，这个乐子可就大咧。

两人正在思潮起落，只见于捕头出来，连连招手。两人趋近，于捕头低声道："王大人已在前厅候见，你二位要小心回话呀！"辅子点头，赵柱儿却一路东瞧西看，只见行馆中十分静悄，除少数戈什哈卫弁外，便是三五仆人，都是屏息悄步往来或谈话，连个大声咳嗽的都没有。赵柱儿虽是野性儿，到这严肃所在，不由得也悚然不已。

这时曙色甫分，遥望正厅窗上残烛未撤，三人来至阶下，便见帘儿一启，一个仆人出来。于捕头哈着腰，向前轻轻回话，仆人转身入去。于捕头悄向辅子道："此人便是俺那旧捕伙，俺叩谒大人，许多的事都亏他从中为力哩。"

正说之间，仆人出来唤道："大人有请徐壮士和赵壮士。"这一声不打紧，登时闹得徐、赵两人手足无措。于捕头一抖机灵，忙引两人轻步进厅。那仆人早跑在前面，打起东里间的软帘儿。辅子从于捕头背后偷眼望去，早见王大人衣冠岸然，就临窗书案椅儿上端然正坐。案上文件堆得一尺来高，还有一张字儿，尚在墨汁未干，就置在砚匣之旁。那一番铁面无私、为国贤劳的气象，好不令人起敬。

当时于捕头趋近，轻禀数语，便引辅子等行过参叩大礼。王大人站起笑道："壮士等不在官中，不必行此大礼。"因顾旁边侍仆道："且与他两人看个座儿。"辅子惶然禀道："大人在此，小民等理当立谈。"王大人笑道："壮士等都系平民，与我并无统属，并且任侠可嘉，为国除奸，便请坐谈吧。"说罢微微含笑，十分和蔼，又向辅子道："徐壮士，咱们那一天酒肆一面，业已是旧交咧，你还客气怎的？"说罢哈哈大笑。

辅子听了，不敢答语，于捕头从旁悄悄捏了他一下，辅子会意，只得和赵柱儿就下首椅儿上只用臀尖略沾椅儿，躬身就座。

那赵柱儿正在伸眉撒眼地瞧王大人，恰好王大人一眼瞧到他，他赶忙低下头去。王大人道："俺闻于捕头禀说两位壮士的来历，业已尽知一切，既是著名大侠殷志学的弟子，可见渊源有本了。殷志学端的好汉子，俺就佩服他隐居奉母的志向。如今他还康健吗？"辅子站起答道："蒙大人福庇，敝业师刻下康健无恙。"赵柱儿一旁，却诧异得什么似的，不由暗喜道："可见是人的名儿，树的影儿，连总督大人都闻名仰慕，看起来还是本领服人。"

正在眼光乱转之间，王大人目色又到，赵柱儿一低头，便听王大人说道："好，好！殷志学这一隐居，自家大得自在，这畿辅地面，却乱得不像话了。如今这盗犯更是出人意外。俺已遣人唤他来辕，少时便见分晓。"正说着，两个戈什哈次第进来，一个道："全州判现已传到。"即有一位官员趋跄而进，叩谒过大人，笔管儿似的站在一旁，便是本州州判全兴。

这位老哥是在旗的朋友，胆儿最小。州判既是闲官，他又不好多事，所以抵任以来，清苦得很。这天睡到五更头上，一觉醒来，想起开门七件事，不由翻来覆去，口内微吟道："半夜三更睡不着，累得人心焦躁。咯噔地响一声，尽力子吓一跳，原来把一股脊梁筋穷断了。"不想那州判太太，被他只管这么起卧的当儿，早就醒来，只合着眼，不去理他。当时听他穷捣鬼，不由咯地一笑。

那州判正在百无聊赖，一看晓色射窗，仿佛鱼肚白的颜色，映到他太太的云鬟玉臂，倒也有些风光。于是挨向他太太道："你看……"他太太笑推他道："你不要寻穷开心咧。"州判没有得说，只得涎着脸道："俺是问你看俺还有发财的那一天没有呢？"他太太急推开他，便笑道："很有，很有。昨天俺叫张铁口给你算命，他说今天就有财星照命哩！"州判喜道："若真如此俺越发须如……"

正这当儿，忽闻他家那大脚丫头在院中一阵乱跑，啪啪地乱叩房门道："老爷快起来，外面有个傻大黑粗的人，来寻您讲话，说是什么王大人命他来传您。"这一来，州判嘈嗍起来，乱穿衣服，连他太太也闹起来，便猓头撒脚地开了房门，一面和丫头伺候州判盥洗冠带，一面心头扑扑乱跳。

那州判不顾说话，随手穿起一件长袍，套上马褂，蹬上靴子，取官帽扣在头上，向外便跑。一看却是戈什哈某人，奉王大人之命，来传唤他。

当时州判不敢问其所以，只得随那戈什哈匆匆便走。但是在旗的老哥，都有份嘴岔子，于是一路上老兄长老兄短的，将那戈什哈十分恭维，方才探出些王大人的喜怒，不由略为放心。及至进见王大人，却见有两个雄赳赳的少年，居然坐在那里，越发闹得他摸不着头，只好一旁侍立。

便见王大人道："全兄，且屈外间便坐，少时随俺去勾当一件公事。"全兴称是，退出之间，便见那个戈什哈匆匆进来禀道："州牧现患头风甚重，不能来辕。"辅子等一听，早已恍然，方相顾喜色，只见王大人，小黑脸儿，登时扯向辅子等道："且屈壮士随俺到州衙去，便见分晓。"

辅子等听了，情知是王大人心思周密，恐此一去，那盗犯情急，或生不测，是命他两人随身保护之意，于是站起应诺。王大人一笑站起，随手揣起那砚旁字纸，也不用轿马伺候，只带了于捕头，并辅子、赵柱儿，和那位州判全老爷，直赴州衙。

这消息登时轰动全城，大家一阵奔走相告，胡猜瞎嚷，有说王大人去探病的，有说州官儿偶触怒王大人，特地亲去摘印的；就有许多好事的人，潮水似涌向州衙前，去探底细。只见许多公人们乱跑乱嚷，一个个变貌变色，互相诧异道："啊呀，我的老天爷！真是白掉胡子老掉牙的人，也没见过这般异事。"

众人向前一探问，却是王大人在州衙内捉住强盗咧。这一哄，观者越来越多，顷刻间，大堂前万头攒动，都拔起腰板，竖起脚尖，伸着老长的脖子，瞪着滚圆的眼睛向内望。便听得里面传呼道："伺候着，大人升堂咧。"众观者一拥而进，早转过大堂暖阁，只见吱喽喽屏门大开，众人举目望到二堂前，业已两行官役分班站定，堂阶下全副大刑具，堂上公案后，是王大人端然正坐。案角东边，还坐着一位官儿，那副面色也不晓得他是惊是喜，便如旱极天气，闹了个阴晴不定；便妙在穿一件窄巴巴、皱别别的玉色绸袍儿，袍底缘儿，还大镶大滚，仔细望去，却是全州判。

王大人背后又站定两个雄壮少年，一个是面貌沉稳，一个是精神流动，既不像在官人役，又不像跟王大人的护卫。大家方一面诧异，一面暗想道："这必是大人要亲审强盗，可见是州官儿患病，不然，怎会州判陪审呢？"

正这当儿，只见王大人向州判道："贵州，你看方才那厮十分倔强，咱这便取他口供吧。"那全兴唯唯之间，众人又是一阵诧异，暗道："今天到底是怎么回事呢？昨天的全州判怎么愣会升了正堂呢？"

众人正在互相怙愡，便见王大人拍案喝道："带盗犯过来！"两旁人役一声吆喝，便听得于捕头高声应诺，早由西花厅角门内，飞步而出。哗啷啷提索一响，牵定一个盗犯，直上公堂。众人急忙瞅去，不由大惊。正是：

　　使君政绩何由见，梁上先留颂德碑。

欲知后事如何，且听下回分解。

186

第八回

勘盗供老捻说根源
穿女袍州判真颠倒

且说众人猛见那盗犯，不约而同地齐拭眼睛，都目定口呆。只见盗犯并非别个，便是大家的父母官儿，自莅遵化以来，号称神明的周兴祚。当时众人屏息望去，但见周兴祚左边腮颊上一处镖伤，突自创口外努，鲜血模糊。他却气昂昂挺然上堂，大叫道："姓徐的，咱们那世里再见。怪道那天在考院街前，俺见你行迹有异，如今不必说闲话，俺索性成你的名头就是。"

两旁官役喝他跪倒，周兴祚只将凶睛一瞪，王大人道："周兴祚，你如此地行踪奇特，居然滥窃官爵，自有应得之罪。今且问你遵郡一切盗案，可从实供来，不然官法如炉，你可晓得？"周兴祚大笑道："老王，你不要狂妄，俺们社中奇怪的事多着哩，你别不开眼咧。俺们做案件，倒有些儿，今天俺高兴，说与你就是咧。"于是滔滔不断，便如背书一般，供出案件，听得堂上下许多人无不惊异。

原来遵化所出的大窃案，全是他一人所为，还有一个同党，名叫苗再兴，便是赵柱儿所见由文庙夜出南去的那人。所有许多赃物，已由苗再兴携去，唯有田绅家那小金佛儿还在州衙。

王大人沉吟一回，忽然面色和蔼，便道："周兴祚，你这样敢作敢当，倒也是个慷慨人。据你所供案情，反正已罪在不赦，人死留名，雁过留声，你快将窃取御珠一案从实说来。"众观者听了，登时向前乱挤，却被官役们喝住。

这时辅子等不由眉飞色舞，便连旁边录供的招房先生，也聚精

187

会神地振作以待。不想周兴祚狂笑道："王官儿，俺先谢谢你，你为俺打算，俺横竖是一死，也甚愿享此大名。然而事体不容诬妄，御珠一案，不必说非俺所为，便是俺忝为州牧时，也很以盗珠之人为虑哩！因他手段既如此高妙，难保他不识破俺的行藏，寻人晦气。王官儿，你如要不求实际，一定将盗珠之案归在俺身上，也只得由你自编一套供词，俺却无从说起。"

王大人听了，甚是有理，又见周兴祚词气慷慨，料是刑求无益，因慨然道："既是如此，俺且问你这平天社一干党羽们现在哪里？刻下皇路清夷，你等奸民竟敢私相结合，擅立党社，到处里遣人扰乱，也就可恶得很。"

周兴祚笑道："俺们社务，誓不外泄，俺便是死于刑下，也没甚要紧。倒是你说的好来，人过留名，雁过留声，须知俺周兴祚纵横半世，实非碌碌之辈，二十年前，捻首张总愚大举北上，直抵鲁直之间。其中有一锐股，率万余众，径抵沧州，回回铺之战，有一少年股首，独奋长矛，战却官军数百人，当时人称白脸狼鲁克昌的，你道是哪个？哈哈，实不相瞒，那便是俺的真实姓名哩！"

周兴祚说罢，不由登时满堂动色，便连那个镇静到十二分的王大人，不由也噫了一声。再瞧全兴时，却舒眉展眼地一张口，大家只认是要说话，哪知竟没下文。

原来这鲁克昌是当年捻军中著名的人物，彪悍如风，是曾经悬赏购买的。小阎王张总愚败后，他便不知下落，不想他竟改了行，官兴大发，可见当时的仕途杂滥了。

当时鲁克昌慷慨四顾，接着说道："俺当时事既失败，一来意气不衰，二来拥有多金，也须想个消遣法儿，于是俺潜行四方，很交纳许多失意的英雄。四五年之中，俺行踪无定，潜匿江湖，且喜捻乱渐定，官中搜捕余党也便懈怠下来。这当儿，俺们密结的社事，也便成就，大家分散四方，各有所为。其时俺既改姓名，又拥多金，所到之处，气象阔绰，人家只当俺是富商豪族。恰值官中捐例大开，只要多金上兑，立时手挽官符。俺仔细一想，倒也有趣，并且借此藏身，更为人意料所不及，不想事忽败露。王官儿，俺话尽于此，凭你瞧着办吧。"

王大人连连点头，还没开口，不想那位全老爷没嘴葫芦似的，在偏座上顺了半天，急切间总抓不着话茬儿。一想自己，新蒙王大人赏识提拔，任事之初，若只同木偶一般，未免有点儿不够瞧的。这时他忽想昨天吕、姚两人，因失掉人口，互控到官一事，便贸然问道："周兴祚，你累做盗案，已然可恶，如何又去拐窃人口？如今姚老之女，吕璜之媳，名叫玉妮的，现在何处？快招来，一并归案。"说着一挺腰板，很觉威风。

哪知鲁克昌自不理他，全老爷大怒道："周兴祚，你现为阶下囚，还如此倔强，快说，快说！"鲁克昌大笑道："老全哪！俺劝你歇歇儿吧，你连周兴祚、鲁克昌还分不清楚，也来插口问俺。你看鲁爷可像窃人妇女的角色？"说着，目注全兴那件长袍儿，纵声大笑，声震堂壁。这一来，闹得全兴通红脸儿，一句话也没得说咧。

王大人道："鲁克昌，你既系从实都供，俺也不难为你。"因顾左右道："且将他上械入狱，不日解省，听候俺出奏定罪。"左右一声雷应。于捕头方要索鲁克昌下堂，鲁克昌笑道："俺纵横半世，便是一死，也无遗憾；却有一件，姓徐的那厮，怎便眼光如此歹毒，居然识破俺的行藏。俺今虽须臾就死，定要明白这段缘故哩。"说罢挺身一站，那黑索一顿，倒将于捕头扯得向前一撞。于是王大人微微含笑，回顾辅子。

辅子会意，趋进向鲁克昌道："朋友，不瞒你说，俺略通相法，因你一脸凶相，俺所以注意于你哩。"鲁克昌张目道："俺好意问你，何得如此相戏？你若不懂交情，莫怪俺破口伤你。"说着目光炯炯，便如两炬。

辅子喝道："你自家露了破绽，还不觉得吗？那天在城外酒肆前去接王大人，是哪个跃过泥涂飞身上马呢？"此语一出，堂上下许多人齐视辅子，便有交头接耳议论地道："人家这才称得起心灵眼亮四字哩！无怪于捕头巴巴地从通州邀得来，原来真可以的。"

有的便道："什么话呢！人家是名捕尤大威的朋友，自然是不会错的。但是盗御珠一案，还没着落，将来还怕不是尤大威亲自出马吗？"大家悄语之间，便见鲁克昌哈哈哈一阵狂笑，双足一跺，道："朋友，俺总算服你咧，咱们那世里再见就是。"说罢，昂然下堂，随于捕头竟赴牢狱。这里王大人和全兴也便退堂，略谈数语，便回行辕。

不提辅子等跟王大人且回行辕，一路之上，街众们夹道纵观，几乎被人看煞。且说全兴，忙碌碌一面命书吏等准备详稿文件，一面将那小金佛招事主来领。百忙中，还须将鲁克昌的仆从人等分别遣散。这其中，却吓坏了两位刑钱老夫子，并一个大肚子的门公。因他们做梦也没想到自己的东翁主人，愣会是个血淋淋的漏网的大匪头儿。

两位老夫子正在泪眼淫淫，楚囚相对，一个道："唔呀！吾们绍兴人，是心思最精细的，不想如今一失神，就这等馆，上这种恶当。"一个道："咳，老兄别说咧！咱们都为家口所累呀。便如兄弟这样的年纪，本想回家不干咧；无奈你弟妇总啾唧着我再干两年。如今这拖累可不在小处。倘王大人笔尖一动，加上'盗党'两字，啊呀，老兄，这可怎么好呢？"两人说到险处，登时如一双斗败公鸡，相对乱抖。

正这当儿，却见那大肚门公，笑得弥勒佛似的，趸来道："如今好了，方才王大人有谕，示知州官儿，除鲁克昌外，一切不问。"两位老夫子听了，这才心安，便登时得陇望蜀，怙惚着联蝉馆地，不必细表。

且说那位全太太，自全兴驰赴行辕之后，只吓得心头乱跳，不知是祸是福。但细想全兴居官廉正，倒也心下稍安，忽一眼望见案上一张字帖儿，不由重新怙惚起来，赶忙将字帖儿烧掉，暗想道："莫非这点儿小事发作了吗？"原来那帖儿是一家富户致谢全兴的，并写着"十两银薄馈"。因那家富户买牛漏税，经全兴去说情了结。

全太太正在害怕，偏那大脚丫头大叫跑来道："可了不得咧，俺听说王大人，立逼着俺主人向州衙里去捉什么飞贼去咧。听说那飞贼连州官儿都用镖打咧。"全太太听了，只吓得叫苦连天。

好容易挨到日色将午，还不见全兴回来，全太太放心不下，连忙草草梳洗，想亲赴州衙探探。一面忙乱，一面自恨道："偏偏凑巧，越忙越没人。一个李升还被不开眼的骆学官借去出门。"说着摸摸两把头，蹬蹬厚底鞋，一寻长袍，却又不见。全太太急得什么似的，正没好气，只见那丫头向窗外一张，咯咯咯，一阵好笑。正是：

祸福倚伏方未定，衣裳颠倒亦奇哉！

欲知后事如何，且听下回分解。

第九回

饮官酒推测盗珠案
述笑谈闲话白杨坡

　　且说全太太正没好气，忽见丫头笑得抹蜜似的，不由嗔道："你乐的什么，真是该打！"丫头笑道："太太快瞧瞧，俺主人回来咧，并且穿了您的袍儿哩！"全太太向外一张，便短打扮儿，如飞迎出。只见全兴果然拖了自己的缘边旗袍，兜臀裹腿地趔来，一见太太，不由拖定大笑道："好，好！俺谢谢你早晨的吉利话，果然俺今天就升官咧。"

　　全太太虽摸不着头，但见全兴红光满面，料是有什么喜事，于是忘其所以，便紧握全兴之手，仰起笑吟吟面孔。刚要说话，只见呼啦一闪，由二门外趔进两个青衣大帽的仆人，规规矩矩向自己请安道："小的们叩见太太。"原来是全兴在州衙所收的新仆。

　　当时全太太出其不意，一看自己丢秀秀的，如打落子的一般，偏搭着全兴穿着那件别致袍儿。虽不似杠掀官，也赛如《老妈开嗙》中的阔大爷；不由羞得脸儿通红，放掉全兴，回头便跑。这里全兴大笑，命二仆外边伺候，趔进室中，且不暇换袍儿，先向太太具述跟王大人到州衙中一切情形。

　　原来王大人带了全兴、徐、赵等，直抵州衙，不容分说，径入上房。只见周兴祚布裹面颊，正卧在榻上，面壁呻吟。猛见徐、赵，雄赳赳侍立在王大人背后，料事不妙，就要一跃而起，早被徐、赵趋近，一把按翻。

　　周兴祚厉声道："不必如此，俺事既泄露，跟你归案就是。"王大人喝令于捕头锁了周兴祚，解他面颊上布裹一看，可不正是一处镖伤。于是王大人且不问他，一面命于捕头牵周兴祚赴花厅中候审；一面由怀中取出写就的手谕，便命全兴代理州事；又一面命徐、赵，就上房中搜检一过，除寻常服用之外，却在夹壁里搜出个小小皮匣。打开一看，除有一尊小金佛儿之外，还有一纸平天社中委状，上面言辞，大略与辅子所得的贾元杰委状相同。

当时辅子等都呈王大人过目。王大人一见那纸委状，好生诧异，辅子趁势将自己曾获贾元杰委状一段事一说。王大人惊道："如此说来，这平天社党羽很多，定是江湖匪人们秘密地结合，且俟明讯周兴祚，便知分晓。"说罢，又各处里搜索良久，方才和全兴升堂问案。

当时全兴说罢，只喜得全太太念佛不迭。至于全兴，穿了他太太的长袍儿，是否更换，这扯淡一大堆的事，大可不必费笔去写咧。

如今再说辅子等跟王大人，回得行辕，王大人又细问这回到遵以来侦案的情形，十分称叹，便道："如今御珠一案尚在未破，将来地面上有司官们，还须请壮士们帮忙哩。壮士等且自回寓，老夫还有后命。"于是徐、赵辞出。

方趑至自己寓所那条街头，只见江宁慌张马似的跑来，一见辅子，便拍手道："坏咧，咱这个人可丢大发咧。咱办的事，让人家抓干脆，插胳膊给办了去咧，咱还在此装什么人灯呢！依我说，赶紧卷行李，溜之大吉吧。"正说到末了三字，恰好一个媳妇子趑过，便狠狠瞪了他一眼，低鬟而去。

辅子笑道："怎么咧？"江宁道："噫？奇哩。如今街坊都轰动，难道你二位竟不晓得？走吧，咱回店细说吧，说句实话吧，反正是丢人咧。"于是一扭脑袋，回步便走。徐、赵在后，彼此一挤眼，忍笑相随。

三人进店，入室坐定，辅子一伸懒腰，向赵柱儿道："昨夜里扰于捕头那席酒，酒既甚好，菜也可口，老弟，你没喝多吗？俺今天巳分时才起，这当儿还软洋洋的哩。"江宁跳起来道："我的徐爷，这句话，可不该俺说，您既好喝盅儿，又趁势睡一大觉，可知昨夜里没去干正经，就是昨夜被人破了案咧。你老人家还睡在鼓里哩。"

赵柱儿一听，几乎要笑，辅子却绷着脸道："不能吧，竟有这等的高手，愣敢来形容咱哥儿们吗？"江宁急道："怎么不能呢？如今盗犯都有咧。俺说出来，只怕徐爷越发不信。您道盗犯是哪个？"辅子索性儿向椅背一仰，一个大哈嘻道："左不过是个人吧！"江宁道："就是州官儿周兴祚，那会子，王大人亲自提问，哪个不知呀？"辅子愣然道："真的吗，盗犯是官不是官，倒没要紧，俺就不信，这小小地方儿，就有如此的办案高手。若果如此，咱们不栽了吗？"

　　江宁道："可知是栽到底咧，这办案的是两个好汉。"辅子道："哦，是两个？"江宁道："就是人家王大人随身的护卫，吓！说起来，人家那本领，真是顶好的，也不知怎的，人家那眼睛就那么亮，瞅个冷子，就看准州官儿是盗犯。昨夜里，两个好汉去办案，那妙相法就不用提咧。说是一个好汉大战盗犯，将盗犯弄得简直是横蹦，一气儿败走下去，直奔州衙后墙。方一个鲤鱼打挺，跃上墙头，徐爷，你猜怎么着。"

　　辅子瞑目晃头道："准是被那个埋伏的好汉一镖给镖着咧。"赵柱儿听了，忍不住扑哧一笑，江宁道："赵爷莫笑，徐爷猜得真对，从此那州官儿才露马脚，是个大盗。除了御珠一案，其余盗案全是他一个人做的。"

　　辅子张目道："江兄这话准没含糊吗？王大人的护卫虽然有，也都是些饭桶，如果有如此的能人，俺倒看看他是个什么样儿，难道是三头六臂不成？"江宁道："您莫隔门缝瞧扁了人。那两个好汉，虽非三头六臂，据人家说起来，端的好长相儿，一个是身高丈二，膀阔腰圆，头如巴斗，眼赛铜铃，斗米不饱，真有恨地无环之势，就赛如大战四平山的李元霸；那一个更加漂亮，简直地如大闹连环套的黄天霸一般。"

　　江宁这里，一面指手画脚地说，辅子那里，一面指叩膝头，当作鼓板，口内只管呛嘁呛，敢节奏点儿。江宁不悦道："徐爷，这是怎么回事呀？"辅子笑道："你老兄唱得两出大轴子，俺所以来个家伙点儿。"江宁怫然道："得咧，咱别在此现眼咧。俺探得千真万确，你老只管不信，胡打落。"

赵柱儿这时再也忍不得，方要笑诉所以，只见帘儿一启，于捕头含笑踅进，手内提着个沉甸甸的布包儿，从里面掏出四封银两，置在案上道："徐、赵两兄，这是王大人自备的奖银，你们二位每人一百两，还有菜酒一席，少时就到。至于官中悬赏的赏格银，也都发到俺那里咧。"辅子道："岂有此理！王大人便有赏赐，也该于兄领去才是。俺非同在官人役，岂可受此赏银？"于捕头笑道："人家王大人说得明白，这不是捕盗的赏银，这时酬谢你二位屈做他的护卫哩！"

　　这"护卫"两字方才脱口，只见江宁两眼乱翻，愣了一会子，哦哦两声，忽地跳起来大笑，指着辅子道："徐爷你真会装憨儿，难为你便沉得这等匀和。我说呢，王大人怎会有那等本领的护卫呢！"

　　辅子和柱儿拊掌大笑之间，江宁早拖住于捕头，细问所以。于捕头含笑诉罢，只喜得江宁连连打跌，一伸大拇指道："好的，这一下子，才算叫了响儿哩。不用说别的，只王大人这一夸奖，有多么够瞧的呀！"辅子他顾道："够瞧且慢讲，还总算没丢人。"江宁一言不发，向辅子便是一揖，道："好，你老不用说了，够劲儿咧。"于是四人相与大笑。

　　不多时，院中吆吆喝喝，由于捕头班上人送到一桌好体面酒筵，便是王大人所赐。江宁一见，只乐得嘻开大嘴道："今天这席酒，只有俺是无功受禄。"于捕头笑道："咱两个正是一对儿，办案虽不成功，若讲起吃来，还顶个儿哩。"诙谐之间，四人相与就座，不分宾主斟酒便吃。那赵柱儿对酒开怀，又见了王大人的赏银，十分高兴，唯有辅子，一面饮酒，一面谈起御珠之案。

　　于捕头沉吟道："这一案关系重大，虽是遵化地方所出案件，内务府的官员们，若见案子老不破，只须奏明皇上，那时皇上震怒，定要责成直隶总督去办人，怕不闹成钦案吗？俺探听得王大人也就虑到这一层，所以甚是优礼徐、赵两兄。"

　　江宁斟满一大杯，缩脖饮尽道："俺也不想大饽饽吃，只闹个便宜酒就得咧。"大家一笑，于捕头接着说道："将来盗珠案若挑明了，上头催得一加紧，俺看王大人还许请教徐、赵两兄；至于尤老哥，现当着通州官差，更是免不掉的咧。"

赵柱儿听了，登时眉飞色舞，贸然道："如此说来，咱这样体面自在酒，且是有得吃哩！"辅子却微微含笑，略瞟赵柱儿一眼，向于捕头道："这未来事体，哪里料得定？御珠案若闹到御案那里去，各处的名捕就多咧，哪里显俺们去呀？"赵柱儿哼了一声道："也是呀。"江宁却噪道："且慢议论未来之事，俺看遵化地面，虽然捉了个强盗官儿，还透着有些仿佛，便如吕、姚两家，凭空地失掉女人，不是件怪事吗？"

辅子猛想起那一天在州衙后，靠城粪壤中所见的男女脚印，因一述其异，江宁道："如何，俺看这所在，还没落透雨，不定哪旮旯里还藏着大旱魃哩！只吕、姚失掉人口一案，先需叫全州官儿的劲头儿。"

赵柱儿忽想夜探张仁一事，便一瞅辅子，向于捕头道："您这里有个叫张仁的，很好瞎交结，有财有势，恐怕他有些不正道吧。"于捕头道："您说的不是白杨坡张财主吗？他发财虽邪点儿，却不听说他行为不正。但是张仁性儿却沾些邪邪僻僻，竟弄些外五六的杂耍儿，什么禁蛇咧，拘蜂咧，墙上开门咧，画烛点灯咧，全挂子离奇玩意儿他都会。有时高兴，家里便大排筵宴，大吃大喝，竟招些五谷扯撒的人，只要长脑袋，两肩荷一口，从他门口经过，他不管张三李四木头六，就可以拖进吃喝。

"他有时不高兴，终日关定牢门，便是贼来火发，他也不理，便是一个很老实的人。但是因为他很喜欢交友，未免就有些本地土痞和他来往，或者借着他的声名，在外抢男占女，也是在所不免。至于张仁那人，绝对不会做出那种不正当的事来。吕、姚两家媳妇，难免不是那些土痞抢去暗藏了。这点儿小案子，全州官儿想不难办到，我们尽可不必理他，我们还谈盗御珠那一案吧。"

辅子道："据周兴祚的供词看来，这盗御珠的事，绝不是他干的，恐怕他也未必有这样的本领。可是这样的奇特大盗，踪迹非常，不定落于何处，岂是一时半晌能得头绪的？于兄所见不错，将来怕不闹成钦案海捕吗！俺在此耽搁做甚？如今获住鲁某，破掉许多大

196

盗案，于兄也可以敷衍应官了。"

正说着，只见帘儿一启，踅进一人。正是：

酒后高谈方款洽，客来不速且逡巡。

欲知后事如何，且听下回分解。

第十回

于捕留客话名山
江宁大言惊满座

　　且说徐辅子正与于捕头讲话，只见进来个捕伙，手中托定二百两银，置在于捕头面前道："方才官中那笔赏银，业已存在某商号里咧，等一回头再斟酌开销吧。这是您那会子嘱咐俺送来的银子。"说罢，自行退出。

　　赵柱儿望见四封银，正在心头怙惚，只见于捕头笑吟吟向辅子道："徐兄莫要见笑，这不过俺略表寸心，聊备徐兄开发旅费。至于尤爷那里，俺抽暇还要亲身踵谢哩。"辅子尚未答语，江宁却眼欢似的瞧着银包儿，又搔搔脑袋。便是赵柱儿也注定辅子，百忙中，又一瞟江宁，从鼻孔里哼了一声。

　　便见辅子笑道："于兄快些收回此银，俺若分你的赏银，便是笑话咧。今说个掂斤播两的话儿，俺这一趟，是替俺尤大哥来的，您若觉着过意不去，也只能和俺尤大哥交代，您这番厚意，俺是不敢领的。"

　　于捕头拍手道："俺的徐兄，你误会到哪里去咧，俺岂敢小觑徐兄，分给你官中赏银呢！您这是任侠帮忙的豪举，便是王大人的银两，也只说是酬谢您的；俺这银子是自备的，与徐兄开开旅费，少尽东道之谊。您若不取，便是瞧俺不够交儿，俺就成了好体面的甲鱼咧。"说着面红筋涨，回顾江宁道："江老兄，你说是不是呀？"江宁随口道："很是，很是，于兄的话，不会错的。"

　　这一来，招得徐、赵都笑。辅子看于捕头急得红虫一般，料是推却不得，只得致谢收下。于捕头这才欢喜，便道："徐兄方才说回头的话，倒不必忙，咱这些时，因办案，也没空儿痛痛快快喝两场子，咱且盘桓几天，再定行止吧。"辅子随口推谢，于捕头道："俺也不敢多留诸位，只少住三两日，咱痛饮两场子，再逛逛景忠山，就得咧。"

原来这座景忠山在遵化北面，距城数十里，毗连三屯营镇，旧名为娘娘山，因山巅有碧霞元君的庙，故得此名。后来明末清初时，明臣刘御史之纶曾提偏师在山下埋伏，邀击入关大掠回头的清军。一战之下，刘军尽覆，之纶死节甚烈，后人哀敬他是位大大的忠臣，所以改山为景忠，以彰其人。

这景忠山，每逢冬月，照例地有个来月的庙场，远近进香朝山的，十分热闹，上面有鸣琴峡、舍身崖诸名胜。据说这鸣琴峡，每当风清月白之夜，空山寂静的当儿，往往琴韵泠然；至于舍身崖，迷信相传，更为奇特。这崖头下临深涧，何止数百丈，据说娘娘的神力无边，也不知何年何月何日何时，有这么一个贤孝媳妇，因她老婆婆久病沉绵，堪堪待死。那孝妇衣不解带，求神问卜，躬侍汤药，变尽了方法儿，老婆婆就是不愈。于是孝妇大忧，始而叩神借寿，继而割股啖亲。哪知都没见效，那位老婆婆越发地皮包骨头，剩了一丝两气。那孝妇见此光景，唯有日夜吁天，泪尽迷血，整夜地跪香上诉，两膝都破。

这一夜，孝妇匍匐在地，委实疲极，一蒙眬之间，忽见一尊霞裳羽衣妙相端严的女神，将手中拂儿向孝妇当头一晃道："若得姑病愈，还须妇舍身。"说罢，清风起处，飘然而逝。孝妇惊醒来，好不诧异。

次日，向村中父老们一述其异，父老们虽系庄稼人，也有年高有些见识的，便有人道："咱左近，除了景忠山上娘娘庙是位女神，莫非你诚心感动她老人家吗？你何不去烧香，讨个仙方儿来试试看呢？"

孝妇一听，甚是有理，当时立志虔诚，便捧了高香，由家中十步一头，一直地叩上山去。看官须知，这景忠山十分高峻，由山脚到山顶，便有十余里路，孝妇此行虽然迷信可怜，然而由家中叩起就有二十多里，一个纤弱妇人，这份诚心纯孝，也就少有咧。

说也奇怪，当时那孝妇立志既诚，精神骤涨，举步飘忽，并不觉累。不多时，已到山顶，进庙焚香通诚罢，抬头向神龛一看，不由大惊，只见那尊神像，金容满月，正是梦中所见之人，并且眼波似乎底动，瞟着她一般。这时孝妇正在恍惚，忽闻院中老僧吵小沙弥道："你这孩子，放着柴草不拾，却向舍身崖去玩耍，就浪了这一身土，好不可恶。"孝妇听了，恍悟梦中神示，于是更不踌躇，向老僧问明舍身崖的路径，奔赴其处，叫得一声婆母，用袖一蒙头，奋身投下。

这一来不打紧，惊得老僧登时鸣钟伐鼓，召唤了山中村民，自己百忙中，还披了袈裟，拿了念经的木鱼，准备着给舍身人念送生咒。大家一路赞叹，由盘道直赴崖底，一看，不由一齐叫起怪来。只见孝妇好端端趺坐在落叶上，两目紧合，鼻息宛然，似乎打坐一般，大家向上一望崖头，不禁佛号如雷。那老僧当孝妇进庙时，是问询过姓氏住址的，于是一面央一村人，去向孝妇家中报信，一面和大家暂守孝妇。

不提这里大家称奇道异。且说那村人，一径地奔赴孝妇家中，一说原委。家人等听了，都大笑道："你这位大哥，莫非没睡醒吗？俺家媳妇，那会子已从庙里讨药回头，眼看着她婆母服了药，便向后房中歇息去咧，怎会有跳崖头的事呢？"村人一听，只叫怪事。家人道："你不信，咱都到后房望望。"于是大家奔去一望，又都叫起泼天怪来。原来后房中并无孝妇，只有那里香灰药的签纸儿，宛然在案；原来是孝妇神魂先已到家咧。于是家人等异回孝妇竟得无恙，姑病亦愈。

这一段观说虽是偏于迷信，然而对于愚夫愚妇却有劝孝的能力。还有一说，却是释门异迹，竟可以入法苑珠林。相传昔日山中有个老和尚，除吃喝拉撒睡之外，一无所知，大有煮石子做饭、烧大腿当柴之风。他两个师兄，都参禅看经，比憨和尚胜强百倍，未免拿憨和尚当小菜儿。凡寺中拾柴挑水、扫地舂米，以及做饭粪田，种种苦累之役，都是憨和尚去做。两个师兄还时时欺侮他，以为这衣钵之传，他是没份儿的。

那老僧某禅师，是个大善智识，早看定憨和尚根器不凡，是六祖惠能一流的人，便向他两个师兄道："你等莫欺侮他，他根器甚厚，你们由渐悟入，不及他由顿悟入，将来你等证果，还须他启牗之力哩！"两弟子听了，哪里肯信，越发将憨和尚呼来喝去。

某禅师看在眼里，也不言语，每日领弟子等参禅诵经，常到夜分。那憨和尚只在灶下酣睡，一片鼾声，亦复委婉顿挫，有时沉郁，有时高亮，竟与他两师兄梵呗相和，就仿佛他的功课一般；将他两个师兄厌恶得什么似的。某禅师听了，却日益欢喜。

转眼几个年头，某禅师暗觇诸弟子功行将满，这日上堂，便示行期道："吾于十日后，便当西归，汝等证果，亦无远日。且记吾西归三年后，某月日时，为汝等证果之时。稍一因循差错，便前功尽弃，仍堕轮回。到那日那时，汝等可都至那险崖上下望，必有所见，成败关头，全在此一刹那间，千万莫要自误。"禅师说罢，又亲笔题壁，记了年月日时，果然十日后，竟自趺坐化去。

从此这憨和尚越发成了舍哥儿咧，两个师兄也不去理他。有时两人谈起师示之事，十分得意，憨和尚偶来插嘴，两人便一笑躲开，就如这里面没他的事一般。

光阴迅速，不觉又是三年。这日某禅师示期已到，师兄弟三人同至崖上，目不转睛地向下张望。但见铁壁削立，草树森森，怪石槎枒，利侔剑戟，深壑悲风，一阵阵声如牛吼。那崖壁稍具坡势，横石平叠处，参差高下，却努出三层台阶的样儿，土人俗呼为"三台列位"。

第一台，如嵌半莲，马兰最胜，每至花时，香满崖谷；第二台，如横偃月，有青郁郁短松极茂，生气郁在石缝里，不得参天拔地，只得曲屈盘结，幻作各种奇古姿势，便如士不逢时，不得地，虽具干霄之材，也只好支离偃蹇，点缀山林了；那第三台上，却没甚可观，只有荒草落叶。这三台径路甚险，虽是山中胜景，除樵子并本地爬山虎（俗谓土人之善登山者）外，寻常游客是不敢去逛的。便是那第一台，业已距崖顶百余丈；二台、三台，就不必说咧。

当时师兄弟三人，凭崖下瞰，聚精会神，良久良久，通无所见。憨和尚是深信不疑，他二师兄，是怙惚着时辰未到；唯有他大师兄，却暗想道："这崖底人迹都无，有什么所见呢？莫非当年师父临化去的当儿，言语颠倒吗？"正在疑揣之间，只听崖下深草中，大呼救人，顷刻从一块大石后，跑出一个农家女子，随后山风暴起，震天地一声吼，便有一只吊睛白额虎从后面扑来，那女子没命地大哭大叫。

　　说时迟，那时快，那虎一爪抓去，女子往后便倒。这时崖头上，师兄三人齐吃一惊，憨和尚目无旁瞬，只喊得一声"俺来救你"，双足一蓄，早已如飞跳下。他二师兄略一迟钝，自奋道："憨师弟你竟有如此定力，俺也来也。"于是霍然一投身，也便相继而下。唯有这位大师兄，因平时节特煞聪明，这时心眼儿还比人家多些儿，他不由暗想道："难道这就是师傅指示的证果之相吗？俺不如且待霎时再说。"

　　正在犹疑之间，只见第一台上祥云涌起，仙乐悠扬，少时云开冉冉。大师兄望去，分明见憨和尚和师父携手上升。再望崖下，哪里有什么人虎。只见憨和尚肉身，端在第一台上；第二台上，也有一人，靠壁跌坐，却是他二师兄。于是大师兄悔恨流涕，也便咬咬牙，投身而下。哪知时机已失，顷刻间，一阵罡风横吹过来，早将大师兄卷稻草似的，卷落第三台上，啪嚓一声，竟自跌成肉饼。当时惊动山中人，大家寻道上去，挨次一看，只见大师兄实啪啪地死掉；二师兄却成了一尊老比丘；唯有憨和尚，肉身坐化，成了正果，从此这崖头名为舍身。但是传说虽如此，也没见有人真去舍身，不过山中一处胜景罢了。

　　当时于捕头说罢，辅子随口答应，送得于捕头去后，辅子便向江、赵道："咱这一共得了四百银子，除店费外，理应匀分。"江宁忙道："不需此，俺一些事也没办，倒给徐爷添个大累赘，如何还靦脸子用这银两！"说着，却笑逐颜开。赵柱儿却盯着眼儿，一声不哼。

　　当不得辅子一定不依，当即将四百银分拨停当，赵柱儿登时稳不住屁股，揣起十余两碎银，含笑而去。江宁便笑道："俺猜赵爷准又去报效相好的去咧。"辅子叹道："俺这位老弟，就是这点子不叫人抬敬。"

202

这日下半晌，两人又到于捕头处闲坐一回，却听得王大人明日起马，那鲁克昌也就在三两日内起解赴省。这等大盗起解，自然轰动一时，那茶馆酒肆中，一班吃了自己的清水老米饭爱谈闲是非的朋友便纷纷藉藉，发出许多风影之谈，无非说鲁克昌党羽众多，半途中，必然劫差，闹得个于捕头甚是不得主意。

当晚江、徐两个人踅回店中，赵柱儿一总儿也没来。次日早晨，赵柱儿却笑嘻嘻跑来道："你们二位没瞧热闹去吗？王大人起马，好不风光，这次老头儿却坐在大轿里，前呼后拥，着实像样儿咧。"

三人说笑一回，不多时，于捕头打发捕伙前来请酒，三人踅去，只见前厅中业已高朋满座，无非是本地有头脸的、常在衙前走动的人。一见三人进来，连忙站起，纷纷让座。许多眼光都萦注徐、赵两人。哪知江宁偏有一副厚脸皮、两片巧嘴岔，你看他脸儿一绷，即便高谈大吐，历叙他从前办，许多得意之笔，说得真赛如一朵鲜花。说到得意处，不禁顿脚抢拳，声震屋瓦。因顾徐、赵，向众人道："您看俺这两位初出茅庐的新朋友，一出手，便办大案。不瞒您说，也就因兄弟是个识途老马哩。"

徐、赵听了，只暗笑得肚痛，只见众人眼光，居然移注到江宁脸上，他却岸然而坐，越发得意。便有一人道："不错，凡事灭不下老手儿去，您老如此本领，可惜俺们无缘瞻仰，今趁大家在座，您老何不打趟拳脚，叫俺开开眼呢？"江宁尚未答语，赵柱儿不由暗笑道："这下子，老江准栽咧！"

哪知江宁不慌不忙，笑向赵柱儿道："赵老弟，你把昨天俺教与你的那路挡狗眼的拳法打上一趟吧。"此语发出，只骂得那人干翻白眼。徐、赵两人再也忍耐不得，不由哈哈大笑。恰好于捕头踅出让席，大家一阵客气捣乱，纷纷攘攘，竟轻轻给江宁圆过场去。

赵柱儿余笑未已，却被江宁狠瞟一眼，于是觥筹交错，宾主尽欢。直吃到日色平西，方才罢酒。那江宁本没喝多，却只管东倒西歪，脚下跄踉。

三人回得店后，江宁不容分说，向榻上一歪，赵柱儿笑道："江兄，酒喝多了吗？"江宁跳起道："哪个酒多？那个王八小子只管飞俺的眼风儿，俺怕他席散后，再缠着叫俺打拳，岂非要露馅儿吗？

所以装个醉，溜他娘的。"

辅子笑道："你这叫自作自受，谁让你吹大泡儿来呢?"江宁正色道："俺这是替你二位撑门面、装架子的作用，如何倒来笑俺?"徐、赵一齐诧异道："怎么呢?"江宁道："你二位细细想去吧，连赵爷的拳法都是俺教的，赵爷如此英雄，俺更不必说了。只这一下子，就唬住他们，咱们不都增光彩吗?"

两人听了，正在大笑之间，只见一人匆匆而入。正是：

　　　游山有约邀朋辈，邪盗无心露诡踪。

欲知后事如何，且志下回。

第十一回

景忠山美妇遭迷
青云梯游人得路

上回书说到徐、赵、江三人，由于捕头处吃酒回头，方在店寓中闲谈笑，只见一人趦入道："小人是于爷打发来的，特陪侍三位爷台，明日去游山。于爷本要自来陪游，因鲁克昌不日便起解赴保定，本州官儿恐途中或有舛错，便命于爷拣选手下人护送，所以不得暇奉陪。"

辅子忙道："又劳你家于爷费心，伙计贵姓哪？请坐下谈谈。"那人道："小人贱姓彭，明天一早，俺来奉邀就是。"说罢自去。

这里徐、赵尚未开言，那江宁又已高兴得了不得，便乱哄哄地检点衣服，巴巴地取出一双新鞋子，准备游山。赵柱儿笑道："江兄这一手儿却不在行，上山穿新鞋子，是要受累的。总是褪旧鞋儿，方能随脚。"

江宁笑道："不然，待俺说出缘故，管保赵爷也要扎括得俏皮哩。这当儿正是朝山香会收庙之期（香会将毕，俗谓收庙），越将收庙，越是大家主的俊娘儿来得多。因为她们不堪拥挤，特赶个末尾清净。咱扎括得漂亮，叫人家多瞟两眼，哪些不好？"

辅子笑道："你莫高兴，俺听说山上娘娘灵验得很，逛山的若心存不正，马上就是个见过儿。你盼着人家娘儿们多瞟你，却不妥当。"江宁笑道："不打紧，便有见过，无非叫俺玩个鸡蛋滚山罢了。倒省得俺一步步地往下挨。"

大家听了，正在一笑，恰好店东老头儿也趦来闲谈，因正色道：

205

"诸位若一登山，千万不可信口胡拉扯，既是灵山，便有灵气，你若心中不觉累乏，便容容易易到了山顶；只要你心下一畏难觉累，得咧，你立时便一步挪不了四指。不是蹶了脚，便是崴了腿，蒺藜荆棘，处处挂碍，老大的瞎蠓向你乱撞乱咬。其实呢，什么灵气，不过是心理作用，便感疲乏。

"俺小时节还听说一桩异事，便是山下某村里，有个姑娘平日价浪里浪张，很不仿佛。她有个姊夫，不时地来望看老丈母。那老妈妈既聋且瞎，不消说都是那姑娘接待一切。两人不知怎的，便刮搭上咧。这种事，越是秘密，越张扬得快，于是村坊中丑声藉藉。那姑娘便想了个遮掩之计，暗地里和他姊夫商量了，便在村坊中骂街道：'哪个浪着舌头嚼说俺，叫他现世现报。俺明天到娘娘跟前，烧香起誓，方能表明俺两人的心哩。'

"到了烧香之日，男女两人果然捧香登山，在娘娘座前捣了个鬼，反双双地逛了个不亦可乎。及至山下，走到道旁一片僻树林中，那姑娘走得香汗淫淫，便瞅他姊夫笑道：'都是为着你，叫俺受这种累。俺这法儿可好不好？管保堵煞人的淡嘴咧。'说着手扶小树，弯起一只小脚儿，斜丢一眼道：'你看俺鞋子尖儿都磨破咧。'

"她姊夫和她一路假随，本就有些调笑不堪，这时一瞧那姑娘骚模骚样，哪里还耐得？于是笑道：'俺方才拜过死娘娘，又该拜拜你这尊活娘娘咧。'那姑娘笑唾道：'不要胡说，娘娘见过了，不是玩的。咱且到林中歇歇再走吧。'说着，两人入林，居然就闹起没人样来。不想事毕后，再也分拆不开，便如生就成的一般啦！"说着，举手摸摸胡子嘴道，"这可如此传闻，不过是警戒人的意思，若要认真，就是迷信啦。"

江宁大笑道："你快拿下手指头来，少时恐分拆不开哩。"大家说笑一阵。须臾入夜，江、徐两人信步到店外趸了一转，回头来一觅赵柱儿，早又影儿不见。江宁笑道："这不须说，赵爷这时，有分的银子在腰包中，自然是报效相好的去啦。"

辅子叹道："人的秉性真没法说，依着我，先把他撮弄回家方好。如今偏又有逛山耽搁，不知这时，俺尤大哥办案回头不曾？"江宁道："咱来时，据眼线报称，盗犯已落在密云地面，尤爷一去，自

206

然是手到擒来。"两人谈了半晌，即便各自安歇。

次日，那彭伙计老早莅来，浑身土布短衣，脚下是爬山虎的草鞋，早已准备停当。不多时，赵柱儿亦到，穿一身青绣短衣裤，外披长袍，一面张牙勒口地打呵欠，一面道："咱快些用早饭哪，俺听说人家烧香的娘儿们，都是半夜里起来，梳头裹脚，争着去烧头香。咱去晚了，还瞧个什么呢？"

彭伙计笑道："您这却没说对，凡老早烧香的娘儿，都是丑八怪似的田姑村妇；人家那花枝儿似大家主的奶奶姑娘们，总要扎括到日头大高才上山哩。赵爷您要看娘儿们，只管随我来，咱逛累了，并且有写意落脚的所在。"江宁噪道："你们于老总真可以呀，怎就知俺这位赵爷好晒个眼儿俏，便打发你这行家来呢？"

辅子笑道："你们都商量着去瞧女人，俺便不去咧，咱逛的不是山吗？"彭伙计道："可就是这个难解的理呢？你无论怎样的名山胜水，若没有娘儿们去点缀，那逛的人竟不高兴去逛。除非是识文断字的先生们，有时节去寻诗料，考考古迹儿；然而这种人是冷货，哪里能撑起香火大会呢？便是娘娘的许多灵验，也是靠着大家捧场。人的心中都迷信神灵，便真觉有位娘娘似的。若逛山的不捎带着看女人，便没有火爆热闹气儿。那尊干巴巴的泥娘娘，她也就没得灵气咧。"

辅子笑道："如此说，逛山瞧女人，倒是要事，今天俺也随喜一回。"大家都笑之间，彭伙计笑顾赵柱儿道："你老这件长袍儿，上山却不方便。"赵柱儿道："俺恐怕其山高风冷哩。"彭伙计道："说起这话来，他们愣又说是娘娘灵气，山上自开庙，以至收庙，铁准是绝好天气，不会冷的，刮风下雨更是没有的事。您瞧这天气，多么温暖哪。"赵柱儿道："你别说大俚话咧。"即便脱下长袍。

江宁这时也寻出件薄棉袍要穿，听彭伙计一说，重新收起，便寻了件厚墩墩绒里短袄，穿将起来。

彭伙计一瞧他新鞋子，大笑道："依我说，您这新鞋子快收起来，那山道又滑又险，不是迈四方步的所在。"江宁道："不打紧，架不住俺腿脚上有功夫。俺这双寸底新鞋，一上脚就显八分人才，不向花丢丢娘儿们群中去施展，向哪里去施展呢？"

正乱着，早饭端上，大家匆匆用罢，略为结束，即便拔步。方出得北城数里之遥，早见各岔路上，游人香客，一队队络绎不绝，手内都拿着朝山进香的小黄旗儿，迎风招展；还有些许鬼使心愿的，都打扮得神头鬼脸，其中还有扮无常鬼的，白衣白帽，又有扮作罪囚的，赭衣银铛，十分好笑。那妇女们大半都骑头毛驴儿，一面走，一面念佛号，驴后头都有跟脚的。山村妇女，若讲骑驴，不但很有姿势，并且如坐炕头一般，竟有骗腿儿坐在驴背，怀中抱着两个小孩儿的，百忙中还要衔上一根挺长的旱烟袋。

赵柱儿方在张望，恰好又有一队香客从身后抄过来，一色的宽檐毡帽，本色鹿皮，挖云的大马褂，虽是短衣裤，都是缎棍一般；讲起话来，撇声裂气。一个道："喂！陈兄，你今年可昌着咧，寡是塘沽口那趟买卖，干脆，你就落四千多银子。咱今天朝下山来，您还不该做东儿喝个痛快吗？"

一人笑道："那还用你说，俺早替陈老哥打算咧，咱们今晚是山下王大妈妈家的住局（谓暗娼也）。她们娘儿三个，咱们是哥儿三个，吃喝完毕，咱闹个抬大香炉，各抱一条腿儿。"说着嬉笑而去。

赵柱儿一问彭伙计，彭伙计笑道："您别瞧这干宝贝，庙中和尚顶愿见的就是他们。因为一摺香钱就是十来两。他们都是泺乐一带养海船的大商人，迷信最深，据说海船上虔祀娘娘，比寻常还要诚敬，所以一年价风雨无阻，船商们必来朝山。"说话间，迤逦行去。

徐、赵两人走这等山路，只若无事；彭伙计本善行山路，又搭着草鞋伶俐，唯有江宁，先弄双厚底新鞋在脚下，举步间十分扭撒。然而这时，他还不理会，一般间逐队跑去。

须臾，到得山根下，只见各路上人骑纷纷，便如蚁儿一般。早有许多抬山轿的人，闹嚷嚷争揽游客，都噪道："你老上山进香，下山带福哇！"原来香客至此，都须步行上山，所以山轿夫大揽生意。但是香客们，有十分虔诚的，都是步行上山，其中更有因事许愿，由山脚下，一步一头，直磕上山的。

当时许多形形色色，不能尽述，赵柱儿和江宁正眼张失落，瞧一群妇女纷纷下驴，兜搭山轿。其中一个老太婆正领着一个二十多岁的小媳妇和轿夫争论价钱。那媳妇生得白白致致，庄村打扮，细眉秀眼，很有几分姿色。这时俏生生站在一旁，便道："娘就给他多添些钱吧，只要他抬轿平稳就得咧。"

轿夫笑道："这不结了吗？还是这位娘子大方，你老人家上山烧香为修好，只要您修的孙儿孙女的一大堆，何在乎多花几个轿钱呢？"老太婆笑道："你不用和我耍蜜嘴了，咱们邻村邻户的，谁都认得谁。俺姓屈，就在山下平泉峪住家儿，这香火庙上的山轿儿，大行大市，你要我多出钱，却不成功。"轿夫道："哟！如此说来那平泉峪屈秀才人鉴，是您什么人呢？"

小媳妇听了，方在抿嘴一笑，老太婆道："什么人？屈人鉴就是俺儿子，因他上月里害了一场病，所以俺婆媳发愿朝山。"轿夫道："如此说，轿钱由您赏吧。屈秀才现在俺村中教书，就和俺住隔壁儿。俺早早晚晚只听他念书，没事时，俺们常拉嗑（谓闲谈也），都是熟人哪。"说着，一招手，唤过两乘山轿。

这里赵柱儿向江宁一笑之间，只听背后泼啦啦马蹄响动。赵柱儿等忙回望，早见四五骑高头大马如飞闯到，前后马上，都是华衣健仆。居中一人，头戴披风暖帽，身穿箭袖长袍，略为抛镫，嗖一声跳下马来，两只碧闪闪怪眼，早已向小媳妇萦注一转。恰好那轿夫，只顾了召唤山轿，手儿一扬，那马一个惊蹶子。

那人大怒，手起处，唰唰两鞭，吓得那媳妇粉面失色，拉了老太婆方要闪避。那轿夫大怒，一头撞向那人道："张仁儿厮，你别觉着你有几个臭钱，俺却怕不着你。这娘娘山下，是你使势力的所在吗？"张仁大怒，正要喝健仆攒打，却被众香客纷纷劝住。

这里赵柱儿一拉辅子，低语道："你看这厮朝山来，还逞凶横哩。"正说着，只见张仁又狠狠瞅了那媳妇两眼，方带了两个健仆混入香客丛中，一径上山。

这里老太婆方长长吁了一口气，向轿夫道："这群大强盗似的人，吓不煞人吗？"轿夫道："你老快走吧，不须说咧。"于是唤伙计抬过山轿。那媳妇和老太婆各乘上去。

赵柱儿正瞧那媳妇尖翘翘两只脚舒在踏板上；不想江宁却耸着膀子，凑向他耳根道："方才那鸟大汉，便是白杨坡的张仁吗？好小子，真挂些凶怪相儿。"赵柱儿不暇说话，只直着眼儿，哼了一声，直待那媳妇山轿去远，方回头扑哧一笑。一瞧江宁，红头涨脸，大汗直抹，便笑道："他发凶横，却将你气得这样。"江宁笑道："俺哪里管人闲事，只是今天热得很，那么咱也雇山轿上山吧。"

辅子听了，料是江宁穿了厚棉短袄并新鞋子，有些玩不克化，因笑道："逛山，逛山，原为的慢步游玩，咱又不是小脚娘娘，为甚瞧人家坐山轿眼热呢？"彭伙计也笑道："江爷你不见人家妇女家，还有大半徒步上山的哩。"江宁望去，果见许多妇女们，牵牵挽挽，嘻嘻哈哈，挺起腰板，梗着脖儿，大步小步的，走得来且是凶实。于是大家一笑，即便厮趁前进。

上得里把地，只见山色四开，远混野色，一处处流泉茂树，一阵阵鸟语花香。虽在初冬之时，草木荒落，那山径上芊芊细草，还稍作枯绿颜色。偏搭这日天气暄暖非常，江宁一面走，一面嚷热，亏得沿道上都有茶棚，也有卖水果的，也有卖温茶的。江宁一路上乱吃水果，又闹了一肚子乌图茶。这一来，只觉肚内咕咕噜噜，又恐落在人后面，一面直追徐、赵等，一面乱喊道："你们到底消停些呀！若这样奔命似的，还成功吗？"正说着，脚下一滑，险些栽倒，望得徐、赵停步大笑。

须臾，彭伙计拖了他，勠勤趄到。江宁这时业已敞开棉袄，臭汗如洗，喘吁吁地道："俺今真上了这新鞋子的大当咧。这厚底儿，一踹一歪，真比娘儿踩里高底还难受哩。"说着，向一家茶棚凳上扑嗒一坐，道："得咧！你们逛去吧，俺就在此等你们如何？"辅子笑道："俺和赵老弟，一边一个，架你上去吧。"正说着，恰好有一群香客拥到，一见江宁丢盔卸甲的神情儿，都望他发笑。

江宁一见，越发长气，彭伙计便遥指道："江爷看前面不远，便是登山的正盘道，由那里走，虽然平坦些，却过远得很；并且树木无多，行尘杂沓。其间还有一处，名为'八步险'，须手挽铁索，趄着脚儿，过那偏坡棱的石梁，像您这双厚底鞋，真有些不妥当。咱如今这么办，由俺引路，到那里走个小道儿，虽然陡峻些，却近得三四里地，便到山顶。吓！山顶上茶馆酒馆，比这茶棚就强得多咧。服侍香客的，都是十七八岁的大妞儿，并花鹁鸽似的小媳妇。您到那里，歇够了，瞧够了，再慢慢逛山，不比这不上不下的所在强得

210

多吗？"

江宁一听，不由又鼓起兴来，于是站起来，大家拔步。须臾，到得盘道，彭伙计向道左树林深处一指，道："江爷请看，穿过那片树林，便是上山的一条小道，俗呼为'青云梯'，但听这个名儿，多么写意吉庆！那道上树木交荫清爽得多，虽是冬月里，那松柏清荫可爱得紧，你老便是再热些，到那里，就遍体清凉哩。"

江宁望去，只见林风起处，松涛刷耳，不由大悦道："妙，妙！咱就从那里上去，还是彭兄会寻道儿。"于是大家一笑趱去。

这时江宁，拖了彭伙计大步当头，颇颇踊跃。后面赵柱儿却向辅子悄笑道："你看彭伙计，是成心捉弄老江，这种蚰蜒小道儿，大约是直上直下，没得什么回环盘旋处，光哧溜的，怕不一走一滑吗？"

正说着，穿过深林，便见岚光开处，青郁郁地现出一条飞龙似的崎岖小径，徐、赵两人正在注目，只见江宁拍手道："哈哈！彭老哥，你真把我冤苦咧。"正是：

伧父游山偏罢罷，舍夷就险且逡巡。

欲知后事如何，且听下回分解。

第十二回

娘娘宫狂且逐游女
天枢峰侠士遇凶人

　　且说江宁见那条崎岖小径，便为悬缒一般，隐现于铁青石壁之间，从树木丛杂中，不住地松涛响动。因叫道："彭老哥，你这不是开玩笑吗？这所在怎的能走？"

　　彭伙计正色道："您别看这里陡峻些，过了那个短树偏左胳膊肘弯儿，便一步好走似一步，都是平板似的宽磴道哩！并且此山风景绝妙处，就属这里。来吧，您赊好子吧！"说着，当头便走。后面江宁没奈何，只得回顾徐、赵道："你二位在后面，照个眼儿，真要叫俺滚了山，却不像话。"于是大家趱去。

　　始而还可随意放步，只趱过一里多地，那道儿越走越险，都是凿的一二寸宽的窄石磴。并且落叶韧草，铺满苔径，便是徐、赵，偶要沉匀气息，惴惴投足；何况江宁，那双厚底新鞋儿在脚下骨骨碌碌，直吃力到十二分。没趱过三四里路，早已弄得江宁通身汗下，更顾不得再胡噪，只好攀萝附葛，手足并用，便如只大狗熊一般，紧跟彭伙计，蠕蠕而上。后面徐、赵，一面纵观风景，一面暗笑。

　　须臾，趱经一处深涧，下面水鸣如雷，赵柱儿忽大叫道："江兄小心哪，你千万别向后瞅。你屁股后头有俺们两人，是万无一失的。"

　　这时江宁一颗心嘣嘣乱跳，正如骡子瞅鞭一般，时时回瞟徐、赵，唯恐他两人远离。听得此话，不由猛一回头。这一来不打紧，只见脚底下烟云奋涌，自己便如驾云一般，只大叫不好之间，腿子

212

一抖，登时爬在一处外闪的尖石块上。幸得石块悬根上蒿葛丛生，不致将江宁闪落。后面徐、赵赶行两步，哈哈大笑的当儿，那里江宁业已闭目大抖。于是前面彭伙计也笑着趑回，大家一瞧江宁，业已汗气如蒸，面色大变。

辅子道："咱大家快搀他上去吧，人要惊累极了，不是耍处。"唯有赵柱儿却笑作一团，便由彭伙计背过脸去，命江宁拖住他的后腰带，后面徐、赵，各自拥护。三个人一声喝号，撮了江宁便走。这条道上，只有些牧竖樵夫，人家都是惯爬山的，当时见江宁如此狼狈，不由都哈哈大笑。

不提那彭伙计放出爬山手段，嗖嗖直上。且说江宁，合了两只眼子，由人家前拖后拥，耳边但闻呼呼风响。

不多时，闻得人声喧闹、钟磬之声不绝于耳，并有许多娇滴滴声音，道："这里来，这里来呀，歇歇再进庙吧。俺这里高香黄钱，一概俱全，还有素菜素饭，白馥馥、鼓蓬蓬、才出笼的裂缝大馒头。"又有乱喊的道："行好的爷爷奶奶，赏个钱吧，保佑您上山进福，下山带福。您少吃杯香茶，少吸根香烟，可怜俺们穷人吧。"说着，嘣的一声，似乎是用砖捶胸。

江宁一面走，一面暗想道："这光景，是已到山顶。"急切间，又不敢睁眼。逡巡间，恰好前面彭伙计站住。这时江宁还死力不放他腰带，忙问道："到了吗？"彭伙计尚未答话，后面赵柱儿忙笑道："江兄别动，这正是险峻所在，哪里就到山顶呢？你只扳稳这枝树枝儿，下面叉开脚，来个金钩挂鱼的式子，等俺三人稍微歇歇再走。"于是拥江宁前行两步，由赵柱儿跑过，抄起江宁两只手，举向树枝道："江兄扳稳了，快拉架儿，若稍一转动，或睁眼，跌下山去，俺可不管。"

江宁唯唯，急忙如言拉开架式之间，却听得远近人哈哈不绝。他这时疲累还不算，顶吃紧的，肚内不受用，势须出恭。但是一时间失掉保卫人，也只好姑且忍耐。哪知那肚儿却不答应，只管咕噜噜作闹不已，气得江宁诅天骂地，但是不敢稍差脚步。

须臾，觉得四面游人都围拢来，纷纷乱笑，江宁连呼徐、赵等，却又没人搭腔，不由恍然大悟，道："这定是山顶无疑，岂有半道险峻处许多游人之理?"思忖间,猛一睁眼,不由大跳起来。只见面前不远,就是娘娘宫的山门,好一片壮丽气象,三个门洞儿正挤得人山人海,自己所扳援,哪里是什么树枝,就是一处茶棚檐木。徐、赵、彭三人都坐得四平八稳,方在棚儿内,笑嘻嘻地吃茶。自己旁边却围了许多男女,指点嬉笑。

当时江宁莽熊似奔到彭、赵跟前,拍手道:"哈哈,由你二位自家说,该怎生处罚?我瞧你两个是成心捉弄俺。"因顾辅子道:"怎的徐爷也不言语一声呢?俺挣命似挣到这里,你们真忍得还叫俺玩个金钩挂鱼儿吗?"一言方尽,招得彭、赵拍手大笑。

辅子忙笑着拖他,道:"别说没要紧,快吃茶歇歇,咱好逛山。"江宁攒眉道:"逛山不忙,俺且去出恭要紧。"说着,跑向一处席围的野厕。这里辅子等余笑未已,只见由庙门内慌张马似的跑出个老太婆,一面眼张失落,一面乱喊道:"媳妇呀,俺在这里呢!也没见这群香客,不顾命似的乱挤,怎的一转眼,便没影了呢?"说着,跑向庙右边。

辅子无意中瞅去,便是那在山下所遇的屈姓老太婆。当时辅子也没在意。

须臾,江宁趑来,揉着肚子,只管龇牙咧嘴,便道:"俺这会子浑身没劲儿,方才屙了泡稀,越发撑不得咧。你们要逛,就请便,回头下山,捎着俺就是咧。"说着,向茶棚靠后壁草铺上歪倒,抱了一只厚底鞋子,只管呻吟。

恰好开这茶棚的是个老妈妈子,便失惊打怪地道:"这可是日头从西出,自来没有的事。香客们诚心上山,再不会得暴病的。你这位香客这般样儿,没的是自家不老诚,在山下犯了什么不洁净了吧。好在娘娘不和凡人一般见识,你总算不知者不作罪,快向庙门磕个头儿,祷告祷告吧!"

江宁一听,大叹道:"咳!今天俺怎么到处里都是晦气,俺不看你是位老太太,俺不定说你什么哩。俺一个光棍子,有什么不洁净?你却来说这妈妈子经上的话。"老妈妈情知自己说错话,便笑道:"既如此,你便在此歇息,便是天晚了,住在这里,也使得的。"说话之间,赵柱儿拖了彭伙计,早已趋向山门。

辅子便道："江兄歇歇也好，少时俺们出庙来，咱再逛山去。"说着，赶上赵柱儿等。只见山门外许多的香棚儿，里面卖香的都是少年妇女，都梳裹得光头净脸，髻儿上都戴片黄绸儿，见了香客，争舒玉臂，恨不得拖进来买香。其中也有丑八怪似的，自知招牌不亮，便一面看守香案，一面还做针黹，此类香棚都是庙左的山家，或系庙中和尚们的亲家，方许在此要路上来做生意。

辅子等方在张望，只见一处香棚前纷纷哗笑，四面游人，呼一声，围了个风雨不透。辅子等趱去一望，却是个俏俐香婆儿，拖定一个少年乞丐，乱唾乱搡。那少年画一张粉黑丑脸儿，戴一顶戏场中的破盔头，披一件花布女袄子，一面缩项躲闪，一面道："你这小老婆子，有钱不养老公，却背地给和尚，咱这就不忙咧，等过了庙再见。俺不下水磨功夫料理那秃厮才怪哩！俺是娘娘座下巡山的灵官，你愣叫俺当乌龟，可不罪过！"

那香婆儿一听，气得脸儿通红，便噪道："呸！难为你也是个男人坏子，自己乞讨了钱，都灌了黄汤子，却来找寻老婆。俺卖了半天的钱，都被你一把抓去，你还说那没天理拔舌头的浑话！"说着，又挫牙儿道，"你自己想想，你还有人样没有？这是什么所在，你就想……想想……"那乞丐哧地一笑，道："想什么？你说，你说。"香婆儿恶狠狠地道："呸！不要脸。"

正乱着，趱过一位老头儿，便笑道："张大娘，你两口儿大香火庙上，不说是各干各的，趁钱养家，又唧唧做甚？他用你的钱也不属外，算了吧。"香婆儿急道："您不晓得，他光用俺的钱，就完了吗？他诈尸似的闯进香棚，拖住人只管往里间努嘴儿。你想，你想……"乞丐忙道："没有这回事，没有这回事。"老头儿向乞丐一沉面孔之间，众游人不由哈哈一笑。

这里赵柱儿方望得起劲，却被彭伙计拉了便走。辅子跟在后面道："那乞丐，想是香婆儿的丈夫，不消说是向老婆讨钱吃酒，却又为何扮那形儿呢？"彭伙计道："这就是不要脸的乞讨一种，这乞讨群中，等等不一，除恶讨的之外，便是这种讨法，俗又名为'要不害臊'。便是那香婆儿，也不是正经货，乞丐说她给和尚钱花，不养老公，想系真事，所以两口儿才吵起来。"

赵柱儿笑道："怎么干净香会上还有烂污妇女呢？"彭伙计笑道："您真是少见多怪，这就算烂污吗？俺领您这庙瞧瞧。"说着，转向庙左，趄过一条生意棚儿的街道。只见有一片广场儿，猛望去，便如乱冢错落，都是苇席皮的窝铺，每家门首都有媳妇子，坐在矮凳上，设一矮儿，上有食物、香火儿之类，一面价乱瞟香客，一面笑嘻嘻道："你老请歇歇儿，吸袋烟吧。"

辅子细望去，见她们搽抹得神头鬼脸，老少村俏，一概都有，一个个衣裳褴褛，又似贫家妇女，又似倚门贱娼。辅子见了，推着赵柱儿便走，道："彭伙计也真没有的，咱不进庙随喜了，便去逛山，只管瞎撞怎的？"

彭伙计且走且笑道："既巴巴地来一趟，若不都见识见识，回去怎样开唠呢？这是些卖香火引客的烂污女人，说实了，也是饥寒所迫，还有些绝俊的住家媳妇儿，都在庙后不远的山村中，那却是阔绰香客落脚之所。徐爷您高兴，俺先领你逛逛去如何？"赵柱儿一听，登时脚儿趄趄。

正这当儿，跑来两个小乞丐，辅子无意中把与他几文钱。这一来，不好了，四外道沿上，呼一声，跑来许多男女乞丐，争来讨钱。彭伙计道："还不快跑！这是缠不清的。"于是三人脚下加劲，却听得后面众丐骂詈不绝。

须臾，趄过一片短松场，却是一带菜圃，仔细一望，却是娘娘宫的后门儿。围墙里面，人声热闹，门首却只有几个村童们踢球儿。这时辅子遥瞻远瞩，只见庙后群峰，空翠飞舞，一处处烟岚映带，如张锦屏。其中有一主峰，凌空拔起，直插青冥，那峰腰上隐隐地如垂白练，却又曲折隐现于树梢石隙之间，端的景致奇丽。

彭伙计遥指道："徐爷请看，那一峰名为'天枢'，右为舍身崖，左为桃源涧，都是此山最胜之处。您瞧那两叠飞瀑，若当秋夏泉水盛时，声如殷雷，俨似玉龙倒挂，只就是道径险些，少时，咱逛罢庙，再去瞧吧。"

辅子听了，不由游兴大作，瞧瞧日色，业已过午，便拍手道："时光不早，咱先去逛山倒不错。"正说着，忽闻围墙内一阵妇女嬉笑，接着慌花似跑出一群妇女，其中一个扭头折项地道："咱只当是从庙后门走，清净些，哪知偏有一班毛头小子，单挤在大殿后，挤眉弄眼。你瞧那个迷齐眼的大胖子，怎不早不晚，恰好咱们撞过来，他便扑通一跤，一下子按得人脚尖生痛。俺若不是当着许多人不好意思，一定挠他个满脸花哩。"又有一妇人笑道："某大嫂，你别说咧，谁让你修理得两只脚儿那么俏生，若是俺这脚，他便跌倒，也不来按哩。"说着一抬脚，忽见赵柱儿等，便哟了一声，大家嬉笑而去。

赵柱儿见此光景，便眉飞色舞，拉了彭伙计，径入后门，辅子只得跟在后面。方由人丛中趱到大殿左边一块巨石跟前，只见前面游人忽地一闪，却是张仁，不知从哪里喝得红扑扑的脸儿趱来，一面向后门外走，一面向一个穿蓝衣的健仆道："俺这就下山回头，你也便去料理吧。你们从天枢峰下绕道儿下山，倒也清净。"说着，相与趱去。

辅子听了，也没在意，刚伸项觅望彭、赵，只见有两位老头儿，趱过巨石跟前，一个便道："朱夫子动不动说格物穷理，只这块石头，究竟是什么理儿呢？此名为摇动石，你如就石上截儿戳一手指，它立刻便摇动；你若叫十来个壮汉去推它，它倒纹丝不动。"说着，如言戳去，那石果然微动。便有游人们围拢来，啧啧叹异。又有一群少年，真个揎拳勒袖地去推那石头。

辅子望得诧异，在人背后静觑半晌，再觅彭、赵，已自不见。辅子知赵柱儿等定拣妇女多处逛，便一路留神。就庙中趱过一周，在粉白黛绿群中，逐处张望彭、赵两人，只是没影。末后却又见屈老太婆，气急败坏，满眼是泪，喊着媳妇，撞将进来，背后还有三两个村妇，道："你老人家不要着急，你媳妇准是失了伴，或在哪里歇脚哩。真个的咧，那么大个人，就会丢了？"

辅子见了，不由暗笑道："我好发呆，人家丢了媳妇，找还罢了，我丢了两个大汉子，只管寻他做甚？不如且自逛山为是。"想罢，一径地趱出庙后门，便拨草觅径，竟向天枢峰迤逦行去。只见山色四开，云气回合，一处处寒林映带，时有各山家的鸡鸣犬吠之声，俨似云端飘落。

辅子一面喝彩，一面暗想道："北方山势究竟雄厚得很，但俺闻达善说起南中山水来，也自清丽得很，明春俺南游一趟，又可以开开眼界了。"思忖间，趱过几折盘道，远望天枢峰，已自不远，长风寥寥，吹人衣袂。

辅子这时心旷神怡，正在一株大松后，东望长城，隐隐地蜿蜒起伏，便如一条飞蛇一般。极目处白气蒙蒙，天似穹庐，十分旷远。辅子正凝眸间，忽闻松树前有人走动，悄悄张去，却是在庙中所见的那个蓝衣健仆，直着眼向前飞走，却又暗暗回顾。转眼间，已到半里多地之外。

辅子拔步，方要走动，恰好有只屎鹰子，从头上一翅刷过，只翅尖一掠之间，早将辅子鬓角捎了一下。辅子大怒，从地下拾一石子，一回身，方想打去，纵目一望，不由大骇。正是：

游山未尽登临兴，狭路偏逢尴尬人。

欲知后事如何，且听下回分解。

第十三回

徐辅子义拯屈娘
赵柱儿闲寻野艳

且说徐辅子纵目望去，只见从后面飞也似跑来个俊俏妇人，鬓发乱披，两眼直勾勾，甚是可怕。小脚儿乱踹乱踏，便似线牵的一般，直望前撞，嗖一声已过松树。

辅子望得分明，却是那屈老太婆的媳妇子，于是心中一动，拔步便赶。饶是辅子这等脚步，还只离妇人十来步远，但见她脚下如风，去似箭激。辅子一面赶，一面暗忖道："这妇人脸色有异，那天枢峰之右便是舍身崖，难道这妇人有甚不得已的事去舍身吗?"思忖间，转入一段盘道，有一股流泉横界足下。辅子脚下一攒劲，嗖一声跃向妇人面前，方一回身，那妇人也便一跃而过。

两人对厮面，略一逡巡的当儿，这时辅子越发看清。但见妇人脸色呆白，目发直光，并且呼吸喘促，势如疯狂，冷不防向前一闯，气力甚猛。不想辅子骇异之下，猛张两臂，想去拦她，两下里一个闪不迭，扑通声一齐跌倒。辅子忙跳起，一瞧她业已跌昏过去。

这里辅子诧异之下，又自悔鲁莽，正要唤醒妇人，说与她屈老太婆各处相寻之事。忽闻前面磴道转折处，有人大喝道："你这厮无端拦截俺家妇人，这还了得!"辅子忙望，却是过去的那蓝衣健仆，业已折回头，大叉步赶来。

辅子灵机一动，早已有些瞧科，因迎上去，大喝道："你这厮是张仁手下的奴才，这妇人她自姓屈，是你家什么人? 你引她这等狂奔，此中定有蹊跷。"仆人喝道："什么蹊跷? 你这人多管闲事，却不要怨我。"说着，一个箭步蹿过来，突地一拳，劈面便打。

辅子喝声："来得好！"略为一闪，趁势一甩右腿，便是个顺风扫叶。那仆人从斜刺里一矬身，霍地躲过，便双挥健膊，由辅子左胁下抄打将来。这所在上峻下坡，辅子唯恐敌人占了建瓯之势，便略一顿足，唰一声，跃向一岸悬崖下垂，较为平坦之处。只两足才落地，那仆人业已大呼赶到，一摆拳头，风也似裹将上来，并大骂道："你是什么村厮，竟敢擅问俺主人的事体？今老实说与你，你又待怎的？这妇人是俺主人设法儿撮她去，自去快活，你可听明白了？"说着拳脚纷纭，直取要害。

你想辅子是何等手段，先时的一交手，只顾了怜悯捉住仆人，好问底细，所以姑为招架，想趁势踢翻他。及至听仆人自说缘故，并那凶顽之状，不由登时怒从心起，喝一声，挥拳纵击。

看官试想，那健仆在张仁手下，不过是个狗仗人势、欺压乡农的角色，今一旦忽遇劲敌，如何成功？当时手忙脚乱，只支持了三四回合，早被辅子逼至崖沿。偏巧那里许多的枯草落叶，连着平铺的短荆棘，从崖沿边上，直接一股蜿蜒樵径。这时那仆人且打且退，一时间望不仔细，便直奔那短棘平铺处，想从樵径逃走。不想一脚踏去，一个啊呀没出口，早已滚球似跌落崖下，倒闹得辅子略为一怔。原来那短棘平铺处并非实地，都是丛蔓纠结，并上面有积久的枯草落叶，乍望去虽似实地，哪知下面却是空的。

当时辅子略为沉吟，不由暗悔道："这厮既跌落，倒不好办咧。他说张仁设法儿撮人妇女，看那妇人狂追仆人之状，定是张仁弄什么蹊跷无疑。但是怎生解救，俺却不会。"沉思间，一步步试踏去，就崖沿向下一望，只见沉黑千尺，除怪石云埋，壁树槎枒外，更无所见。

正这当儿，忽隐隐闻得那妇人嘤然一呻，辅子暗喜道："还不错，她既苏醒，便好办咧。"于是翻身踅转。急瞧那妇人，业已滚爬在流泉之旁，仍是仰面朝天，双眸紧闭，上下衣裤，被石齿棘刺所钩啮，都已破碎多处，露着白莹莹的肉皮儿。

辅子低头审视，正没作理会处，忽见她手足略动，接着便闷闷地长呼一口气，双眸一睁，即复紧闭，顷刻间胸口岌岌，只管跳动。望得辅子抓耳挠腮，百忙中欲待呼唤，又不知叫她什么好。急躁中狠狠一跺脚，恰好踏着泉水，咕唧一声，水花四溅，便有几点渗凉水珠，直溅到妇人面上。不想这一来，却撞着关窍，但见妇人猛地一个寒噤，双眸立启，哇一声放声大哭。但是猛见辅子，不由又惊颜如土。

辅子忙道："屈娘子，不要恐怕，你想是遇着歹人。如今那歹人已被俺打落崖下。你快说到此之由，家在哪里，俺当送你转去。"于是一说方才那蓝衣健仆的情形，并屈老太婆各处寻找媳妇之状。

妇人听了，越发地泪如雨下，便扎挣起，向辅子连拜道："原来俺多亏恩公相救，请问尊姓，并怎便知婢子姓屈呢？"辅子道："俺在山下曾见你婆媳雇山轿儿，那轿夫提什么屈秀才，所以知你姓屈。俺姓徐，今天无意中救下你，不算什么；你快说遭难情形，俺急速送你转去为是。"

屈娘子揾泪道："这事儿，说来怪异。俺婆媳进庙烧香之后，方在大殿前略一驻脚，却被一个戴披风暖帽的大汉领了一群人一下冲散。俺惶急中，四下里觅俺婆母，但是那蓝衣歹人只管趁在背后，却笑道：'俺方才见一位老太太，转向大殿后，从右边角门出庙去咧。那角门外，很多的妇女茶棚，那位老太太若是你婆母，想在茶棚中歇脚也未可知。'俺当时哪知就里，便跟他到角门外，逐处寻觅。

"曲曲弯弯，绕了许多路，俺回头望望，业已到了距庙后一箭之地，却不见俺婆母的影儿。俺正在惶急，不想那歹人忽地在俺顶上拍了一掌，却笑道：'你且在此待一霎，你婆母少时就来。'说着，直奔入庙后门。俺当时猛被一拍，顷刻间转动不得，情知事体诧异。正在没作理会处，却遥见那歹人和了一群人，拥了那个戴暖帽的大汉从庙中出来。那大汉向歹人略为指画言语，领人自去。那歹人却一径地趋向俺跟前，忽由袖中取出一撮药粉，向俺一扬，回身便走。

这一来，真个奇怪，俺那时但闻一股辛香药气，顷刻间神识迷惘。四下一看，哪里还辨得方向。那歹人却在前面匆匆行去，所以俺不管好歹，只好追逐哩。"

辅子顿足道："不须说咧，他这正是用的药，你忽闻辛香药气，顿时迷感；方才你面被冷水顿时解掉。俺想这天一之宝，能散迷药，娘子且饮口流泉，管保心下还要清爽。"屈娘子听了，忙俯掬流泉吃了两口，果然清爽。不想顷刻间，浑身无力，软得烂泥般。逡巡之间，一屁股坐在地下。

辅子这时也吃了几掬泉水，登时精神焕发，便催促道："屈娘子，俺听你婆母向轿夫说，家住山下平泉峪，你可能记得道路？咱便去吧。"屈娘子有气没力地答道："记得，记得。但是俺这时没法走咧。"说着捏了脚尖儿，只管攒眉。

辅子只当她是奔驰已久，脚痛难走，便转过脸去道："娘子没奈何，且整理脚下，快去为是。这所在山深且僻，岂可耽搁？"屈娘子连应两声，强勉立起，扑嗒声，又复坐下。

辅子回望，只见她红着脸儿，十分着急，却呻吟道："俺并非脚痛难走，都是方才吃口泉水，虽然心下清爽，却登时疲软起来。"辅子听了，十分诧异，仔细一想，却笑道："你这不是疲软，是药力方去，正气刚来，交替当儿的一种光景。你那会子尽力狂奔，如今猛复常态，焉能不通身无力呢？而今只可从权，俺且背了你转去吧。"

屈娘子听了，感激之下，未免忸怩，道："岂可这般价劳乏恩公，俺且再试试看。"说着，婷婷站起。哪知足下一软，却扑在辅子肩头上，脸儿一扭，几乎偎着辅子的腮颊。于是辅子道："娘子不必羞怯，咱快些转去为是。俺还有游山伴侣在庙中，时光太久，彼此价不便相寻。"说着，略矬身儿。屈娘子没法儿，只得从他背后，双舒玉臂，搂定辅子的脖儿，下面是身儿一耸，两股一分，夹定辅子的腰胁。那辅子一长身形，早轻轻背起她，拔步便走。

这时光景，却对了人家咏书生背媳妇的诗咧，真是"金莲似笋

222

腰中插，玉乳如酥背上揉"。

不提辅子由屈娘子口头引路，一径地健步下山，直奔那平泉峪而去。且说赵柱儿等直着眼儿，在庙里庙外妇女群中大逛良久，忽回望不见辅子，彭伙计道："徐爷哪里去咧？他老人家，好看打拳的，咱到庙外卖艺场中寻寻他去。"

这时赵柱儿正趁了一对花鹁鸽似的妇女，趄到一处香棚前，瞧着人家撕皮打掌，笑说作一堆，因随口道："不必去寻他，他不是自去逛山，便是在相面摊上打交道。他因看出鲁克昌的凶相，以致破案，如今越发以相面自负哩。"正说着，忽闻甜甘甘一阵脂香发气钻入鼻孔。

赵柱儿忙望，却是个长长身段的小媳妇，拉了一个十六七的伶俐妇人，慌蝴蝶似的，由自家身后直挤过来。向棚内一张，便笑道："你这干浪蹄子，可叫俺寻着咧。俺们在殿角席厕里，只撒泡尿的工夫，你们就通没影儿咧！"说着，入香棚，将手中一个花绣包儿向案上一掷，便向一个半老婆娘跟前一坐，道："她们只顾张野汉子，不等俺也罢了；怎么你老人家也看花了眼，就不等等俺呢？俺那会子在娘娘寝宫里，几乎没动了火。"因一指那伶俐妇人道，"亏得俺这街坊阮嫂儿也在那里讨签语，方将俺劝将出来。不然，俺定将劈叉老婆撕她个一条一缕，叫她夹着光尾巴走路。赌气子，俺也不献神鞋咧，只好下年再找补吧。"

那半老婆娘方哟了一声，只见那伶俐妇人向众妇女乱拜道："今天好巧，怎么众位如此齐楚，都在这里歇坐？"众妇女正在回礼让座，那长身媳妇一拉伶俐妇人道："你快坐下吧，你真是乐发昏咧，就有这些浪礼数。"伶俐妇人脸色微红，含笑就座之间，半老妇人却向那长身媳妇道："你总是个风娘娘性儿，好好地给娘娘来献鞋，为的是早添个胖娃娃，为什么又不献了呢？"那媳妇道："罢呀，罢呀！俺也不想养孩子。您不晓得，俺费了许多功夫，做成娘娘的神鞋，不想方摆在神龛前，还没烧香，不知从哪里来了个劈叉老婆，刚塞

223

完了油炸桧，油着两只手，拿起俺的神鞋来，只管端相。吃俺劈手夺过来，早已污了一块。你想俺可是让人的？若不是阮嫂儿来劝俺出来，俺们一定打一场子。"说着跷起一脚，道，"你们看这鞋精致，还不如俺做的神鞋一半儿哩。如今俺只得绸包了，夹塞回去，你说气不煞人吗！"

赵柱儿忙望她鞋子，是水红缎儿，衬着满帮的四季花儿，尖生生好不动人。那彭伙计一瞟赵柱儿，微微含笑之间，伶俐妇人却笑道："咱快走吧，早点儿下山，也消停些。"长身媳妇拍手道："阮嫂儿，你忙什么？便是娘娘许你得个白胖的大小子，也不能回去就养哩。"一句话不打紧，招得众妇女都围上来，向伶俐妇人乱称道喜，羞得那妇人脸儿绯红，猛抬头忽见赵柱儿等，越发地头儿低下。

那半老妇人却向长身妇人笑道："真是子息有早晚，是着急不得的。你看阮嫂儿，这点儿年纪就有喜信，你年年地来献神鞋，倒没个动静儿，难道你们俩口儿就不的？"长身妇人摇头道："倒也不不，虽是不不……"正说着，忽见棚外许多游人，都驻足含笑，便忙向大家挤眼道："咱快去吧。"这里赵柱儿等略闪之间，那群妇女早已一拥而出。那长身媳妇瞟了赵柱儿一眼，然后嬉笑而去。

这一来，撩得赵柱儿逸兴遄飞，还想趁去，彭伙计却笑道："此间有的是写意所在，只管跟人家娘儿们做甚？咱要逛山，便就势先寻寻徐爷。若先歇歇脚，待俺请你去吃扁食如何？"

赵柱儿茫然道："这会子俺还不饿哩。"彭伙计哈哈一笑，拖了赵柱儿，直出庙门。行经那片茶棚前，只见老妈妈子坐着打盹儿，江宁卧在草铺上，已睡得死狗一般。两人也不理他，便向东穿过一带柿栗摊市，渐次地林木萦带，已到一处小小村墟，疏落落十余户山家，都是碎石为墙，黄茅盖屋，高高下下，随山势凹凸，自成井巷，远望去，饶有逸趣。

赵柱儿便道："这小小山村，有甚写意所在？"彭伙计笑道："你哪里晓得，只跟我走就是。"正说着，趄近村头，只听道旁一片荒菜圃上，桔槔一响。

赵柱儿循声望去，登时觉这片山光树色，都似带几分仙气一般，不由目定口张，只是憨笑。正是：

　　　　漫觅同人试蜡屐，且从彼美饭胡麻。

欲知后事如何，且听下回分解。

第十四回

集游侣夜宿雹神庙
话张仁兼述杏花寨

且说赵柱儿一瞧桔槔响处，却是个十八九岁的大妮儿，梳着漆黑的大鬏髻，穿一身家常布衣，粉黛不施，十分丰韵。正手扶桔槔，俏身儿一前一却，衬着四围山色，越显得她风鬟雾鬓。恰好眼波一溜，望见彭伙计，便咯咯地笑道："哟，彭爷多咱来的呀？快到俺家坐坐吧。俺大姊那会子烧香回头，说是在庙上寻了你半晌也没遇着哩。"

彭伙计一面拖赵柱儿飞跑，一面笑道："你姊妹都好哇，回头俺就去。"那妮子登时笑唾道："你不用假热乎人，俺姊妹蠢头呆脑，拿什么邀动你呢？你这会子没命似跑，不消说是去小香子家。"

这里赵柱儿一面走，一面回头，还听得那妮子嘟念道："偏是小香子那狐媚子样儿，就能恋客，真也是怪事。"说着，扑通一声，似乎是水桶落井。

赵柱儿便道："彭兄认识她吗？这妮子倒也不错。"彭伙计笑道："不必理她，村中有的是好所在哩。这妮子，虽也罢了，但是她却专爱小白脸儿，俺和你一处走，未免有些不合算。"

两人一路说笑，已入村中。只见一家家门首，都贴张寸余长的红纸条儿，也有写馄饨张家的，也有写麻花李家的，还有挂出红纸条切面幌儿的。赵柱儿笑道："你看山村人，真不会做生意，弄些食物，不趁庙会去卖，却藏在这背旮旯里，管保一百年也不会开张哩。"

226

彭伙计笑道："你真把生意人冤苦咧。这纸条儿，就是私门头的记号，每年庙会，她们做的好大的生意哩。不然，俺怎么说请你吃扁食呢？"赵柱儿听了，不由恍然大悟。

须臾，趋近一处短篱门前，那门首石碌碡上，正有个十来岁的小丫头，骑马儿玩耍，一见彭伙计，撒脚往内便跑，道："娘啊，还不快出来，彭爷领了个绝俊的客人来咧。"这里彭伙计哈哈一笑，领赵柱儿昂然入去，自有一番打情骂俏的风光，这且慢表。

如今且说江宁，因疲乏已极，在茶棚中沉沉睡去。及至醒来，业已日色平西，揉揉眼，便问那茶婆子道："你没见俺伙伴儿来寻俺吗？如今山也没逛成，倒在这里窝憋了半晌，真他娘的丧气！怎的你老婆子，也不早些唤醒我呢？"

那老妈妈因江宁在棚死睡，耽搁她半天生意，心下正没好气，便冷笑道："你别来找寻我，我还要找寻你哩。咱闲话休提，你一个人儿，占俺半天茶棚，乖乖儿的，你给俺两串老钱，你的伙伴没交给我，我知他们哪里抓瞎去咧！"

江宁怒道："你这人好生倔气，俺在此歪歇一霎，连杯茶都没吃，就是两串老钱，你自己觉着，不老点儿吗？"说着，站起来，由怀中掏出百余文钱，方要抛与她。不想那老妈妈一把抓牢，就势叫起撞天屈来，闹得许多人都围拢来。问知所以，便笑道："你这香客，既来朝山，便是修好，她一个穷老妈妈子，你便多舍予她几文吧。"

江宁难却众面，只得把与那老妈妈数钱碎银，直着脚子，就庙里庙外乱窜一气。心想辅子定去逛山；彭、赵两个是好瞧媳妇的，或还在庙左近盘桓，也未可知。但是一瞧日色，业已转西，便见一队队的妇女，都手内拎着下山的福物（俗不空手下山，必随买食物等类，谓之带福），从庙中出来，纷纷四散。

江宁低着头，信步而走，不觉被一群妇女裹入队中。正听得莺娇燕姹，并闻一阵阵脂馥花香，猛觉后背上，硼地一拳，众妇女啊呀一声，登时间跌跌撞撞。江宁忙回望，忽地眼光一眩，便见个黑黟黟的壮汉，提拳喝道："你这厮瞎掉眼睛，怎撞入娘儿们群里呢？"

江宁大怒，正要和他放对，只见一个会首模样的人趋来，一望

227

那壮汉，便喝道："你这厮还不滚开，再要胡闹，便兜起你来。"壮汉一听，连忙悚然而退。原来那壮汉是个庙混子，专以讹诈为事，见江宁直撅撅的，以为是个乡下香客，所以来遇事生风。

当时江宁怔望一回，也便由庙门向东趱去。穿过一带柿栗摊市，行了不远，忽得一小小村墟，十分雅静，只见香客们纷纷出入，不是这个道某家馄饨好，便是那个说某家扁食妙，一面说笑，都笑得眼睛没缝。这一阵数馋嘴，招得江宁泛上饿来。

原来江宁这时睡足神清，爬山的邪火都退，不但猛然忍食，并且饥腹雷鸣，因暗笑道："这趟山逛得真别扭，再要空了肚皮回去，真是笑话咧。"思忖间，匆匆进村，果见各家门首，都有卖食物的帖儿。但是食物却不见，倒见些妖娆妇女，倚门嬉笑。

江宁不知就里，张着大眼，四觅食物，一颗头如拨浪鼓一般，招得众妇女你嗤我笑，也有唾一口就走的。直趱过半趟街，肚儿内越发有些不做主咧，恰好望见一家门首，一般价也贴着红条儿，正有个老婆儿在当门闲坐，口内衔着长枪似的大旱烟筒，吸得烟气腾腾，吱吱怪响。

江宁不暇细看红条上写明的是何食物，便贸然道："喂！你这里有新出笼又白又软的大馒头吗？俺且得一个儿。"老婆儿听了，登时一梗脖儿，略抬眼皮，却一声不哼。江宁只当她是耳聋，两手一圈，作式道："虽道你家没这物儿吗？便是粗黑些，只要不馊臭，俺都将就着。俺这会子急等着用哩。你自己若有，也使得，快快把出来，俺也把给你这个。"说着撩衣回手，向腰下乱掏。

这一来，招得各家门首妇女叽叽嘎嘎，直笑得拍手打掌。江宁正在莫名其妙，便见老妈妈端相自己半晌，瘪鼓着一张嘴，吸得那烟筒吱啦吱啦，越发起劲。忽然从嘴内掏出来，狠狠地一磕烟烬，然后向自己招手道："你且这里来。"

江宁只认是要令他入内，去吃大馒头，忙伸着脖子，躬身趱近。不想那老妈妈忽然跳起，不容分说，举起大烟筒，向江宁脖子上，唬喽声便是一下，接着便骂道："该死的，你这小蛋蛋子，不怕天雷轰顶、五鬼分尸吗？老娘偌大年纪，养也养得你出，你却瞎撞着眼子来说浑话。老娘这里，清门静户，什么这物儿、那物儿的呀？你

228

妈妈才有那物哩。"说着，举烟筒，又要去烙。

这一闹，江宁大诧，一面摸索脖子，一面喝道："你这疯婆子，岂有此理，你贴字儿卖食物，俺来照顾，怎的来说浑话呢？并且买卖勾当，不愿意便罢，晾着你的，收着我的，难道谁强干不成！"老妈妈忙喝道："你这厮还胡说，你睁开眼瞧瞧，谁卖什么食物哇。"江宁这才细瞧那红纸字儿，却是"吉房出租"的贴儿，不由扑哧声笑道："妈妈莫怪，俺只当你这里也卖。"老妈妈越怒道："你再说！"江宁也越发诧异道："俺虽错误，但是也是小事一段，你老人家为何烙俺脖子呢？"

正乱着，忽见数步外，一家门首大树后，嗖的声有人跳出，大笑道："我的江爷，你别和人家装使不得咧。你要吃馒头，该寻俺才对。如今赵爷正在里面吃扁食，你也来赶热吧。"说着，跑过来，撮了江宁便走。

江宁一瞧是彭伙计，便道："俺睡醒后，各处寻你们不见，谁想你和赵爷钻在这里。如今赵爷在哪里，你可见徐爷不曾？俺今天逛山，处处别扭，方才为买馒头吃，又挨了一记热烟锅儿。"

彭伙计笑道："俺那会子老远见你东张西望，以为你是个惯家儿，闹独吊，乐一下子，所以不敢出来，败你的高兴。谁想你却是怯条子，愣向人家规矩老妈妈买馒头，她不烙你烙哪个呢？如今赵爷正在里面。"说着，附江宁之耳，含笑数语。

江宁大笑道："原来如此，如此俺挨烙不屈，咱快去讨个厌气，别叫赵爷尽管快活。"于是和彭伙计跑入那家门内，一眼便张见正房窗外，有个十六七的女孩子，正嗑着小指，倾耳凝听，一见彭伙计，却笑吟吟地连忙摇手。江宁料是赵柱儿在内，正要拔步闯去，却被彭伙计拉住，一点手儿，招进女孩，低语道："你这妮子，可要作怪，你听人家那个做甚？你若不自在，咱到厢房内玩去。"

那女孩唾了口，要跑之间，却听得赵柱儿在室内哧哧地笑。江宁心下正自好笑，恰好自己肚内咕噜噜一阵乱响。室内赵柱儿，便喘促促地问道："彭兄吗？请你少待，俺这就要完咧。"江宁一听，几乎失笑，却早被彭伙计拖入厢房，那女孩儿也跟进去，只管笑瞧江宁。

彭伙计便道："你快端些点心来，俺这朋友，巧咧，没吃饭哩。"女孩笑道："你们这般男人们，真也罢了，正房里那个，一进门来，也是吵饿，如今掏把住俺娘，他也不饿咧。"说着一瞟江宁，即便趋出。

须臾取到点心，江宁也不客气，一面大把价抓吃，一面道："你们两个倒会寻乐儿。俺偏巧遇着你，不知徐爷这会子怎么瞎寻咱们哩。"因又低语道，"你看赵爷，他真拉得下脸儿，竟真个的干这营生，怪不得徐爷常说他就是这点子不警人哩。"说着，拈起一块大饽饽，吃一口，嚼了嚼，却从嘴内抽出根漆黑弯皱的毛儿。正在拈起来，向明睇视，彭伙计却忍笑道："大妮子，你这点心不是你娘床脚头那盘儿吗？"女孩道："不错的，方才俺隔着门缝，和俺娘要出来的，俺娘只当是俺要吃，只卧着骂俺嘴馋。还是赵爷，忙忙地由门缝递与俺的哩。怎么，这点心不中吃吗？"

江宁一听，啪的声，一掷饽饽，不由弯腰大呕，连呼晦气。女孩儿略为一怔，登时悟会过来，也便拍掌大笑。

正这当儿，只听正房门儿吱扭一响，彭伙计眼睛一转，忙向江宁等摇摇手儿，不容分说，将江宁并女孩藏向里间内，自己却在外间里，虚掩了门儿。江宁不知他捣甚鬼，只好和那女孩悄没声的。

不多时，却闻正房前，赵柱儿道："你且歇息，俺和彭爷就要去咧。"便闻有妇人道："您有空再来呀！叫小妮子送送您吧。"这里那女孩方要答应，不想外间里，彭伙计一撮嘴颊，登时发出一种奇妙声息，少时越来越妙。女孩一听，竟如方才自己在正室窗外所闻一般。

逡巡之间，正想推开江宁跑出，却闻赵柱儿大笑道："原来彭兄也这般高兴。"说着门儿一响，恰好江宁再也忍笑不得，嗖的声由里间软帘边一露头儿。

这一来，和赵柱儿四目相对，彼此间，方哟了一声。那里彭伙计却从外间围桌下撮唇钻出。赵柱儿一见江宁，正有点儿不好意思，哪知江宁更会凑趣，忽回头道："徐爷，咱到此好半晌，您还没歇过来吗？如今赵爷公事完毕，咱也该去咧。"

一句话不打紧，吓得赵柱儿回头便跑，一张脸儿业已红布似的。

于是江、彭大笑，忙跑出拖回赵柱儿，由江宁一说来寻巧遇之故。彭伙计连连作揖道："赵爷莫怪，俺和江爷等得您不耐烦，所以弄个口戏玩玩。徐爷若是来了，早将你一阵拖去咧。"

赵柱儿道："少时咱寻着徐兄，你二位别提咱逛这所在，他嘴碎得很哩。"正说着，那女孩并正房中一个媳妇子也自凑来。依着赵柱儿，还要留恋，彭伙计却笑道："时光不早，咱到外面去寻徐爷，也好下山咧。"于是三人厮趁拔步，赵柱儿还偎在后面，和那媳妇儿喊喊数语。

直趸出村头，江宁却笑道："今天咱们登山一次，还是人家徐爷真去逛山，咱趁着寻他，也略为逛逛才是。"于是大家随意缓步，就庙近处名胜所在浏览一回。一路留神，只是不见辅子。一瞧远近峰头上，业已夕阳明灭，映照得青翠红紫，十分有趣，江宁便道："徐爷或是寻咱们不着，自行下山，也未可知。那山下有的是香客寓店，咱到那里寻寻如何？"赵柱儿道："此话有理，他便下山，一定在寓店相候的。"说着，转向庙前，便寻归路。

这时江宁索性地抛掉厚底鞋子，只用数十文钱，由小贩手中买了一双褪旧薄底鞋，穿在脚上。这一来，大得其力，便随了赵柱儿等健步如飞，迤逦下山。只见男女香客纷纷相携，也有步行的，也有乘山轿的，各自笑语回头。这时赵柱儿两只眼睛却大得其所，原来坐山轿的妇女都是脸儿朝后，免得下山眼眩，赵柱儿等趁在人家背后，正闹了个对厮面儿。

须臾下得几折盘道，行经一处岔路口，那所在，短松甚茂，苍翠平铺，只听横道上一棒锣响，忽由林影里转出一群村汉，一个个长枪短棍，却又横拖倒拽，鸣锣的是个少年，方又扬起锣锤儿，却被一人拖住道："你别没正形儿，咱跑了半天山道，还不各回各家，你就是个半吊子。那会子你那一鸟枪，不亏人家闪得快，管保连屈大娘也交待咧。你这会子瞎敲锣，香客们不疑惑山道上闹虎狼吗？"

少年笑道："俺就佩服煞那客人，背上驮着那么大个人，不知怎的，灵猫似的，他便跳闪开。"一人便道："可知人家本领高强，若都像咱们似的，便眼睁睁见屈娘子被人撮去，也是没法儿哩。"说着步下一蹶。少年笑道："你若走不动，你学学屈娘子，俺背着你吧。"

那人笑道："不劳吧。说正经的，咱这景忠山庙会上，自来没闹过事由儿，今年不知怎么咧，并且头些日子，俺听说城里有一家，竟自丢掉媳妇，可见地方上准有不法之辈哩。"大家一面说，一面转向岔路。

赵柱儿等听了，也没在意，及至到得山下，业已日色降落，这时远处香客争相落店，你想靠山脚小村中，能有几家店道？不消说，都已住满。赵柱儿等没处落脚，正在村头上四望徘徊，只听山坡上，辅子唤道："江兄等这里来吧。俺料你们必在山下寻俺，俺已候望多时。如今咱已有寓处，不必寻店咧。"

江宁等循声望去，各自欢喜。大家奔去，厮见过，赵柱儿唯恐辅子询起他游逛情形，便笑道："今天除去江兄自睡大觉，俺和彭兄因寻徐兄，通没得自在逛逛，怎的咱入庙不久，徐兄一转眼便不见了呢？"彭伙计微笑之间，江宁却哼了一声。

辅子便道："俺今天虽跑了许多山路，却也没自在逛山，咱快向寓处细谈吧。"正说着，忽见一旁丛树中，有蓝衣影儿唰地一闪，辅子喝一声，飞步赶去。

大家不晓就里，正在怔望，便见辅子就丛树前后巡望一回。须臾趱来，道："不相干，咱且去吧。"于是头前引路，由山坡左行不远，却得一个破落野庙，山门下有个破衣拉撒的老庙祝，正猫着腰子，捡拾柴草。

江宁一望庙额，上写"雹神庙"三字，因随口向庙祝道："你老人家便是看庙的吗？"庙祝望了江宁一眼，却一声不哼。辅子便道："他是个聋子，俺来时嚷破喉，比来许多手势，方将借宿之意说明，简直地不必理他。"说话间，趱进庙。只见大殿前，甚为宽敞，东西配房都已倒塌，大殿上也空无所有，只有些干草堆积；穿过大殿，又是一层大院落。后殿上略如前殿，只多了个面目狰狞的雹神爷，披甲按剑，瞋目而坐，塑得来很有威风。想当年风云叱咤，作威作福，一定也受过人的大香火。但是如今没得捧场的，只剩了个光杆儿。虽是一尊正神，也就没有大瞧头咧。

当时大家略为徘徊，趱出后殿，江宁一眼张见庙祝住的厢房，跑去一望，便笑道："他这所在，又宽大，又有热炕，咱都向这里住，不好吗？"彭伙计笑道："你不怕雹神爷夜里坐冷了，来和你打通腿儿吗？"江宁笑瞟赵柱儿道："俺生来有个异样脾气，俺看雹神的小模样儿，比小媳妇还俊得多，他要来和俺睡一觉，且是写意哩。"

赵柱儿一听，赶忙瞪他一眼，大家趱回前殿，业已天色曛暮，正愁没得灯烛，恰好庙祝由自己屋内取到半段蜡，并一瓦壶冷水，毛咕咕置在空破神龛内，望着辅子，笑了笑，自行趱去。

江宁这时奔驰口燥，先拾起水壶灌了一气，然后取起那蜡，仔细一瞧，却是绿色的丧烛，上面还有"仙童引路"等字，因笑道："今天不知怎的，通没个顺适气儿。少时，咱大家在此一挺尸，再点上这丧气东西，倒也有趣。"

彭伙计笑道："你别瞎三话四的，本来破庙中，怪发恐的，狐黄白柳，借人的口气使，咱快点儿上亮壮壮胆吧。"于是取出随身火种，点了半晌。那段蜡因年深日久，走了油性，虽强勉点着，那光亮却绿阴阴的，照得大家面目青忳忳的，甚是难看；并且空殿上凉气飕飕，夹着庙外树木上山禽怪叫。彭伙计方将那蜡安在龛栏上，却有个挺长的黄鼠，由积柴中蹿将出来。

江宁赶去一脚，没踏着，因笑道："这所在，真不老好的，若是俺一个人儿，俺一定是和庙祝做伴去。"说话间，徐、赵两人将柴草铺置停当，大家席地而坐。辅子笑道："俺今天逛山，却遇着些异事。"因顾赵柱儿道："你道是怎么回事？便是张仁那厮干的把戏。那会子俺在庙外山坡上，恍惚见蓝衣影儿一晃，俺赶去细寻，却没踪影，那蓝衣人便是俺今天所遇的那个散迷药的。"于是将自去逛天枢峰，救得屈娘子一节事，从头至尾说了一遍。

原来辅子背负屈娘子，匆匆下山。方趱至半途中，忽闻对面锣声响亮，许多村汉各持枪棍，一径吆喝拥来。当头一个少年人，手持火枪，猛望见辅子，雄赳赳地背着屈娘子，便大呼道："抢人的强盗在这里了。怪不得屈老奶奶哭天号地地跑回家，只吵丢了媳妇。"说着，砰轰一枪，一道白烟直奔辅子。

好辅子，真个伶俐，赶忙从斜刺里一矬身，一个箭步，早蹿至少年身旁，方喊得一声："且慢动手！"背上屈娘子早已跳落，便一

233

面挥泪，一面匆匆细说缘故。众村汉惊且喜道："原来这位爷台是救得娘子的，俺们都是平泉峪并左近邻村的，因你婆母回村说失掉娘子，央俺等上山相寻。如今却好遇着，便请这位爷台到村中，容咱们敬申谢意吧。"众人道："正是，正是！"

辅子连忙推辞的当儿，村汉中，早踅出两人道："小人等便是屈娘子的亲属，务请爷台不弃，到鄙村一叙。"辅子道："俺山上还有伴侣，恐他们久待，你二位既是屈娘子的亲属，请即领她回家去吧。"说着，匆匆转步。

这里屈娘子感激之下，不由叩头落泪。无奈辅子已去，便和村众等匆匆下山。行至岔路上，那持火枪的少年，便自领邻村之众，取便道回家。那屈娘子抵家后，见了婆母丈夫，自有一番悲喜感激，不必细表。

当时辅子不辞辛苦，又奔向庙前茶棚中去寻江宁。问起那老妈子，方知江宁去已多时，彭、赵两人更是影儿都无。辅子料他们或已下山，于是径奔山下，先就店道中寻觅一过，只见香客都满，更无落脚之地，所以辅子投向雹神庙中，又在山坡徘徊，却巧同三人相遇。

当时辅子述罢，大家十分诧异，赵柱儿正在沉吟，江宁却噪道："张仁这东西，竟敢如此地胡为，你瞧着吧，这遵化地面不会安静的。虽是去了个强盗官，只怕地面上的事故还是越出越稀奇。这全官儿新接州印，还许不放徐爷赵爷去，给他帮个忙儿哩。"

彭伙计道："真是呀，张仁近日来很闹得不仿佛，不但以摆坛治病等事诱惑人，并且广结党羽，煽通大盗。俺近日探得他一件事，更是离奇。那迁安永平之间，东北上有座杏花寨，积聚着数百户人家，俗称为'霸王庄'。那村中居民，犷悍不同他处，动不动便讲打砸割的。立有武社，每日价踢天跳井，抡刀舞棒。地处山僻，村中少女们也不以农务为业，往往的黑夜四出，做些不法勾当。因那里近于出口的大路，往来客商很多。三两年前，那村中少年们不知因何事体，得罪了一帮外来的强人，一日夜间，众强人聚了百余人，明火持械，一声喊，奋斫进庄。您猜怎么着？"

江宁笑道："无非是大杀大斫罢了。你不用学作书的先生们，断结回头，快说底下吧。"一言方尽，忽地院中飕飕飕卷起一阵凉风，江宁一缩脖儿道："好冷。"

声尽处，只听凳栏上吱啦一声。正是：

野庙只疑来鬼怪，深宵且自话强梁。

欲知后事如何，且听下回分解。

第十五回

散迷药淫凶相会合
觑壮汉侠客却强梁

　　且说江宁听得龛栏上吱啦一声，一瞧那蜡，却结了个鬼眼似的大花儿，颤巍巍，紫晔晔，光焰腾灼。忽地毕剥一爆，花落焰缩，顿然光莹如豆，映照得空殿上大家人影黑魆魆的，甚是可怖。于是江宁笑道："少时这所在一定睡不安稳。彭老哥，咱两个寻庙祝困去吧，也省得被黄鼠咬了鼻子。"

　　彭伙计笑道："你催俺说底下，却自己偏来打岔。"正说着，那如豆之光忽又腾起很高的光焰。逡巡间，方才其光如常。这一来，连辅子也略瞅那蜡，赵柱儿还是只管沉吟。

　　彭伙计接说道："当时庄中众少年梦中惊起，大半儿赤身露体，各抄家伙。虽有几个刀剑不离身的，当先迎敌，无奈来人都是长枪大斧，只一转眼之间，前面几个持刀剑的少年早已尸横血泊，只剩些光屁股乱持棍棒的人，济得甚事？

　　"正在危急之间，忽见敌人后队纷纷大乱，震天价一声怪吼，早有一条丈二长的镔铁大棍直卷将来。只这么迎风一扫的当儿，敌人四五条朴刀方才飞起，但听扑哧一声，棍过处，敌人皆倒。那条棍更不客气，登时飞入敌人中，一阵横冲直撞，排头痛击。众强人喊一声，正想逃走，庄中少年一望那持棍来人，不由勇气百倍，便大家踊跃大呼，棍棒齐上，趁那铁棍风旋之势，只杀得众强人尸仆如麻，只剩了十来个腿快的，如飞跑掉。那使棍的汉子还不肯舍，大又步赶上一人，一把抓起，向空便掷，啪的声，登时跌作肉饼。

"当时众少年惊定大悦，不由分说，向那人欢呼罗拜道：'今天若不是罗大哥神勇杀敌，咱全村人众怕不是都是死数。从此以后，俺们愿听指挥。'那人一听，不由抛下铁棍，哈哈大笑。原来那人姓罗，名大刚，生得黄面凹腮，长躯伟膊，腾踔如风，性如烈火，更兼力大无穷。他也不耐烦习什么家数武功，只凭了力气蛮干，那条铁棍，据说来足有八十多斤。他自幼至壮，一总儿和那棍寝馈相伴，俗语说得好：熟能生巧，久而久之，他自家竟创出一路棍法，不管敌人是何家数，用何兵器，他只给他个硬来，一交手，便大起大落，直出直入。妙在他虽有破绽，敌人瞧出来，方想蹓暇抵隙，他那棍已自生打进来。因他气力绝人，没法抵御，罗大刚既负此殊力，便自号为'大力王'。他本是庄中一名屠户，那条铁棍便是他荷肉上市用的。

"起初时，也没人理会他，一日庄中某大户值有丧事，先期订了大刚的十头肥猪，都要洗割干净，明晨听用。及至次日，大户家宾客咸集，主人望望厨下，突自清锅冷灶，问知是大刚肥猪当未送到。于是主人大怒，登时使人去吩咐大刚，肉不须送，已在别处另取肉用咧。那使人跑去，一瞧大刚，业已将十头肥猪焊剥停当，好体面的白条子，整整二十扇。使人见了，倒甚是为难，因大刚猪既杀出，今忽不用，料大刚未必肯依。想了想，只得赔笑道：'罗大哥，忙碌哇，俺主人有句话，和您商量，因您只管不送肉去，俺主人恐宾客久待，已自别处取用。你这肉，可好转卖吧。'说着，急忙退步。原来使人知得罗大刚不是省事的，唯恐遭他捶打。不想大刚微笑道：'就是吧，或是你主人嫌俺的猪不肥不净，也未可知。尊驾且转去，俺自有道理。'使人唯唯，便回复命。

"那大户主人正和宾客茗谈之间，忽见院中来了片白花花的物件，仔细一瞧，却是大刚，用那铁棍，挂了二十扇白条子，单手提来。这一来，主人宾客都各大惊，情知大刚是露露劲头儿，来意非善，于是主人急忙谢过。那大刚方置下肉，就阶石上，一拄铁棍，大笑而去。大家瞧那块阶石时，业已裂作冰纹碎块。从此大刚神力，无人不惧，但是大刚虽然凶横，不过是个愣头青的角色。他有个妹儿，名叫小凤，诨名儿'红姑娘'，不但一貌如花，并且性儿狡黠，善用一口折铁倭刀，舞开来泼水不入；至于耸跃本领，更不消说。她又善打一种暗器，名为霹雳珠，系铁砂炼成，上敷朱皮，发出去，便如一道火光一般，能于百步之外百发百中。她自十四五岁时，已妖淫不过，庄中少年辈，只要她看得中意，便拉去公然取乐。你想这样的仙桃仙果，哪个不想尝尝滋味？

"大刚瞧着眼里，气在心里，未免拿出阿哥面孔，想把妹儿劝说一回。不想沉着脸子，方一张口，小凤一挑眉儿道：'怎么你们男人家，便许随意地见一个爱一个呢？俺哪些比你缺欠，却不及你？'大刚忍气道：'你好糊涂，俺们是占人家的便宜，你却是被人占了便宜去。仔细算来，吃亏之至。'小凤怒道：'你不要向我胡拉扯，自是你这丑脸子，不招人爱，不然，俺要给你个便宜占，还怕你不依不成？'大刚听了，只气得一跳多高，但是仍不愿兄妹伤和，便想了个釜底抽薪法儿，想管束小凤。

"一日有个倒霉的少年来寻小凤，不想阿妹未见，阿兄倒出，一顿拳头，将那少年打了个吐血满地，咧着乖乖叫妈跑回。这里大刚正在十分得意，忽觉背上砰的一拳，回头一望，那小凤业已柳眉倒竖，杏眼圆睁，提着粉团似的拳头，娇喝道：'你有能为料理人，难道我没能为料理你吗？'说着，叉腿进步，只下面小脚一蹴，早将大刚闹了个大面朝天。大刚大怒，喊一声，方想挣起，哪知小凤手脚风雨般快，一阵踢打，竟将个力大无穷的罗大刚弄得如搬不倒一般，起来卧倒一阵跌滚，终至央及小凤才罢。从此大刚再也不敢问小凤的闲事。

"据人家传说来，这小凤不但美貌，并且有内媚之术，床笫间颠倒的一班少年们，亡魂落魄。大家聚谈起，各征奇趣，却又各人所受用的种种不同。有的说小凤身软如绵，睡上身去，通似无骨；有的说白嫩可爱，毛孔中有种异香，使人闻了，简直地遍体酥融；有的说她身轻于燕，宛转反复之下，省了人许多气力；有的说她更可爱的，是在吃紧当儿，做出许多的美满声容，那一颦一呻、轻嗔浅笑之间，端的是销魂摄魄。"

江宁听到这里，便笑道："竟有这等尤物？假如赵爷遇见她，保管顾不得去吃扁食咧。"辅子听了，方在少愕，彭伙计忙道："你这人，只管打岔，人家作书先生正编得笔歌墨舞，你知普天下多少眼睛、多少耳朵，都要快睹快听这段下文，如今被你一打岔，你不怕众口骂煞吗？"

江宁笑道："骂由他骂，但是作者先生一定喜欢我的，因为我一打岔，他不但可以停停笔，喘喘气，并且凭空添了数行书料，虽是数十铜子儿的价值，就这双十佳节，沽一壶酚酒，劈儿只霜蝥，左顾孺人，右挟稚子，也尽可酩然一醉，直到太平时哩。"（作者属稿，正当双十节，岁序十六周，而兵乱弥甚。近奉、晋且以失和闻，顾不自知其惘然于言也。）

彭伙计也不理他，便道："当时小凤既有如此武功姿色，如何会肯安生？再搭着村中少年不断地做些夜行勾当，那小凤掺在里面隐然有指挥一切之概。为日不久，不觉家资日富。那大刚本也是凶恶之辈，这当儿，兄妹俩在村中声威日著，正想借端创字号，称霸一方，恰好有外路的一群强人前来凑趣。当时罗大刚，既和小凤称雄于杏花寨，很做了几次大案件，官中虽明明知得，却没人敢去虎头上捉虮子。不想这种人们，偏偏贼星发旺，那罗小凤又无意中结识了张仁。

"若说起张仁的迷药，真也怪异。一日小凤去逛某处的庙场，恰好张仁也寓在客店中，一见小凤，不消说是神魂颠倒。但是小凤只见张仁是个阔绰游客，也没在意。当晚，小凤正在香梦沉酣中，忽觉身上据有一人，尽力狂逞。睁眸一望，不由大骇，只见案上是红烛高烧，榻上是锦衾乱卷，自己是赤条条仰卧于鸳帷凤枕之间。那小凤恍惚之下，只疑是梦，但是那梦又急切间通不得醒，只好光着眼，凭身上那人任意摆布。正在痴迷的当儿，见那人吹熄烛光，小凤但觉被人一推一搬，这次睁眼来，依然好端端卧在客榻上。小凤料是有异，却自悔当时只顾骇诧，没望清那人面目。

"这日晚上，特地留神，才一就枕，忽由窗外钻进一股子辛香药气，便见那人推门而入，笑吟吟抱住自己轻薄起来。这次小凤记牢面目，次日，便握了倭刀，寻见张仁。她的初意原想刺杀张仁，不想两人见面之下，那张仁更不自讳，便一说自己是仰慕姿色，特用迷药，以图亲近香泽。小凤一听，不但盛怒全消，并且心头暗喜，两人相视间，彼此倾倒，从此竟自结识起来。原来那张仁的大名，小凤也自闻得，此等凶邪之辈，自然是气味相投的哩。于是两人新欢乍结，直过了那个庙场，小凤还是恋恋不舍。张仁笑道：'你只管回家，今天晚上，俺还去与你做伴如何？'小凤只当他是戏语，当时没奈何，怏怏转去。哪知当晚间，小凤回头，方一脚踏入香房，只见榻上一人，欠伸而起，却笑道：'你走得好迟慢，俺已相待多时咧。'

"小凤一瞧是张仁，大悦之下，又惊他脚步捷疾，于是唤进大刚。大家厮见，从此张仁不时地在杏花寨来往，据近来的传说，真个骇人听闻。那张仁的种种妄为还不足异，他竟夸说那罗小凤，有个国母娘娘命儿。不消说，他以皇帝自命，你说这不要作反吗？如今他又遭党羽，大庙场上用迷药撮人妇女，可是江爷说得好来，这地面上，不会安静哩。"

辅子笑道："恃强妄为的，归根儿是自戕其身，咱且不必管他。"说着，一望赵柱儿还有些沉吟光景，因笑道："赵老弟，敢是听彭兄说书似的，听愣了吗？"

赵柱儿道："俺只怙惝那会子所见的蓝衣影儿，那个什么仆人，既会用迷药撮妇人，焉知他不暗蹑来，找寻徐兄呢？"江宁噪道："这话有理！如此说，这里睡不稳，俺趁早找庙祝做伴去吧。"大家说笑一回，即便就草地上各自歪倒。

赵柱儿是日间胡闹，辅子是往来跑山，各自困乏，不消顷刻，都已入梦。唯有江宁，白日间睡足，那会子又吃了许多冷水，这时躺在凉地上，不但肚腹作闹，并觉得夜风飕飕，浑身起栗。偏偏院中老树上有个夜猫子不时地怪叫，闹得江宁翻来覆去只管睡不去。

恰好彭伙计从蒙眬中一翻身，正偎在江宁屁股后头，趁势儿向前一拱，却偎得紧紧的。江宁笑道："你这么办，却不仿佛哇！"彭伙计道："不要取笑，俺被地下凉气侵得肚儿不舒服，咱们挤挤，不都暖和些吗？"

江宁道："既如此，咱悄悄向庙祝屋内睡去，哪些不好？那炕上又宽又暖，咱四人去睡，绰绰有余。"说着，和彭伙计爬起来，一瞧徐、赵却睡得甚是沉酣。彭伙计道："咱不必惊动他二位咧，人家习武功的气体壮，不怕寒冷的。"

不提江、彭小偷儿似的蹑入庙祝屋中，竟自酣睡。且说辅子一觉醒来，忽见满殿中通明雪亮，仔细一瞧，却是一片月光，听听远村夜柝，已交四记，只有赵柱儿尚在沉酣，却不见彭、江两个。

辅子起身到殿外，解了个小手儿，一望月华，湛湛如水，不由暗想道："光阴真快，俺自跟王和出猎回头，不想又在此耽搁多日，转眼间俺明春南游，也没多日子咧。这时达善母子，想正在盼望俺哩。"思念间，寻步转入后院，却听得江宁在庙祝屋中呓语道："彭兄，你领赵爷去吃扁食，也不请我得一个儿，却叫我吃腌臜点心。"

辅子料他两人是怕凉畏寒，去睡热炕，不由暗笑道："食多梦话多，他那会子，便吵赵老弟顾不得吃扁食，如今又说什么扁食，想其中定有缘故。等消停了，俺再问他。"逡巡间，踅回前院，就空阶上徘徊一回。忽一眼望见庙祝所用那把柴斧，横丢在门槛旁，月光下，明闪闪的。

辅子暗道："这聋庙祝真丢三掉四，柴斧不收入，却抛在这里。"因随手拾起，想携入殿中，还未举步之间，不想殿前老树上，那只栖枭猛地望见人影，一翅膀向下一翻，就势一掠，嗖一声，由辅子头上刷过，黑魆魆影儿一闪，直上殿脊，接着便大笑。这种鸟儿天生来是没人缘的，无人不恶。

当时辅子一手提斧，奔到大树后，一望那老枭，地处高位，扇着两只膀子，登高而呼，自觉着很是角色。辅子方要拾取石子，击它一下，便闻肃肃的微风过处，那关的庙门前窸窣有声。

辅子由树后急忙望去，却也不见什么动静，辅子不由略怔。
正是：

　　　　野庙寻仇来健仆，深宵御敌有豪雄。

　　欲知后事如何，且听下回分解。

第十六回

闹野庙夜诛凶徒
探秘社酒询老捻

且说辅子略为一怔，因进殿唤起赵柱儿。赵柱儿持了一根扁担，两人就前后院中巡望一番。见没得动静，方踅回前殿，重新坐向原处。赵柱儿将扁担抛上草垛，问知江、彭两个在庙祝房中，便笑道："两个瞌睡汉，夹着一个聋子，任咱们闹塌天，他也不觉得哩。"

辅子微笑，正要答话，陡听得庙后面一声怪喊，接着殿后院脚步响动，赵柱儿愕然道："徐兄且听。"于是和辅子急忙站起。方跑向破神龛后，便见后院中剑光一闪，早有个魁梧大汉，晃荡荡的，一手仗剑，业已由后殿前大步杀来。

这当儿，恰有片云遮住月色，辅子望得不甚仔细，忙向赵柱儿道："来人体格雄壮，不可轻敌，咱不如到庙外宽敞处斗他为是。"说罢，和赵柱儿嗖一声，由庙右墙跳将出去。赵柱儿百忙中没得兵器，便随手捡了两个鹅卵石子，方和辅子分伏在左右深草中，都凝神注目。

这时片云已散，那月色亮如白昼，便闻彭伙计从睡梦中哑着嗓子唤道："江爷你听听，院中鸟乱的是什么？"江宁含糊答道："管他哩。横竖咱们只有鸟挂在身上，还怕谁咬去不成？"彭伙计道："话不是这等讲，那会子赵爷说，怕那蓝衣邪东西找寻徐爷，此言甚是有理，咱不如瞧瞧为是。"江宁道："你乱的是什么？俺好好的觉头儿，被你搅掉，咱就去瞧瞧。"说着，门儿一响。

这里辅子等正在倾耳注望，便闻江宁大叫道："啊呀，我的妈！"

彭伙计也乱喊道："跑，跑！"声尽处，庙墙内一阵大乱，砰轰跌撞，又夹着江、彭两个山嚷怪叫。于是辅子等赶忙跳起，先跃上庙墙一望，只见那大汉运剑如风，正赶杀得江、彭两人走投无路。

彭伙计尚自结束完整，江宁却光溜溜地跳猴儿，那件厚棉短袄却抛在地下。这时那大汉的长剑是横劈竖刹，彭伙计一晃身，却捞住一株小柏树，赶忙哧哧地爬将上去。唯有江宁赤身逃躲，十分危急。忽地一个马前抢，死蛤蟆似的跌在地下。

那大汉剑光一起之间，这里赵柱儿喝声："着！"嗖嗖地两石打去。只听噗噗的两声响，那大汉身形一晃，斜刺里一跤栽倒的当儿，辅子、赵柱儿早已双双地跳落院内。辅子奔向那大汉，连斫两斧，低下头仔细一瞧，不由又且骇且笑。原来那大汉非别个，就是那个蓝衣健仆。

这一来，大家都惊，赵柱儿蹲下身，就健仆身上一搜检，却由胸前检出包迷药，望得个江宁只管失惊打怪。辅子忙道："江兄别乱，这事儿骇人听闻，定是凶徒恨我，不过做此手脚。放着一条人命，依我说，快掩了此尸，咱连庙祝也不必惊动，竟悄悄溜之大吉，倒也爽快。"

赵柱儿道："正是，正是，咱索性不必回庙，就此去吧，左右天光也快亮咧。"于是大家动手，将那尸掩入深草中。

逡巡间，晓风吹处，已隐闻远村鸡唱，大家一回身，方要举步，却见江宁佝偻着，只管打战。原来他只着短袄，下面竟是光溜溜的。赵柱儿便笑道："江兄真有点儿半吊子，便是起看什么动静，怎连裤儿也不穿呢？"江宁道："别提咧！俺脱下的裤，却压在庙祝热褥底下，俺那会子又憋了一泡尿，原想跑出厢房，先撒泡尿再说，谁想劈头撞见凶徒呢？既如此，俺还需进庙取裤。"

辅子道："也好，这把柴斧，你也给庙祝捎去。"说着，递与江宁。大家趱至庙墙外，辅子等略待，江宁自行跃入。须臾穿裤出来，于是大家趁着熹微晨光，即便取路回城。

不提这里庙祝醒后，见宿客无踪，自有一番大惊小怪。且说辅子等进城到寓，望望天光，方才过午。大家入室，各换结束，用过茶汤，少为歇息，彭伙计便告辞道："俺们头翁，因起解鲁克昌之事，忙得很，想一时还不暇来望看诸位，俺先转去，探探起解的情形吧。"

辅子道："咱饭后一同去，俺们就势儿也就辞行。"因顾赵柱儿道："老弟在此间也没事咧，也便顺道回家吧。"赵柱儿少为沉吟之间，江宁却笑道："赵爷何不去望望尤爷，到俺通州玩玩呢？那所在是水陆码头，有名的京通湾卫。您要瞧俊人头儿，还是那所在，穿穿戴戴，说起话来，轻圆响亮，外带着嘎嘣脆，真是迈个俏步，都沾些京味儿。比这所在的娘儿们可就强得多咧。"赵柱儿听了，登时满面堆笑，辅子却向江宁一使眼色。

须臾，大家用过中饭，正要去同访于捕，只听店门前有人唤道："店家，店家，徐爷等去逛山，回来了吗？"那里店家尚未答语，这里彭伙计听得语音，便喊道："王兄吗？俺伺候徐爷等才回来不多时，你忙忙地干吗呀？"说着跑出。

辅子等向室外张去，却见来人和彭伙计匆匆数语，回头便跑。彭伙计还遥问道："王兄，准有这回事吗？咱头翁真这么说吗？"来人道："你瞧，这是打哈哈的勾当吗？少时咱头翁就来的。"说着跑去。

这里辅子等方在怙悷，便见彭伙计笑面虎似的扭转身，一面吩咐店伙道："你们快多来俩人，将徐爷房间打扫干净；若有桌围椅披，也借两具用用，越快越好。"一面大步小步地跑回室，不容分说，向徐、赵两人一竖大指道："你们老弟兄，到俺遵化地面，真是抓了尖儿咧。"

辅子等听了，只当他又夸赞捉获鲁克昌的事，因笑道："好事说三遍，狗也不喜见，你快别提那没要紧。方才去的人想是你的伙伴，来打听俺回头不曾，为此，俺们快到于爷处去吧。"彭伙计笑道："你三位省些脚步吧，少时俺们头儿就到。不但俺们头儿来，还有个头儿脑儿要来咧。"

正说着，三两店伙果然来打扫地面，铺陈桌椅。彭伙计帮着忙碌，竟高兴得了不得。辅子等莫名其妙，只得重新落座，等候于捕。

谈笑之间，又和赵柱儿商量归程。彭伙计听了，只微微含笑，江宁便道："彭兄，你这不是闲得没干吗？今天俺们向于爷辞了行，明天就一同走咧，你还如此铺排做甚？便是少时于爷来，又非生客，何必如此相待呢？"

彭伙计道："你不晓得，我看明天你们老三位是各走各路，巧咧，还有不走的哩。"辅子等听了，方在略怔，便见于捕头匆匆价由店外跑来，接着便闻街坊上鸣锣喝道。这里辅子等正要起迎于捕头，那于捕头却一路笑唤道："徐爷等回来得好巧，全大老爷特来拜访。"

一句话不打紧，登时招得满店客人们探头乱望。辅子方愣怔怔趔出室门，那彭伙计却拖着江宁道："如今州官儿来拜访徐爷、赵爷，咱且一旁避避吧。"

这里于捕头与徐、赵厮见之间，彭伙计已拖了江宁，趔至店对过一家茶肆中，相与临窗落座。便见众茶客纷纷离座，都挤到肆门口，光着眼乱望。江宁不暇致问，由窗中望去，只见州官儿仪仗过后，大轿便驻落店门，后面随从纷纷下马之间，全官儿已自轿内徐步而出，却是一身便衣便帽。便见于捕头如飞迎出，躬身数语，全官儿点点头儿，便相与直入店门。

这时店门首人骑杂沓，黑压压聚了许多人，望得众茶客都互相揣测，纷纷议论。有的道州官儿来拜什么委员，有的道王大人又便衣私查回来，一阵价嘈杂，闹得江宁竟没暇询问彭伙计。

须臾，店门首众人一闪，便有两仆传呼伺候。不多时，徐、赵两人恭敬敬送出州官儿。州官儿将要上轿，还笑哈哈一拱手儿，道："借重，借重。"于是人骑喧腾，拥了轿儿，如飞而去。

这里江宁还愣怔怔地呆望，却被彭伙计拖出茶肆。方一脚踏入店门，早见赵柱儿得意扬扬的，正同辅子在室当门和于捕相与立谈。但见辅子沉吟道："俺帮您起解鲁克昌之事，倒没什么；就是俺这位赵老弟，暂留贵处，于兄须多加照拂哩。"于捕道："不劳吩咐，徐爷便自准备，明天咱就开差咧。"于是向江宁一说所以。

原来州官儿全兴人甚稳练，既恐起解鲁克昌中途有失，又因地面上盗案屡出，更难保没有鲁克昌的余党来寻后任官的晦气，自王大人去后，他便愁得什么似的。他太太笑道："你一个做官的人，怎的遇事没抽展，难道你只会穿娘儿们的袍子吗？如今现有徐、赵两个壮士，请一位去护送起解，请一位来暂住衙中，帮你的忙儿，这

246

不是两全其美吗?"

州官儿听了,如梦初醒,只喜得向他太太猫腰子一个大揖,便一迭声地唤人去请徐、赵。他太太道:"这又不是道理,人家又不属你管辖,又没拿你薪金,就这等呼来唤去,可说得出?咱求人的勾当,须以礼貌,亲去拜访敦请才是。唯有这降尊以礼贤能,是没得亏吃的。不是我嘴挖苦,像你们做官的人,动不动便摆出大巴子元帅的样儿来,暗地里也不知耽误多少事哩。"州官儿听了,越发欢喜,便唤进于捕,先谕知己意。

于捕正因起解之事,心下犯怙悷,当时极称老爷高见,便忙命他手下王伙计去觇徐、赵。自己便伺候州官儿,一径地到店相请。

当时辅子虽极力谦辞,当不得州官儿极力相恳。辅子一想,克昌要犯,若使赵柱儿护送,有些不甚放心,只好留他在州衙暂住,自己去走上一趟罢了。

当时江宁听罢,自然欢喜,于捕头也不再坐,便领了彭伙计匆匆趱去。这里辅子等相与落座,却一时间没得话讲。辅子是只管沉吟,赵柱儿是眉欢眼笑,唯有江宁没着没落,噘了大嘴,忽望见店中众客交头接耳,一面价都望自己室内瞅;便走去,呼一声落下帘子就室中踱了两步,自语道:"看起来,人须有真本领,徐爷、赵爷就有州官儿赶着来请,说不得俺是舍哥,只好明天自家上路咧。"

赵柱儿听了,不由扑哧一笑,忽地兴冲冲站将起来,道:"你二位且自谈天,俺且到街坊上疏散疏散。"辅子笑道:"老弟,你且消停,你如今既为州尊的重客,脚步不可只管散漫咧。俺正想有一件要事和你商量。俺由蜇龙峪外出时,赵老叔因病得什么似的,想念你是不须说,并且柴米都无,全仗咱老师接济。你如今一时不能回家,怎的想个计较,安慰安慰他老人家才是。"说着,十分叹息。

哪知赵柱儿登时面色不悦,逡巡道:"这有什么法儿呢?只好将来俺到家再说罢。"说着迈步就要跨将出去。辅子道:"你忙什么?俺的话还没完哩。你如今手中现有些银两,你多少不同的,给老叔寄些去。趁着江兄回通之便,绕点儿道儿,寄向你家,且是便当。一来他老人家暂为敷衍用度;二来知你在此间,事体甚好,病人心里一宽慰,说不定病就许好哩。"

247

江宁道："此话有理，俺绕点儿道儿不算什么。"赵柱儿没精打采地道："也好吧，少时俺回头再说。"说着，匆匆趑去。

这里辅子尚自眨着眼儿，江宁笑道："赵爷真有这份精气神儿，在山上胡逛够咧，如今准又是寻相好的去咧。"于是将自己所见赵柱儿的情形一说。辅子听了，这才恍然江宁吵吃扁食的缘故，不由叹道："他这劣性儿总是不改，所以那会子俺嘱咐于捕头，多加照拂于他，也就是为此。江兄回头，见了俺尤大哥，只述说俺们办案之事便了，不必提他的浪游之事，省得尤大哥听了生气。"

江宁笑道："我傻憨咧，提那没要紧做甚？徐爷此次赴保定，料也没多耽搁，咱们不久的，又要在通州欢聚咧。"正说着，于捕头遣人来请徐、江。两人趑去，只见于捕头业已将明天起解等事准备停当，并有几位雄赳赳的随行伙计，也都在前厅。

当时大家厮见，先谈回起解之事，于捕头又向江宁再三地申致谢意，并嘱见大威，代为申谢。江宁笑道："俺来到贵地，没别的功劳，就是吃、喝、睡三字，还真不含糊。"于捕头也笑道："江兄休如此说，刻下地面上都轰动，说是通州名捕真有本领，漫说是连带着江兄面上好瞧，便连俺也好生光彩哩！"大家听了，都各望着辅子，一阵笑赞。

那江宁本是个浅碟子嘴，常时见大家称羡辅子，不由趁着高兴，便将辅子救得屈娘子之事，并在雹神庙诛掉张仁之仆之事，逐一说出。大家听了，好不骇然，于捕拍膝道："张仁这厮，竟如此胡闹，将来怕不是地方之害。俺早就闻得他与杏花寨罗家兄妹大有来往，不过俺们当捕家的人，他没有案件寻到头上，也只好不去理他。"正说着，恰值州官儿传唤于捕，于是辅子等也便告辞。及至回寓，业已日色将落，一瞧赵柱儿还没趑回。

不多时，由州衙内送到一席酒筵，齐整整摆在案上，江宁这时恰值肚饥，眼巴巴望着赵柱儿，却不见到，因笑道："赵爷或是去取寄家的银两，所以这时还没回头。"辅子道："正是哩。他既有银两，应当与他老爷子的。"

正说着，赵柱儿趑来，问知酒筵，十分欢喜，却向江宁道："江兄回通州，不须绕道儿咧。俺此时虽有些银两，但是到州衙中住，一来须少置衣装，二来哪里不应酬花费。俟少迟几日，俺打算回家去望一趟，或有便人，再寄些银两去哩。"

辅子听了，也不便再说什么，只道："此间离你家并不为远，你摸空儿回家望望，倒是正理。"当晚大家酒罢，辅子又谆谆嘱咐赵柱儿在州衙须一切谨慎，赵柱儿唯唯，江宁却道："明早徐爷起程事忙，俺只管秃子跟着月亮走，装什么人灯呢？俺少时，是起黑票，走他娘的。"大家一笑，即便各自安歇。

刚刚五更敲过，江宁果然爬将起来，一面价匆匆结束，一面向辅子道："徐爷由保定回头，几时到通哪？"辅子道："那如何说得定？"于是和赵柱儿却都匆匆起来，唤店家来算账目。店家笑道："诸位的账目，于爷早就候过咧。"正说着，晨鸡已唱。

徐、赵两人送得江宁回头，业已东方始白，于是辅子急忙结束。他应用的行装早已送到于捕头处，这时只结束伶俐，佩了宝剑，带了镖囊，一径地和赵柱儿趱向于捕处。只见于捕已全身劲装，形色匆匆，正在那里指挥人众，另有两匹高头骏马，由捕伙控定。一见辅子，忙笑道："徐爷来得正好，咱这就去提差吧。"

众捕伙一声喏，登时间人喊马嘶，直奔州狱。早招了许多瞧热闹的人，潮水似拥在后面。但见辅子和于捕，一般的威风凛凛，便衬着赵柱儿的英骄之概，其中便有略知徐、赵底细的，便相与啧啧道："你看人家老英雄殷一官，真是名不虚得，弟子们一个个都像生龙活虎；错非这本领，能办惊人的大案子吗？俺听说殷一官还有个大弟子，尤大威，那本领更了不得咧。他会运用一口剑气，呸一口吐将出去，敌人脑袋登时便落哩！"

又有笑的道："你哪里晓得，这事该来问我才对。那殷一官老头儿，俺是见过的，和气不过，就像个庄稼老头儿，京东一带，他老人家跨个毛驴儿，哪里没串到？人家本领都是真正打熬来的。若像你老兄的说法，不成了大俚话了吗？"大家一阵胡噪，业已拥到州衙之右、狱门之外。

这当儿，执事公人并闲杂人等，早拥得人山人海。大家挤到头道仪门前，先望见一辆囚车置向大堂之左，城防兵丁都荷枪佩刀，齐集堂下。不多时，州官儿升堂，肃静喧哗，早有当值公人雄赳赳奔向牢狱，前去提差。众观者目光齐注之间，早见狱门前公人一闪，那鲁克昌已银铛系项，由狱内大步而出，碧闪闪眼睛一瞪，哈哈哈一阵狂笑。就这声里，众观者呼地一挤，却被守门的公人用老大的皮鞭拦住。

这时于捕头奔向囚车，瞧了瞧，命御者驾向当场。那御者是个二十多岁的漂亮少年，穿一身青绸短衣裤，腰系板带，头戴昆秋暖帽，脚下是薄底快靴，腿插子、腰攮子，挂了一身的伶俐家伙；敞披一件羔儿毛的青皮袍，只捉住骡缰，一磨那车之间，好一个妙相身势，便有观者笑道："这个小车豁子（俗谓御者）倒伶俐。"一人道："你别充董二叔咧，你睁开眼瞧瞧，这不是捕班里的俏皮小李吗？于捕头离了他，饭都吃不下的。这等要差，寻常赶车的如何去得？"

正说着，大堂前众人一闪，哗唥唥黑索声动，鲁克昌由人丛中望见徐、赵，因大笑道："朋友，俺至不济，总算做过此地的父母官儿；今朝俺荣行，你等何必摆出这等排场？"说罢，从容容直就囚车。虽是械系两足，他还略一提气，嗖一声，坐将上去。后面辅子忙向赵柱儿道："老弟在此，一切珍重，咱们再见吧。"说罢，和于捕扳鞍上马。前面众健捕枪刀簇簇，一声喝号，拥了囚车，滔滔便走。

不提赵柱儿逡巡回寓，当日便搬入州衙，为日不久，自有一番惊人耳目的事做。且说辅子等押解了鲁克昌，一路长行，无非是晓行夜宿，饥餐渴饮，在路上十分平安。辅子在马上从容瞻眺，倒逛了许多的名山胜水。公人们一落店中，无非是吃喝玩笑，甚至叫俩姐儿来，歌唱侑酒。

辅子为人最是机警，便想探探那平天社，究竟是怎么档子事，因此每当落店，一般地用好酒食去将养克昌；再高兴时，也唤两个姐儿，弹唱与克昌听。克昌始而见了辅子，未免目如熛火，冷笑热骂；继而也便慨然痛饮，只与辅子闲谈些武功，并当年他怎的率众劫掠等事。但是辅子因话逗他，一提到"平天社"三字，克昌便默然不语。但是辅子口角甚是伶俐，左一个好朋友，右一个大英雄，将克昌恭维得无可无不可，并夸他冒迹官场的胆气，是天下古今没有对儿的。克昌听了，那冷笑热骂，未免一时价不能发作，只彼此酬酢之间，克昌听到"平天社"三字，不由连连太息。辅子觉得有因儿，便越发亲近他。

这日将到保定，落在站店，辅子又置酒唤姬，周旋克昌。酒至半酣，辅子举杯慨然道："咱不久将别，今晚这酒，须要吃个痛快。俺想像你如此本领，假如不入什么平天社，也自能纵横一世。俺往年曾遇着几个装狼的匪人奸人妇女，一般的是平天社中的人物，据此看来，那平天社也不过是个江湖间猫鼠同眠的一种烂污社党。可惜你有这身本领，也竟厕身其间，俺倒替你辱没得很哩！"

一句话不打紧，只见鲁克昌双眉一挑，大笑着说出一席话来。正是：

　　探密何辞钩距术，会看略得个中情。

　　欲知后事如何，且听下回分解。

第十七回

肆游瞩巧遇滴溜星
衔杯酒揣论平天社

话说鲁克昌当时大笑道："徐朋友，俺瞧你是个直爽汉子，你不用拿话激俺，俺便略说些平天社的底细也自无妨。俺们社友人数过多，其中诚难免鱼龙混杂；然而像俺鲁克昌这些有本领的人还尽有的是。不过俺社中的规法，是讲身手能为，高来高去，凭本领攫取资财，再没有恃众掠夺的。你所遇的装狼败类，那等人若为俺社长所知，也一定杀掉警众的。"

辅子听了，颇为愕然，忙问道："俺记得装狼的，叫贾元杰。他那社中委状上，有平天社长白等等字样，莫非那社长姓白吗？"克昌笑道："他的姓儿随意变换，并且行踪无定，你便当面遇着他，不是俺轻看你的话，管保你一定不识。今俺有良言相告，你若不自忖量，想露能为，寻他的过节儿，一百个是自讨苦吃哩！"

辅子听了，越发不测，知克昌不肯尽泄底蕴，只得随口道："那么万福宫盗珠之人，想也是平天社中的人吧？"克昌道："那倒不见得。俺细细想来，像盗珠的那等高手，平天社中也不多见哩。"辅子道："那社长究竟是何等人物呢？"

克昌一听，登时俯首唏嘘，满脸感慨之色，因要过一樽酒，就辅子手中，一吸而尽，然后喟然道："你若问他是何等人物，但看俺鲁克昌的来历，便可以略得梗概。不过他善藏其用，自捻首张总愚败后，他便隐迹不出，总而言之，亦一失路英雄罢了。当时能左右小阎王的人亦有数，难道你不会自思而得吗？"说罢，连索数杯，醺然大醉。

辅子与于捕猜测一回，倒闹得越发糊涂。次日行抵保定，于捕只忙碌投公文、交差犯等事，这出奇的大盗，一时价哄传远近，自不消说。辅子闲暇无事，无非是散步街坊，随意地游览古迹。

一日，行抵城外一爿野酒店跟前，只见酒店外有个小女孩看守着一处食物摊子；摊棚上面，挂食物的横绳上悬着一束束的青根绿叶菜，还有筋儿粗细的黑条子。辅子见那菜绿得可爱，因趋近问道："怎的这冬令时光，还有鲜绿的菜蔬？这种菜叫什么？怎么卖呀？"女孩笑道："那么你是外路人吗，连这菜都不认得？此名春不老。"因一指黑条儿道，"和这鸡肠，都是俺保定府有名的物件哩！"

辅子一笑，瞧那鸡肠儿，果然精致，并有异香，暗想道："这罕物儿，带点儿去，送俺老师并大哥倒不错。"因笑道："这肠和菜，俺都买些，你便说个老实价吧。"正说着，由摊棚里间内，趋出个伶俐妇人，便笑道："客官要买，还不好说吗！这若到食物货店里，菜需四十文一斤，鸡肠儿需三十文一根，您瞧着吧，好办的事。"辅子笑道："价儿贵些，可能少点儿吗？"妇人笑道："俺娘儿们说价钱，不要谎的。方才还有个客官，就这价儿买的，到酒肆中吃酒去咧。"

辅子点头道："就是吧，但俺买得多，须打作四个大蒲包儿。"妇人听了，满脸堆笑，还未答语，女孩却拍手道："娘俺今天起来，有个喜蛛落在脚面上，俺说该发利市，娘还不信，只拿两个蒲包到摊上，已被先那客人用去，如今还须俺去跑腿。"妇人笑喝道："懒妮子，还不快取去，哪里就跑大了脚咧！"

这里辅子一笑，方要就棚凳歇脚之间，只听酒肆内有人笑道："好巧，好巧，怪道俺听得语音熟识，徐爷几时来的呀？"声尽处，肆帘一启，趋出一人，却是冯玉。辅子忽遇故知，不由大悦，一面迎上厮见，一面笑道："冯兄怎也来到这里？咱自猎回相别，你的丰采越发好了。"

冯玉拖住辅子道："俺不过穷忙罢了，有甚好处？倒是徐爷办得

253

这样的大案件，真个叫响儿哩。"辅子道："冯兄怎便得知？"冯玉笑道："这三四日来，远近间都已轰动，哪个不知？便请入肆，咱们细谈吧。"辅子听了，方要拔步，那小女孩已抱了一叠蒲包儿，如飞跑来。辅子便向妇人道："你拣好货，打停当了，少时俺再取。"说着，和冯玉相携入肆。只见冯玉的酒座旁也有两个蒲包儿，因笑道："今天好巧，俺若不买这物件，便当面错过冯兄咧。"于是两人落座。

冯玉唤酒伙重新换上杯箸，一面饮酒，一面先细询回辅子捕盗情形，并来此之故，不由一竖大指道："好的，可见徐兄出手便自不凡，那位赵兄也甚是了得。"于是辅子又谈到盗珠之案。冯玉听了，越发称奇，即又沉吟道："这平天社，好生奇特。"

须臾辅子又谈到张仁逞邪术等事，招得冯玉哈哈大笑，因拍手道："咱们相别没多日，不想徐兄见了许多奇事，可惜俺不曾同你在一搭儿，不然，俺也新新耳目。"辅子因问道："冯兄到此，有何贵干呢？"

冯玉笑道："俺无非是无事忙，哪里有正经事。俺自从和您相别后，在家中闷了会子，又同朋友等就左近地面，随便打了两回小围。左右是闲着没事，恰值此间，俺有个朋友，他做的是走船生意，因近来道路不靖，他想约我去护行船只。头两年，通州走船的人们很约过我几次，我就因性儿随便，不愿老在船上混，所以一概辞掉。当时俺一说己意，俺那朋友道：'你不必拘于回回跟船，俺那船行在通州，请你随便照料，借重你的名头用。你高兴，便跟跟船儿，不然，你只坐镇便好，你仍然可以自由自在。'俺听了，没法再辞，只得应了他。看光景，过得年，俺还需通州走走。如今俺就因和敝友商量此事，所以到此，一半天，也就转去咧。"

辅子喜道："如此却妙得很，你到通州，俺先与你引见个朋友，一定一见如故的。"冯玉笑道："你不是说的尤爷大威吗？俺一到通，定要拜访的。"辅子听了，十分欢喜，两人酒到杯干，又闲谈了一回，辅子却笑道："冯兄若到通州，真个再好没有。俺尤大哥若遇棘手案件，定要借重。"

冯玉道："那自然应当帮忙，便是俺船行中有甚事体，还愁尤爷不加照应吗？"说着，双杯并举，鼓掌欢笑。直吃得微酣，方才由冯玉会钞，相与别过。

辅子提了蒲包儿，回到寓所，恰值于捕公务都毕，领了回文。他是有行程期限，不得耽搁，便道："徐兄左右没公务，不妨多歇几日，俺本应同徐兄到尤兄处面申谢意；如今期限忙迫，只好速回销差，所有下情，统祈徐兄代达吧。"说着，由行装中取出百金，却是全州官儿的馈送。

辅子无从推辞，只得收了，便笑道："俺方才在街坊上，遇着一个旧友，便多盘桓两天，也使得。于兄转去，切记遇事照应俺那位赵兄弟，他总没沉着气儿。"于捕道："不须吩咐。"说着，一瞧天色，还未交午，便登时唤集人骑，匆匆上路。

不提于捕自行转去，且说辅子，以为冯玉一半天不能就走，有了伴儿，大可盘桓两天。当日傍晚，依着他所说寓处寻去瞧望，恰值冯玉没在寓。次日饭后，又踅去，那寓主人却笑道："你老总来得不巧，今天一早，冯爷和他贩布的乡亲老客搭伴儿，回高阳去咧。"辅子一听，不由大扫其兴，回到寓所，也便结束登程。

不一日，行抵通州，晤见大威，彼此大悦。大威道："前些日江宁转来，俺已尽知你办案情形，可喜赵老弟也在那里。这次办案，总算顺手，但是赵老弟恐不久须回趟家，因他父亲病势越重。俺是前十来天，曾抓空儿，到老师那里望看一回，所以得知。"

辅子微叹道："俺在遵化事毕后，本想撺赵老弟回家，不想那州官儿又将他留住。大哥是几时由密云回来的呀？"大威道："密云案件，没耽搁多日，俺回头后，又办过两起小案。如今过个三两日，还须出门，不过寻常案件罢了。"

正说着，江宁踅来，一眼瞧见屋内置的蒲包儿，便笑道："可见徐爷是从保定来，便带此稀罕物儿。"说话间，彼此厮见。辅子又入内，见过尤母，然后大威置酒与辅子洗尘，便和江宁相与落座。

三人且饮且谈，须臾，辅子谈起探询鲁克昌平天社的光景，大

255

威沉吟道："据鲁克昌说，这平天社长是能以左右张总愚的角色，当时人所共知的悍匪，有赤金龙任天起、小罗成葛雄等人，再凶些的，还有四眼狗金翅鹏等人。但是这些人都被捕杀，也是人所共知的。这个社长是哪个呢？"

江宁笑道："鲁克昌那小子，穷矗无聊，他那话，听也好，不听也好，焉知他不是吹大气壮虎儿呢？"辅子道："这倒不然，俺当时察他辞色，不像大言假语。你想张总愚当年，既闹得那样气魄，他左右一定有能人奇士，不过在当时的声名，有显有不显罢了。咱们见闻有限，年岁又轻，哪里能知多少古事？这要有那七老八十的老古董儿，或者能揣摩个沾谱儿哩。"一言未尽，只听闪屏后有人笑道："你们若找老古董儿，这里就有一个。"声尽处，一位老人家扶杖婆娑，已至当筵。大家一望是尤母，不由纷纷站起，哄然惊笑。

大威忙来搀扶尤母，道："娘怎的奔奔磕磕，自己出来呢？"尤母道："哪儿呀！那会子，俺听你们说笑得成串搁乱，所以出来瞧瞧。"又笑道，"你们还是玩你们的，快别为我拘束了。你们方才不是说捻子小阎王的故典吗，我似做梦似的，倒想起两个人来了，可不知是那什么平天平地社长不是，等我说出来，你们听听。"

这一来，大家大悦，辅子忙拉过一把椅儿，江宁更伶俐，早回手取过自己椅上的垫儿，便请尤母坐向闪屏正中。辅子一面将自己的客位移平，与大威取左右之势，一面满斟一杯，笑道："今天劳动老太太来讲故典，真是难得。没别的，小侄须先敬一杯。"说着躬身奉上。

尤母含笑饮尽，方一摆手，不想江宁也斟起一杯，猴儿哆嗦的，蹭将上来。尤母笑道："哟，这杯俺可不吃咧，若吃得颠三倒四，讲起故典来，缺头少尾，不成了老太太说梦话了吗！"

江宁听了，却一声不哼，登时捧着酒长跪于地。大威赶忙笑着扶他，尤母接酒饮罢，却笑道："你们只管灌我酒，我刚想起话头儿，如今又忘回去咧。"因挥手道，"你们且坐，等我细想想。"

这里大家归座之间，尤母用头簪搔搔头顶，忽笑道："哦，哦！

256

我想起来咧。"正是：

欲闻跛屣飞扬迹，都在龙钟笑语间。

欲知后事如何，且听下回分解。

第十八回

老尤母当筵谈故事
小阎王试士得奇人

　　且说尤母笑道："你们要听这故典，却说起来话长咧。"因顾大威道："当初你老子有个酒友儿，名叫崔长腿，为人机警和气，很不讨厌，和你老子没三天不一处端酒盅儿。有一天，你老子淹奄奄的，很不高兴，俺便道：'你与其在家发闷，怎不寻崔长腿吃酒去呢?'你老子道：'再要见崔长腿，错非是他运气好，红顶花翎的扛回来；不然，就好变成马蹄下的泥了。'俺仔细一问，方知那崔长腿瞧着当兵眼热，竟随了某将军出征捻子去了。

　　"那时捻子还没北窜，僧王爷还没出去平贼。某将军只驰逐捻子于安徽、河南一带。自你老子说这话，没得三四月的光景，忽闻得某将军全军尽没，你老子自此后，端起酒盅，想起崔长腿，便长吁短叹。俺便劝道：'虽是兵荒马乱中，也是生死有命，崔长腿便被捻子裹去，未必便都是死数。'不想俺这话，竟自说着。事隔十来年，捻乱都定，那时你老子业已去世，你只好有五六岁的光景，忽然冷锅爆热豆，那崔长腿竟由南省转来，并且发了个小财，说了个南省媳妇。俺到今日，还记得那媳妇，白白致致，说起话，唧溜抓拉，就是两只脚，小虽小，却像个鹅头，怪不好看的。"

　　江宁笑道："你老快说底下吧，别只管讲究脚咧。"于是大家一笑，尤母道："当时崔长腿既转来，仍和咱家来往，有时谈起他被裹，并贼中事儿，真是令人闻所未闻。他也真是从九死一生中逃脱性命。原来他自被裹后，起先便拨向各偏队中，铡草喂马，稍一迟误，便挨几刀背。驴子似的做一天，夜卧草地，还有贼目监视，说声放边马（贼每劫掠，先以两前队兜圈子，俗谓放边马），哪管三更半夜，百儿八十里，随队奔走，两脚都肿。他所见的捻子惨杀之状，真是一言难尽。他几次想逃，又恐被卡贼捉住，不是活钉煞，便是剥皮；后来亏得他善说善笑，哄得那监视他的贼目十分欢喜，从此便脱了苦役，跟贼目做了亲随。没多日子，贼目调入小阎王麾下，做了卫队队长，崔长腿跟入去，直到小阎王事败，他方乘乱中逃出来。他发的那点儿小财，就是他媳妇的积蓄。原来那媳妇，便是那贼目的爱妾，不消说，早和崔长腿暗地结识，所以事变后，两人偕逃。

"崔长腿既在小阎王军中多年，所以其中著名的贼党，他都晓得。他说小阎王所倚仗的人物，除苗沛霖、李兆受外，还有个亳州女贼，绰号儿'黑风婆'。这黑风婆乍望去，就是个彪形大汉，生得豹头环眼，虎背熊腰，力举千钧，善用一柄双手带的大马刀。每逢临阵，用很长的黑绢包头，通身结束，一色纯黑，领一队黑衣悍贼，都是大刀阔斧，便如一阵风似的着地卷来。官军中望见黑旗翻动，无不惊惶失色。这女贼掠淮北一带，累次和陈国瑞交手，其凶悍可以概见。但是这三人，都系小阎王手下的支股。至于和小阎王左右不离的，还有两人，或者就是能以左右小阎王的人吧。"

辅子等听到这里，都各忘饮，便是没那些安稳气的江宁，也纹丝不动，只瞅定尤母的两片干瘪嘴。但见尤母凝想道："那两人，一个叫'赛诸葛'朱伯彦，本是江湖术士，后以杀人亡命，窜入贼中。其人占验星卜、风禽壬遁诸法无所不通，凡小阎王有所疑难，都取决于他。他在贼中，离离奇奇，有时节星冠羽衣，有时节蓬头垢面，另有一所帐幕，便是小阎王擅自入去，他都不依。那帐幕中，除美色妇女外，便是许多的奇怪神像。一日，小阎王攻掠某处，正在持刀督队，赤膊跳跃，不想伯彦闯上去，唰唰地扇了两个肥嘴巴，从斜刺里回头便跑。小阎王大怒，如飞赶去之间，官军中一炮打到，再瞧小阎王先所立处，早已掀成深坑。从此伯彦声名越著。

"他在贼中出入，戴一顶九梁道冠，穿一件杏黄道袍，本是一张老公嘴，却戴上一挂假髯。所坐亮轿，都用精壮姣好的妇人去抬，头踏里是一队二八姣童，都扮作仙女模样，各持提炉巾扇，并笙箫管龠之类，所过处旃檀四沛，仙乐嗷嘈，便如城隍爷出巡一般。贼中人都呼为朱先生而不名。及至小阎王将败的前数日，他竟忽然不见，却留了一封书，将小阎王骂了个狗血喷头。将小阎王气得暴跳，派许多人，四出大索他，也没影儿。

"这是一个了，还有一个，来历更奇。原来小阎王正作耗时，也真想搜求奇士，助成事业，便张榜开馆，招募能人，火杂杂地闹将起来。无奈他那盗贼的行为，稍有见识者，唯恐避之不速，因此张榜多日，只收罗了许多的四不相儿，文既稀松，武又平常。小阎王偶有顾问，大家不是彼此干眙眼，就是吓得哆哆嗦嗦。

"一日，小阎王凶性发作，便想了个法儿，要结果这干宝贝，便定期开场，要从中遴选真才，不但立时重用，并有金帛厚赐。场门既开，众士齐集，大家先见执事人等抬进成筐的大元宝、成捆的彩绸缎，小山似的堆在那里，都喜得不可开交，便一个个摇摆进去。一瞧场中，分文武两档。文场中，是笔墨文卷；武场中，更为简单，只一个二尺来高的小铁鼎，想是试验气力的物件。大家看了，也没在意，便纷纷地各就所能，就文武两场中注了名字。

"须臾，小阎王带了一队刀斧手，大叉步进得试场，就正中面，小老虎似的昂然一坐，凶睒睒眼睛一瞪。众人虽是毛骨悚然，但是觉着应试的事儿，便是考糟了，不过落场罢了，于是依然兴冲冲各就所试。那试文的，得题目后，正在搜索枯肠，哪知小阎王，命人点下一炷香，只有一寸长短，并且传令道：'文须及八百字，字不及数，并香尽交卷者，一概立斩。'

"这一声不打紧，就文试的，真魂都冒，休说是对题构文，便是打扫空肚皮凑字数儿，也来不及。转眼间，寸香已尽，小阎王狞笑一声，大喝捉下。正这当儿，那边武场中众士，不由一个个也乱抖起来。原来小阎王一般地传下令去，是举鼎试力，举起者，立时擢赏；举不起者，对不住，也是一刀。众士先见那铁鼎形小，以为重煞了不过八九十斤，若鼓鼓肚子，总还可以勉强巴结。哪知到手一试，可就叫了妈咧，简直的是蜻蜓撼石柱，纹丝不动。原来那小鼎是死膛儿的，浑金铸成，外罩铁皮，虽然形小，足有千八百斤重。你想这班人，试文的，既没有曹子建七步成章的才学；试武的，更没有李存孝九牛二虎的力气。当时小阎王凶脸一沉，大声喝斩，两旁刀斧手哄应如雷，早将文武两班试者，仿佛赶猪崽似的，连连串串，由场中赶将出来。后面小阎王亲自监斩，众试者一列跪倒，延项受戮。

"那小阎王纵目四望，哈哈一笑，正要喝令开刀的当儿，只听场外有人微微冷笑道：'人都说小阎王像个英雄，或能成事，今日看来，直然的是儿戏无赖。如此地辱陷众士，全脱不了盗贼的行为。可惜俺还慕虚名，间关数千里来此一趟，如今只好长歌归去了。'几句话，满场都惊。

"小阎王怒望去，只见一个二十多岁的白裕少年，草笠行縢，看光景十分文弱，但是顾盼之间，神彩四射，正轩动两条剑眉，望着小阎王笑吟吟的。于是小阎王大怒，急喝左右：'与我拿下！'左右应声奔去四五个悍目，那少年不慌不忙，只略略手腕一动，再看那四五悍目，都已此地颠仆。

"你想小阎王，自做贼以来，横冲直撞，向来不曾撅过尖儿。今见个单身少年，当着满场人众，竟要塌他的台面，当时一股怒气直冲霄汉，嗖一声，一个箭步，闯上去，便是个黑虎掏心的式子；满想着一拳下去，少年立倒。哪知那少年更不躲闪，反一鼓肚腹，迎将上来。但闻啪的一声，那拳头如中金石。登时痛得小阎王连连揎手，山嚷怪叫，一面乱喝众贼道：'你们还不一齐去捉，这厮不是妖人，也定是官中的奸细。'众贼一听，只好虚张声势。正在纷纷鸟乱，那少年一拱手儿，早趱近小阎王，说出一席话来。"

尤母语方到此，江宁却笑道："俺愣着听了半天，原来您说的是此人。你老人家歇歇嘴，待俺替您说吧。"正是：

奇士行踪犹恍惚，伧人谰语已分明。

欲知后事如何，且听下回分解。

第十九回

白衣生显武服众渠
小阎王礼贤戢凶戮

　　且说江宁笑道："您说的那少年，不是小阎王的义子李云超，绰号儿'粉面太保'的吗？此人每临阵，镫甲旗帜一色都白。他善用一杆烂银枪，端的了得！此人在当时，真是和小阎王形影不离的。"

　　尤母笑道："俺当日听崔长腿说的，并非此人，你且听哩。那少年道：'大王试拔众士，原为得贤能辅成事业；今如此任意辱戮，天下贤能定然闻风裹足。小可来此，原欲就试，不料一步来迟，今既如此，小可愿竭鄙能，就大王文武两试。倘能中选，便请以赎众士之死，否则小可甘当斧钺何如？'

　　"小阎王见少年词气慷慨、神宇不凡，不由暗暗称奇，但是却喝道：'你既如此夸口，俺便依你，少时就死，却休怨我。'于是和少年偕入试场。小阎王挂着满脸杀气，单等杀人，哪知那少年，文既笔不停挥，字字珠玑；武又举鼎过头，绕场三匝。这一来，满场动色，众贼目伏地欢呼，齐贺得人。乐得个小阎王手舞足蹈，哈哈大笑，便立命释放众士，和少年并辔回营，椎牛酾酒，大筵少年于宝帐之中。

　　"那少年议论风生，谈一回戎机战略，讲一回驭众用人。须臾，说到武功剑术，更是出神入化，欢喜得个小阎王要不得。高兴之下，却又疑那少年言过其实，便跃然道：'足下武功如此，可敢与俺比试一番，令合营人众一开眼界吗？'要说小阎王，生平武功，是善于步下盘矛，舞开来十荡十决，真有辟易千人之概。长矛这种兵器，是

263

宜于马上冲突，小阎王仗着大力回旋，耸跃如飞，偏能步上见长。他那矛制又特煞别致，是用极坚韧的粗藤做胎，外缠十来层生丝，更用精铁汁一醮；那个矛头，却又尺许长，三棱起脊，锋芒照眼。那条矛，刚柔兼备，轻妙异常，再加上他大力盘旋，自他作乱以来，那条矛头下，也不知丧了多少的官中健将，端的厉害得紧。他曾与官中勇将陈国瑞在某处争夺险隘，陈国瑞使两柄泼风刀，两人都以步下见长，刀去矛来，只杀了个天昏地暗。

"当时那少年微微一笑，略不推辞，便起身略为扎拽，和小阎王步出帐来。小阎王指着兵器架道：'足下用甚器械，只管去取。'少年笑道：'器械不拘，俺不过陪大王玩玩罢了。'说着，趄向兵器架前。此时帐下贼众众目睽睽，只当少年去选刀剑。哪知少年将架儿旁挂的一根藤子马棒取在手中，霍地一转身，使个旗鼓，向小阎王大笑道：'俺只用此棒，唐突勿罪。'

"这里小阎王心下诧异之间，早有左右抬过他那杆丈二藤矛。小阎王接过来，略为一抖，唰的声矛影重重，银花乱飐，却又不由迟疑道：'足下用一马棒挡俺利矛，倘致伤损，令人如何过意得去！'少年道：'大王不须多虑，但是大王有此不忍人之心，却是大可喜。'说着舞动马棒，即便彼此交手。

"这一来场中贼众都各看呆，但见小阎王一条长矛风旋电掣，锋影泼开来，直及亩余，一路搅刺飞腾，高如月晕经矢，低似水银泻地；偏偏那少年不慌不忙，马棒到处，必比矛锋争先一招。并且劈拦钩剁，时而做刀剑之用，击刺荡决；时而取枪槊之势，再加以腾踔如风，变化莫测。那小阎王只杀得十来个回合，不觉心慌目眩。

"须臾，少年棒势越妙，满场中风鸣尘起，人影都无，累得个小阎王东击西刺，汗流浃背。好容易望见少年已在前面，便可劲子一矛刺去，只听咔嚓一声，火星乱爆，震得自己两膀微酥。不想那少年却在他脑后大笑道：'咱彼此游戏，大王何必用此全力！'说罢，用左手就小阎王后肘上轻轻一抚，那长矛登时落地。贼众急望长矛所中处，却是兵器架的础石，于是小阎王惊喜之下，却勉强笑道：'足下武功，真真难得，只用一马棒，就和俺杀个平手。'

"少年微笑道：'游戏罢了，何必介意！但是大王左胁下，稍浣尘星，殊碍观瞻哩。'小阎王低头一看，不由面红过耳，方知那少年所能的武功远胜自己，不知多早晚，人家的棒头业已点到胁下。原来左胁下尘星点点，竟有三四处之多哩。

"当时小阎王也能服善，连连喝彩，满场贼众也各踊跃欢呼。少年道：'此等匹夫之勇，算得甚事？今大王雄飞海内，欲就大业，小可窃料，事更有大于此者，愿赐清暇，以尽鄙怀何如？'于是和小阎王从容回帐，洗盏更酌。这次少年却纵谈军事，并攻略进取之方，说得来井井有条，真有聚米划沙之势。

"你想小阎王，本是个大胆浑愣儿的泼贼，起事以来，唯知东冲西冲，连裹带胁，纵杀为快，何曾听过此等议论？当时只喜得抓耳挠腮，便笑道：'俺是个鲁莽汉子，哪里晓得干这鸟营生还有如此的许多道理，今俺便都依足下。'正说着，恰好有一贼目来献十来颗首级，却是攻掠某圩斩获的乡民。那贼目本想献功，哪知小阎王问罢乡民守圩对敌之状，登时大怒道：'你这没用的东西，他们竟敢和咱对敌，你还不全村屠掉他，却只杀这几个人。'说罢，大声喝斩。早有左右将那贼目直叉出去。须臾，血淋淋献首帐前。

"小阎王顾盼自得，目现凶光，一张蛤蟆嘴哔哔沓沓有声。原来小阎王嗜杀无厌，赛如闯献，所过之处，都是一路血腥哩。于是少年正色道：'今大王欲成大业，首当戒杀。古语说得好：唯不嗜杀人者，能一之。若率此以行，终于必败。小可虽稍有策略，亦勿所用之。如此，便居此无益，请从此辞。'说罢，掷杯而起，长揖径行。慌得小阎王亲自拖转他，连连谢过。彼此又深谈良久，小阎王一询他的姓氏来历，少年笑道：'今大业未就，俺不欲以姓氏流传人口，今俺既衣白，便请以白衣生相呼罢了。'"

辅子等听至此，不由相顾称奇。江宁猛地一拍大腿，倒将尤母吓了一跳。便见江宁乱噪道："不错，不错，此人后来在捻子中，大大有名，人呼为'白军师'。据说来，他善能摆阵，又能用子母连环炮，还能制一种可天飞的瘟蝗毒弩，其人甚是灵巧，便是僧王爷都惧他三分哩！然而此人后来明明被官军捉斩，却怎又去做平天社长呢？"

大威一听，真个有些诧异，辅子却笑道："江兄你此话听哪个传

265

述的？"江宁道："这白军师，哪个不知？您若问哪个传述，却是俺丈母娘家有个董二姥姥，闲着没事和贱内拉嗑儿，所以俺才得知。"

一句话不打紧，招得大威等哈哈大笑。便见尤母笑擦眼泪，又娓娓说出一席话来。正是：

逸闻方述奇人迹，败兴偏来伧父辞。

欲知后事如何，且听下回分解。

第二十回

逞雄心运筹参大业
招侠隐飞剑警凶魁

且说尤母笑擦眼泪道:"江伙计,你如此说,我也是个董二姥姥了。但是我说的这个白衣生,却没有什么军师的名儿。"辅子忙笑道:"江兄该罚,怎的惯来打岔。"于是与江宁斟满一杯。

这里江宁缩脖而饮之间,尤母又说道:"当时那白衣生说罢,小阎王料是异人,也便不敢深诘,从此留他在军中,密参帷幄。白衣生平居,亦无他异,但好时时读书,并趺坐导息,仿佛僧家入定一般。小阎王既觉诧异,又因白衣生每每力戒他淫杀二事,便欲惑其志,好与自己同流合污。于是每当高宴,便多选美丽妇女,清歌妙舞,极尽淫靡之乐。宴罢,便选那极美丽的三四人前去侍寝。白衣生更不推辞,欣然拥诸妇裸卧,欢笑之声直达帐外。

"小阎王以为得计,次日,潜询诸美妇,不由又爽然自失。原来那白衣生酣睡通宵,一无所染。从此小阎王越发地敬礼有加,便是淫杀等事,也为之稍稍敛戢。那白衣生每从容劝小阎王道:'大王欲就大业,当先正名义,以资号召;再行以仁义节制之师,开诚布公,尊贤用能,民心既得,大业可就。今满洲异族,据有华夏,中原豪杰无不腐心切齿,思一净神州之域,驱逐腥膻者。大王诚能应天顺人,高标驱满之大义,高掌远蹠,复我河山,师直且壮,响应有人,则大业自可徐就。不然,领无数虎狼之众,蹂躏天下,蹈流寇之遗迹,终于必败。'小阎王听了,虽是叹服,但是也不能尽用其策,不过贼锋所到,稍灭淫杀罢了。于是白衣生和那个赛诸葛朱伯彦并著

267

名于军中。

"一日，小阎王心腹贼目掠得十余个美色妇女，便用华美钿车装载诸妇，一个个反接纤手，直赴中帐。其中有母女两人，为母的年可三十余，十分风韵；那女孩只好十六七岁，两人分载两车中，彼此价哀呼婉转，十分凄惨。刚走至营门以外，其母情急，竟竭力在车中乱撞，一时间诸妇痛哭，其声震天。贼目大怒，便喝令三四健贼，将那妇人由车中拖抱出来，只举手大喝'抛丢'之间，三四健贼一声喊，拥抱了那妇人，欢呼便走。原来贼中恶习，那'抛丢'两字，便是赏与手下人，由他摆布之意。

"当时那妇人披发长号，正宛转于诸贼肘腋的当儿，可巧，白衣生由营中漫步而出，一问情由不由大怒，立命驻车，释放诸妇。众贼虽不敢动，未免目视贼目，似取进止。白衣生越怒，恰好瞧见一健贼掀抱着那妇人双腿，一条撒脚裤都露了半段小腿，于是白衣生大步赶将去，用两手扳紧那健贼的脑袋，只随手一拗，但听唧嚓一声响，那贼一张面孔业已瞧了自己的脊梁。

"这一来，众贼骇噪，连小阎王都惊动出来。白衣生盛怒之下，不待小阎王来问所以，一个箭步蹿过去，照准那押车贼目，冲天炮飞起一脚。这一下，将那贼目直踢起三丈来高，一个倒栽葱，跌将下来，登时了账。这里小阎王，方惊叫怎的，那车中诸妇并摔在地下的那妇人，早已齐呼饶命。于是白衣生进述所以，并顿足大叹道：'大王不禁淫掠，依然是寇盗行为，可惜俺连年心力，终无所用。'说罢，连连扼腕。

"原来小阎王十余日前，曾被官军合击于皖北正阳关一带，设伏淮岸之沙墟，围之数重。小阎王自领悍贼一队，困在核心，冲突不出，堪堪就擒。忽见围军纷纷大乱，崩退如雷，电也似飞进一团白气，所到之处，人马辟易。小阎王这才奋勇冲出，随那白气，落荒走了数里之遥。然后那白气陡然一敛，却现出白衣生，仗剑而立。再回顾自己人众，早已一人一骑都无。小阎王大骇之下，便连夜价和白衣生窜归别部，方脱此险哩。

"当时，小阎王连连谢过，立命将掠人诸贼悉数斩掉，徇于军中，并释诸妇，从此贼中为之肃然。但是小阎王虽畏敬白衣生，究竟是个无大志没气量的贼徒，久而久之，便觉白衣生拘束自己，不便畅所欲为。再搭上他手下众贼目，因白衣生整理军纪，眼看着白花花的银子、娇滴滴的妇女，空馋得垂涎三尺，便大家串通了，你一句、我一言的，都向小阎王跟前来说白衣生的坏话。无非是说白衣生来历不明，胸怀叵测，日益跋扈，连大王都瞧不在他眼里。若据他的武功本领，将来怕不夺了大王的位子。小阎王初虽不听，当不得浸润之谮十分有力，小阎王耳朵内既灌满了此等风言，未免心中便起疑忌。但是细察白衣生，除料略军事外，只是读书跌坐，不但和他部下人通没拉拢；便连那大悍目，如苗沛霖、李兆受等，有时节晋谒白衣生，白衣生正颜厉色，待他们如厮养一般，通没些假借款曲。因此，小阎王渐渐释疑，待白衣生敬礼如初。

"哪知又过得两年余，小阎王手下诸悍目日益骄恣，便是小阎王也约束不得。每攻郡邑，那屠杀淫烧之惨，直然地一言难尽。却有一件事作怪，凡诸悍目不断地夜失其首，只月余光景，诸路悍目丢却脑袋的就有十余人之多。于是贼营中相惊以怪，彻夜哗噪，或疑官军中有了能人，便大家终宵戒备，以觇其异。

"其时，有一悍目，偏不信此异事，一夜在帐中，正拥抱所掠的美妇裸逐取乐，忽大叫一声，头落仆地。帐外伏觇之人，但见一股白光嘶然有声，突地从帐中飞出，十余步外，寒风凛然，竟由伏觇者面前刷过。吓得诸人目瞪口呆，良久方定。大家鸟乱一阵，终竟莫测其故。但是贼目中，有遵白衣生约束的，却一般安然无恙。众贼觉得诧异，未免疑及白衣生，小阎王见此光景，也便凛凛自危。过得数日，事体少定，便想一觇白衣生的究竟，然后再想除他之策。

"一日，两人从容谈笑，小阎王故意价提起悍目失首之事，十分懊丧。白衣生冷笑道：'此等害群之马，留他何用？俺但恨白光太少，不能尽诛此曹哩！'小阎王一听，情知是他的手段，只吓得面目变色，且强勉笑道：'足下剑术如此，以后他们定遵约束。'话虽如此说，当时小阎王对了白衣生，未免如芒刺在背，方想设法料理，恰值军事正殷，次第荡平，贼中健者，如苗、李诸人，并且都降官军。小阎王失意之下，贼性大发，哪管什么白衣生的约束，便领一大队煞神魔鬼，愣这么可天一飞，贼锋所到，地方如洗，飘忽往来，全无定见，只以纵杀凶淫为乐。

"这当儿，僧王爷业已受命办贼，军锋所指，锐不可当。小阎王累次战败，全亏了白衣生护助左右。这时小阎王虽退却除杀白衣生之心，却是逆性自用，全复贼状，更不听白衣生一言半语。一日白衣生又因事开导，小阎王大怒道：'足下如不满意俺之所为，待俺死后，请自为之。'于是拍其项道，'俺只有这颗脑袋，便交代与你，通不算回事。'白衣生见此光景，不由浩叹而出。

"当夜，小阎王怒气不息，便潜觇白衣生于帐中。只见帐中烛影下，正中坐定一位白发老人，生得长躯伟干，十分矍铄。衣深蓝褐衣，戴华阳巾，左为白衣生，悚敬侍座；右边座上，却是一个三十余岁的娇丽妇人，通身是朴素衣装，意态娴静，如漆的云鬟上，却插着一柄寸余长的匕首儿，神锋微映，便似乌云边的一钩新月，其光晔晔，不可逼视。

"小阎王方在骇诧，便见那老人笑向白衣生道：'我说你当初多此一举，今竟如何？此数年，你如不出，剑术造诣当在何等？此辈讵可与同群？这是你矜心执念的错误，及今洁身，尚未为晚。'

"妇人笑顾白衣生道：'阿弟，你听师父的话怎样？你未出时，师父是如此说，如今还是如此说。像那干臭贼坯子，成得什么大事？你没来由，只管和他胡混怎的！若是我有这功夫，还自家拭拭鼻涕哩。阿弟，你别只管噘大嘴，疑惑我搬了师父来，叫你回去。你哪知自你到贼中，咱师父便暗地里不曾离你。你这一胡闹不要紧，倒叫我替你捏一把汗。这数年中，俺一颗心只管提溜着，就恐其你一没把持，或染贼习，咱师父肯饶你吗？如今你无功无过，好好回去，应该欢喜才是。自你出山后，咱山中兰蕙都是俺一人浇灌；如今开得来花山似的，就这一宗儿，你也该快快回去，多少也省俺一人浇灌之力哩！'

"白衣生微叹道：'阿姊说的何尝不是！俺但恨数年之功，无济于事，未免愧对师父罢了。'老人叹道：'捻乱凶杀，亦是劫数，你如何能挽回天意。但你厕身其间，力戒淫杀，所拯良民，讵可数计，此一节阴功济世，正是吾辈侠徒作用。失之东隅，收之桑榆，且随我去寻故山猿鹤吧。'妇人笑道：'阿弟，咱自相别后，俺却偏了你许多剑术，你不信，咱且玩玩。'说着，一抬纤手，摘下髻上匕首，随手一掷，登时化为一道寒光，冷森森笼罩满帐，凉飙暴起，烛光顿暗，吓得小阎王周身起栗，两条腿子只管乱抖之间，但见那妇人娇叱一声，那道剑光一个平注式，俨如彗星经天。哧一声，破帐而出，直奔自己的咽喉。小阎王大叫失声，往后便倒，却闻帐内老人鼓掌大笑道：'此辈凶渠，不久当伏天诛，咱们不必多事，就此去吧。'于是烛光明处，声如裂帛。

"这一来，小阎王帐下卫卒闻声奔集，一瞧小阎王，跌晕于白衣生帐外，急看帐内，悄然无人，只有烛光秃秃。当时合营贼目闻乱都集，先由地下搴唤醒小阎王，大家问知缘故，无不大惊。便有贼目乱噪道：'白衣生竟敢负心，引人行刺，这还了得！'小阎王摇手止噪，一抹额汗，却登时变了个血脸儿。"正是：

      贼运当终奇士去，两般没兴一齐来。

欲知后事如何，且听下回分解。

《殷派三雄》续编终，据《北平益世报》1926—1928 年连载整理。